明人別集叢編

鄭利華 陳廣宏 錢振民 主編

李東陽全集

【四】

錢振民 編訂

復旦大學出版社

李東陽全集卷五十三至六十二

懷麓堂詩後稿十卷

李東陽全集卷五十三

懷麓堂詩後稿卷之一

古樂府

靳充道少卿所藏杜思男朝母乳姑二圖請題其上爲賦古樂府二首

下帷哭穆伯，上堂訓文伯。不聞民勞逸，先問土肥瘠。后可織，母可績。爾食爾禄，我服我力，保我家祀成爾德。朝朝朝母得母憐，一朝責子令子賢。文伯賢，穆伯祀，敬姜之名名不死。靳家此母復此子，杜郎作圖如作史。

右朝母篇

母乳兒，兒無齒，尚可飴。婦乳姑，姑無齒，亦可餔。兒本姑所生，一氣通吸呼。水有報本獺，林有返哺烏，人可以不如烏乎？靳姑老生齯，朝笋暮復魚。千年乳姑意，理一事則殊。母有兒，姑有婦。昔見崔山南，今聞靳京口。

右乳姑曲

猫相乳行

監察御史四明陸君美之仲兄文亨素友義，與君美少相依。文亨每同堂而食，撫其諸子，恩義篤至，内外無間言。嘗各畜一猫，猫各産三子，皆銜至堂中乳之。每一猫出，一猫必爲代乳，若亦無間然者，人以爲友愛所感。君美既貴，感其兄之義，請紀其事於予。予非韓昌黎氏，無能爲説，因爲樂府，俾其鄉之人歌之，以傳於無窮。

猫相乳，遽如許，但知母子恩，不復我與汝。猫相乳，世希有，但食乳哺甘，不知誰是母。陸家兄弟本同胞，提孩挈稚相爲勞，和氣感物成薰陶。吁嗟乎，人生胡不如此猫！

示用兒效玉川子作

夜坐苦不樂，作詩示用兒。用兒爾何來，來自東南陲。自言廣西人，州縣已忘遺。但知姓李氏，世業本巫醫。家有三頭牛，有田可耘耔。當年靖州蠻，作亂勞王師。夜聞狼兵到，勢若虎與貔。我爺被殺死，血肉交淋漓。我孃亦被虜，存亡未可期。官司簡少俊，鬮割隨俘累。用兒年十三，廣顙身尫羸。生來左目翳，幸免殘膚肌。紅船載白粲，驛遞來京畿。兵曹奏名籍，給配在有司。臣愚本無功，恩與公侯齊。用兒亦何物，御筆蒙親批。彤廷頓首謝，髻丱歸提攜。煮羹爲汝餐，縫帛爲女衣。役不忍汝勞，過不忍汝笞。居遺用兒侍，行令用兒隨。殷勤語子侄，慎勿凌虐爲。丁寧戒僮僕，疾病相扶持。緬思先皇德，欲報何能追？賜生尚必畜，況此非豚雞？今皇兩僮賜，本出思恩夷。岑梁年十一，吴也二歲差。渠視汝爲兄，汝可弟視之。班行若鴻雁，戲弄吹塤篪。渠小不足責，汝長教所宜。用兒爾來前，訓汝好言詞。清晨起必早，日暮眠當遲。操畚掃廳堂，汲水澆園畦。客來俸茶果，客去收書棋。有口莫吃酒，酒醉死路岐。有手莫做賊，做賊送頭皮。人生無貴賤，但問所從誰。長爲官人奴，勝作獞與黎。用兒爾誠騃，告汝汝不知。垂頭睡莫對，吾自吟吾詩。

慈母圖 孟氏。

將上堂，聲必揚。夫戒雖嚴不如母訓長，惟禮有經家有綱。惟母所愛情可忘，生不逮父義有方。君不見，斷機之教何其剛。

孝子圖 王祥。

大兒視母如視父，兒罪當笞母當怒。小兒視母如視兄，往復展轉難爲情。卧層冰，得雙鯉，兒身雖勞母心喜。亦知慈孝同一理，惟人有心天有耳。君不見，大兒官貴爲三公，小兒胤嗣傳江東。江東市兒爲劇戲，滿堂坐客皆垂淚。

長短句

鐵拄杖行

國初，盧陵諸老好奇者持鐵拄杖採詩林谷，麟原王子讓先生蓋其儔也。我希蘧府君時以流寓還往其間。子讓諸孫雲南按察副使世賞能道其事，因託物寄興，以著通家之義云。

西江水中一枝鐵，磨光成精錯成節。江頭詞客採詩還，拄遍溪雲與山月。吾宗遺老詩家流，杖藜來自湖南州。道逢此物兩叩擊，鏗金戛玉聲相酬。鐵精化龍入江去，回首溪山但煙霧。文章逸史見諸孫，指點當年採詩處。杖兮杖兮物雖去矣名猶存，青氈豈獨王家門。願君節比杖兮心比鐵，善保六尺千金身。

靈壽杖歌

吾聞武當之山四萬二千丈，半在天根半在上。不知三十六宫何處稱絶奇，産出靈株非一狀。蛟螭蟠拏露頭角，熊經樹顛虎山脚。根盤節錯相糾纏，含風飽雪經炎寒。九年洪水之水浸不殺，十日之日暴烈何時乾。梯懸磴接跬步不可上，誰采青壁紅琅玕？見之羡者不容口，錫以嘉名曰靈壽。爪之不入行有聲，金可因堅石同久。吾家此物舊所有，神與相扶鬼爲守。自從病足跛曳不得前，已覺山林落吾手。一病經旬不出門，手中此杖嗟猶存。下牀欹側立不定，此時託子以爲命。不願四體無微痾，但願謝病歸山阿。左扶右策夾以二童子，下可涉園徑，上可凌坡陁。願栽萬木截萬杖，窮崖陰谷生森羅。靈兮壽兮此物倘可致，直遺四海赤子頭雙皤。

華山圖歌爲喬太常宇作

嗟哉！此山吾不知其幾千丈兮，但見巍然屹立乎天中。中有三峰聳拔而直上，部位離立西南東。諸峰羅列在其下，有似老長隨兒童。縱令立表以識不得算，雖有記里之鼓難爲功。我聞上古之世開鴻濛，沙水蕩汨相結融。融者爲泥滓，結者爲石爲山峰。石堅山積理亦爾，試看崛拔斬削別有造化之神工。山名五嶽此其一，特出似異衡與嵩。天門重重隔煙霧，鐵鎖緣崖引長路。摳衣欲進苦不前，十步行時九回顧。山腰流泉如瀑布，仙掌撑空若承露。虎踞龍蟠各有形，鸞鶱鶴舞紛無數。置身忽在中峰頂，極目乾坤莽迴互。秦關蜀徼阨塞豈足論，遥指扶桑最高樹。噫吁嚱！自有天地兮即有此山，萬物代謝兮山巋然。古人今人到者相接踵，誰復騁步窮其巓？我生好古厭塵俗，險絶獨慕昌黎韓。昔年南遊復東眺，二嶽只尺不一攀。有客西來詫我以大觀，歌聲上徹秦雲端。畫圖指點向空廓，已覺天上非人間。喬生喬生如此好奇者，世不可以多得，安得與子一日遍歷千巑岏。

寄題惠山第二泉

江神夜泣山林嘯，帝遣神工鑿山竅。飛流出地聲灑空，泉水下與中泠通。江邊老翁不知姓，手著茶經親鑒定。金山之外更無泉，坐令匡廬瀑布空高懸。地官侍郎邵寶國賢心似水，平生品泉如品士。國賢在許州，嘗作品士亭。似云江水不同清，此山自得青金精。世傳泉以錫故清。尋山浚泉發清瀉，元是江南好奇者。山高水絶詩亦奇，鳴金噴玉無停時。我山曾過泉不酌，夢枕崚嶒漱瀺灂。我歌泉和兩知音，吁嗟乎，誰哉更識泉齋心！國賢嘗號泉齋。

李東陽全集卷五十四
懷麓堂詩後稿卷之二

五言古詩

尼山春曉圖

濛濛尼山雲，忽忽天向曉。依微遠峰露，拖沓層城繞。海日山漸高，浮光動林表。環看萬家村，俯視一飛鳥。上公圭裳冑，興與巖谷杳。丹青得形似，指點入幽眇。回首岱宗顛，誰云衆山小？

習隱二十首

卜築城西廛，寒暑十五更。西軒闢新圃，遠若居荆衡。疏林見秋色，爽籟聞空庭。園蕪緑復遍，屐印旋已平。習隱漸成癖，誰當戀冠纓。靜言念疇昔，鬢髮白幾莖。素志豈不高，隨時且功名。退公得委蛇，聊以娱我情。

野色澹蕭條，城居類林壑。閉門掃荒徑，秋葉紛欲落。園亭雜花晚，紅碧相間錯。采芳意未遲，及此霜露薄。陶韋去世遠，古調方寂寞。撫景非少年，悠然念今昨。

岸幘斜陽下，疏林開遠山。新涼灑衣袂，爽氣清容顔。林端見初月，素彩生雲間。褰裳步花影，欲動愁闌珊。向來竹林遊，蹔到已復還。寧知一畝内，迥若離市闤。往事勿重道，兹盟良亦難。浮生且爲樂，及此一日閒。

咿啞復咿啞，隔墻聞水車。車翻水汩汩，如在東鄰家。當軒理嘉樹，傍檻移新花。一澆潤枯槁，再濯無塵沙。濟川恐無用，學圃良非差。房山有南畝，海子餘西涯。安得謝簪纓，悠悠送年華？

坐久羣動息，秋蟲亦不鳴。開軒向空碧，華月來前楹。炎歊颯已盡，涼氣飄衿纓。萬慮逐霧釋，虛懷隨白生。可與語者誰？心口兩無聲。古道日荒落，浮榮非我情。何當脫塵鞅，及此筋力輕。著書畢歲月，敢爲後世名。

羣芳應候歇，衆鳥知時歸。物理固如此，消息乘化機。林下無一人，反遭釋子譏。多言亦安用，志士決振衣。振衣果何時，我髮半未絲。無爲太自恕，今是昨已非。山林在城市，豈必嚴陵磯？習隱須及今，不習終成違。

白日到南陸，陰盡陽始生。古人重兹候，閉關旅不行。登臺望朝雲，窺管占昏星。此事久寥落，但知物枯榮。端居默無語，俯仰獨含情。

曉起遍庭白，夜來聞雪聲。疏林綴冰葉，千樹開瓊英。玲瓏透遠目，拍塞阻閒行。如登梁園臺，對客停飛觥。如經山陰道，訪友隨揚舲。居然城市間，此景何從生？退公日已暝，酒罷還復醒。呼童煮雪水，坐覺詩脾清。慎勿掃我雪，留以代書燈。燈前少年事，老夫難爲情。

一白雪在地，再白雪滿枝。三白遍林園，跬步失路岐。虛明徹九宇，萬類無一緇。棲鳥半隱見，毛羽振始知。空齋閉燈火，習静仍深思。邊兵與溝瘠，焉能免寒饑？吾曹肉食人，飽暖終安裨？今晨尚未隱，夙夜將何爲？

種松盆罌内，慮爲寒所侵。移之南廊下，幸得辭幽陰。寒多日色淺，弱植恐難任。再移入我室，我室隘復深。風沙信飄灑，霜雪徒蕭森。不逐時序改，貞哉君子心。西簷有薔薇，荆棘忽成林。晚歌結交行，擇友方自今。

初陽動浮景，嘉木意已榮。幽禽適所性，入耳皆春聲。池波欲蕩漾，野馬將遊行。端居不出户，遂我觀物情。踏青者何人？似與韶華争。吾心豈外慕？聊以盡吾生。人皆賀新歲，我獨翫芳景。茫茫堪輿間，此意欣自領。天機在鳶魚，下上方耿耿。

崇桃出墻東，穠李忽在眼。桃李亦何言，下有人迹滿。借問迹爲誰，主人雙屐短。門無車馬至，客去春不管。呼酒酹花神，花煩爲一莞。賓主各忘言，歸期一何緩。

芳園草色動，春意回枯荄。旭日半浮空，和風自東來。幽禽學新哢，天籟鳴相諧。點也當此時，遊歌沂水涯。明道當此時，花柳前川回。堯夫當此時，吟詩還打乖。而我獨何人，不樂奚爲哉！古來樂天意，每與憂世偕。優悠無已太，及我鬢未衰。

南湖春草緑，西涯春水多。年光日荏苒，歸興其如何？春歸客未歸，微官一行窩。舊堂幾易主，遠道生重波。未諧卜居願，且和滄浪歌。

夏日背屋角，良久出林杪。紅稠緑復暗，頓覺炎蒸少。長空無停雲，遥岫有歸鳥。公餘脱冠坐，暫謝紅塵擾。迹類居深山，心同禊清沼。多謝褦襶郎，長年送昏曉。

流雲遞疏雨，簌簌鳴高樹。隨風散長空，往復不知處。沾衣覺微涼，欹枕達清曙。閒餘惜花意，滑憶登山路。農事方苦忙，傾心且如注。

暑雨忽新霽，層軒開碧山。浮雲避素月，夜色明松關。流螢遞隱見，宛在深林間。掃石坐彈絲，天風下鳴環。瓊樓正在望，佇立難爲攀。

直廬日何長，退食良亦久。斜陽下庭樹，暝色稍侵牖。棲鴉尚飛翻，鳴蛩更清瀏。市遠不聞喧，樓高但翹首。誰云官事劇？餘暇且杯酒。試探買山貲，囊中猶在否？

寒多怨無衣，入夏翻苦熱。耕夫困田耘，行子愁道暍。亦有窮邊兵，被甲如炙鐵。如飛無藏林，如走不得穴。物類且復然，人生安用説？吾徒幸安居，公事有作輟。

揮竹引虚涼，浮瓜嚼殘雪。溪行或林卧，若與塵務絶。吟長素月生，坐久青煙滅。願叫閶闔風，西來掃炎孽。願爲萬間廈，意與杜陵别。四時有定序，寒暑非濫設。老我功未成，優遊更時節。

送青谿先生之南京吏部四首

昔我青雲交，登朝半公輔。倪君廊廟姿，獨立爭快睹。鐘鏞在東序，法製形貌古。扣之聲鏜然，鯨海入吞吐。蘭茝與翡翠，信美安足數？緬惟有司良，拔十思得五。如君能幾人？吾儕愧參伍。南曹固云重，瑕逸詎其所？願持五色綫，留爲山龍補。

故都佳麗地，舊里詩書門。文信有家學，歷世乃彌敦。登堂學士貴，踐斗尚書尊。簪纓父子繼，姓字兒童論。文章兩京賦，雨露三朝恩。君今歷南省，禄養懷晨昏。壯哉顯揚志，古道諒斯存。

與君析經史，歷代窮興衰。與君論世故，指物分妍媸。君才固絶識，開口無停辭。啓我茅塞胸，植我蓬生資。中歲各任事，匪徒坐談爲。君言信實用，一一如蓍龜。嗟予濫密勿，獻替真隨時。徒懷樸忠志，飽食竟何裨？茲辰别良友，失我坐右規。修途自發軔，逸駕疇能追？

我昔遊南都，山川愛清淑。中年有遐慕，願此託微禄。茲謀兩不遂，歲月同轉轂。獵心老猶存，黽筴安可卜？君行果登仙，脱屣塵外躅。俯仰樊籠間，吾身尚羈束。登高一相送，爲駐千里目。

青谿先生之行，蓋有非贈言可盡者。然非言則無以爲贈，勉成四詩。詩止此者，亦以向時爲公務所縶，思致之荒落、聲律之生强久矣。三十年玉堂舊業，豈止於不及前時而已哉！知我者幸其亮之！

弘治己未六月孔廟災送李學士世賢奉詔祭告兼柬衍聖公兄弟

素王富道德，闕里昭儀刑。門墻揭日月，象設開丹青。秩祀崇百代，榱題閱千齡。明時累修葺，彩碧輝晶熒。鬱攸從何來，欻忽乘高冥。蒼黄失殿宇，迤邐連楹庭。冕旒中興像，篆刻先朝銘。遺文就剥落，餘燼隨飄零。尤憐手植檜，摧折虬龍形。兹事昔未有，流傳駭觀聽。我皇眷東顧，宵衣坐明廷。儒臣輟講讀，天語傳丁寧。長路浹旬朔，嘉期過秋丁。設位想顔色，升階慰神靈。粢盛備時物，薦此明德馨。兩公哭三日，據禮遵麟經。往恨憶焦爛，新恩濯清泠。勞君向公唁，軺車駐晨星。金絲閟雅樂，俎豆存古鉶。此物幸不泯，瞻依尚模型。聖道一逝川，晝夜無時停。況聞庀工作，卜日占堯蓂。增高若爲山，去災如脱腥。君當返嚴命，公當謝丹扃。從此振文運，休風播重溟。

答楊太常止酒用陶韻

止酒固佳事，但恐不能止。劉伶與婦祀，竟落談叢裏。賦詩以爲誓，多事柴桑子。一止一起之，可憤還可喜。止終有起時，不止何由起？痛絶非人情，三分亦近理。君誠得止法，能以人視己。往辱書戒予，此意誠厚矣。君量本十分，顧以三爲涘。今我當覆杯，非誓亦非祀。

又

言小可喻大，意得貴知止。誰云止酒功，不在詩篇裏？十年分三戒，此義同邵子。大醉復何樂，微醺差可喜。譬如井不波，中宵暗濤起。又如髮不梳，累日復一理。萬變紛沓來，樞機中在己。節宣誰使之，弛張斯善矣。君戒雖有涯，皇恩正無涘。如聞乾飲詔，春宴逢郊祀。

兒子兆先送妹之闕里以詩戒之

汝生不離膝，十載懷三河。矧兹東魯行，道路十倍過？新秋積雨霽，潞渚揚清波。嘉占得歸妹，吉禮方爲羅。丁寧送門戒，語長意偏多。念汝爲彼兄，綵戲同婆娑。趨庭日漸遠，奈此晨昏何！汝妹已解事，彼兄志登科。自非骨肉情，欲去還蹉跎。孔門若觀海，所得在一蠡。殊塗要同入，仰止心相摩。平生我未到，遺恨西江羅。往年冰玉洗馬約同遊孔林，不果。聖言汝須記，堅白在涅磨。慎哉道路間，僮僕勞撝訶。處身似逃名，却饋如操戈。衝寒避栗冽，歷險防坡陁。汝孾正倚門，何以慰汝婆？男兒事弧矢，有淚休滂沱。聊將婉孌恩，故作慷慨歌。

畫萱爲沈編修壽題

南國有奇花，言栽北堂下。亭亭霜雪姿，攬之不盈把。芳心抱孤直，高致謝穠冶。永懷君子交，年華去如瀉。地靈得人勝，恩露蒙天假。寸草識春暉，婉孌難遽舍。修程山水隔，妙意丹青寫。晚色駐潘園，嘉名託周雅。詩成寄遐祝，將以娱壽者。持此侑家筵，餘馨挹杯斝。

題淵明歸來圖

種菊南山下，種桑長江濱。消摇脱物累，感激皆天真。腰折豈爲屈？所重在辱身。居然典午世，見此羲皇民。高風迥絶代，圖畫流千春。茂先昧幾決，令伯傷邅迍。此翁倘可作，願卜東西鄰。

生菜圖

涼露被西原，羣菲共秋色。青菘帶微黄，紫芥間深碧。籬爪復架豆，種種成白黑。柔藤受牽挽，美實中采摘。餘芳不知名，形狀皆可識。蜻蜓與蛺蝶，婉孌相愛惜。大哉造化功，誰爲分動植。丹青亦何事，摹寫出雕刻。先生嗜古澹，而復玩文墨。官同詠苜蓿，地異棲枳棘。聖徒恥學圃，物取聊比德。君看桃李門，盡藉栽培力。芹心倘欲獻，菜色寧辭責？感此罷揮毫，幽吟坐終夕。

牧牛圖

偶觀牧牛圖，因談牧牛事。寒暄每隨時，燥濕須擇地。渴愛池水清，飢憐春草細。耕餘暫教閒，負重聊免累。肱揮還應聲，指示如解意。馴知道路熟，押與童兒戲。抱病亟尋醫，逸羣須有制。人有愛物仁，亦有用物智。非無貴賤殊，心力兩相濟。君看牧民法，於此得深譬。視彼不牛如，令人發長喟。安得天壤間，各使民物遂？

癸亥除日落一牙追次韓韻示諸生

衰年重調攝，食飲藉牙齒。齒疏牙亦落，此事何但已。物象榮乃枯，氣機行必止。終應讓舌柔，幸免爲脣恥。存者肉還生，落者骨先死。憶當將落時，疾痛仍屬己。及其既落後，如彼石墮水。石猶在水中，地復非水比。飄然如著處，竟與風花似。人生亦花類，計此真誤矣。昌黎落六七，我一安足紀？五十非遠步，百步行可指。我牙信已衰，我齒健何恃？身手將無同，齒也聊復爾。浮危每自累，頓脱驚相視。歲除甲子窮，除舊亦可喜。百骸念全歸，萬事難具美。吾當慎其餘，告汝二三子。

與黄生綰

黄生東南來，贄我一束書。書中多古意，實在黄虞初。自負信卓犖，逢人恥次且。得此三歎息，斯言良起予。平生江梅篇，我豈眉山蘇？爾祖既逝者，而翁亦歸歟。巖巖方石師，將與泰嶽如。愛之莫汝覲，鄙吝何當除？

四職圖

静觀天壤間，動物各有職。或飛可司晨，或走可守夕。耕或可代力，捕或可弭賊。有知本天性，況乃蒙豢食？名存實或喪，怠事空受直。我田但荒草，我屋無全壁。遲明誤催朝，外户翻吠客。兹當問喘時，未罷防邊役。憂勞枉夙夜，展轉成歎息。畫師極摹象，詩義非諷刺。寄言富貴家，此意須諦識。

斷機圖

兒出歸亦樂，兒學成獨難。持刀向機杼，割愛傷肺肝。三遷尚可續，一斷寧復完？由來尺寸功，視此經緯端。千年命世才，母教永不刊。

舉案圖

歡娛無狎恩，暗昧不廢禮。平生擇對心，持以奉君子。幸免傷春啼，貧賤安足恥？關雎本微物，託興王化始。壯哉五噫歌，高風播人耳！

剪髮圖

家貧不貰酒，緑髮同金龜。客來母已歡，酒至兒不知。愛有切磋益，匪徒燕嬉爲。情知不可再，感激在一時。清風起貪吝，好事傳芳辭。

先府君墓焚新刻手稿感而有述示兆蕃

平生讀父書，句讀粗可了。殘編半零落，一一費探討。嗟哉手澤存，字法有遺稿。憶當臨池時，楮墨徹昏曉。好古窮鴻茫，搜奇極幽渺。學成不用世，祇以慰枯槁。殷勤授簡勞，猶及趨庭早。摩挲日幾過，倏忽年將老。有生妙鐫刻，鐵筆隨指爪。經時歷冬夏，計日通酉卯。編成衆所歎，藝絶經應少。蓼莪比周人，薦芰慚屈到。西郊霜露降，卜日嚴拜掃。祝告假文辭，精誠藉熏燎。悲風回輕煙，横淚灑衰草。公家有瘝曠，塵務多紛擾。志養久莫酬，吁嗟得爲孝。地下誰有知，吾兒慧而夭。願拓萬本餘，裝藏富緗縹。流傳遍朝野，散布盈海嶠。書香屬有託，夙夜當自保。以兹結構法，作室須念考。雖無籯金遺，世德以爲寶。

懷竹

三年不種竹，得竹如得玉。十日不見竹，一日腸九曲。初聞平安報，舊葉舒更緑。忽聽歡笑聲，新笋抽五六。兒童亦解事，知我性所欲。平生愛孤澹，不厭食無肉。憑將垂老身，醫此未盡俗。倉皇欲傾倒，愁病相縛束。昨夜偶夢之，清風灑心目。呼僮汲泉水，日夕勤灌沃。吾冠晚當挂，吾髮朝已沐。爲爾一扶筇，披襟散炎燠。

台州三憶詩

一憶方石老，同時遊曲江。再憶逸堂翁，同舟泝清湘。道義夙所契，情懷安可忘？三憶定軒公，芝蘭與同芳。之子得佳麐，詩書被冠裳。一朝復棄去，謝病歸柴桑。遐躅追二謝，箕裘繼諸黄。因之發深慨，島嶼遥清蒼。

李東陽全集卷五十五
懷麓堂詩後稿卷之三

七言古詩

恭題御書藥方後

文華殿頭風日晴，御書和墨雲煙生。聖皇灑翰動盈案，字字盡作蛟龍形。瑶箋向日光如拭，中有古方三四帙。卷册真從大典傳，貽謀遠自文皇出。禁廬侍直多名醫，聯班拜賜當彤墀。囊中妙得君臣秘，紙尾親蒙姓字題。承恩捧下黄金闕，如揭中天行日月。小試人間癘氣消，深藏夜半虹光發。古來用藥如用人，牛溲馬勃皆通神。古來醫人似醫國，病未察形先察脉。我皇一念通炎皇，要開壽域歸平康。

願推萬念及萬物，直遣四海同虞唐。

赤壁圖爲衍聖孔公題

磯頭赤壁當天倚，下有山根插江底。江風不動江水深，曾駕扁舟問蘇子。憶昔揮毫對酒時，俯視塵寰雙脱屣。掀髯一笑萬壑空，夜叫蛟鼉泣神鬼。江山再到已不識，異代興亡知更幾？吴强魏走了莫聞，萬古乾坤如此水。天遣斯人作勝觀，賦成却解驚人耳。絶代文章不數公，諸家圖畫空相似。誰將意象入寥廓，坐覺天涯來尺咫？不信人間有卧遊，高堂素壁波濤起。東莊先生好古客，謂我作詩如作史。三十年前舊品題，山高水落依稀是。老去方懷爲國憂，少時誤作談兵喜。卜居未遂頭已白，不向東邦定南紀。爲公後作赤壁歌，莫笑風流非賦比。

成國公家槐樹歌

東平王家足喬木，中有老槐寒更緑。拔地能穿十丈雲，盤空却蔭三重屋。憶昔二王初種時，高門駟馬相追隨。五朝恩露簪纓重，四世威聲草木知。世間植物因人瑞，培植根深乃天意。向月長留宿鳳巢，排霜故作蟠虬勢。舞袖飛花繞北堂，屯陰列戟森成行。碧窗雨過看秋霽，紗帽風低坐晚涼。古來匠石須廊廟，堂中絲竹應同調。馮氏空傳大樹名，王公豈待三槐兆？木天老朽舊通家，樹猶如此我堪嗟。願公人好樹亦好，長共河山閱歲華。

題陶成草蟲圖效李長吉

枝頭野花團小紅，碧影間日金玲瓏。蜂鬚捲花香入空，舞蝶欲去回芳風。平原織遍青蒙茸，涎蝸篆地鳥迹同。獨蜢怒擲如强弓，輕葉暗響驚鳴蛩。秋蟬翼薄江綃重，殘聲曳入虛無中。丹青手奪造化工，活潑潑地惺鬆鬆。世間藻繪難爲功，江南但識孫草虫。五月五日多纖穠，都人競鬬芳菲叢，慎勿持向東城東。

韓太沖西成歸樂圖爲陳侍御德卿題

老妻驅騾騾過坂，阿孁騎牛牛力緩。丁男負荷前後隨，長林蒼蒼日將晚。山童慣識來時路，山下耕田山上住。耕時愛濕收愛晴，剛道今年好風雨。秋場滿穀衣成霜，家雞正肥村酒香。窮年勤苦一朝樂，愁散兩眉如解縛。官租未了仍私逋，眼前且復爲歡娱。古來農事今亦如，何人畫此西成圖？君不見長安脱巾軍亂呼，荆湖米至坊市沽，此畫此時曾有無？

風雲際會圖爲木齋閣老題

會稽山頭多白雲，天風吹作絪緼春。須臾變化滿川谷，复出人間離垢氛。倏來忽往渾難定，後逐前驅若相命。有色皆成五繡文，何心解與千峰競？東巖漸隱西巖出，緑樹青林互蒙密。浦極光浮水市煙，天低影漏茅簷日。風耶雲耶兩不疑，遥空絶島無窮期。亦知莊海扶摇地，不似陶山持贈時。雲飛上天風爲翼，俯視齊州九煙碧。去馬來牛不復論，龍從虎嘯方相得。畫家畫此興頗濃，此興不與山林同。願公大旱作霖雨，長似今年歌歲豐。

王孟端墨竹長卷爲孫太常志同題

太常丰采清如玉，醉倚閒庭吟翠竹。試將水墨爲傳神，貌得此君真面目。疏枝衆葉紛瀟灑，雨散風稀聲簌簌。恍聞環珮下層霄，忽訝旌旗出深谷。九龍山下去已遠，彭城一派誰當續？笑看江南没骨花，嬌紅豔紫皆塵俗。蔣家三徑今無主，零落湘湖纔一幅。我生愛竹復愛詩，擬畫篔簹賦淇澳。夢魂髣髴無處所，不是長沙定安陸。詩成揮手謝清卿，莫道燕歌非郢曲。

題徐主事廷用所藏畫鶴時徐歸省長沙

江沙翠竹揺森爽，老鶴當空墮清響。萬里金天閶闔風，長夜一聲神獨往。濯盡紅塵舊羽衣，方知碧落無矰網。飛當雪落更身輕，舞向月明應技癢。岡頭彩鳳須同調，世上凡禽空夢想。拔地雛看一日成，沖霄翮是千年養。玉佩疑隨子晉笙，錦袍合稱王恭氅。何人粉墨得此本，直爲山林助高賞。詩成剛附鶴南飛，歸報青田紫芝長。

石城雪樵圖爲李侍郎世賢賦

姑蘇城北虞山側，石城崚嶒雪千尺。憑高歷險去復還，獨有前村老樵客。疏林落葉聞虚響，遠徑荒苔斷行迹。仄磴危梯幾處通，短衣長帽何人識？東華一去三十載，身上塵緇無寸白。夢想猶疑伐木聲，棲臺不礙看山色。石田沈翁好事者，點染吴縑成粉墨。老氣横隨筆底生，神交豈恨天涯隔？會稽太守多歸興，灞水幽人抱詩癖。有約重烹學士茶，爲君細掃松間石。

與張都憲公實話别長句

烏臺豸史巡江淮，漕舟百萬東南來。吴粳如山積燕市，九陌白日紅塵開。手題笏記報天子，當軒一顧重瞳迴。天教今歲足豐稔，人道此公經濟才。文皇廟筭恭襄績，坐遣官軍飽供億。年深役重苦不支，百孔千瘡誰爲塞？古稱錯節須利器，公縱欲辭寧可得？蒼顔驚見老風霜，妙手忽傳轟霹靂。羣猜衆哄了不知，但惜兵資與民力。城狐潛蹤社鼠走，胝足赬肩方一息。公來意氣凌雲霄，公去還聞山嶽摇。長煙蕩空日照地，冠蓋滿路隨千旄。與公臨别話疇昔，三十七年魂夢勞。公今勳業不自負，我獨竊禄慚清朝。願期晚節共金石，莫使青銅空二毛。

畫馬二首

健馬奔泉如渴虹，活馬浴水如遊龍。竦身作勢蹴厚地，仰首噴沫生長風。倦思衮塵痒磨樹，似是馬身通馬語。莫將意態問丹青，天機正在忘言處。

前馬奔騰後馬逐，沙苑東來西江曲。相遭意氣兩不平，踏盡長堤春草緑。奚官一騎高如山，金環玉勒聲珊珊。會呼羣駿出雲霧，同立春風十二閑。

題劉廷式所藏山水圖時廷式募兵寧夏還復往巡撫

賀蘭西來山作屏，黄河東迴水爲城。層峰入空鳥雀避，濁浪捲池魚龍驚。平疇沃野不知數，圃亦可種田可耕。大開閫幄集將士，中有十萬屯邊兵。中丞昔奉西巡使，指點山河識形勢。風日千年古戰場，冠裳一代今王制。遠道關心夜聽笳，高原駐目春停轡。時聞狐豖相出没，别選貔貅爲扞衛。祇應身自作長城，水色山光爲增氣。繡衣驄馬重遊地，蓬矢桑弧少年志。他日歸朝檢畫圖，爲予細説防邊事。

憶昔行贈黎參議本端

昔年我在文僖門，門前多士如雲屯。文僖先生子視我，我視諸郎猶弟昆。登華涉峻豈自致？九原再拜先生恩。郎君年少各已壯，置身共在青霄上。過眼星霜四十周，大郎出守還歸葬。二郎忽作雁孤飛，别我欲去情依依。滇南道路風塵遠，楚國經過耆舊稀。存亡異轍乃同調，一家父子皆金緋。關西清白本世德，黎本楊姓。冰蘗孰謂儒生非？題詩贈君聲激烈，九月京城滿城雪。白玉堂中白雪歌，黄金臺上黄花節。衡山峰高湘水洌，此時此景真奇絶。超都歷塊從今始，萬里長途非暫蹶。

努力功名穹壤間，丈夫自古輕離別。

王孟端竹長卷

九龍山翁興豪放，手持蜿蜒青竹杖。酒酣怒擲江中流，化作一龍長數丈。一龍躍起一龍隨，倏忽羣龍駭奔浪。穿沙觸石連雲霧，頭角森森各相向。其間小者稱籜龍，鱗甲蛻盡風神同。人道此翁善劇戲，造化乃在指掌中。君不見九龍山翁去何許，九龍山上多風雨。素壁空堂杖影寒，夜半無人作龍語。

題胡馬圖贈楊都憲應寧

國初以來重戎馬，分曹置官牧於野。平原極目沙草青，中有長槽連大厦。二十四監參差開，數百萬匹聯翩來。風鬃霧鬣起平地，一一盡是凌雲才。諸番況復開茶市，玉篆金碑作符契。官茶價重番馬肥，不遺公家有遺利。公家利去歸私門，地力盡棄天無恩。圉人不死死道路，縱有馬至空名存。去年虜騎闖深入，我士雖彊馬不給。破敵摧鋒不要論，飛塵絶漠何嗟及。聖皇西顧垂宵衣，都憲承恩入帝畿。由來考牧在經濟，亦有官兵勞指揮。極知君命如山重，復道公才似泉涌。三千駼牝數非多，百萬貔貅氣增勇。西藩風紀稱師模，南都禮樂歸文儒。眼前時事有至急，馬政雖一非其粗。世間萬事無終極，撫卷爲公三歎息。他日功成獻馬圖，因公更問平胡策。

畫鷹

卑枝語屈高枝舉〔一〕，小鷹低回大鷹怒。殺氣森森動碧寥，千山落葉紛無數。雲霄意概風霜姿，傲睨六合無雄雌。夢迷東海未歸路，興在秋原初下時。吁嗟乎！巢有羽兮穴有肉，莫遣鵷鸞空側目。

【校勘記】

〔一〕「語」，以文義當作「詰」，疑以形近而訛。

王德輝侍郎母壽八十詩時德輝奉使歸省

鑒湖緑水光如黛，堂上長眉動光彩。侍郎身著錦衣還，滿眼物華春不改。珠冠翠羽高玲瓏，輕身緩杖何從容。北魚南笋味相似，越舞燕歌調不同。玉堂珍饌黄封酒，問嬰還憶長安否？客至猶懷斷髮心，老來閒却和熊手。君家瑯琊忠孝門，母今有子復有孫。願嬰高壽兒亦壽，重慶堂前春復春。

鍾欽禮雲山圖爲史都憲天瑞題

江南畫史誰專門？會稽老鍾清且温。圖成長練置急雨，筆墨滅盡風神存。史云。陽崖陰谷半明翳，上有煙雲時吐吞。深林蓊鬱石磈磊，野水不斷天無痕。當其得意每自許，傲睨恥受王公尊。勾餘拙翁善墨竹，史號勾餘一拙。二者異法須同論。謂渠畫格自有派，房山之子南宫孫。手持此圖自東海，海色尚帶扶桑暾。千巖秋聲萬壑樹，只尺不辨東西村。幽亭野集者誰子？似有賓主無琴樽。問之不答若莞爾，物外別自成乾坤。我生愛山復愛竹，對此病目開餘昏。君看巖谷最深處，好著數個篬筤根。

長安舊第行壽劉檢討瑞母七十其父用行終山東僉事予同年進士也

長安舊屋郎官宅，四十年前老賓客。同年兄嫂稱通家，轉頭歡笑成咨嗟。東遊齊山西入蜀，遥在舊鄉思舊屋。承家有子安用多，還讀父書登父科。千金買屋幾易主，爲指當時斷機處。太倉稻熟官酒香，猶是平生冰蘗腸。屋長安居酒長醉，願嬃百年復千歲。

客有談仲僉事與立賑濟鄉民事聞而義之且嘉其能與立將赴河南韻以爲贈客費子充贊善也

維揚城中人食人，部使北來勞憲臣。廣西監司私賑貧，問渠元是揚州民。身倡義士傾倉囷，民吾同胞矧吾親？監司拯難不愛身，手斡疫氣回陽春。前行後隨若次鱗，但有給予無譏詢。彼氓千愁復萬辛，喜極不覺號蒼旻。患非在寡而在均，聖言在耳識已真。西江太史來細陳，我忽聽之爲雙顰。今年監司朝紫宸，問之不答但逡巡。明朝別我黄河濱，我欲往送河無津。南軒井法先鄉鄰，意以一髮懸千鈞，願子演此爲經綸。監司發軔當兹辰，爲渠重賦車轔轔。

林良聚禽圖爲馮御史執之題

枝間啅雀聲啁哳，江頭浮鴨嘴唼諳。誰教乾鵲報新晴，似道山前泥滑滑。日暮欲往行人愁，亦有山禽雙白頭。年芳物性若反覆，惟有無情江水流。君不見嶺南林郎舊時筆，落墨殘縑渺蕭瑟。酒闌風雨罷披圖，臺上烏啼月東出。

題趙子昂射鹿圖

高秋出獵長城下，碧眼胡兒騎剗馬。弓如月滿箭星流，已似千山毛血灑。馬前逸兔或可脱，山下老麇身欲赭。彼貪但爲口腹謀，不見巴西放麑者。吴興王孫燕薊客，酒酣興發時潑墨。極知紈綺足風流，忘却河山限南北。噫吁嚱！薛郎未挂天山弓，披圖仰面來天風。

劉學士家藏贈行詩畫 有序

少詹事兼學士廣陽劉君世衡手一軸示予，蓋其祖尚書公爲山東布政時，少師楊文貞公題會稽陳憲章墨梅爲贈者也。其上有吏部侍郎葉文莊公題辭，别爲一幅。世衡重加裝飾，闊其三周，徵諸學士大夫，爲之賦詠若干篇，識不忘也。尚書公諱中孚，從太宗靖内難，以生員守燕城，授陳留縣丞，歷南京工部員外郎、江西布政司參議，乃有山東之命。仁宗欲用爲户部，改名中敷令，兼太子賓客。正統中，以不比王振，罷官家居。景泰初，起爲左侍郎，兼職如故。卒復贈尚書。前後五十年，廉能之譽，始終不替。文貞公天下師表，特與締交，稱爲老友。其託物致贈，因言寄興，有君子之道焉。徵諸文莊，可以並見矣。公子璉舉進士，爲給事中，累官光禄卿，亦爲權勢所中，謫遼東苑馬少卿而卒。仲子琛以公廕爲國子生，官至工部郎中，論者皆以爲不究其用。世衡名機，光禄公子也，以文學繼登甲第，入翰林爲庶吉士，累官今官。在經筵史局，職講讀纂述之務，才能行業，高躋遠到，綽乎其有餘地也。則其景行先哲之心、跂美前人之志，豈但一遺書授簡間哉？予與世衡先後出京學場屋，館閣之契，於兹有年，不能無感於所藏者，因綴爲長句，且爲諸君引之，以見其所爲賦云。

剡藤四尺花如雪，誰向都亭贈離别？黄扉閣老坐題詩，薇省仙翁去持節。冰顔玉骨兩無瑕，平生交誼如此花。絶勝東閣郎官興，不似西湖處士家。仙翁老去花猶在，奕葉書香長不改。時看雨露發根荄，肯受塵埃蔽光采？故物争傳畫有靈，相逢莫道花無情。剛羨廣平能作賦，久知光禄善調羹。調羹作賦皆能事，解識當年贈時意。藻繪休憐五色文，瓊瑶不博千金字。玉堂學士仙翁孫，百年文獻今猶存。要將事業前賢比，留與雲仍後代論。

張主事潛奉使闕里紀之以詩兼柬衍聖公

漢家天子臨雍日，孔氏雲孫應時出。關西俊士東曹郎，奉使南來馬行疾。長安雪後開新霽，炫晃山川豁蒙密。經心道路遠逶迤，翹首殿庭高崒嵂。百年盛典聞褒恤，萬古遺經重删述。極知禮樂超唐宋，冕十二旒庭八佾。平生仰止在宫墻，真見升堂還入室。杏壇絃誦忽三千，童冠舞雩思六七。顔祠孟廟皆吾黨，近者數弓遥一馹。會陪圭組導衿裾，歸向虞庭拜天秩。

題衍聖公所藏畫竹因憶闕里南園之勝故篇終及之

高堂四壁歌聲起，戛玉鳴金奏清徵。摩挲素練往復還，似有秋風生爪指。古來寫竹如寫神，倉卒應接皆天真。想當磅礴向空廓，已覺意氣超風塵。我家舊傍瀟湘住，滿地清陰不歸去。每開圖畫即江湖，長怪軒窗隔煙霧。闕里墻東縣令家，名園種竹不種花。蹊回徑折入蒙翳，下有泉水無泥沙。長流濊濊穿林響，短髮蕭蕭助森爽。舊路無因縮地看，新梢定見參天長。北客南遊興未償，此時此景故難忘。擬刻琅玕三百字，爲渠題寄墨君堂。

夏太常墨竹卷爲屠都憲元勳題

太常作畫如作書，銀鈎鐵畫交扶疏。試將醉筆寫秋色，便覺紙面開江湖。濃陰匝地雲煙濕，黑雨灑空翻墨汁。硯池深夜籜龍飛，麟角向人皆起立。玉堂學士觀揮毫，復道人間有鳳毛。中書君頭老不秃，元是中書畫中竹。君不見九龍山人王子猷，百年書畫餘風流。唐臨晉帖世已少，此畫此書今幾秋？

明山草亭爲王侍郎民望題時王致仕歸

華容之南洞庭北，明山岧嶢倚天碧。峰迴路轉高復深，下有東曹侍郎宅。侍郎昔在山中居，三間草屋一牀書。門前花樹歲開落，簾際煙雲時卷舒。扶笻上山石巑岏，泛舟入湖水空闊。醒看庭月挂松梢，醉愛江風起蘋末。朝走燕齊暮入秦，朅來關塞隨風塵。丹心用盡髮半白，三十八年秋復春。亭從別後誰爲主？山若有情應解語。別君年久望君歸，俯仰乾坤同逆旅。南山之樂北山勞，問君定是何山高？有人新向東山去，且共相過醉濁醪。

題米元暉雲山圖卷送木齋先生致政南歸

謝公家住東山東，山頭雲氣長青葱。山人善畫者老鍾，欽禮。横圖三尺懸堂中。予爲作歌有古風，雲山變幻態不同。吾家有圖圖更工，工部筆法如南宫。煙毫雨墨澹復濃，山有萬疊雲千重，宛若緑水浮芙蓉。林深樹密行無蹤，有眼不辨檜與松。幽泉隱耳鳴琤琮，只尺似隔香爐峰。由來畫與書法通，外極秀發中藏鋒。米船夜半光如虹，予心愛之手所封，幾年什襲隨巾籠。公歸别我行匆匆，持贈不比華陽翁。爲公撫卷歌雲龍，四方下上將焉從。停雲靄靄雨濛濛，遥當海徼瞻方蓬，仙舟一去如凌空。稽山鏡水多兒童，復道東山有謝公。身爲霖雨裨天功，出岫入岫何從容。蒼生之望安可窮，吁嗟乎，蒼生之望安可窮！

茅山草亭爲餘姚謝生正作

亭在汝仇湖之中，去餘姚縣五十餘里。

澄湖四面平如鏡，湖上一山如鏡柄。小亭孤絶冠山顛，影落虚明波不定。朝看海色開暈瞑，夕愛嵐光閃餘映。包涵萬象入空寥，上有鳶飛下魚泳。樵徑崎嶇或可通，漁歌欸乃遥相應。中有儒生讀古書，誅茅伐木披荒磴。山疑句曲豈三仙？

亭比杜陵争一勝。誰遣湖來作汝仇？莫言墩去非公姓。山中無事聊習静，席上有珍方待聘。溪雲澗月供揮灑，春鳥秋花入吟詠。煙霄意氣江湖興，鐘鼎山林豈天性？從此功名奕代傳，茅山合與東山稱。

贈王提學雲鳳

我思古初制文字，篆籀之餘散分隸。漢魏隋唐作者多，後來俗學空姿媚。昔從小篆得古法，降作隸書差自拔。周茹楚芰心自甘，持以語人如嚼蠟。太常喬卿筆清健，後習隸分先學篆。使節新從晉地回，名山古廟書題遍。柏臺外史蘭亭孫，骨力苦硬如松根。搜奇索隱極茫昧，斷石遺墨何繽紛。旁收並集不遺力，點畫無擇隸與分。分經不刻中郎石，比篆聊同許氏文。聲離韻協皆成帙，字或孤存或重出。自將意匠指良工，宛轉銀鈎鐵爲筆。渠言有十今但一，從此搜羅願終畢。平生好古心獨勞，更謝羣疑遠相質。柏臺西去書滿車，我欲留之三歎嗟。書成珍重許寄我，先爲摩挲老眼花。

錢唐江潮圖爲喬少卿希大作

錢唐江頭江倒流，中有潮聲號萬牛。堆銀如山雪如屋，遠見滅没當空浮。千峰將頽樹欲秃，海若股栗天吴愁。來船歡欣勢自下，瞬息千里無淹流。去船乘危貴得正，力盡一過且復休。躋攀分寸偶失手，頃刻下飽黿與鰌。由來只尺不自覺，遠望不敢凝雙眸。客來未到膽已落，借問同還見得不？何人嬉笑欲起舞？越東老翁搔白頭。羣兒招呼或助叫，倏忽過耳風颼飀。達士遐觀得奇賞，七澤五湖同一漚。天道虚疑月盈缺，世情妄假人恩讎。復將險巧作戲劇，鄉里少年誇善泅。潮來潮去亦何意，人間萬事良悠悠。我時渡江不相值，空對燕客談杭州。壯懷高興兩莫遂，三十五年秋復秋。誰將妙思入畫本，似與造化争雕鎪？酒酣月落不知處，夢醒尚作江南遊。

題楊妃出遊圖

沉香亭前春日裏，海棠睡足風吹起。玉驄馱醉出華清，頭上緑雲嬌不理。内人宣索已多時，金鑾供奉來何遲。有誰並轡復顧笑，不是秦姨定虢姨。階頭奚官執控走，問渠合似安郎否？不然那得近前行，衹許籠禽隨吠狗。君不見馬嵬坡下蛾眉愁，可憐白骨埋荒丘。柳絲難綰芳魂住，應從君王萬里遊。

題湖山春曉圖

湖船著水平無舵，篷上使篙篷下坐。山光四面錦屏開，橋影中天彩虹卧。輕鴉拂樹還千點，老鶴叫空時一個。宴客遥將綺席隨，遊人不惜青鞋破。江南風物今餘幾，看畫題詩兩無那。却恐湖山畫不如，他年自買扁舟過。

鷺鷥圖

平湖影動波光滿，白鷺絲長羽毛短。舞風梳雨未騰騫，落却蓮衣秋不管。引步昂頭高復低，凌虚欲舉意還遲。穿花隔水時隱見，花底遊魚知未知？崔家池上多秋信，碧草長天迷遠近。何似王維畫裏看，水田漠漠青無盡。

鷓鴣圖

鷓鴣啼處春江緑，日暮凄風吹苦竹。相呼相喚不停聲，萬恨千愁啼未足。有時格磔還鉤輈，此聲欲斷無時休。風低不渡三江水，竹冷先驚八月秋。我家舊在湘南住，猶記曾聞鷓鴣處。不似雲安有杜鵑，聲聲道不如歸去。

懷郴行爲何郎中孟春作

郴州形勝天下稀，千巖萬壑勞攀躋。山高地峻水清駛，此語吾信韓昌黎。何郎少年美文藻，直以賞識隨標題。偶逢燕人作楚語，某水某山皆不迷。黄岑山名。山深入雲霧，楚越藩籬此門户。五嶺中分隔雨晴，諸峰忽變成朝暮。蘇仙山名。恍惚無定所，何公山名。流傳豈其祖？有泉如燕泉名。復如潮，泉名。與月盈虚社來去。編磬石磬。懸鐘石鐘。似有聲，奇形怪狀紛無數。吾祖昔聞先此州，吾家近住茶溪頭。扁舟三日不一到，空負平生作壯遊。

紫林書屋

一林霜樹明如綺，落日餘霞半山紫。下有茅齋八九椽，書聲忽送秋風起。天宇澄清鴻雁高，窗前墜葉時飄蕭。秀看丹桂天邊發，志比青松雪後凋。十年擢第登朝省，幾向山林憶鄉井。匣裏雙龍試一鳴，空中獨鶴聞虚警。君不見衡嶽峰頭雲正開，洞庭舟上客初回。歸時好種琅玕實，管領丹山彩鳳來。

七駿圖

誰哉畫此七駿圖，風格雖同毛骨殊。回頭臥者若有呼，行者迤邐求其徒。聳身並立兩不語，意氣雲霄似相許。閒思嗅塵痒磨足，進步欲前仍躑躅。君看最後一馬驄，雙瞳耀日尾梳風。長驅如山屹不動，舉首一顧千羣空。平原無人秋草長，隨意西郊自來往。一飽能忘雨露恩，十年未斷風塵想。天閑十二雲錦多，空驚歲月易蹉跎。試教一日馳千里，月窟崑崙奈爾何。

漁舟圖

空江颯颯鳴高樹，落葉隨風渡江去。晴波淼淼接天遥，目斷飛鴻無盡處。江村漁翁家在船，懸罾結網自年年。船頭老婦引篙立，篷底嬌兒抱櫓眠。舉罾見魚魚尾活，滿眼浪花時潑潑。煙雲影滅向中流，欸乃聲來起天末。農夫把耒商踏車，人生無處非生涯。每從勞逸殊好惡，江南無如釣漁樂。君不見洞庭湖邊青草多，慈恩寺前生白波。濯纓濯足兩不遂，誰和滄浪孺子歌？

聚禽圖

西塘日落秋波緑，兩兩鴛鴦水中浴。野鳧似雁忽西東，落翠棲紅亂人目。鳴鳩愛雨鵲愛晴，宿者自宿行自行。惟有白鷗忘世事，朝來暮去兩無情。

子昂畫馬卷

翰林學士真天人，平生書畫皆通神。自言少小嗜毫素，寸紙遍作雲煙痕。老來意態盡物理，畫馬欲過曹將軍。此圖似出西城種，骨法權奇氣軒聳。將身蹴地踻不前，矯首見人驚欲踊。燕家死馬猶堪賣，況此風神解飛動？在野須教一顧空，登臺未覺千金重。崔郎愛畫復好奇，向來得此信且疑。爲渠指點是真迹，老我聰明非昔時。圖窮忽見銀鉤筆，復訝驪珠海中出。江南贋本今已多，入眼自須分甲乙。世人得者惟見一，至寶逢時故難匹。從此高堂展玩頻，明窗浄几無長日。

題夏珪山水圖

江天雪暗江雲黑，不辨溪南與溪北。江風洶洶山木號，怪石飛泉怒相射。柴門不關草堂静，去馬來車兩無迹。波濤澒洞川氣昏，亦有扁舟遠行客。中流無帆橈不進，船底差差浪花白。欹篷仄舵苦不持，雨笠風蓑半無力。衝寒冒雪者何人？只尺相看不相識。疑是山陰訪戴翁，山裝水載何匆劇。似聞軟語相慰藉，豈有幽歡共愁寂？問渠此去去何之，却恐欲歸歸未得。畫師本抱山林癖，手裂生綃開水墨。横揮直掃百態生，不獨溪聲與山色。君看歲暮江湖裏，如漱寒流枕高石。對客披圖酒半醒，空堂五月無炎赫。

太原宋生灝手刻先君字法手稿贈之以詩時生已授廣平通判矣正德五年十二月三日

太原宋生得心畫，點染霜毫付金石。寶賢堂晉府。上古名書，一一親曾手翻刻。秋闈累舉不一薦，三入長安人未識。喬卿篆書初入室，數紙西來拓新墨。嗟予相字如相馬，肯向驪黄辨顔色。吾家府君妙楷法，晉帖唐書飽探索。殘篇斷楮空塵埃，生也見之三歎息。摹朱勒石不辭勞，細入秋毫大盈尺。炎天汗浹衣沾濕，晚歲冰寒肉皴折。當其腕指所至時，意匠心師兩無迹。長安俗工不解意，僅有形模少風格。逢生不早亦非遲，猶及儒生頭半白。須知絶代有名家，兼爲私門存手澤。五百揚雄豈待年，三千薦福空論直。生今作倅當畿府，方以文章爲吏飾。他日編成却寄渠，書中定有長相憶。

寄壽封君楊留耕先生

峨眉山頭雲氣濃，錦官城上花枝紅。地靈人傑應時出，往歲吾識留耕翁。一從獻策明光殿，三世科名眼中見。鸚鵡洲前驄馬歸，鳳凰池裏騏麟現。一品封高七帙稀，烏紗玉帶明緋衣。祇疑天上神仙是，若比人間富貴非。誰信今人不如古，片玉一枝安足數？蘇氏奇峰僅有三，竇家芳樹纔稱五。太史文章秘閣動，少年狀元才出羣。眼看是父復是子，此語吾傳揚子雲。白頭憂國心尤切，剛道成平好時節。已見西川洗甲兵，更依北斗瞻京闕。玄霜彩筆泥金箋，爲君興寄西南天。願山不童花不老，一歲一賦長生篇。

題雙鳳圖爲崔甥

梧桐枝上曈曨日，共指丹山鳳凰出。文采天教五色呈，或赤如朱黑如漆。族無大小皆稱長，聲有雌雄同應律。阿閣巢深始養成，虞廷瑞見期難失。池上奇毛信有雛，世間凡鳥空成匹。極知耳目非常見，聊假丹青爲幻質。點染真疑造化功，品題合稱詩人筆。聖朝有道萬物遂，郊有四靈何但一。已看國士多羽翼，復道郎君好家室。爲渠拂拭還愛惜，飲以玉泉餐竹實。會須把酒對新圖，坐我高堂聽鳴瑟。

東坡煎茶圖次坡韻

君不見玉川兩腋清風生，又不見黄家竹几車聲鳴。東坡别有煎茶法，一勺解使千金輕。江南雷鳴二月二，已識山人采芳意。東京貢院試一煎，汴中那有中泠泉。翰林老仙出西蜀，醉掃蠻箋寫珠玉。詩成吻渴腸亦飢，長鬚拂紙揚修眉。知公此興不獨樂，蘇門六子長相隨。請看畫裏題詩手，猶似當爐運筆時。

墨梅一首

江邊老樹根如鐵，枝上繁花亂成雪。千葩萬蕊一時開，剛值江南好風月。川迴谷轉山路微，春來無處無芳菲。行遲似愛影在地，坐久不知香滿衣。江南此景看不足，江北見之如見玉。丹青紙上漫成塵，桃李擔頭空過目。平生知己孟與林，招之不來勞我心。看花載酒不知處，灞雪蕭蕭湖水深。

題杜古狂畫壽張封君爲禮部員外繼孟作

杜狂作畫如寫神，朱顏皓髮真仙人。持杯向空坐白石，傲睨城市無風塵。飛來素鶴如青鳥，似報丹書下蓬島。爲言仙籍已通名，却望雲端拜天表。烏紗束帶宫錦裳，始知身是尚書郎。高門多客車馬集，春宴隔城鐘漏長。一從西陌移家住，猶記城東買書處。春官桃李足新陰，暮景桑榆有佳趣。仙耶官耶兩不知，且看此畫復此詩。郎君再拜起謝客，歲歲來共長生巵。

題蟠桃圖壽邵淑人爲國賢侍郎作

春光如畫還如織，枝上仙桃紅欲滴。醉日醺風始釀成，倚雲如露真消得。度索山頭錦作堆，玄都觀裏多蒼苔。東方小兒强解事，誰遣上樹偷三回？司徒清鑒時争羡，天上人間兩曾見。内殿初聞侍宴歸，北堂載睹東風面。種樹何如種德難，物華人傑總稱賢。願栽千本壽千歲，不作尋常幻畫看。

山水圖爲魯司業題

山風蕭蕭溪水急，溪上高亭暮寒集。空中落葉灑衣裳，蒼苔滿地無人拾。深山野客忽相過，向來塵事何其多。短吟長話未終日，回首白蘋生碧波。

予莊詩

荆溪之莊誰所廬，荆溪主人稱是予。荆溪野人不識渠，有眼道是延陵吴。自言家世荆溪住，宅相本出南州徐。買田自釀北海酒，引水欲活西江魚。古來陵谷如翻手，俯仰應懷昔人有。澗草巖花不計春，過雲飛鳥猶回首。自别兹莊二十秋，四時風景一時收。共看錦服明清晝，莫遣青山笑黑頭。莊哉莊哉不我負，自我得之非外求。君不見張公古洞空傳姓，蘇公獨山誰所命？秖今那有張蘇家，空餘往事令人嗟。天壤之間孰非我？莊以予名無不可。萬間廣厦幾時成，留取高名向江左。

李東陽全集卷五十六
懷麓堂詩後稿卷之四

五言律詩

種竹

種竹復種竹，屋西還屋東。都城十日雨，長夏一林風。宿土得餘潤，團陰分小叢。高秋想鳴珮，側耳向晴空。

小園即事

過雨東園暮，畦蔬架已瓜。分恩到僮僕，沾潤與鄰家。學圃非吾事，憂時且歲華。有懷成獨坐，欹側岸烏紗。

假山成戲作二首

疊石危峰起，盤根古樹成。竇留雲宿處，溪待水流聲。意匠疑天巧，林居見物情。退朝先拄笏，爽氣忽然生。

又

有意尋丹壑，無錢買白雲。岡巒纔數疊，城市已平分。遠可遊松子，清宜隱竹君。山成謝巖叟，題壁爲書勳。

次韻送衍聖公孔聞韶

孔衣清尚絅，衛竹美如圭。經學親傳魯，韶音想在齊。海觀知水術，嶽望有山梯。遠道須珍重，扶持仗老奚。

崑山毛翁百歲詩

種菊南山下，秋風百度花。乾坤此間氣，江漢復誰家？管榻經重敝，陶冠已十加。海籌仍下一，桑陸看量沙。

竹坡

種竹前坡滿，其如秋興何？迴含山氣爽，低礙夕陽多。有地留冰雪，無心鬬綺羅。錦衣歸稚子，洗耳聽鳴珂。

次韻答方石先生二首

五載詞垣病，三回命使臨。乾坤無報德，江漢有歸心。岐路歸南北，功名慨古今。微涓能幾許？恩海向來深。

温詔勞三諭，威顔仰四臨。老妨扶病力，拙苦濟時心。世遠方思古，吾衰恐自今。故人高義在，藥石敢辭深？

山行十首 癸亥十月三日。

遠寺無煙火，晴空見羽毛。水光浮日動，秋氣出林高。城市身仍繫，江湖興本豪。馳驅亦王事，元不是賢勞。

十月交仍淺，千林落未空。雨苔留徑碧，霜李綴枝紅。有李名十月紅。使客瞻天近，田家説歲豐。太康思外職，吾欲詠豳風。

寶刹開湖面，清泉漱石根。僧田不入税，甲第漸成村。壁有題名在，亭因駐蹕存。勝遊非我事，休暇亦君恩。

獨宿荒山裏，悠然自寢興。犬聲山樹葉，人影佛堂燈。室静閒教掃，峰高倦憶登。詩成思二妙，遥在碧雲層。衍聖公兄弟宿香山。

路闢天門險，根蟠地軸深。入山雲霧合，出寺鼓鐘沉。意遠窮千劫，民勞豈萬金？平生不到處，感慨一登臨。

風露蘭山山名。冷，幽宫夜不扃。地應藏劍舄，天爲泄精靈。遠樹聞清籟，遥山列畫屏。人生一俯仰，塵夢幾時醒？時有事於申懿王園。

翠微山名。深不斷，迤邐到香山。山名。入谷呼頻應，尋源去却還。夕峰明滅外，晴霧有無間。預與山靈約，禪房定不關。

鑿翠開虛牖，分清出小池。高峰去月近，深樹得霜遲。院静時聞梵，燈明夜看棋。登臨元有意，邂逅本無期。

平明登絶頂，萬象極秋毫。入谷境逾窈，緣崖山轉高。法門空色界，塵海任風濤。不識經營費，猶嫌跋涉勞。

路入金山口，峰巒兩派分。亭臺中使宅，松柏主家墳。社鼓村村静，僧鐘寺寺聞。我今猶禄食，俯仰更何云。

太皇太后輓歌詞

其一

廣殿臨丹闕，重闈麗紫霄。康寧過六紀，熙皞見三朝。月窟瞻猶近，飈車望已遥。萬方同灑涕，痛極轉成謡。

其二

海宇瞻依共，宮闈奉養尊。舊恩長樂殿，遺戒濯龍門。宋室新儀陋，周嫄古制存。欲知流澤遠，聖子復神孫。

其三

月有重光象，川無再逝波。人間瓊佩遠，天上玉樓多。幻界三千隔，韶光九十過。感恩兼戀德，空有淚成河。

其四

鳳掖承歡地，龍樓問寢辰。感恩方愛日，厭世已離塵。地隔黄泉夜，山空碧殿春。裕陵松柏在，瞻望總傷神。

其五

慶積傳宗遠，年高閱世深。憂民終夜念，保國一生心。顯耀成三象，遺言重萬金。鬱葱佳氣裏，陵樹晚沉沉。

其六

舊業山河壯，餘恩雨露饒。羣臣思社飯，命婦憶晨朝。暗月留鸞鏡，悲風引鳳簫。丹旌看不見，雲路轉迢迢。

其七

壽已稀年過，身將五福兼。休光彌宇宙，遺澤到洪纖。山拆鐘初應，籌空海漫添。試看幽僻地，清淚灑窮簷。

其八

北郭車塵遠，西陵樹色重。地棲華表鶴，雲逐鼎湖龍。命使三時奠，空山半夜鐘。他時奔駿地，冠佩相追從。

其九

紫殿春方寂，玄宫夜正長。幽泉沾竹淚，哀壑奏松簧。玉几心悽愴，瑶池事渺茫。乾坤終古在，俯仰恨難忘。

其十

桂兔秋逾好，軒龍晚更輝。兩朝天下養，千古世間稀。眼見新宫起，神從别殿歸。不須論往事，一涕一沾衣。

太皇太后發引鼓吹詞

應天長

天風吹斷瑶池夢，落月高城笳鼓動。彩雲迎，青鳥送。哀綍一聲天下慟。上林霜露重，空使泣鸞啼鳳。試看水朝星拱，此情誰不痛？

孝宗皇帝輓歌詞

其一

此日真何日，陰雲掩上台。晦明天色變，嗚咽水聲哀。舊恨齊山嶽，遺恩遍草萊。萬方同一慟，痛哭隱成雷。

其二

聖德同天縱，皇圖與日升。乾維中斷絶，坤軸乍欹崩。輂蓋辭雙闕，山河護六陵。生成真罔極，攀送竟何能？

其三

恭己同虞帝，祇台比夏王。内廷無女謁，外囿絶禽荒。富有天和養，終期曆數長。彼蒼何弗弔，民物共摧傷。

其四

聖道通三極，王言似六經。面開天日表，書作虎龍形。杞國天方墜，華胥夢不醒。萬年金匱在，遺訓炳丹青。

其五

鶴髮承顔日，龍樓問寢辰。兩宫同奉養，九廟極精禋。孝可通金石，誠能動鬼神。徽稱高萬代，垂憲及千春。

其六

畎畝蒼生念，閭閻白屋情。覽章時昃日，露禱必深更。歲旱憂疑獄，天寒憫戍兵。尚遺寬恤詔，朝野共吞聲。

其七

極意窮幽隱，虚懷仰治平。近臣常造膝，閣老不呼名。道合君臣義，恩深父子情。化機元不偶，天意竟何成。

其八

玉几終宵坐，彤闈徹曉通。孫謀思祖訓，家教託儲宫。天語丁寧際，龍顔髣髴中。此身真隔世，地下倘相從。

其九

海宇熙平日，乾坤夢幻間。虹流始華渚，龍卧已橋山。蓂莢驚新换，湘筠憶舊斑。翠華天上去，無路可追攀。

其十

靈駕歸何處？茂陵西更西。日輪埋地軸，雲路隔天梯。月迴鳴鑾静，山圍簇仗齊。玄宫松柏裏，瞻望轉悽迷。

孝宗皇帝發引鼓吹詞

應天長

太平天子龍飛運，二十年來如一瞬。大轝行，笳鼓振。萬里山河千古恨。五陵佳氣近，爲報宫車來信。縱到海枯山隕，此哀何日盡？

雪後

十里城陰路，肩輿緩步行。好天晴更碧，積雪夜偏明。病覺宦情減，老於人事輕。交親不可棄，聊與盡生平。

西莊獨詠得四首 六月二日。

城市多炎鬱，園林剩得秋。雨晴山骨見，庭曉露痕收。野汲嘗新井，溪行溯淺流。獨吟還自酌，幽賞爲誰酬？

夏日長如許，良辰古亦難。酒醒思枕石，沐罷想彈冠。露草侵衣濕，風泉冰齒寒。詩成無刻處，方擬種琅玕。

長日似兩日，可人無一人。市醪深亦醉，村語樸還真。開落花相代，青黄麥未勻。那知老將至，六十又生辰。

望遠宜新霽，歸遲待晚涼。嶺雲隨鳥盡，溪樹繞堤長。獨立憑誰語，幽懷祇自傷。乾坤無盡日，俯仰意難忘。

題屠司寇元勳小像

仕路逢青眼，朝簪上黑頭。唐科龍虎出，周藪鳳麟遊。待漏彤樓曉，分司粉署秋。科名隨禁籍，從此達宸旒。

又

一自登科後，青袍已换緋。百官同虎拜，三見六龍飛。笏記分明語，天顔只尺威。班行與道路，顧盼有光輝。

又

躡步登臺省，埋頭入簿書。午風鈴索静，斜日吏行疏。漢法持三尺，于門擁駟車。公餘多逸興，詩筆幾曾虚？

又

舊隱清風在，深衣古制存。水流花引路，客至鶴迎門。文采弓裘盛，鄉邦爵齒尊。東門還洛社，盛事兩堪論。

題米南宫真迹卷贈邃庵太宰先生

地拆山根斷，天空海氣開。乾坤此勝概，冠佩幾重來。揮灑餘篇翰，風流寄酒杯。爲渠連夜夢，飛繞妙高臺。

又

懷古心猶壯，探奇卷屢開。眉顰嗟我老，櫝韞待公來。寄遠難憑雁，論文重舉杯。他時臨賞地，歸坐月中臺。

偶得南宫多景樓詩一首，筆墨清潤，蓋得意書也。因憶邃庵博學好古，而此詩此景又其所卜居地，舉以贈之。復追前韻二首，書于卷後。予遊江南，嘗登此樓，目擊其勝。及邃庵既定居，而陽羡之田已棄。坐月亭中無我足迹，他日展玩間，未必不憮然太息也。正德辛未六月望日。

孔氏女卒已閲歲錢郎中榮自錫山以詩來慰憶自亡兒之喪吊輓者累數十至而今僅得此悵然感之因次其韻二首以自慰

浮生如有寄，老淚忽無時。豈謂東門恨，翻爲永叔悲。歐祭女文云：「於我有一日之愛兮，於汝有終身之悲。」望深猶駐目，話久或停卮。爲謝同心客，詩來慰所思。

軒蓋寧親日，輀旌送女時。未歸先恨别，既樂轉成悲。遠道無持紼，荒林有酹卮。幽魂如不死，應起望雲思。

病起理髮次唐李羣玉韻二首

一病身仍瘦，三旬髮始梳。雪疑襟袖滿，風怯紙窗虚。亂枕抛書後，衰顛入鏡初。倦餘妨起坐，剛愛客來疏。

病髮猶堪理，憂心不可梳。民勞看已甚，兵捷報常虚。潦水成冰地，田家望雨初。我生嗟尚可，醫國計還疏。

聞雨

快雨劃殘夢，起聞簷溜聲。炎蒸五月盡，愁病一時輕。地喜收蕤麥，天教洗甲兵。老農幸未死，飢眼望秋成。

種竹二首

種竹動經歲，竹來人未知。分從根定後，移趁雨涼時。愛葉看舒卷，憐孫望早遲。歲寒方善保，風雪漫相疑。

種竹幽堂下，涼生暑氣微。愛長過我屋，看緑上人衣。坐久月初出，夢回風漸稀。一竿如可釣，吾欲問漁磯。

中秋獨坐有懷邃庵太宰

坐久夜方寂，望深秋更高。霧奩開月鏡，塵海静風濤。憂國頭空白，懷人意轉勞。汲生猶卧病，何力謝官曹？

九日遇雪聞邃翁見過以詩趣之

節近逢花早，秋深見雪稀。風情兩奇絶，衰病少光輝。抱寂仍欹枕，登高未拂衣。有懷方不寐，剡棹莫空歸。

雪幔朝慵卷，風軒午乍開。冒寒花競發，望遠客能來。病有東籬興，詞荒下里才。呼童頻掃徑，不敢惜蒼苔。

五言排律

桂巖書院爲戴給事銑題

傑構成新築，嘉名滿舊聞。靈巖通地脉，仙桂發天芬。國運興炎祚，鄉兵解魯紛。川原開莽蒼，絃誦接朝曛。扁象濂溪揭，山疑嶽麓分。家門大小戴，經籍古今文。谷冷思吹黍，池香憶采芹。義方規再作，仁里德仍薰。五世宗相續，三遷意獨勤。學田多稔歲，廟祀藹餘君。氣象曾瞻孟，師資本重汾。冠裳皆秩秩，禮樂漫云云。野服春宜浴，庭膏夜屢焚。長流終碧海，平步忽青雲。妙質歸陶冶，良材謝斧斤。詞林先擢秀，諫院早題勳。身許南金價，名空北馬羣。有生能念祖，無飯或忘君。學道心猶壯，憂時髮半氄。剡舟如可載，吾欲問江濆。

進大明會典禮畢有述

聖祖開基日，神孫繼志辰。文哉周典制，貽厥夏和鈞。啓籥紬青簡，函書獻紫宸。命傳綸綍手，官重股肱臣。軌玉朝宗地，冠裳報主身。願裨經國理，無處不堯仁。

棲翠爲刑部曹員外鏷父作

山遠平分翠，樓高迥得秋。暝隨歸鳥至，清與故人留。地僻塵稀到，雲輕棟欲浮。林光新雨浄，湖影夕陽收。短笏頻支頰，重簾不下鈎。畫姿疑淺著，詩境入冥搜。吏服終同隱，村居且當遊。百年渾對此，何必泛扁舟？

李東陽全集卷五十七
懷麓堂詩後稿卷之五

七言律詩

樗老詩爲蘇州楊翁仲實作 吉士昇之父

雨露風霜共此身，託名樗老意還真。青黄幸免犧尊累，紅紫誰甘馬足塵？地有山川開壽域，天將歲月與閒人。養生已得蒙莊術，欲向南華比大椿。

送馬少卿宗勉得告歸吴

賦詩行酒送春裝，贏得歸時滿路光。天上衣冠新賜紫，江南丘壟再焚黄。親教暫去真殊寵，不厭頻來是故鄉。共説鳳池恩露滿，莫將毛羽挂榑桑〔一〕。

【校勘記】

〔一〕「榑」，原作「摶」，此處當以形近而訛。楚辭哀時命：「左袪挂於榑桑。」

送蔣編修敬之歸省

宦遊詩興遠相牽，過盡荆山是越川。花外引輿因奉母，月中鳴珮想朝天。雲霄健翮輕千里，江漢歸心已二年。東望海南書札近，幾時聽雨對牀眠。

内閣賞芍藥奉和少傅徐公韻四首

一春風日幾晴陰，數種名花競淺深。禁苑栽培真得地，化工雕刻本何心。叢疑月下留鸞宿，香到人間許蝶尋。臺閣風流前輩遠，綵毫重和玉堂吟。

次第紅芳又緑陰，好花留向玉堂深。多從雨過看生色，不爲春遲負賞心。清露著衣香易濕，綵雲迷眼夢難尋。杯餘幸接韓公宴，詞罷先賡白傅吟。

曉聞花底佩聲歸，萬葉枝頭露未稀。力盡丹青空藻繪，眼看紅紫漫芬菲。栽雲直傍瑶臺起，避日須將錦障圍。願向人間分此種，莫教春祇在彤扉。

春逐長安擔上歸，此花真覺眼中稀。新題翰苑圖猶在，舊事揚州草自菲。索賞向人心已醉，試開經日手頻圍。欲知近侍承恩地，長共西垣與北扉。

題篁墩行樂卷二首

吟餘肩對碧峰巉，談罷風生玉麈毿。一代才名幾蘇軾，千年宗派兩河南。古來經籍多親勘，老去江山亦飽諳。珍重文章與經濟，眼中何地不君堪？

與君意氣各聲名，同向賓筵賦鹿鳴。萬里雲霄容接武，老年詩酒尚關情。墩前種竹乘春雨，洲上尋芳愛晚晴。欲共舞雩真樂意，江南新服幾時成？

内閣五月蓮花盛開奉和少傅徐公韻二首

漫道西湖百畝寬，新花尚怯曉波寒。内園自合先芳意，道眼從來是別觀。金掌溢時清露委，水仙多處緑雲攢。人間不解真顔色，却愛紅妝舞翠盤。

兩池風物許平分，新賞從來是舊聞。空翠欲沾衣上雨，朵紅猶識殿東雲。吟餘彩筆詩難就，宴出芳筒酒易醺。紅杏碧桃今在否？試將消息問東君。

又和太子太保劉公韻二首

十分芳氣襲人清，未羨蘭蕤更菊英。盡去穠華還古淡，絶無言笑有風情。根含瀛海波濤潤，色藉天家雨露榮。見説中通能外直，此心端合與花盟。

天與靈姿絶代清，看渠真作水中英。雲端别有栽培地，江上空多采掇情。縱是丹青終屬幻，未經題品若爲榮？他年自許歸來樂，不結陶翁社裏盟。

次周吏部伯常得孫韻二首

生男最樂況生孫，萬事如公不要論。千古并汾靈氣在，四傳莊懿祖風存。周乃翁尚書公謚莊懿。

森森蘭玉非無地，衮衮公侯似有源。從此直須稱相業，鄭同何止是專門？

桂花能子竹能孫，秀色清香取次論。新綵預看堂下戲，舊環疑指樹間存。雛生鸑鷟非凡鳥，水出瀛洲是海源。最羨西鄰多盛事，賀車終日過吾門。

郊壇分獻得星辰

南郊類祀禮方殷，位重星辰迥出羣。萬象紛羅天四匝，兩壇高起夜平分。星辰凡二壇。名沾御筆親題字，內四壇皆親定。舞識先朝舊製文。武舞服左袖畫干，上有「除暴安民」四字，乃洪武舊制，近始復之。冠履一時陪奠獻，幸從燔燎託餘馨。

候駕畢宿神樂觀

日華初滿殿東臺，天路遥瞻步輦來。夜賜鶴袍階二品，前日賜同尚書。晝頒龍饌日三回。是日，茶飯外有特賜三。鵷鸞地暖和雲宿，虎豹關嚴待月開。扈從兩朝今最近，報恩何力盡凡才。

重經西涯

晚風殘雨送輕寒，傍柳隨花意未闌。林鳥欲歸巢已换，釣磯如在水應漫。青春荏苒催雙鬢，黄閣棲遲愧一官。詩卷酒船如許載，他時須作鑒湖看。

文華紀事 弘治十一年九月初二日經筵，春坊亦開講，車駕復臨幸焉。

兩筵開共及嘉辰，三度文華集講臣。鶴駕暫停當殿午，龍顔一顧滿墀春。經傳聖學淵源近，地接天家雨露均。明日宫壺重拜賜，願將涓滴報皇仁。次日有羊酒之賜。

送楊維立之南京吏部

學士官高少宰尊，更將奇事與君論。楊公清白多孫子，蘇氏文章好弟昆。總謂留都非散地，極知親擢是深恩。題詩合代持杯送，爲有通家舊誼存。

重經西涯

朔吹晴沙卷暮寒，舊時樓閣記憑欄。層冰耐有行人度，愛日慚非稚子歡。豈謂鳴珂還故里？敢將華髮戀微官。人間未少閒丘壑，欲作求田計更難。

又

禁城陰裏御河西，昨夜分明夢不迷。樓外酒帘非舊館，沙邊屐印有新泥。年華漸覺兒童老，巢户深懷燕雀棲。滿地虚寒霜月在，敢忘燈火教詩題？東陽六歲時，先君以詩命題，手改結句云：「明月滿天霜滿地，清風時復送虚寒。」謹識於此。

屠元勳侍郎奉使遼府因省母嘉興次傅禮部韻

屢向東關議北征，暫違西署復南行。宗藩使節君臣義，江漢歸舟日夜情。滿路山花春欲動，到門簷鵲曉先驚。遥知雋母承歡地，應問官刑日幾平。

趙給事士賢二親壽詩

買書種樹是良謀，偕老人間不外求。看到兒孫還滿眼，數將甲子更從頭。太平時節有閒地，真率會中無俗流。應共倚門瞻使節，錦衣剛喜故鄉遊。

郊壇分獻得北鎮 醫無閭。

禮備牷牲帛尚玄，兹山壇與嶽相連。分幽已别虞州九，入甸方歸禹服千。名爲北方長作鎮，位當東面却瞻天。憶從南海分壇後，十二年中遍四埏。

春丁代祀孔子廟庭 弘治丁巳。

殿頭天語下鴻臚，璧水諸生掃舊廬。春版署名署帝遣，夜盤分胙出神餘。仰瞻地切高堅在，陟降心勞左右如。三載黄扉今再命，敢將遺澤負詩書？

送董禮部尚矩還南京

望入鐘山紫氣高，壯遊元不限風濤。老看健骨如松節，俊識名家有鳳毛。遠信憶傳新錦字，交情貪飲舊醇醪。誰言省署寅清地，不及經帷侍從勞？

寄陳直夫

勇退西江是急流，十年高卧越山秋。眼明耐寫蘭亭記，興到耽爲剡曲遊。人識桓郎冠上豸，我慚弘景畫中牛。新詩賦得遥相壽，正及斑衣戲白頭。

寄和劉亞卿時雍二首 時劉督餉北邊。

曉聞邊報入官衙，夜整朝衣對燭花。四牡馳驅方得路，一身羈泊本無家。星霜漸覺頭顱改，升斗真愁國計差。何似東南分省地，十年三泛海邊槎？

使車停處即開衙，又見胡天雪作花。王事有勞寧歎我，匈奴未滅豈論家？周田近報千倉滿，漢將虚傳六級差。但得營門歌飽士，不須天外羨乘槎。

次韻答沈都憲時暘二首

玉堂飛雪白於麻，貝闕瓊樓世漫誇。萬樹恩光同上苑，一蓑歸興已長沙。因懷赤子常憂國，未滅匈奴敢問家？遥愧大夫持漢節，詩成何處詠皇華？

誰道鷹鸇異鳳鸞？外臺風采似朝端。須教道上人驚典，復遣軍中帥有韓。民力到頭如欲竭，忠言入耳諒非難。江山歲晚巡行地，應謝風霜滿豸冠。

寄方石先生附王存敬知府

病來偏覺宦情疏，病起依然是故吾。支俸籍存經月住，買山囊在一錢無。舊時經濟慚書卷，老去山林想畫圖。若見王郎煩問訊，廟廊終不異江湖。

體齋以禮部侍郎兼學士入掌詹事府以詩賀之用舊所賀韻二首

當年十八共登瀛，公在朝廷最老成。翰長宫端同日拜，世間天上幾人并？經帷久輟班仍在，吏牘全拋夢亦清。早向賓筵沾賀札，已慚疏拙負平生。

詞林地近接宫坊，又領青雲白鷺行。周代孫謀方子翼，傅巖家學本臣良。前星照夜天垂彩，儀鳳來時國有祥。未論台階和鼎鼐，載看經幄講虞唐。

候送青谿先生考績南還坐間有作

餞送經年不出城，一尊相對是平生。玉堂燈火三人在，建業山川兩度行。無計挽留慚我劣，有懷撑塞爲君傾。水雲亭上蕭然坐，撚斷吟髭句未成。

讀虞邵庵詩

少陵門下多蹊徑，五百年來見幾人？久矣不聞空谷響，時哉羞效捧心顰。真仙混世元無迹，老將藏鋒却有神。擬抱朱紘攜白鶴，青城山下看嶙峋。

讀劉静修詩

百年四海一容城，是處雲山著脚行。觀物每從真意得，感時翻覺壯心驚。高松絶島凌秋勢，獨鶴空江驚夜聲。多少中原詞賦手，盡將絲竹奏升平。

松崖戴司寇遣子入塾圭峰董禮侍有詩次韻一首

生男向晚望增年，慰意頻過几杖前。未向青雲誇接武，已將黄卷學從先。漢都客有東西賦，戴禮家應大小傳。同榜故人須世講，曲江春柳看垂鞭。

寄方石二首用所寄韻

老來風節重於山，獨立頽波萬頃間。滿地江湖雙客鬢，十年名教兩賢關。鳳儀快睹虞廷近，龍卧難容洛水閒。曉日橋門佳氣裏，白袍東望正連班。

門前流水屋頭山，十載逃形向此間。要識行藏皆在我，久知貧病不相關。青松萬木風霜老，野渡孤舟歲月閒。聖主分明知姓字，未應巢許得同班。

卜居一首東南屏

日下園亭秋氣陰，故人相見暫開襟。買田陽羡蘇公計，客舍并州賈島心。老至尚誇詩力健，病回猶怯酒杯深。歸來謾作燈前話，却喜妻兒是賞音。

用韻答邃庵

嶽麓峰前湘水陰，思歸無計豁煩襟。亦知吳越非吾土，未必功名是我心。地上青山隨處有，鏡中華髮逐年深。故人只在鄰州住，空谷他時聽足音。

用韻答邵國賢

種樹長安不作陰，幽居何處解冠襟？閒逢北客論山價，老向南枝識鳥心。江水縱平終是險，惠峰雖好未爲深。衹應棹入荆溪去，遥聽吳歌答楚音。

用韻答吳編修克温三首

話久西窗下夕陰，喜逢南客共披襟。楚人不作將歸賦，王翰真勞願卜心。長爲卧遊思地縮，却因行樂愛山深。濯纓正起滄浪興，不道中流有和音。

坐愛林居水竹陰，百年風月此開襟。重闈桑梓經行路，故壟松楸去住心。燕市不如吳地暖，荆溪合似楚江深。春天定有南來雁，須爲山靈報好音。常州，予先祖母舊里，先祖亦嘗遊寓其間，故云。

渭陽人在玉堂陰，曾向齋廬話宿襟。緑野莊前成故事，西州門外識君心。兩畿風土無南北，四海交情有淺深。他日到時須挂劍，寂寥風樹想遺音。謙齋徐公，吴舅也，常聞予此論，書未達而訃至，故於末篇有感云。

九日盆菊盛開將出郭有作

買得長安擔上秋，南山只在屋西頭。花開正好逢佳節，身病那堪復遠遊？昨夜月明空對酒，晚來風急怕登樓。多情重有燈前約，爲報花神作意留。

月下賞菊限韻柬邃庵太常先生

不隨春蝶夢滕王，又送秋蟬過緑楊。佳客到時非舊雨，好花開處亦重陽。爲園恨少青山地，插帽羞看緑鬢郎。長對此花還此客，縱教多病也身康。

用韻與王太僕公濟

花邊忽見白衣王，月上陶門已緑楊。獨酌未須愁太白，長生休更問南陽。元知楚國離騷手，不是玄都去後郎。擬向清陰掃白石，一琴重與坐嵇康。

用韻與喬希大郎中

莫向蘭亭羨二王，杏園前輩憶三楊。三楊有杏園雅集。我家勝會還花底，之子才名亦晉陽。晚節正須開老圃，幽姿且合對清郎。因懷二十年前事，九日扁舟下建康。

再用韻示兆先

莫倚家風比謝王，正須立雪似遊楊。侯門有意迎彭澤，對景無家憶漢陽。池館可栽非少地，父書多讀勝爲郎。書香亭上黄花節，且共重闈樂壽康。

十月賞菊體齋席上限韻 與楊太常、王太僕同會。

尋芳何意到君家，雨過高城少暮沙。此夜幽歡還月下，去年孤館各天涯。狂思晚節曾吹帽，壽擬春期及進瓜。體齋壽辰在二月。不是老來詩骨健，誰能白髮對黄花？

寄姜用貞

此身隨處得從容，一葉扁舟九節筇。書到帝京緣索藥，手開山徑爲栽松。海邊遺愛生祠在，天外遥心别路重。同榜少年頭漸白，憶君何地更相逢。

戴松崖司寇省墓饒州

鶴袍犀帶尚書貴，晝錦堂中見幾人？身向九天承雨露，步隨雙履下星辰。西堂夢後吟生草，南澗歸時薦有蘋。應憶舊都棠樹裏，豈無枯朽待陽春？

青谿先生新領留參之命奉寄一首

留司敕下拜新參，道路皆言寵命堪。龍虎地高蟠左右，斗山名重壓東南。百年士馬中原盛，一代儀章故老諳。欲爲太平根本計，豈將勳業付高談？

寄顧天錫二首用致仕後所寄韻

休將白髮論公私，造物何曾有黠癡？閲盡煙雲雙眼在，嚼殘冰蘖寸心知。遺珠在澤終成媚，倦鳥投林太未遲。獨有懷賢兼感舊，春來無日不君思。

愛畫耽詩是我私，傍人休笑虎頭癡。誰將緑綺更新調，祇許青山作故知。樓上月高憐夜永，水邊花冷恨春遲。并州無限江東路，却望停雲有所思。

次韻答方石先生三首

兩函恩命一年并，林下依然識聖情。白髮有身應許國，青山無路可逃名。心同隱逸官何累？世重師儒道亦榮。行路總難休漫道，有時欹側有時平。

爲國懷賢兩意并，公應於我未忘情。拔茅已慰朝端望，附驥方慚榜下名。少室載徵唐李渤，安車終起漢桓榮。霞城硉兀高千仞，祇恐胸中未易平。

一家三世客幽并，萬里沅湘日夜情。未老桑榆先暮景，本無根蔕尚浮名。買將山去終成拙，乞得湖歸始是榮。擬住江南訪東越，台江風浪幾時平？

重經西涯

禁城東去復西回，又見遥山紫翠堆。酒盡不知紅日下，詩成剛被黑雲催。慈恩有寺曾遊白，緑野無堂正憶裴。淚滿密縫衣上綫，渭陽風景更徘徊。

郊壇分獻得星辰一 弘治庚申。

星壇東望隔重城，複道西來步月行。萬里煙雲春散斂，一天經緯夜分明。山河地迥非塵界，金石聲高徹太清。分薦禮成頻拭目，盛時方仰泰階平。

祀畢喜晴次屠吏部韻

水輪西下漸經申，玉漏南來早報寅。九宇空寒消霧露，一壇芒色動星辰。龍光下燭天應鑒，羲馭前瞻日已賓。大明壇在星辰上。人日向來晴到穀，帝城先卜萬家春。

雪後經西涯

雪滿平湖玉鏡開，更無波浪與塵埃。凌空海鶴遥應度，照影沙鷗却自猜。豪客園池非舊業，梵家宫殿有高臺。林花苑柳如相識，又是春風一度來。

成國朱公宅觀料絲燈次周司徒屠太宰韻

節假承恩憶退公，夜堂燈火儘相容。疑成天上絲綸手，不是人間剪刻功。索價想應輕萬鏹，留歡剩欲倒千鐘。似聞賦客多奇賞，直自山西到浙東。

白巖圖爲喬郎中題

三峰矗立當重樓，主人舊住西南州。絶壁倚空千丈雪，過雲回首萬山秋。河陽參軍馬前望，長白老翁天下憂。丈夫事業合如此，須遣振衣來上頭。

重經西涯

缺岸危橋斷復行，野人相見不通名。轆轤聲裏田田水，楊柳枝頭樹樹鶯。看竹東林無舊主，買山南國有新盟。不知城外春多少，芳草晴煙已滿城。

寄陳方伯同年

少時曾共曲江遊，解組還家未白頭。種得棠陰人勿剪，寄來書札手親修。閒身好付三江水，健步猶堪百尺樓。寄謝壽筵詞賦客，不須圖畫寫扁舟。

題林吏部像二首

緋袍金帶映清盧，好是天門聽漏圖。人物兩京新藻鑒，衣冠六館舊型模。憂勤許國身猶壯，清白傳家德不孤。縱道丹青能貌得，不知能貌此心無？

閩山秀拔越溪清，共識扶輿早降精。父子一門同甲第，春秋三傳有諸生。天涯不隔春明路，堂額新題晝錦名。曾是紫薇花下伴，爲公瞻送不勝情。

月林爲倫修撰父處士作

入林華月夜還生，别是詩家一種清。流水青蘋空詠影，陰巖靈籟不聞聲。鶯花上日春無賴，塵土東華夢未成。報道仙郎真折桂，始知天上有人行。

中秋獨坐

一年風物愛秋晴，獨向空庭坐月明。萬里山河皆在眼，異鄉兒女正關情。燈前有夢難欹枕，客去無心自舉觥。高閣捲簾過夜半，不知涼露濕冠纓。

十六夜不見月與成國内弟邃庵太常并顧編修士廉陳御史德卿喬郎中希大共話用前韻

簾外輕雲薄晚晴，一燈當坐夜偏明。秋光有意隨人約，月色無端也世情。習隱尚懷田二頃，消愁直放酒千觥。微吟細語能相慰，老淚何須更濯纓？

得兆先舟中書用所贈楊給事韻二首

別後偏憐見面難，詩來長是借人看。遠書信抵千金重，老夢真成一夜安。總爲天倫關骨肉，極知人事有悲歡。向時宦況休勞問，依舊端居與素餐。

生年容易別時難，猶記回頭忍淚看。魯地山川連闕里，杜家兒女憶長安。園林過眼驚時序，道路逢人强笑歡。無限歸心書一紙，爲渠三復罷晨餐。

送成國内弟之留都二首

兩朝恩命重留都，父子分符世所無。督府門開新棨戟，賜弓家有舊彤盧。巡江令下秋霜肅，望闕心懸夜月孤。傳得蓋公堂上教，本知清静是良圖。

秣陵城夜公留我，郭隗臺秋我送公。南北宦途千里別，死生交誼兩家同。潘輿愛擁花間日，召茇聞歌樹底風。高閣賦詩餘興在，不勝翹首望飛鴻。

竹逸

少年種竹已成翁，贏得閒身向此中。舊業不嫌三徑少，醉遊聊復五人同。青鞵夜踏沙頭月，紗帽涼欹葉底風。莫道老夫無一事，短吟長嘯幾時窮？

重經西涯

秋氣澄清天宇高，一林霜葉晚蕭騷。黄花節近無風雨，碧水潭空盡羽毛。頻算老時驚歲月，難忘情處是兒曹。卜居未定居仍卜，薊北天南兩意勞。

九日雨中作

丹鳳城頭雁已南，雨聲催仗放晨參。宫衣盡濕恩兼重，御酒微醺興欲酣。芳草緑時憐野色，菊花開處憶江潭。高樓西望休回首，泗水齊山總未堪。

九月十日得兆先消息疊前韻

小閣簾開月正南，壯懷秋興兩相參。平安欲報心先喜，故舊相逢氣已酣。東望有山連岱嶽，北人多夢到湘潭。向平婚嫁應粗了，獨是離情尚未堪。

再得兆先書用前韻

第二書來見轉難，一緘渾作幾回看。歸遲可待頻經月，别近猶煩遠問安。硬欲登山知汝健，苦教留飲爲誰歡？愁腸百結無端緒，多在晨炊與暮餐。

别母何如别妹難，歸時翻作去時看。山川路繞那能盡？骨肉情深兩未安。高閣雲煙勞望遠，舊堂甘旨待承歡。遥應月白燈青夜，細説風行與露餐。

與表兄殷通府話别二首

十載重逢鬢欲皤，問君官況定如何？山厨夜煮吴粳飯，水驛時聞越棹歌。列縣民貧勞撫字，故園家近喜經過。休言不是西堂客，若比西堂夢更多。

君尚紅顔我已皤，我年差小奈君何。未窮元禮通家話，且和玉郎拔劍歌。華館夜看燈影静，碧天晴數雁行過。老來亦有江南意，一度相逢一倍多。

元日試筆

曉從天闕賀春回，晝掩幽堂避客來。書卷總抛心未了，園亭雖閉手還開。占年稍喜逢新霽，報國終慚是薄才。莫笑卜居居不定，江南松菊便須栽。

郊壇分獻再得星辰一

聖朝郊祀合圜方，又見分壇帝座傍。天上有文成五緯，人間何地不三光？制傳幽祭從周禮，歌罷重輝協漢祥。俯仰直教無愧怍，共將精白助君王。

分獻次青谿太宰韻 時青谿分得星辰二，是日立春。

星壇對立本聯班，複磴憑空不易攀。良久夜方移斗柄，早時春已到人間。朱旗影隔天門静，玉佩聲隨閣道還。舊日同年今並命，共從光霽識威顔。

答體齋宗伯用前韻 時體齋分獻得北嶽，是日免賀春禮。

春賀逢恩早放班，瑶壇盡處許同攀。星辰位切瞻依地，山嶽神疑陟降間。天路曉陪仙仗立，齋宫晨領奏章還。是日，禮部有奏疏。終慚典禮寅清職，賸有賢勞答聖顔。

慶成宴次前韻與青谿

紫殿東頭共一班，臺階高處得追攀。暖風晴日融和際，舊寵新恩坐立間。青谿舊爲禮部，例常立侍，今歲始復坐。七載東垣慚我在，五年南國望公還。擬陳豳樂當周宴，一笑相看漫解顔。

次韻答方石祭酒病中見憶

廟祀郊齋籍未通，静聞神語應歌工。心閒不廢春懷友，身病猶煩夜在公。壯老遞催年歲改，飛棲雖異羽毛同。極知宦況從來薄，獨有豪吟興未窮。

蕭海釣寄蠣黄上元日出以饗客因賦一首

薄筵無物薦清宵，黄蠣分香味頗饒。腥帶海風崖際出，凍隨春雪酒邊消。東關地僻勞相寄，南客方傳始解調。不有可人佳賞在，一春詩興又蕭條。

次謝方石歸來園韻

又向長安憶故園，白頭歸興此終存。長留舊屐供山水，旋買新書寄子孫。樓上元龍曾卧許，社中司馬未封温。獎恬激懦清朝事，廊廟山林總是恩。

春興八首

塵沙無日不春陰，伏枕偏驚抱病心。憂國暗催青鬢改，避名翻愛碧山深。水禽聲動寒猶咽，風柳條長弱未禁。客去客來門自掩，老夫渾欲謝冠簪。

柳絲花片滿芳洲，長爲溪山感舊遊。急雨過窗醒短夢，驚風入樹攪離愁。歸帆欲挂三江水，病脚難登百尺樓。老去不知春興減，向來一月罷梳頭。

高歌曾扣隔江船，楚泛吴遊興渺然。山寺夜鐘眠裏月，洞庭春水坐中天。翠籠鸚鵡空愁思，碧海鯨魚幾歲年。一語故人三歎息，始知清廟有朱絃。

病懷愁緒冗難裁〔一〕，空望單于萬里臺。月落平沙南雁下，雪殘荒戍北花開。關山遠帶風塵色，閫幄誰當節制才？胡馬不肥春草細，過河消息幾時來？

六年書詔掌泥封，紫閣春深近九重。階日暖思吟芍藥，水風香憶種芙蓉。登臺未買千金駿，補衮難成五色龍。身病益愁愁轉病，老來歸思十分濃。

帝城芳意入春濃，快馬輕車處處逢。宮樹巧藏鶯百囀，苑雲深護月千重。愁來擬斷杯中物，病起還支石上筇。得似玉堂風月地，少時遊賞幾從容。

甕山西望接平坡，寺名。匹馬雙童幾度過。十載衣冠朋舊少，五更風雨夢魂多。湖邊漁榜驚鷗鳥，樹裏僧房隱薜蘿。飛盡桃花還燕子，一年春事竟如何？

小疊峰巒淺作池，幽堂長是見春遲。風傳翠篠聲先到，雨換青松葉未知。江上帆檣經幾駐，城南第宅已三移。君恩若放山林去，始是雲霄得意時。

【校勘記】

〔一〕「裁」，原作「栽」，顯以形近而訛，據文義與抄本正之。

再次歸來園韻

十里青山二頃園，古風依約此中存。封胡有子還諸謝，季孟何心復兩孫？新席坐來猶未暖，舊盟寒盡幾時温。請看百世詩書澤，總是當年節婦恩。

李東陽全集卷五十八
懷麓堂詩後稿卷之六

七言律詩

應制啓沃詩十首

欽蒙皇上遣太監戴義傳示聖意[一]，命臣等各撰詩十首，用寓啓沃。臣等聞命驚惕，謹擬十題，撰成七言律詩各一首，繕寫進呈。伏望萬幾之暇，俯垂電覽。臣等不勝榮幸之至。

敬天

理氣流通自古今，每從人事識天心。災祥有應皆仁愛，日月無私並照臨。直以精誠昭上下，敢於茫昧託高深。願將敬德祈周命，先獻君王兩字箴。

法祖

盛代龍飛定兩都，分明武烈配文謨。極知聖祖憂勤意，盡是邦家久遠圖。禮樂萬年周制作，山河一統漢規模。焚香敬讀皇明訓，如見艱難創業初。

勤政

大禹猶聞惜寸陰，祇應無逸是良箴。晨朝屢省千官奏，昃食頻勞四海心。聖世怠荒非過計，國風勤儉有遺音。只今苑囿無巡幸，敢學詞臣賦上林。

務學

自古興亡一鑒如，由來治道此權輿。遺蹤往迹千年事，長晝深宫兩卷書。宸翰有光同象緯，講筵無日不唐虞。請看聖學從家教，蒙養如今有正儲。

任賢

治體分明在一身，股肱元首義俱親。求才自合資金礪，愛國還須付玉人。千載風雲逢聖作，一時魚水見情真。臣心欲效慚無力，勉爲吾皇贊化鈞。

納諫

忠言元不爲身謀，大海真能納衆流。始信適情皆佞口，須知逆耳是嘉猷。虞廷屢有陳謨拜，漢室頻聞下詔求。試看古來青史上，直臣明主一時收。

節用

君王儉德小民知，往代流傳盡可師。階土僅存三尺制，露臺真惜百金貲。豐凶豈必歸年歲？出納惟應付有司。擬效魏徵陳十漸，敢忘更化改元時？

愛民

圓顱方趾是同胞，眼見升平樂稚髦。祇恐顛連非舊業，極憐辛苦盡秋毫。東南財力徵輸竭，西北軍儲饋餉勞。願向天瓢分一滴，遍將恩雨灑蓬蒿。

恤刑

民命須關獄重輕，我皇於此最留情。真看筆底災祥判，要使人間曲直平。法遇變時仍守舊，罪當疑處每求生。覆盆恐有幽陰地，離照終教仰大明。

講武

百年至治擬華勳，安不忘危舊所聞。周代守成方詰武，漢廷習射本稱文。營兵夜静千山月，苑馬晴看五色雲。佇遣王師清紫塞，貔貅驅盡犬羊羣。

【校勘記】

〔一〕「戴義」之「戴」，原作「載」，顯以形近而訛。戴義爲明弘治朝司禮監太監，李東陽撰燕對録中多處言及之。

寄題姜貞庵壽藏

和得司空谷裏詩，早從塵世脱天羈。紅顔白髮有歸處，山月江風無盡時。地下菟裘人未老，樹頭華表鶴先知。君看五馬經行路，已築漳南太守祠。

病起述懷

一病經春似隔年，三章請老未歸田。極承優詔丁寧語，又拜威顔只尺天。夢裏黄扉驚再到，局中青簡待重編。惟餘一寸丹心在，猶繞紅雲向日邊。

壽太宰尹公八十

三朝舊德聳冠裾，曾是昂藏一丈夫。老眼閲人猶水鑒，壯心憂國更江湖。年高合受鄉翁拜，身健時嗔稚子扶。七十二泉堪釀酒，不知能給壽筵無？

哭青谿倪太宰先生

握手藤牀肉未寒，重來不覺淚汍瀾。山川一代英靈盡，人物三朝作養難。班史舊編家繼有，山公新啓世傳看。平生愛國憂民意，仕路誰堪語肺肝？

房山山房相墓道中紀事八首

乞得君恩暫撥忙，許從西郭看林莊。千年丘壟或天意，百里山川真帝鄉。地遠有時驚斥堠，歲終何處問耕桑？私懷未了憂官事，默默無言祇自傷。

太行西下水朝東，聖代提封一掌中。形勝千年今古在，車書四面往來通。垂虹影卧長橋日，嘯虎聲傳衆壑風。俯仰乾坤雙望眼，不知身世是樊籠。

歷盡重岡始見山，石門高處不容攀。塵蹤誤落心期外，舊路遥疑指顧間。老樹傲霜猶硉兀，斷溪流雪尚潺湲。十年兩度經過地，不共遊人一解顔。

舊遊長記此山曾，又宿慈光寺裏燈。吹斷野風猶蒼莽，踏殘岡雪更崚嶒。人聲滅盡惟聞鳥，民户凋餘衹見僧。不是行春還問俗，宦情離思兩無憑。

曉日鳴鐘出寺遲，峰巒詰屈路逶迤。輕輿傍險頻勞下，健馬乘高不受騎。出甕酒當秋熟後，隔村雞報午炊時。老親稚子何曾到，一句詩成一淚垂。

望遠登高數里程，雪消風暖愛新晴。緣崖健婦如猱捷，荷擔羸僧似鶴輕。直以榮枯占地力，還從鄉背識山情。前岡恐有牛眠處，倦馬臨溪駐復行。

下馬西林一瓣香，古槐陰裏拜幽堂。百年戰伐中興地，兩世恩封異姓王。寶釼有光衝夜斗，石麟無影卧斜陽。錦衣公子能留客，白飯青芻意正長。時憩英國張公先墓。

出城三日兩衝風，輿馬歸時日過中。地遠極憐僮僕苦，愁多非爲路途窮。陶松歲晚門誰候？謝草春遲夢亦空。病眼不禁雙淚冷，自欹烏帽解紗籠。

哭傅曰會郎中用體齋見慰韻二首

秋來哭子正酸辛，恨入通家意更真。寄我尚題前月信，惜君猶是後生身。江山荏苒年華盡，夢寐分明笑語親。因與大蘇談舊事，半牀風雨兩愁人。

登科猶記歲逢辛，曾見趨朝畫裏真。應與傅巖爲後裔，定知何遜是前身。文章飾吏誰兼美？兄弟論交我最親。月落屋梁秋署冷，憶君還似夢中人。

東山先生有兩廣之命奉寄一首

聽漏西堂黯不眠，憶君如在夜燈前。可堪環堵三年病，又上南州萬里船。縮手未閒終坐巧，逾垣欲避轉愁偏。行藏在我今須識，縱不由人也屬天。

王古直輓詩次方石韻二首

漫浪乾坤有歲年，不知官府更神仙。吴山越水重來地，明月清風未了緣。五夜詩篇還獨賞，嘗問古直云：「何以消夜？」答云：「夜半時起，將自所作舊詩念一念耳。」一時諧謔盡堪傳。從今脱屣無遺累，免賣蘇家二頃田。

自將詩卷祭殘年，斷送平生賈浪仙。久客耳通南北語，故人心結死生緣。古直聞方石來，曰：「吾事濟矣。」逾年而卒，方石爲殯殮葬之。文章豈必千金價？姓字聊應一代傳。不用莊名題萬柳，方石欲葬之萬柳莊，不果。本知滄海是桑田。

再哭青谿

海内衣冠失老成，夢中精爽尚平生。杏園醉後千花擁，柳院歸時一字行。舊事蒼黄空過眼，暮年幽獨轉傷情。不須更作三同會，又聽城西薤露聲。時體齋亦已捐館。

哭體齋傅宗伯先生 是日倪公祖奠畢，於傅公會斂。

哭罷青谿又體翁，素車匍匐走西東。白頭搔盡渾成雪，淚眼啼多不受風。翰苑才高經百戰，南宫官重説三同。傷心更是江樓雁，各自分飛落照中。體齋已喪弟，故云。

再哭體齋疊見慰哭子韻

公來慰我極酸辛，我哭公來意更真。山斗正懸天下望，簿書長繞病中身。公病殆，猶手削奏案。一門和氣椿津共，四海交情管鮑親。定與青谿重握手，九原之下復何人！

送吴學士克温之南京

玉堂風月每平分，北客南來又送君。千里山川非遠別，兩都詞賦舊能文。亭邊野興隨修竹，江上歸心駐白雲。二十年前曾此夢，不勝吟望立斜曛。

送羅司業允升之南京

金陵王氣還雙闕，璧水文章重六經。官好況當初攝篆，時祭酒缺，司業始復設。門高曾憶舊趨庭。允升父嘗爲南京助教。煙隨草色連天遠，雨過山光潑眼青。多病秖今思藥物，擬從新籠問參苓。

卜樹村新莊約方石先生不至次韻四首

浴沂真樂許同尋，過眼春光次第深。病裏有官虚歲月，老來無夢不山林。天教剩地堪容膝，我愛清泉好洗心。却恨可人招不至，空將短札代長吟。

路繞湖堤不費尋，野人遥指蓽門深。平田水足元通澮，獨樹陰多自作林。看竹偶逢曾識主，買山先了欲歸心。不知風月還多少，消得先生一醉吟。

偶從僻地得幽尋，門掩疏籬一徑深。風定落花還作陣，雨多遺果漸成林。百年遊賞浮生夢，兩世經營舊主心。更憶老親兼稚子，不勝哀思與微吟。

老樹盤空過十尋，緑陰繁護古亭深。村炊幾處日當午，牧笛一聲風滿林。逝水如斯真在眼，浮雲於我更何心？房山險絶今辭盡，赢得西湖漫浪吟。

壽祭酒羅先生七十次所寄韻二首

登第同年事憲皇，看君射策勝穿楊。兩都賦出争傳漢，九老圖成正憶唐。舊日才賢多鼓鑄，老來神采尚飛揚。也知憂國懷人意，不問寒暄問雨暘。來詩云：「燮調事業須公等，卧看南山記雨暘。」

十年不見先生面，忽枉西江第二詩。郢客高詞慚寡和，杜陵新贈怯輕爲。多收野秫貧堪醉，久服山芝老不饑。萬里雲霄三月近，報書猶恨鶴飛遲。

松窗屠公輓詩

老健全輕玉帶圍，餘歡猶及綵衣歸。乾坤樂事古來幾，湖海耆英公後稀。滿坐芸香留宿雨，半窗松影下斜暉。樹頭華表高墳在，時有行人指翠微。

次李白洲侍郎督復西涯舊業韻二首

面對青峰俯碧流，三間矮屋一重樓。山高合拄王郎笏，水闊堪容范蠡舟。詩客苦曾逢戴笠，釣心閒不在垂鈎。舊時風景如重到，日日慈恩寺裏遊。

招提南畔石橋邊，水色山光浄可憐。送隱預勞盤谷序，得歸何必洞庭船。總多壇樹宜春服，不信樓鐘攪夜眠。寄謝汝陽三斗客，未妨來作飲中仙。

慰東山劉司馬哭子次謝祭酒韻二首

十日朝回不出門，兩翁孤坐各黄昏。炎風朔雪蕭條過，舊恨新愁次第論。問業有詩空鯉退，破懷無計且鯨吞。此籌可但輸君□〔一〕，老眼猶堪對子孫。

定省何人夜候門？客堂無語一燈昏。三生過眼真疑幻，萬事從頭莫更論。愁對燕山身獨老，恨深雲夢氣須吞。君情似覺全勝義，我已無兒況有孫？

【校勘記】

〔一〕「□」，原脱，抄本作「一」。

張尚絅侍郎輓詩

卧病經秋藥裹中，入春鄉思太匆匆。十年心苦移家地，兩世名成教子功。遼海幾時歸去鶴，塞書無復寄來鴻。因懷詩酒過從處，一夜高情笑語空。

弘治癸亥二月四日雨中再代視牲紀事一首

宿靄全消輦路塵，遠將天語問犧人。郊壇二月稀逢雨，使命三回尚及春。龜卜有期先後易，駿奔無地往來頻。聖躬已豫思蠲潔，願達平安上紫宸。

次陳德卿顧士廉喬希大韻三首

兩年春興總相孤，百感重來更鬱紆。舊事有形歸夢泡，浮生無處問方壺。馬猶識路人何在？土未成墳草又枯。四海極知同父子，不知還似此情無？

柢樹林開日正中，玉泉澌下水還東。十年丘壟瞻依近，百里川原眺望空。敢謂并州非客舍，極知嬴博有遺風。良辰好景多相似，只對愁人便不同。

看盡朝暉又夕陽，舊時風景更難忘。鳥情空解憐山色，草淚猶知泣露光。豈謂幽明分骨肉，敢將窮達論文章？從今不作江南夢，祇合辭官老帝鄉。

南屏遷翰林典籍白洲有詩次韻二首

束帛丘園滿路光，十年詞苑尚回翔。籤題遍檢書千卷，誥草頻揮墨萬行。名重豈須還甲第，地高何必更巖廊？浮雲過眼真餘事，不向官階較短長。

幾年淵底愛珠光，一日雲端羨鳥翔。白雪調應高鳳沼，青袍名已動鵷行。交遊有道懷金石，薦達無能恥廟廊。同是感時憂國者，向來情話夜何長。

復畏吾村舊塋志感十首

舊壟蕭條二畝秋，眼中無地著松楸。比鄰價許千金直，老我心餘一念休。未愛林居添野意，直開神道想靈遊。幽堂手澤依稀在，細認蒼苔幾涕流。時於明堂得券石，乃先考手書，方向始定。

原頭高冢鬱巃嵷，我祖殷勤手自封。四世禮宜昭穆序，百年心苦歲時供。開雲旋闢墻東地，帶雨新移屋後松。説到九泉應一頷，願從遺迹想音容。

行盡房山復樹村，三年岐路幾銷魂。山占水卜無時定，鬼護神訶此地存。假手經營煩舊主，白頭瞻拜有孤孫。西園宰木東原草，猶是春風長養恩。

白頭遺姊説當年，有鄒氏表姊年七十餘，能道葬時事。聽到殘燈各黯然。地許精靈先後合，天教骨肉死生全。流光老至偏成感，舊事疑多敢浪傳？今日重來如夢裏，壟頭新樹墓前田。

兩年清淚不成乾，三尺孤墳欲葬難。千載抱孫心敢負？九泉將母意須安。情如季札猶懷土，義比文公合去官。今日一杯重酹汝，可將頑健詫加餐。兒東行道中有詩云：「報道癡頑今健飯，不須傳示教加餐。」

五父衢邊淚滿巾，舊愁未盡轉成新。九原可作真疑夢，三鼎空逾不逮親。骨肉竟同歸復地，衣冠非是顯揚身。心長夜短清無睡，坐久村雞又報晨。

今夕何夕宿城西，燭影下照茅簷低。茶煙颺空月冉冉，竹露灑地風凄凄。髮能幾許白且盡，心向此時荒欲迷。總爲劬勞德未報，老來無事不悲悽。

舊冢新塋次第成，盡將心力付平生。經旬命鍤隨高下，半夜推窗看雨晴。今日山川增秀麗，向時狐兔太縱横。小西門外休回首，蔓草殘煙也繫情。

愁來不覺淚潸潸，枕上詩成鬢已斑。信有神交還夢接，争知地下與人間？吊餘宿草人空到，望斷孤雲鳥不還。又是雨餘花落後，有誰攜酒共登山？後四句五月二十九日夢中作，覺後續成之。時夢見吾兒若不欲聞吾詩者，意苦甚，蓋自是斷不復作矣。三十日識。

都城西下石橋東，十里川原四面通。僧飯午鐘洪慶寺，洞簫涼月静虚宫。鄰多雞犬知村近，祭有田園及歲豐。兼是白頭歸老地，未論丘首得相同。

曾司空七十

童丱相隨已白顛，看公先到古稀年。門臨御苑朝偏近，位重官曹席每專。暇日不妨留客醉，多情兼喜抱孫眠。華筵緩奏長生曲，欲借南風起舜絃。

楊給事褫父母壽詩

鄭公鄉里世稱賢，陶母家聲衆所傳。款段車輕猶舊路，屠蘇酒熟又新年。庭栽桂樹還生子，地近桃源不問仙。五色宫袍千歲酒，門前須繫省郎船。

一舫齋詩二首

十畝青山八九椽，卧遊聊以屋爲船。星槎有路疑秋泛，波浪無聲攪夜眠。東海添籌非浪語，南華飄瓦亦同篇。也知白髮詩人興，不在蘆花淺水邊。

木蘭爲柱桂爲椽，陸地從來別有船。縱飲直疑騎馬坐，無愁何必對江眠？七重謾擬歐公記，萬厦還歌杜甫篇。聞道銀河通碧海，恩波元自斗牛邊。

李東陽全集卷五十九

懷麓堂詩後稿卷之七

七言律詩

送衍聖公聞韶襲封還闕里

夜來佳氣繞門闌，曉聽郎君已拜官。魯郡山川歸舊國，孔林蘋藻薦新盤。田無公税堪爲養，家有遺書正好看。從此雲霄是平地，道途長爲報平安。

贈闕里孔聞禮 南溪聖公次子。

少年文采動公卿，剩説尼山有俊英。千載衣冠三氏學，五更鐘漏九重城。極知東嶽瞻雲意，酷似西堂聽雨情。寄謝南溪溪上水，幾時容我棹舟行？

方石先生祖母趙節婦没已五十年方石以禮部侍郎誥請移爲旌表爲詩紀事奉次二首

鳳函飛度越江遥，江上離鸞恨始消。故國山川增秀拔，舊家門户起蕭條。詩書澤遠傳三世，雨露恩深浹四朝。從此貞心長不死，九泉披豁見層霄。

路接清風嶺未遥，清風嶺，台州事。舊鄉遺俗豈全消？百年始報生成德，六館重開節義條。星小竟隨孤月照，江清恥受惡溪朝。先生不爲彝倫起，兹事何因徹九霄？

又二首

故家華胄本非遥，薄俗真堪鄙吝消。始信忠臣元有訓，誰言孝子不同條？謝高祖孝子諱温良。陰晴到底天須定，江漢何心海自朝？多少窮嫠委溝壑，夜臺無力叫重霄。

思山夢嶺路非遥，謝有思山，改會緦，又山名大夢，皆世墓。舊事多從話裏消。看取霜松高萬丈，任他風柳弱千條。絲綸命許兼先代，謝始欲移所得誥命，詔併與之。竹帛名應載本朝。

昨夜文星連婺女，共將光彩動青霄。

次李白洲六十自壽韻

宦情元不困詩魔，白戰猶聞夜枕戈。南去扶揺無限路，北來安樂有行窩。孤松歲晚心能壯，叢桂秋深影漸多。自愛黑頭雙鬢在，每呵青鏡手親磨。

送焦守静先生使襄府

丹書玉節又南行，一日龍光起四瀛。新使早占唐李邰，舊恩猶識漢桓榮。三朝委質君臣義，兩世通家父子情。應向別筵懷往事，曲江花底拜年兄。

懸車舊第卷爲竇慶謝太守公子業題次方石韻二首

山頭牛背穩如車，猶記當年謝事初。地僻有時窮嶺嶠，家貧無計問田廬。屋梁落月分明在，霄漢晨星次第疏。因過竹林談舊隱，幾聲清嘯一長歔。

仕塗隨地有摧車，野服何人得返初？老去功名皆長物，舊時山水是吾廬。達能玩世心非放，清足傳家計未疏。屋不可瞻烏可愛，天涯一見一欷歔。

愛日樓爲錢郎中榮作

白日紅顔映鬢絲，百年心事此樓知。生憎暮色經簷短，每恨晨光出海遲。寸草有春猶物類，長安雖遠未天涯。綵衣催進長生酒，莫待高庭樹影移。

榮壽樓爲仲僉事本作

百尺高樓肯構新，郎君家有白頭親。駢羅合敞長生宴，升降全輕未老身。潑眼湖光堪釀酒，卷簾山色似娱人。豸冠驄馬朝天路，夜夜憑闌望北辰。

病中言懷八首

三年病後强趨朝，又擁重門卧寂寥。夢繞千山心不定，枕欹雙臂力全消。籠燈月暗疑無影，園雪風稀未滿條。睡起忽然忘握髻，不勝愁鬢晚飄蕭。

瓦爐初冷更添香，更漏沉沉月轉廊。身老病隨年共至，愁多心與夜争長。塵編倦掃時防蠹，龍樹新移尚怯霜。自笑閒情緣底在？向來公事已全荒。

身病何如目病難，極知昏眊勝衰殘。愁來强閣東門淚，老去從欹杜甫冠。新酒縱篘仍斷飲，好書雖借懶開看。枕邊莫道無餘事，猶有詩成字未安。

門掩疏籬雪滿池，夜寒惟有病先知。冰輪影薄當窗近，竹葉聲稀到枕遲。三徑業荒秋去後，十年心苦夢醒時。一身經濟元無術，醫國如今合付誰？

返棹湖南路已微，買田陽羨事多違。老看天地餘生少，遠别江湖舊伴稀。靈囿藻深魚尚在，故林松暝鶴還飛。天寒歲晚無聊賴，吟倚高樓送落暉。

東歸重下潞河船，猶有江山未了緣。望遠真窮滄海際，登高空指泰山巔。流光轉眼清秋過，往事經心白晝眠。寂寂閉門多病裏，始知遊賞是神仙。

高梁橋北畏吾村，壟樹成行石獸蹲。豈謂驅除非舊主？始知封表是君恩。愁來霜露情多感，老去煙霞癖尚存。已辦輕車隨款段，挂冠須向國西門。

幾回班召入彤扉，又向經筵勸講歸。温語問時勞睿想，霽顔開處識天威。相如病久經旬卧，汲黯身長與願違。萬里雲霄雙倦翼，側看鸞鵠讓回飛。

郊壇分獻得夜明

夜色燈光遠近中，廣寒元是水精宫。九重閶闔隨高步，萬里山河入半空。歌罷樂聲還徹外，拜時人影盡朝東。高明願託無私照，四海長瞻配日功。

慶成宴次焦少宰韻二首

南郊禮罷及辰良，春殿筵開愛日長。神貺已沾頒後胙，宫衣猶帶祭時香。旌旗簇擁千人隊，衮繡分明五色光。乾飲滿斟皆聖語，共將涓滴報吾皇。

共隨經幄輔元良，玉署金鑾歲月長。學士幾陪天上宴，侍郎還立案頭香。遷官地隔新曹省，賜坐身沾舊寵光。應是老臣偏感事，碧桃曾見醉先皇。

次李白洲留别韻二首

少日相忘汝與吾，老來俱已變頭顱。家貧尚有千頭橘，身健何須九節蒲？酒興不輸詩力壯，野心偏向世情粗。上東門外應回首，誰爲疏郎作畫圖？

俯仰平生不愧吾，肯隨弘景歎頭顱。歸心白憶霜前雁，别意青憐水上蒲。唐代百篇希世有，漢廷三尺本君粗。亭衢不隔安車路，回首風雲是壯圖。

奉送梓宫至土城哭而有述

郭外宫車駐往復行〔一〕，萬方臣妾共吞聲。驚飆慘似升遐日，落景深留返照情。千載再逢真隔世，百身能代敢偷生？清塵望盡猶翹首，願作飛雲繞去旌。

【校勘記】

〔一〕「往」，疑衍，當删。

過小西門懷舊壟有作

古城西北氣蕭森，舊路蒼茫不易尋。手種青松今易主，耳聞烏鳥更關心。山堂尚憶風霜破，野徑猶虞鹿豕侵。遥指故原新樹裏，晚風吹淚濕衣襟。

畏吾村先墓忽枉劉司馬見過感而有詩

滿地悲風起白楊，壟頭斜日半荒涼。鉅卿白馬期能到，范叔綈袍義可忘？話舊略教肝膽盡，憂時同感鬢毛蒼。我來君去何匆促，猶有官曹債未償。

奉迎神主觀御容哭而有述是日復大風

園陵北望路迢遥，夜候禪宫坐寂寥。已向人心占夢寐，更從天意識風飆。目瞻遺像山河秀，淚滴空原草樹凋。神御入城當午霽，不堪重拜闕西橋。

和方石先生留别韻二首

宦情今日爲君微，别卷詩成强自揮。歐冶金鳴孤劍躍，海天雲盡一鴻歸。行蹤得與浮萍似，塵世休言□夢非〔一〕。何物人間堪更比，向來風概十分巍。

客心鄉路轉依微，回首風塵袂一揮。已起謝安還復卧，未秋張翰忽先歸。桃源再入花應在，赤壁重遊事恐非。試向畫圖占壽考，老來詩骨更崔巍。

【校勘記】

〔一〕「□」，底本原脱，抄本作「大」。

倫修撰文敍頒詔安南便道省親

藩邦地重極炎洲，詔使名高出狀頭。一代風雲龍虎會，百年郊藪鳳麟遊。殊方盡處聞天語，舊屋歸時記海籌。採得民風兼國俗〔一〕，玉堂青史待删修。

【校勘記】

〔一〕「採」，原作「抹」，顯以形近而訛，據文義與抄本正之。

正德丙寅正月二日雪

三冬臘雪已無期，兩日春風尚及時。朝士攬衣驚起早，都人勒馬愛行遲。年華過眼人須惜，帝力如天物不知。却訝桑林纔六事，也能昭格應商祈。

徐侍讀穆頒詔朝鮮

六龍飛御九重天，天上文星下海堧。萬物發生新雨露，累朝封錫舊山川。鸞書共識中華字，鳳曆初開正德年。珍重登高能賦手，玉堂青簡待同編。

初開經筵紀事 正德元年二月二日，是日開講大學。

曾侍宫筵入桂坊，又開經幄引鵷行。春秋義重初元歲，大學書陳第一章。講罷天顔猶咫尺，朝回日色半蒼涼。兼金綵幣皆恩澤，四表同瞻聖德光。

親耕耤田紀事 二月十五日，時陪祀先農，且預九推之列。

短犁長策共分曹，白石壇空碧殿高。七奏耳聞神聽遠，三推心識聖躬勞。伶人曲按新翻譜，御酒恩沾舊賜袍。帝業艱難民事苦，愧將筋力助分毫。

沈編修熹册封安南

玉堂書史暫休衙，銀漢星辰早泛槎。已向夏壇分赤社，更從周雅賦皇華。主恩前後重頒詔，使節從容兩過家。今日贈詩他夜夢，紫微枝上月鈎斜。

題許給事天錫駐節寧親圖

黯淡灘頭舟若飛，安南國裏使臣歸。宫恩滿載黄封酒，官様新裁白猰衣。天上兩星當夜動，人間寸草自春暉。咨諏本是皇華職，隨意周原四牡騑。

贈闕里孔以昌

魏闕威儀見兩朝，漢雍經史聽圜橋。煙霄舊路星河近，草樹新恩雨露饒。已向雲仍占聖澤，還從伯仲識風標。分明闕里墻東地，何日尋君再舉鑣？

聞劉東山司馬致仕之命是日得謝方石祭酒到家日所寄詩感而有作

越客書來自海濱，楚鄉重見拂衣人。名如洛社非同里，詩到梁州各有神。萬里雲霄俱税駕，兩山風月自爲鄰。試將出處論心事，慚愧官曹一病身。

十年兩度送君歸，聽説鄉山興欲飛。歲久兒孫頭角變，日長賓客往來稀。平橋着板通樵徑，老樹盤根作釣磯。强欲相從無舊業，定於何處解朝衣？

陳司空之南京例贈二首

簿書叢裏日紛龐，四十年來老鬢雙。水部官高聯八座，石城形古鎮三江。秋波艤棹花迎客，曉夢趨朝月在窗。兼喜故園衣錦地，幾多髦稚擁歸幢。

泮水芹香共幾秋，曲江花底復同遊。君從北省移南國，我已紅顔變白頭。舟楫地經生道路，畫圖人識舊風流。明年壽骨應全健，預寫詩篇當酒籌。

木齋先生將登舟以詩見寄次韻二首

十年黄閣掌絲綸，共作先朝顧命臣。天外冥鴻君得志，池邊蹲鳳我何人！官曹入夢還如昨，世路論交半是新。仄柁歌帆何日定？茫茫塵海正無津。

暫從中秘輟絲綸，同是羔羊退食臣。偶爲庭花留坐客，豈知宫樹管離人？杯餘尚覺情難盡，棋罷驚看局又新。極目春明門外路，扁舟明日定天津。

石封君徐節婦輓詩二首次沈仲律提學韻

試問元方與惠連，故家風範尚依然。曾同姓字題金榜，不見功名到白顛。身後子書能讀父，古來人定可勝天。當庭種得梧桐樹，直待巢成鳳已騫。

不羨徐家有二雛，眼看一一上雲衢。九原再作心無愧，萬里生還事可吁。敢謂榮名堪比養，故知陰教不相誣。嗟予談虎神傷處，却恐神傷虎不如。

魯編修鐸頒詔安南

命使炎邦帝選才，狀元剛去省元來。車從北斗杓前指，詔向南天盡處開。史局事嚴應暫輟，宫袍恩重許新裁。歸裝不載官中物，自寫黄封作壽杯。

石學士珤之任南京

黄金臺上玉爲堂，剛送羅生又石郎。四海豪英唐意氣，兩都風物漢文章。舊傳衣鉢吾空老，世業箕裘子最良。可與語人今漸少，不勝南望立斜陽。

題義聲貞則二卷爲林知府世遠父母作

三十浮生一夢餘，義聲先已動州閭。門高漢尉堪容馬，家富唐侯剩有書。歲久佳城雙璧掩，恩深令子一官如。褒章兩字同華衮，夜夜虹光照墓廬。

貞則堂高世所傳，柏舟風節故依然。道傍綽楔行人駐，天上絲綸内史宣。老去深恩猶褓褓，生平遺澤尚栝棬。舊家本是瀧岡後，長記辛勤教子年。

儲都憲静夫在南曹時嘗取鶴鳴詩義名其園曰檀園又取杜少陵渼陂詩義名其軒曰浄拭軒比再入南京請各賦一首

山林城市兩相忘，退食官曹白日長。正愛庭陰深覆緑，却嫌階葉亂堆黄。窺園董子心仍在，掃室陳蕃志且償。今去行臺還種柏，可應重和伐檀章？

紅花碧葉照清池，長憶東曹坐對時。縱有塵埃無地著，絶無雕飾有天姿。年華過眼頻經幾，風景撩人更屬誰？官署不同心賞在，也應重和少陵詩。

孝宗皇帝禫祭有感

病羽無心逐鷺行，偶因祥禫憶先皇。三年淚盡蒼生血，萬古名齊日月光。天上神靈龍變化，廟中音樂鳳趨蹌。無由執紼橋山路，空負西陵一瓣香。

王永嘉獻臣恩養堂王自御史謫海南以詔例量移今職

曾是中臺執法臣，親從天上捧絲綸。一身去國將三載，萬里還家有二親。手種椿萱堪比壽，歲供魚笋未爲貧。河陽縣裏花無數，衹得東風一半春。

守静先生得曾孫席間奉賀一首

家書何止問晨昏，報道靈芝更有根。已喜一門爲太史，最難三世見曾孫。直教簡册書香遠，轉覺鄉邦行數尊。從此小同稱大阮，衣冠盛事好重論。

元日看牲復命紀事一首 己巳歲，是日有廟牲節食之賜。

履端新制未傳宣，復命先承黼座前。名秩正當華蓋殿，封題猶是戊辰年。豈應衰老仍供職？敢謂精誠不愧天。歸到玉堂重拜賜，可將恩海報微涓。

郊壇分獻再得夜明

塵土全消半夜風，冰輪初遍廣寒宮。分壇位出星辰上，萬象光懸宇宙中。燔氣入雲煙縹緲，佩聲和樂字丁東。神心豫悦天顔喜，願佐憂勤保聖躬。

李東陽全集卷六十

懷麓堂詩後稿卷之八

七言律詩

恭進孝宗實録紀事一首正德己巳四月二十一日時雨中霽駕迎實録入奉天殿方陞座前此所未有也

寶册雲輿次第登，殿頭飛雨過觚棱。衣冠夾陛班初引，衮舄迎門座始陞。五載音容思玉几，萬年功德付金縢。三朝史筆今重載，欲報先皇恐未能。

西苑焚稿紀事

五月二十五日，在海子西岸事畢，尚膳供宴。是日入西苑門，望南臺，登廣寒殿，過芭蕉園而還。

史家遺草盡成編，太液池頭萬炬煙。天上六丁元下取，人間一字不輕傳。先朝故事非今日，内苑清遊亦勝緣。却上廣寒雲霧裏，禁城東指是文淵。

秋日出郭崔甥有詩因次韻

直從亭午坐斜陽，却借南薰作晚涼。沙路試看騎馬快，是日試賜馬。玉堂剛謝攬衣忙。移將壟樹和雲種，折得園葵帶露嘗。四十六年公事裏，向來塵夢一何長。

哭内弟劉釗三首

忽聞哀報已沾衣，回首長天送落暉。别後肝腸吾弟盡，到時舟楫汝兄歸。平安兩字書空在，去住三生事總非。欲與親交同感舊，向來門下客全稀。

宦路多年改鬢毛，豈應容易著青袍？民貧況值饑荒後，政拙誰知撫字勞？遺恨可能忘骨肉，歸舟猶恐限風濤。空江落木傷心地，欲爲招魂賦楚騷。

兩因圍棘誤登科，釗嘗以予主考，引嫌不入鄉、會試各一次。一去長江委逝波。官好不嫌州縣小，家貧翻恨子孫多。思君豈但三秋隔，老我平添兩鬢皤。寂寂閉門愁病裏，有誰情話一來過！

松露周太保與王端毅太師楊邃庵都憲皆有詩贈喬希大太常題卷一首

石渠丰采重如山，松露清風尚可攀。堂上草玄親問業，朝中玉笋舊聯班。片言價出千金上，一日心勞百過間。老我相思不相見，摩挲亦爲解雙顔。

松露再召復致政將歸留話用前韻

白馬翩翩走碧山，青雲逸駕許重攀。遠從西晉來千里，同篚中朝第一班。詩興直凌飛鳥上，歸舟仍在急流間。多情話別留歡地，猶是當年夢裏顔。

松露壽七十再用韻一首

并州西隔太行山，百尺丹崖豈易攀？卻望故鄉還憶賈，恨爲仙馭不同班。風雲運合逢天上，山斗名應滿世間。細數百年從七十，漫將靈藥駐紅顔。

聞孔氏女至

南風吹送北河舟，有女東來慰白頭。病裏心情無那老，别來風景又經秋。鵲聲報日書先到，雨脚乾時淚始收。預想離程還在眼，難將一笑解千憂。

與衍聖公夜話

漫以平安慰别離，星槎動是隔年期。文章義豈千金重，骨肉心應兩地知。留住每愁冰合早，出遊常恐夜歸遲。須看闕下重逢日，莫忘燈前共話時。

劉太宰入閣後省墓例送一首

東曹地近入黄扉，盛事今無壽古稀。天禄閣中藜火動，相州堂上錦衣歸。新頒綸綍封三世，舊種松楸過十圍。恩詔祇應教暫去，及時勳業肯心違？

豐諭德原學掌院南京例贈一首

玉亭元向玉堂開，修竹陰陰對古槐。夢裏山川吾老矣，望中騶馭子行哉。青錢選出知文價，石室書成見史才。東向越山時駐馬，白雲應肯渡江來。

泉山書院詩

甘泉山下挹清風，得似滁陽有醉翁。嵐氣每隨天早晚，水聲長繞屋西東。千尋峭壁瞻依地，萬頃平田灌溉功。二物古來堪比壽，願登巉巀寫琤琮。

城南姚氏園餞劉太宰與諸史部晚會歸得二首

不到城南又隔秋，偶因送客駐行騶。林稍宿雨衣猶濕，樹底斜陽席未收。豈謂東曹非舊約？須知下界有仙遊。壁間謾作題名記，聚散終同水上漚。

園上高亭園下池，秋來風物兩相宜。紅衣落盡蓮初實，碧葉凋殘樹總垂。江左故人傷別久，邃庵嘗憩此園。省中仙客怪來遲。病回已覺詩情減，却爲情多强賦詩。

書趙寺正式輓詩卷

下哭亡兒上老親，向來無地不悲辛。身從執紼衝山雨，手爲抄詩付梓人。今日我來翻吊汝，故園書到轉傷神。白頭竟作殊方別，地下相逢恐未真。其父封君後七日卒于家。

守静先生壽七十五加少師等秩例賀一首

榜下衣冠笑兩翁，晨星落落幾西東。每輸壽骨年年健，且愛官銜字字同。舞袖裁成新樣錦，庭花開勝舊時紅。古稀餘算從頭數，五賦豳詩七月風。

補壽白太夫人次卷首轆轤韻

壽筵芳酒出黄封，九日春光半未窮。東閣衣冠前度客，北堂圖畫舊時容。眼看喬木年年大，手種蟠桃樹樹紅。報道郎君重賜玉，藍田佳氣晚還濃。

孟冬五日冒雪出城簡邵國賢都憲喬希大侍郎崔世興員外

十月朝時擬出城，總因公祭輟私情。一冬風景初逢雪，數里關河不計程。旋拂朝衣乾更濕，未占天意雨還晴。相看莫問悲歡事，不是當年向子平。

次邃庵韻二首

一官心事苦難償，筋力空驚六十强。病後漸看留客少，老來翻愛作書狂。南園折柳逢秋色，北郭看山帶夕陽。數月閒情今兩度，餘生消得幾回忙。

丈夫弧矢志終償，精力君應較我强。定遠功名那用達，子陵風態且須狂。東遊闕里瞻文廟，西上金山望岳陽。回首漢家營牧地，夢中猶覺簿書忙。

出郊

雨後蒼苔入徑深，放朝聲裏得追尋。好風晴日中元節，白露清霜半夜心。城外看山猶舊色，井邊移樹已秋陰。公家事在何時了？莫怪癡兒淚不禁。

憂旱二首 正德五年齋居作，是歲有旨致齋九日。

鈴索聲低別院深，每從窗牖問晴陰。五風十雨清朝事，七戒三齋聖主心。平野煙雲春澹澹，禁城鐘鼓夜沉沉。天瓢莫道無多滴，一滴須教比萬金。

不向田苗試淺深，先勞礎石驗晴陰。黄塵赤日村村路，側枕疏窗夜夜心。江雁影稀看欲盡，林鳩聲遠聽俱沉。清風明月非無價，好雨從來不論金。

喜雨二首疊前韻

出門黄霧隔城深，下馬玄雲匝地陰。莫遣蒼生空有望，誰言造化本無心？庭前翠竹飛還舞，水面遊魚躍更沉。擬效坡翁重作記，上天今已雨黄金。

誤占元日到春深，百日都無十日陰。五月逢秋農父望，六年憂國老臣心。盆荷色浄塵初洗，庭樹聲收日已沉。從使田園生意足，翻令土價直黄金。

哭方石先生次林待用都憲韻二首

海天江樹晚依依，一别平生萬事違。公論底須他日定，宦途剛得幾人歸。閒看物態雲千變，老謝功名手一揮。猶記玉堂風月地，至今東壁有餘輝。

六年不見先生面，數月猶煩兩寄書。病裏詩篇心不廢，老來江海氣全除。塵生滿地空懸榻，腹痛何時許過車？宦況爲君灰欲盡，東風何事强吹嘘？

聞劉東山遇赦值河西道梗未得歸次前歲所寄雪中過六盤山韻

百折危途寸步間，向來空乞一身閒。愁心正擁藍關雪，苦句猶傳飯顆山。病後形容應漸瘦，老餘歸路轉多艱。洞庭風景依然在，爲問扁舟幾日還？

此詩再閱歲久不和是日得東山公赦歸重經六盤山韻因憶元白梁州之句悵然感之再次一首

浮世功名夢覺間，夢時何似覺時閒？南來已踏千重浪，西去還經萬疊山。我病不堪思往事，公才猶可濟時艱。詩成漫憶梁州句，一夜神交信往還。

雪月夜觀水精棋戲作

雪月光中夜未闌，楸枰亂落水精寒。情貪白戰停杯久，眼入空明下子難。長怪官曹無暇日，偶從愁裏得奇觀。撚鬚呵手非吾事，聊復燈前憑去。几看。

亡女生日

十年辛苦住天涯，每恨逢生不在家。今日賀筵翻吊客，舊時歸路有靈車。夢中匏實空題字，女没時，其母夢一匏裂爲二，上有「子分」二字。身上宜男枉佩花。自撚瓣香澆麥飯，日斜燒紙到昏鴉。

食柑邃庵宅有感

一枝初寄洞庭舟，落爪餘霜散不收。弱女憶時緣病渴，故人別後已驚秋。空將舊恨埋黄壤，更有鄉心上白頭。歸共細君還向説，燭痕和淚與雙流。

除夕

獨吟孤坐總傷神，誰伴長安守歲人！卦數已周無那老，年華初轉又逢春。思親淚盡空雙眼，哭女聲高徹四鄰。還向燈前添舊草，擬從新歲乞閒身。

借得紅梅一株盆花盛開偶與邃庵太宰輩觀之漫賦一首借梅者崔甥世興

休勞北客問南枝，緑影紅香信有之。滿坐光風流轉地，半窗晴日上來時。暖貪春睡濃如酒，冷笑霜髭白爲詩。今日定知誰是主，客來聊與倒芳卮。

喬希大宗伯將赴南京借贈一首

恥隨桃杏比芳穠，面目雖同格不同。酒興判教三日醉，病顔輸盡十分紅。頻開户牖延春日，旋設圍屏護晚風。獨有離人心正遠，折時須更向江東。

諸公過西莊聯句走筆次韻

一春花信苦多風，勝會真憐一笑同。愁劇老懷兼抱病，憂深時事敢論功？杜陵醉後身猶健，司馬才高賦更雄。對客揮毫休我羨，衰顔不似舊時紅。

再次一首

一從桃杏領春風，澗草巖花處處同。載酒似憐花有約，催詩却笑雨無功。釣心偶向閒邊發，棋力翻於醉後雄。餘興不隨芳事了，盆梅猶自待人紅。

得東山翁到家書再用前韻二首

數畝茅堂水石間，此身方得是真閒。吟髭白可供新句，老眼青猶識舊山。年至尚餘精力健，家貧偏覺歲時艱。梧桐自有安棲地，不似空林倦鳥還。

莫論天上與人間，纔得閒時始是閒。郢客調應歌下里，謝公家自有東山。憂時更覺江湖遠，閱世方知道路艱。當日賦詩無送者，天教夫子竟生還。

益高亭爲何生子元作 亭取韓文「山益高，水益駛」之義。

衡山南去路孱顔，萬丈丹梯尚可攀。望盡楚峰還越嶠，定知天上與人間。當窗列宿長圍繞，拂地流雲自往還。多少洞庭湖上客，盡從清瀉聽潺湲。

五月初七日 正德辛未。

六年揮淚泣遺弓，萬國傷心此日同。龍去鼎湖還作雨，馬嘶沙苑尚思風。碧桃宴已歸天上，玉几言猶似夢中。曾是白頭香案吏，不勝凝望朵雲紅。

西莊遇雨

每逢佳景即登臨，百度曾無一度陰。今日我來翻愛雨，舊時人去轉傷心。空堂五月炎蒸盡，野色千家草樹深。最是晚來沾濕地，不勝涼思滿衣襟。

中秋獨坐

客去西堂話已終，自隨巾屧步涼風。輕陰冉冉來天際，澹月沉沉出海東。戰後兵塵新恨滿，别時兒女舊愁空。一朝兩報三軍捷，莫道歡顔是酒紅。

次日疊前韻柬邃庵

百年心賞故難終，人負佳期昨夜風。豈有好詩生眼底？誤疑明月在鄰東。花能再發人將老，客不頻來酒未空。今夕定知何似景，斜陽先愛晚山紅。

九日崔郎小會

共坐西軒納晚涼，滿城風日愛重陽。苔因雨積猶餘緑，菊爲霜遲且未黄。病裏山林心轉癖，老來兒女意偏長。向時憂樂誰先後？莫問江湖與廟廊。

生日有感

六月九日多鬱蒸，我生初度未相仍。黑頭漸白白且盡，碧山欲歸歸未能。閉門絶客祇僚友，竊禄作官猶斗升。獨把一杯還自壽，瘦軀衰病恐難勝。

李東陽全集卷六十一

懷麓堂詩後稿卷之九

七言律詩

孫司徒饋雪酒與衍聖公崔郎中共酌

玉堂茶鼎不須烹，已讓江南雪酒清。一種奇香非世有，六花新釀隔年成。晉書光憶貧時映，郢曲歌傳醉後聲。剛是兩郎留賞地，敢將冰比玉風情。

湛編修若水册封安南

聖朝荒服盡冠纓，嶺外交南舊有名。文字不隨言語別，道途長共海波平。一家兩被周封命，六載三回漢使旌。天上玉堂非遠別，故鄉重慰倚門情。

偶夢得一詩止記末句覺而感之足成一律正德辛未十一月九日也

平地紅塵起白波，直從青兖到黄河。幾州村落人煙少，千里川原殺氣多。漢帥屢傳師出令，邊兵先試凱旋歌。白頭中夜長憂國，何日蒼生免荷戈？

數日後再夢一劄有天兵所至罔不克捷之文疊前韻以自慰

北風吹浪不成波，賊騎乘冰欲渡河。甸服以南烽火衆，天兵所至捷書多。心懸五夜趨朝夢，耳聽三軍擊斗歌。已喜文臣能敵愾，須教武庫戢干戈。

地震齋居國賢侍郎以詩來自通州次韻一首

獨坐空堂別院深，可堪無酒更無琴。雙垂短雪衰年鬢，寸結寒燈半夜心。露禱似聞天上語，遠書如聽谷中音。朝來整笏趨朝地，鐘鼓樓高月未沉。

崔甥復借紅梅病起次舊韻二首

新花還發舊年枝，一種春風兩見之。醉眼似曾相識後，芳心多在未開時。若逢孟老偏宜雪，恨少林逋别賦詩。病裏絶憐無客到，有誰傾倒共深卮？

誰借江南玉樹枝？崔郎風格似宗之。休憐客路春深地，猶及花神酒半時。羞比杏桃吟鄭句，不勞冰雪禁歐詩。愁來春興都無幾，盡日相看不滿卮。

喜雨疊前韻簡邃庵

老年風骨歲寒枝，人意花情兩得之。病後朱顔還誤酒，春來好雨正逢時。花緣别久應思主，我爲愁多强賦詩。寄謝東鄰楊太宰，肯將涓滴共開卮？

邃庵以詩來訂花朝之約次韻趣之

休論東閣與西涯，城市山林總未賒。已喜孤根回暖地，可將奇賞負詩家？心雖鐵石能無賦，畫恐丹青却累花。明日此花還此客，有人争向玉堂誇。

邃庵攜酒就梅再疊前韻

有客遥從楚水涯，攜來新釀不須賒。花朝且共長安節，雪夜全勝處士家。錯訝仙丹紅似雪，翻憐醉眼白於花。君才正合稱三絶，併與詩人一處誇。

疊前韻與崔郎

庾嶺南頭灞水涯，長安春望眼中賒。須知水部郎官興，不在玄都道士家。癖愛苦吟呵凍筆，醉移清賞落燈花。向來花主真誰是？好事翻從地主誇。

聞邃庵自得紅梅再疊前韻〔一〕

載酒尋梅興未涯，移栽仙館路何賒。冰霜晚節元同調，桃李春風別是家。三弄已聞琴入操，五更應夢筆生花。芳鄰擬卜千金價，老朽從今莫浪誇。

【校勘記】

〔一〕詩題「邃」下原脱「庵」。「邃庵」爲楊一清號。本卷此詩之前有邃庵攜酒就梅再疊前韻諸詩，以句意知此詩亦是繼諸詩與楊一清唱和之作，今據補。

近日紅梅倡和頗多當職思其外之時有好樂無荒之戒再疊前韻二首以識吾過并簡諸君子

不愛風葩與露枝，此花心緒我知之。老當萬木俱凋後，愁對孤燈半結時。多事不勞頻載酒，有懷應憶舊題詩。相看只合無言坐，小泛清茶當一卮。

大江南望渺津涯，水涉山行路總賒。内苑移栽雖得地，北來漂泊似無家。閒愁未解雙眉縛，老病從添滿眼花。留却一枝還舊主，任將春色與人誇。

有菊爲醫士盛煒作

幽人種花花滿家，此花之外更無花。懶隨桃杏争春色，且共參苓閲歲華。青眼舊憐攜緑酒，白頭低愛插烏紗。不須更酌南陽水，自引香泉灌藥芽。

走筆次成國病中見寄韻

病起如聞春酒香，老來猶作綵衣郎。方傳靈藥從人乞，手雪仙桃奉母嘗。五月嘉辰懷往事，四更清夢繞朝行。嗟予亦抱文園渴，漫倚高歌到夕陽。

五月七日 正德壬申。

曾上鑾坡侍玉堂，朝衣親惹御袍香。傳宣暖閣在奉天門後。天顔近，奏事平臺在中左門東。午漏長。化國有人悲短夢，幽都無地仰餘光。從容顧命分明語，一日傷心淚萬行。

聞河南捷

山東羣盜復河南，血戰中原萬蟻酣。守似墨城誰却九，捷如曾杼尚疑三。潛行不覺關山隘，屢餌深防將士貪。剛道羣兇真授首，又聞舟楫下江潭。

聞狼山捷用前韻

北風吹捲洞庭波，飛舸還經孟瀆河。今日勝兵方有算，向來遺孽本無多。中宵驛使傳書捷，兩岸歡聲入棹歌。聞説西南猶轉戰，幾時甘雨洗天戈？

楊少卿廷儀歸省成都石齋閣老以長卷見屬請紀其事少卿予己未所舉士也

五色文章使我驚，十年京國愛君情。袁卿奉職先郎署，蘇轍傳家有父兄。城上花明新衣錦，橋邊人指舊題名。誰言蜀道如天遠？萬里星槎自在行。

易檢討舒誥歸省長沙院中例贈

行盡星沙更月橋，始知天上有歸橈。宫衣尚帶香煙濕，仙佩還隨玉露飄。已向江山開壽域，細將文軌説中朝。西來青鳥南飛鶴，萬里雲霄路未遥。

吴禮部克温來自南京靳充道學士賦詩會别次會予家用韻一首

淹留不厭腐儒餐，風度惟君世所難。茶笑陸生親設具，棋如吴起慣登壇。聊將短日供長話，漫以新詩續舊歡。莫向南船驚朔吹，曉晴沙路雪初乾。

成國省墓北澤山奉贈一首

二王祔葬六陵東，丘壟成行列上公。千里疏陳朝闕後，十年心切望雲中。河山帶礪君恩遠，俎豆春秋祀事同。地下有靈應暫笑，郎君今又作元戎。

七言排律

春寒二十韻

軟紅香裏見車塵，剩取餘寒在水濱。飛霰有時還著面，微霜何力尚欺人。湖波欲動清猶淺，草色初回緑未勻。捲盡簾櫳無燕雀，閱殘冰雪但松筠。吴牛月下琉璃薄，胡馬風前苜蓿新。作態簷花如怯語，多情堤柳似含顰。朝衣試換應嫌早，市酒從沽莫厭醇。賜擬宫恩傳漢燭，别憐歸思繞江蘋。山墻地坼蟲仍蟄，海國天高雁始賓。辟愛火犀曾貢粤，歌傳土鼓漫吹豳。哦詩轉覺吟肩聳，澼絖難醫病手皴。未放韶光過九十，肯抛長夜守庚申。瓊樓玉宇騷人遠，舊穀新絲野客貧。甲士夢驚曾徹骨，緯嫠心苦更傷神。綈袍范叔誰相戀？大被姜郎且共親。萬厦直須酬老杜，重裘幸免作窮陳。年華草草催雙鬢，宦迹悠悠寄一身。愁引凍泉分淅瀝，怕登高閣看嶙峋。每慚温飽謀生拙，一任炎涼過眼頻。從此願持鄒衍律，遍教陰谷是陽春。

壽鶴溪潘先生八十

越山雲氣鬱崔嵬，家住天南紫翠堆。溪上鶴飛知客到，籬邊蝶過識花開。繁苔滿地時嗔掃，野服隨身更懶裁。静撚吟髭還得句，健抛行杖獨登臺。抗顔正對横經席，袖手旁看作郡才。矍鑠尚能驅五馬，幽閒且可種三槐。初心道德終無負，末路功名底用媒？孤賞最宜樓有月，舊貧剛免甑生埃。空羣冀北人猶羨，捷徑終南世敢猜。甲子數休論絳縣，神仙居不在蓬萊。堂成緑野千年後，節近清秋一日纔。堪寄興惟林下竹，未忘情是嶺頭梅。絲蘿愛託青松樹，海水憑添白玉杯。歌罷琅璈如許和，願從江雁得書回。

聖駕視學有述

翠華重匝護金根，鑾駕從容下玉閽。一雨隔霄清輦路，五雲先曉覆橋門。中天地迥乘龍御，在廟心勞想駿奔。禮樂百年昭象設，衣冠三代藹雲孫。拜瞻共識師模重，坐講方知聖道尊。履上仙班星只尺，耳聞天語玉清温。鳳團賜茗公卿貴，雞舌分香侍從恩。敢謂文章非國運，故知籩豆有司存。休風合遣羣方動，盛事仍兼往代論。從此六經功久大，須將覆載比乾坤。

生日邃庵太宰貺以長律用韻自述并答雅懷

莫將箕斗問星躔，花甲周時又五年。抱病每憐唐杜甫，謝官方慕漢韋賢。頭多白髮生新種，坐祗青氈是舊傳。豈謂詩書非閥閱，縱居城市也山川。義方獨守韓公訓，仁里三懷孟氏遷。恩許曲江蒙燕賚，禮開東閣誤招延。黄扉忝職經綸重，玉几親承顧命專。犬馬有情難報主，鈞衡無力可回天。同心論議思金斷，末路功名笑瓦全。已愧元方曾有季，却悲顏路早亡淵。空驚節序忙於我，頗怪聰明不及前。欹枕欲眠頻覺警，杖藜將步轉愁顛。如過漆室遥聞歎，誰爲蒼生倒解懸？況值劬勞傷短日，敢耽荒樂醉長筵？鏡中勳業今衰矣，夢裏江湖更渺然。大義曷能逃覆載？餘生何以謝陶甄？家藏筆法猶存譜，手按琴徽錯記絃。公退久違鰲禁直，友聲先和鳥鳴篇。錦衣肉食非吾樂，蘖操冰心且自堅。惟聽玉皇宣放赦，願從平地學神仙。

邃庵太宰先生初度疊前韻奉壽

兩翁星命不同躔，後甲先庚僅七年。天禄閣中慚我老，文僖門下識君賢。聰明德祖才無敵，清白關西世有傳。藩府早時通姓字，地靈隨處託山川。東堂漢試曾三捷，外制唐官始一遷。滇騎北來經海嶽，晉軺西去歷鄜延。龍駒萬匹飛驤滿，虎旅千羣節制專。夙夜在公長體國，行藏自我亦由天。纓冠義切煩趨赴，鼎釜生餘藉保全。寶劍直應光射斗，明珠何止媚藏淵？班行迥絶星辰上，人物分明藻鑒前。寒士力能吹羽落，蒼生手可救崖顛。秋風梓里頻勞夢，陽月桑弧此再懸。已荷投桃敦友誼，寧辭伐木共賓筵？童時鬢髮今皤矣，醉後心情各醒然。合志豈能忘栝羽？相逢多道出陶甄。公庭坐遣平如水，大道從知直似絃。臺省疏傳金鏡策，山林興寄白雲篇。中朝儀表衣冠盛，後代勳名竹帛堅。願與八荒同壽域，不妨官府是神仙。

李東陽全集卷六十二

懷麓堂詩後稿卷之十

五言絶句

雜畫三首

種樹自何年？幽人不知老。不愛松色奇，只聽松聲好。

又

野樹兼天暝，山鐘度水遲。詩僧不出户，頭白少人知。

又

仰面看飛鳥，彎弓意轉遲。馬頭雙獵犬，惆悵立多時。

芙蓉

濯彼秋江上，翛然風霜姿。世間無二物，惟有謫仙詩。

西園秋雨

竹

秋雨爛百草，青青翛竹林。解使秋聲爽，還令秋色深。

椿

舊樹已十圍，舊宅今易主。新樹日以長，秋霜復春雨。

檜

雙樹出墻頭，亭亭雨高蓋。雨色愛青葱，天聲聽靈籟。

榆

柳外春煙碧，桑邊暮景斜。退朝無一事，風雨送年華。

桃

種樹乘春雨，開花待曉風。一年還一樹，隨意滿園紅。

李

名果出吾家，移栽自海涯。要看花勝雪，先放雨催花。

芍藥

秀色春前發，濃陰雨後看。持杯賀花相，先我得休官。

木槿

花開不及暮，根老却宜秋。天機何處在？須向静中求。

蓼

的的垂紅雨，蕭蕭映碧流。吴江誰解剪？剛得數枝秋。

繡墩草

野草不繡地，青青常覆盆。風朝還雨夕，留客意終存。

苔

豈不愛佳客？客來殘我苔。西園十日雨，三徑不曾開。

藜

藜新尚可蒸，藜老亦堪煮。明年幸强健，拄杖看秋雨。

後西園秋雨詩

予往歲秋雨中，嘗即西園植物各爲小詩，十二首。今年病告累月，幽懷莫伸，復即所見得十首。

雨來催我竹，十日忽成林。笋出無人見，蒼苔深更深。
右竹

雨色澹西莊，風光戀北堂。存亡各異地，憂樂兩難忘。
右萱

去年長比人，今歲高過屋。好雨東南來，依稀滿庭緑。
右槐

畫省和雲植，幽庭帶雨看。會辭雙闕迴，歸託一枝安。
右紫薇

買種已經年，貪看亦云久。未惜雨沾衣，應防刺傷手。
右荼蘼

芳華曜朝陽，餘景駐晚色。縱是雨成霜，白頭心更赤。

右葵

一月一花開，花開應時節。未須誇雨露，慎與藏冰雪。

右月桂

未摘霜前實，先看雨後花。名應出西海，顔豈論東家？

右榴

風花晴可憐，雨實秋更好。日日望江南，終當此中老。

右望江南

春草萎欲黄，秋草萋更碧。莫太倚春光，方當讓秋色。

右草

七言絶句

虢國夫人早朝圖

掃罷蛾眉上馬遲，君王剛及退朝時。侍臣記得丁寧語，莫遣長生殿裏知。

菜

誰寫西園數葉菘？露華清曉濕蒙茸。玉堂夜半蘇郎渴，此味無因獻九重。

兔

蘼蕪原上眼迷離，好是空山獨坐時。老去獵心翻欲動，似嫌孤隼下來遲。

菊花

寒影蕭蕭照墨池，西園晚色正相宜。蒼頭黑髮秋風裏，應是陶翁未醉時。

蓮花

不見峰頭十丈紅，别將芳思寫江風。翠翹金鈿明鸞鏡，疑是湘妃出水中。

芙蓉

輕紅濟白兩堪憐，妙意皆從畫史傳。不用秋江照顔色，也知標格是天然。

梔

抽黄媲白總稱才，誰遣山梔入畫來？似爲詩家少知己，杜陵吟罷不曾開。

水仙

濟墨輕和玉露香，水中仙子素衣裳。風鬟霧鬢無纏束，不是人間富貴妝。

牡丹

彩毫和露寫名花，紫豔分明出魏家。應是洛陽歸夢遠，緇塵紅土半京華。

題褚臨蘭亭後二絶

晉代書家失典刑，河南別自有蘭亭。寧知千古風流興，只在山陰酒未醒？
晉帖唐臨太未遲，還從點畫認鬚眉。向來賞極翻成恨，不見當年運筆時。

柯敬仲墨竹二絶

奎章博士本書家，畫法翻將上品誇。鐵鎖銀鈎誰解道？人間空夢筆生花。
莫將畫竹論難易，剛道繁難簡更難。君看蕭蕭衹數葉，滿堂風雨不勝寒。

子昂畫馬

家家龍種墮燕山，猶在秋風十二閑。千載畫圖非舊價，任他評品落人間。

觀泉圖爲衍聖孔公作

松根東望思悠哉，濕盡春衣滿地苔。七十二泉雲霧裏，可能持贈一泉來？

春園雜詩十四首

三月三日佳麗辰，五十五年衰病身。閉門一枕午時夢，江草江花無數春。

病來無力與春争，看盡花開草又生。莫道東君不識面，舊紅新緑也關情。

墻陰老槐生古苔，棘籬花逕參差開。分付兒童莫謝客，病中那有俗人來。

桔槔亭邊非我家，城南小園繰水車。直恐此身終是客，門前有地不栽花。

木槿花開紅作屏，庭前莓苔滿地青。緑陰深處不知曉，啼鳥一聲幽夢醒。

手插河邊楊柳枝，眼看成樹復成絲。不見雪花飛滿地，豈知春去已多時。

野鶴昂昂不受馴，家鶴依依鳴向人。應悔城中食煙火，不如天外離風塵。

庭下獮猴如小兒，攀花折果不停時。爲憐野意厭羈縶，放著林間高樹枝。

三年種竹不滿地，長怪墻高多夕陰。縱使難成也難老，莫教移却種花心。

夜來一雪忽成雨，雨過西山青入樓。聽人騎馬看山去，又作思山一種愁。

徑草園花隨意春，野情偏與物相親。養得山家短角鹿，盡日閒行不觸人。

剛道假山如畫圖，畫圖還是假山無。若見此山真面目，縱非南國也西湖。

房山山房山下頭，十年不到水空流。園童捉魚自煮吃，只道山中無釣鈎。

慈恩寺前花滿洲，看花長記小年遊。春光撩人不知老，夜夜夢到水西頭。

木筆

泚露和煙曉未乾，多情獨自倚闌干。春風爲報真消息，不似江郎夢裏看。

蜀葵

羞學紅妝媚晚霞，祇將忠赤報天家。縱教雨黑天陰夜，不是南枝不放花。

黄葵

不隨紅紫鬭紛華，别有風流出畫家。誰解人間真正色，秋來交付與黄花。

玉簪

昨夜花神出蕊宫，緑雲裊裊不禁風。妝成試照池邊影，祇恐搔頭落水中。

春草圖二絶

江南春草緑如煙，多在東風十日前。還憶謝家池上見，對牀聽雨賦詩眠。
渚蘭汀草亂春愁，病裏何心更出遊。獨立斜陽溪上望，采芳人在白蘋洲。

四牛圖

丙吉問牛

不問僵尸問喘牛，春來多少廟廊憂。爕調知是三公職，只許當年曲逆侯。

劉寬還牛

笑解轅驂緩步歸，野人多事轉相疑。司徒喜怒元無迹，牛去牛來兩不知。

牛弼殺牛

徒步歸來了不驚，車前流血任縱横。一牛自與秋毫重，得似人間骨肉情。

李密挂牛

倦來不作帶經鋤，挂角歸時日未晡。道上達官應借問，傳中曾讀竇融無？

王濟醫馬圖

王郎愛馬癖成癡，病馬情多手自醫。馬病衹應醫便得，不知醫癖更須誰？

黄子久山水

子久丹青仲舉詩，百年風物兩稱奇。分明一片江南景，醉後相看醒不知。

劉松年山水二首

九曲闌干十丈泉，隔溪幽樹轉蒼然。攜童莫道尋師晚，猶在秋山落照前。

醉倚孤篷坐不眠，夜涼吟向泬寥天。松陰正好看明月，分付兒童莫放船。

刻絲牡丹二絶

組織兼成刻畫功，好花芳蝶共春風。摩挲舊物尋遺事，不是唐宫也宋宫。
鄒碧堆紅間淺深，都將一賞付分陰。誰知造化無雕刻，費盡人間巧匠心。

書歐陽公手帖後二絶

醉翁長恨作書難，道是撑船上急灘。畢竟晚年多自得，儘留風韻與人看。
宋代家書自不孤，當時只許蔡君謨。若將晉法論真印，此老風流世亦無。

寒山拾得圖二絶

閒向青山掃白雲，青山那得有紅塵？白雲飛散紅塵盡，山色長如清浄身。
爨松燒竹自爲徒，炊罷吟詩對竹爐。應是禪家風味别，世間煙火氣全無。

王孟端山水圖長卷二絶〔一〕

畫竹休將竹史看，王猷家自有江山。空庭莫訝千尋影，萬里煙波咫尺間。
高下青山遠近村，清江處處繞柴門。鑒湖一曲消多少，須問君王再乞恩。

【校勘記】

〔一〕式古堂書畫彙考畫卷之二十六王孟端山水卷下收此詩二首，詩後有題識：「志同少宰得九龍山人山水長卷，留予家數月。不欲空返，爲題四篆字。意猶未已，復以二絶終之。正德四年秋半月戊寅，西涯李東陽賓之識。」

蒙翁蒲萄次韻二首

采采西林白露團，一時清賞故人歡。蕭條四十年前事，又向誰家卷裏看！
西土蒲萄別樣團，謫居聊此寫清歡。荔支香水誰高下？且與詩人一例看。蒙翁嘗評荔支，謂比玉消香水，自可北面。

法酒一尊奉致二泉都憲侑以小詩

玉露金莖下九天，風情猶記十年前。莫言天上無多滴，欲鬭人間第二泉。

使回聞欲封寄江南蓋將以爲北堂之壽再致一語情見乎詞

行厨新瓮不開封，留向高堂手自供。若比江東懷橘意，洞庭春色定誰濃？

捕魚便面爲厚齋閣老題

漁家生事苦難勝，盡日江頭未滿罾。回首不知天已暮，晚風吹浪濕鬅鬙。

饋萱邃庵太宰侑以一詩

雨後宜男色更深，采來新自玉堂陰。紫葵紅藥標題遍，可忍黄花獨苦心？

成國内弟有憶陶鼎詩見寄次韻二首

列鼎朱門非我事，楚人家自有泥鐺。如何南國三年别，猶記西堂一夜羹？

朝回閉户無佳客，獨對陶家老瓦鐺。忽向春風起秋興，江東何處有蒓羹？

題沈啓南畫二絶

蔓草叢花滿世間，石田胸自有江山。君看絶頂孤眠處，萬仞高風未可攀。

欲向高臺一振衣，恐驚黄葉遍山飛。不如抱膝還高卧，閒倚長空送落暉。

題李伯時蓮社圖二首

誰寫廬山十八賢？白頭居士老龍眠。藥囊經卷隨行杖，如在香爐瀑布前。

蓮社風流隔市朝，共將身迹混漁樵。陶翁心事無人識，聞道攢眉似折腰。

恭題景陵御筆花鳥圖後二絶

文華殿裏日從容，花鳥閒情藻繪中。莫向人間問開落，碧桃天上幾春風。

花滿平川穀滿田，眼中風物總堪憐。高飛俯啄皆生意，猶憶先朝大有年。

題崔甥畫卷 有序

禮部郎中崔甥世興得中書焦瑀家畫卷十幅，皆正統、天順間一時名筆。內有予詩十首、跋一通，皆書「警齋」。而字畫圖印絶不類，疑其僞也，間以質予。予筮仕時實有此號，及諦觀其詩，漫不知爲何等語也。因念弱齡稚作，忽忽四十六年，而卷什完整如故，且跋云：「每幅空其半，以俟他日更爲之。」今焦氏以錦衣貴族已就凋落，所藏書畫亦散佚不守，而予復見之，獨非有所俟而然乎？世興以爲奇，請踐前語。乃各次舊韻，填諸紙空，復識其後而歸之，且以原韻并跋各附于稿後，亦庸以自考云爾。正德壬申二月七日，西涯李東陽賓之識。

不見春風轉緑蘋，山中那識歲華新？試看剥啄門前客，莫是坡翁夢裏人。

行盡青溪見白蘋，中林蘭若晚鐘新。不因犬吠疏籬下，空谷誰知更有人？

警齋。右訪友圖。

谷口長松澗底藤，石橋山路晚登登。囊琴斗酒來何暮，空負寒齋昨夜燈。
斷岸垂崖百尺藤，柴門無徑有誰登？孤舟十里山頭客，共話西齋一夜燈。
警齋。右訪友圖。

遥向秋江溯碧空，晚風涼月共開篷。數聲長嘯三更話，多在千山萬木中。
棹歌歸去水連空，十里青山一釣篷。同是滄浪濯纓客，相逢醉殺月明中。
警齋。右漁舟圖。

江上秋風生白波，孺子解唱滄浪歌。歌長日短不知暮，回雁峰頭煙水多。
荻花江上水增波，萬里秋聲入棹歌。十二樓臺何處所？滿天鴻雁夕陽多。
警齋。右山水圖。

紛紛紫陌任紅塵，轉眼新花换舊人。何似水邊兼雪後，老年還是少時春？

翠袖娟娟不受塵，水邊長伴一閒人。多情只有孤山月，猶照西湖十里春。

警齋。右墨梅。

萬紫千紅漫作羣，一枝端可拂青雲。不緣風格高如許，誰遣坡翁記墨君？

獨立風霜意不羣，勁扶蒼翠入青雲。天涯歲晚相逢地，惟有清風得共君。

警齋。右墨竹。

衆芳摇落盡堪憐，多在江南歲暮天。獨有孤根隨晚節，老來相對不知年。

白石幽篁也可憐，况逢枯木半參天。江干歲暮無人地，露泣煙愁定幾年。

警齋。右古木圖。

鵲聲人語共分明，夢覺高堂了不驚。報道乘龍消息好，怪來終日傍門楹。

青春毛羽獨分明，盡日相看總不驚。踏遍殘枝君莫惜，好將春色到簷楹。

警齋。右雙鵲。

渺渺平沙落雁斜，夢魂疑在水西涯。多情不似江南雀，猶向沙頭啄柳花。

水淺沙寒日易斜，數聲遥在楚天涯。哀歌忽斷秋風起，落盡寒蘆兩岸花。

警齋。右蘆雁。

休論潤碧與山紅，雨簇風翻定幾叢。欲向春光題品遍，老來詩思十分慵。

石竹山丹紫間紅，刺蘩黄菊兩三叢。春心也羡東園蝶，百遍相過思未慵。

警齋。右花草圖。

今年夏，予在史館。中書舍人焦廷粲亦有事于館中，持所藏畫卷十幅請予題。編閲之暇，輒命筆爲八絶而止。越數月，廷粲復以卷抵予家，請識歲月。披而閲之，則嚮所爲者皆應答語，甚不滿意。始欲爲長句續之，而俗事纏縶，弗果也。廷粲使凡幾至，則又爲二絶歸之。仍每幅虚其半，以俟他日興到，當復爲之耳。成化丁亥十月晦，警齋李東陽題。

戲嬰圖

都將白日付青春，戲舞閒行意態真。聞道棘門還細柳，潢池空有弄兵人。

東湖圖

湖水東頭孺子亭，千年人地兩俱靈。憑誰爲酌湖中水，一洗人間醉夢醒。

商山圖

行盡深山覓紫芝，不應名姓有人知。閒來共説人間事，楚漢分明一局棋。

遊春圖

三月江頭花滿枝，春光物物總宜詩。杜陵野客猶多興，不是潛行痛哭時。

海日圖

浴日亭前水不流，長空滉漾與雲浮。坡翁只解中宵過〔一〕，虚詫平生萬里遊。

【校勘記】

〔一〕此句七字原脱，據抄本補。

李東陽全集卷六十三至九十二

懷麓堂文後稿三十卷

李東陽全集卷六十三

懷麓堂文後稿卷之一

賦

東山草堂賦 有序

吾友劉先生時雍居華容之東山。山之中峰左右盤據，與舍後山相峙。山麓有塘，塘上有舊址，方數武，疑昔人臺榭地。先生少時爲草堂一區，先大夫松巖封君以按察副使謝事其間。先生出入仕途三十餘年，堂就圮，手所植松竹皆已長茂，每欲歸，而莫得遂也。比以户部侍郎得請歸，將葺斯堂而居之，以告于予。予先生同年友，見其勳績聞望焯焯在人耳目，又能先幾勇退，保躬完名，皆予所不及者。獨其志趣所在，則能知之，而愧予之辭不足以張之也。因託客語，作東山草堂賦。

東山居士行自京師，將歸于故園。涉泱漭，經巑岏。掃瓦礫，芟蕭菅。葺草堂之舊構，啓衡門之幽關。于時洞庭無波，萬里一碧。飛鴻倒影，下映千尺。長林落木，響應川谷。高山大壑，俯仰寥廓。嗟吾生之歸來，寄一感於今昨。進子姓而告曰：

吾今而得返於斯也。蓋方舉甲第，登郎曹。北窮幽薊之墟，南盡楚粵之郊〔一〕。晝省凝目，蘭臺麗霄。高居迥瞰，遠絶塵囂。而或江帆夜發，星軺晨騖。水宿風餐，冰行雪度。呀豺虎之噬人，莽荆榛之窘步。驚突黔之靡定，寧足胝而不顧。念王事之鞅掌，憂歲華之遲暮。眉顰爲之莫展，領髮爲之垂素。幸吾堂之尚存，恍風景兮如故。孰謂三紀之餘、數千里之外，望斯堂而歸歟！

且堂之始作也，吾祖遺其基，吾父諦其規。據雲夢之名勝，攬荆、衡之幽奇。人與地而俱靈，事隨年而屢移。吾嘗植松爲林，種竹成嶼。旁引煙霞，上蔽風雨。傷俗駕之猶滯，慨山靈之無主。覽物象於羣動，悲乾坤於一旅。時偶得兮暫息，聊斯堂兮容與。欣壯稚之相從，若有感乎斯語。於是散髮曳杖，載遊載歌。朝出暮還，左挈右摩。天壤之間，此樂孰多？人生適意，焉恤其他？

客有過者，見而問之曰：「子非治河之中丞乎？非行邊之貳卿乎？胡不軒蓋是擁，而巾韋是嬰也？」居士不對，客亦就退。如有歌聲出于户外者，其辭曰：「吾山兮在東，吾堂兮此中，吾不歸兮將安從？」又曰：「少而行兮老則歸，稅繡服兮被荷衣。今吾故吾兮何是非，人不吾識兮天吾知。」聲未竟，客行已遠，不能悉聽也。賦而識之，以告知者。

【校勘記】

〔一〕「盡」，原作「畫」，顯以形近而訛，據文義與抄本正之。

後東山草堂賦

時雍先生以太子太保兵部尚書致仕，予爲作後東山草堂賦，償舊諾也。蓋自弘治戊午之十月至正德丙寅之五月，而兹賦成焉。

東山居士再自京師而歸也，乾清坤夷，風恬日熙。山將水迎，猿欣鶴嬉。感萬類之咸遂，嗟行樂之及時。卸驚帆於陸海，解故縶於天羈。爾其雨過湖平，凉生秋杪。心送馳波，皆决飛鳥。稅駕乎九達之衢，振衣乎千仞之表。倏雪開而霧散，豁塵夢之初曉。覽宇宙之無窮，逮吾生之未老。非遁迹以遺世，聊閉關而却掃。

客有剥啄之聲徹于户内者，居士曰：「子其誰哉？」客曰：「曩昔之歲，過門而問，聞歌而去者也。」乃與之坐而語曰：「子之不相聞者，九年于是矣。兹者惠然過我，其有謂也邪？」客曰：「昔子之來之，韋裳布衷。以木石爲羣，與漁樵者遊。爾往我還，爾歌我酬。自君之出矣，衣錦食肉。駟馬高蓋，朱丹其轂。奔走屬吏，控制藩服。絶我迹於雲泥，貴爾音於金玉。幸逸足之可攀，庶前盟之有續云爾。」居士曰：「噫嘘嚱，是誠何心哉！當夫事劇嶺海，志移山林。觸炎埃之勃鬱，歷遠道之崎嶔。身有所不敢潔，口有所不得瘖。詔使沓至，天威載臨。奮疲庸於鞭策，起廢疾於呻吟。固欲趣嚴裝以赴召，向國門而挂簪。及乎預運帷之密命，承側席之虚襟。責負山重，恩同海深。思趙宣之假寐，惜陶侃之分陰〔二〕。已而抱號弓之往恨，聽擊壤之新音。閲寒暄之代謝，懷止足之規箴。懼血氣之既衰，爲富貴之所淫。諒今之不能爲昔，猶昔之不得爲今也。」

客憮然久之，曰：「吾儕細人，朝饔夕飧。觀山而不窮其巔，望海而不極其源。以皦皦爲能，以孑孑爲難。寧獨知大羹不調，大玉不瑑。招之而莫致其來，撓之而不見其渾。此賢者之不可測也，信斯言之則然。」遂爲之歌曰：「楚之水兮荆山，望佳人兮不還。翩然兮歸來，躡岧嶢兮弄潺湲。彼世間兮何物？吾之樂兮吾天。」又歌曰：「桂棟兮蘭房，君歸來兮此堂。山可屐兮水可航，彼胡爲兮天一方？歸來歸來兮樂不可以極，願從子兮徜徉。」

居士莞爾而笑曰：「今日何日，故吾今吾。出我處我，天乎人乎！呼我者應以爲馬，愛人者必及其烏，疑我何深，見我何粗！獨斯堂之在山，終不改于厥初。不與勢而推遷，不隨時而毁譽。匪是物之有恒，吾何恃而歸歟！」於是舉酒屬客，客亦大噱。嶽雲漸開，江月將落。逍遥象外，俯仰磅礴。居士達觀静思，蓋將後天下而樂也。

【校勘記】

〔一〕「假」，原作「侃」；「侃」，原作「假」。顯以形近而相互誤置，據文義與抄本正之。

石淙賦

邃庵楊先生應寧先世居雲南，其地曰石淙。及遊寓巴陵，卜築京口，皆名所居。其入而仕于朝，出而官于外，撰述題識，亦以空名繫文字間，示不忘也。予嘗泛太湖，渡長江，雖未獲觀所謂石淙者，愛其名，悉其所爲懷，爲述短賦。主於體物敘事，兼比興之義，故不敢擬古作者。然同心之言、同聲之應，君子或有取焉。其亦先生之意也哉！其辭曰：

聳山骨兮崢嶸，中潺湲兮水聲。初濺涓以汩潏，忽砰湃兮鏗鍧。或在遠以疑近，恒自昏而徹明。感天機於一觸，衆籟爲之不鳴。信江南之絕境，乃物類之至精。彼瀑布兮可擬，曷蹄涔之足稱？爰有三南居士比象引義，取石淙以爲名。客從湖南而過者，曰：「此非洞庭之波乎？碧浪千頃，青山一螺。揖靈秀於衡嶽，激清風於汨羅。昔子之既丱既笄，來遊來歌。興懷於某水之丘，寄迹于此山之阿。校風景於豪芒，繄孰寡而孰多？居士不答，如兹淙何？」又有自滇南而來者，曰：「此非昆明之漪乎？平地仰噴，從天下垂。建長江而直瀉，指瀚海而同歸。昔子之乃祖乃父，生斯聚斯。倏星移而地改，方挹彼而注兹。訝江山之不可復識，抑疇是而疇非？」

居士乃憮然而歎曰：「嘻，有是哉！吾固知石之爲石、淙之爲淙也。吾方手拊鏜鞳，耳聞舂撞。應噫氣於大塊，引希音於清商。挾涼飈以助爽，與皓魄而争光。達大觀於無外，諒至美之難雙。蓋將濯纓乎萬里之流，振袂乎千仞之岡。若乃東山在吴，以象舊邦；東坡在黄，遂名四方。彼二東者之偉迹，豈三南之敢望？且夫石者吾知其爲堅，淙者吾知其爲激。匪徒觀物以適懷，抑亦將身而比德。蓋將礪我粗鈍，蠲我宿癖。滌塵垢於七情，漱芳華於六籍。嗟人生之有涯，見道體之無息。彼羣分而類聚，何物非兮太極？殆不知石之爲淙、淙之爲石也。」

於是二客攜酒與琴，遊于淙上。荆班雜坐，林歌迭唱。北南俱失，賓主皆忘。慨聚散之殊塗，顧行藏之異尚。三人者各適其適，渺不知其所嚮也。

奎文閣賦 有序

闕里宣聖廟舊有奎文閣，以貯古今圖籍。在大成殿之前，杏壇之南。金章宗重建，規制頗精。國朝置衍聖公府，其屬有奎文閣典籍一人。凡朝廷有事于廟，則禮迓香幣，度于閣中，以俟行事。弘治己未，廟災而閣存。工既就緒，殿廡閎麗，皆加于舊。按察僉事黄君黼謂閣獨弗稱，欲撤而新之。衆議嘩然，以爲故物不可廢。黄執之益力，巡撫都御史徐公源實主之。閣成，高八丈有奇，略與殿等。棟宇相埒，金碧交映。向之嘩者始翕然歸之，稱全功焉。

東陽奉敕祭告，乃登于兹閣，欲賦其事，未暇也。徐公既購書數百卷，付衍聖公聞韶，令典籍孫世忠守之。四方藩郡聞而致者日益富。徐公使告于予曰：「閣不可負也。」乃爲賦之。黄君與布政使張君泰刻石京師，今巡撫都御史朱公欽、巡按御史曹君來旬立于閣中。時闕里志已梓成，提學副使陳君鎬刻而附之卷末。

偉新廟兮既宫，突高閣兮麗空。海之右兮山之東，極灝漾兮争巃嵸。納沆瀣兮超鴻濛，表日觀兮來天風。忽秋令兮始肅，見奎星兮正中。初徙倚兮欄前，暫徘徊兮户外。殿庭兮巍峨，與兹閣兮相對。亭碑矗兮林立，壇屋隱兮如蓋。昔金源兮始構，幾歲序兮更代。歎軒楹兮未燼，紛瓦礫兮浮璢。及輪奂兮鼎成，藹冠裳兮咸萃。覽舊迹兮無餘，撫孤根兮一檜。

吁嗟乎！靡麗兮娉婷，彼齊雲兮落星。悵望兮往營，或籌邊兮見京。夫豈若睹羹墻兮故宅，誦典則兮遺經。宛蝌斗兮孔壁，恍金絲兮魯聲。感春秋兮絶筆，憶詩禮兮趨庭。存奇文兮籀史，脱虐焰兮秦坑。藉神鬼兮呵護，閟山川兮精英。乃有韋編兮竹簡，石墨兮溪藤。汗牛充棟兮不可以數計，又奚問兮何名？幽、并兮青、兖，渺宫墻兮在眼。景行兮高山，每爲憾兮不淺。金書兮玉節，幸吾生兮未晚。溯秋霄兮愈泬，恨夏日兮猶短。仰聖道兮彌高，思古風兮漸遠。閲千載兮一時，曾一慨兮不滿。睠逸駕兮可攀，尚頹波兮在挽。

噫嘘嚱！靈有地兮傑有人，賢有象兮國有賓。下厚土兮上高旻，軼倒景兮離塵紛。博典册兮窮皇墳，厲夕惕兮求朝聞。豈徒析蟲魚兮隱義，辨豕亥兮疑真。訝雨粟兮天半，降青藜兮夜分。蓋方舞干羽兮七旬，遍絃歌兮八垠。占聚緯兮周髀，聽圜橋兮成均。殆將興兮吾道，庶不朽兮斯文。巍乎高哉，勢不可以極！兹閣之名兮，並列宿而俱存。

李東陽全集卷六十四

懷麓堂文後稿卷之二

序

送耕隱徐公還宜興詩序

東陽舊從少傅謙翁徐先生，獲聞厥祖太守府君及厥考漁隱翁之賢。近始獲識其叔父耕隱公，則知爲府君之中子也。蓋府君有子五人，漁隱父子世爲大宗。公之生，僅長先生一歲，與同庠塾，同筆硯。既習舉子，未有以試也。及見先生以進士及第，入翰林，則盡棄其業，不復求仕，惟守故廬，治先墓，以力田教子爲事。遊不出百里，旅不過信宿。雖密邇南都，足迹不一至。世之所謂公卿大夫，非執麾秉節方巡而禮訪者，未始與接也。暨先生歷省曹，入臺閣，踐孤卿之位，以一品誥封及三世，公與有榮寵，而斂退自若，不欲以門閥輩行加於人人。獨自念遭盛時，生貴族，而未嘗睹宫闕之壯麗、都市之繁庶、軌文玉帛之盛大，乃買舟北上，以償夙昔。顧其練袍角帶，長揖緩步，雍雍曳曳，猶有山林之風焉。時先生方重倫收族，置義田，修家乘，推所以事父者以及于公。懷思數年，而輸之一旦。禮義之交歡、心腑之相託，無所不用其極者，君子蓋兩賢之。公既閲月，翩然南還。輿馬之送集於門，杯俎之張羅于野，風帆月棹，容與而歸。播明聖之休風，談升平之盛事，舉平生之所未見，而一慊于懷，豈非天下之至樂哉！由是而敦率子姓，化行鄉黨，巋然爲老成人，則固不必登華陟要、得志行道如先生者然後爲賢也。

抑又聞公以明年正月初度，壽躋七十，時乎歸哉！其所以享色養于庭闈、施禮接於階戺、娱心志而延歲年者，殆亦有在。矧陽羨之田足以種穀，荆溪之水足以釀酒，高居腆奉，隨所欲而無不遂？然則公亦何求於世，而天下之物烏足以累其中耶？議者以爲江南文獻地，詩歌文字之作，可以陶情而適志，或其所不能無好者。夫贈人而以其所不好，猶不贈也。於是分曹而賦之，合館閣之彦若干，人人一篇，成軸以餞公〔一〕，且爲公壽，而東陽序其首。

【校勘記】

〔一〕「軸」，原作「軸」，顯以形近而訛，據文義與抄本正之。

送國子助教羅君致仕序

泰和羅君舜臣舉天順己卯鄉貢，有聲場屋間。明年庚辰，上禮部，得乙榜。乙榜之士例年二十五而上不得辭教官，君時甫二十三，輒拜青田縣學教諭。青田舊乏科目，而教諭例必舉二人，乃得升秩。君所教士連得舉，九年以成績告，擢安慶府學教授。教授所舉例必得四人，而安慶士亦不恒有，君又以績告，乃内遷國監。歷兩京，再命以至今官。時其子欽順進士及第，爲翰林編修，同在朝籍。居京第不數月，其次子欽德、欽忠又同舉于鄉。薦書至，君曰：「吾可以休矣。」即上疏乞致仕。致仕例以七十爲限，君之年僅六十耳。

夫取之廉者其予必輕，進之難者其退必易。觀人之始，可以知其終也。今之仕者，苟有所避，或減年以幸其免；苟有所覬，或減年以幸其留。充其念，自少至老而不能變。蓋患得者，未有不患失焉者也。乃或矯情制欲，有所激而爲之，而日改月易，消鑠委靡，以終于不自振，殆亦多矣。如君之廉取易退，慎始而保終者幾人哉！且官之責任有大小輕重，而人之才力亦不同。彼汲汲於進者，雖其力有所不勝，猶强勉負荷，至于顛躓僨敗，終無益乎其身而後已〔一〕。其有謙抑斂括，寧使吾之有餘，而不使人以我爲不足，竟以成其功而保其終如君者，又孰得而孰失邪？況君子之道，將以成物，物不能以必成，必吾之時與地有所得爲而後可遂，其所不得爲者，弗與也。君由邑及郡，隨所得教，皆能竭心力，著功效。則其去也，不可謂非成功而退，亦豈忽於恒事以爲簡、果於肥遁以爲高者可例論哉！然則君之賢，其可以觀矣。

予考禮部，得欽順之文，奇其才。及在翰林，聞君之賢而未始見也。君之行，與其子同官者編修徐舜和輩送之國門，而請予以辭，故書之。

【校勘記】

〔一〕「身」，原作「乎」，據文義與抄本正之。

東瀧遺稿序

吾友東瀧彭先生既捐館，從子禮部郎中桓輯其遺詩文若干篇，手録成帙，將刻梓以傳，而請序于予。予輟涕終讀，爲之凄然，掩卷以悲，曰：「先生之文，固止此哉！」蓋先生始以經學魁天下，名翰林，高才博識，肆爲豐溢奔放之辭，雜文歌詩，衮衮不竭。及讀禮之餘，日就超詣，則由博歸約，斂華就實，益爲簡潔峻絶出羣之作。觀其志，直欲追古作者。故雖一時快意適興之所爲〔一〕，瞬息信宿，已自不滿。片紙斷墨，不悉存録。今所輯者僅十二三而止，然知者於此亦可以觀矣。

先生耿介明決，每權衡人物，論國家天下事，慨然思有以大施于世。使之過盤根，肩重負，必能振厲風節，揚動績於無窮。其於制作，蓋略見之矣。顧爲嫌忌所中，疾疢所困，年僅逾四十，官不過六品，編摩考校之外，無繇自試。所恃以不朽者，惟文耳。而文又弗盡其藴，則世之知先生者，豈非僅得其粗也哉？且自唐宋以來，狀元之選，特爲隆重，考德校業，良亦難乎其人。如先生者，名實交副，方爲時望所屬，而不幸止此。大夫士無問識不識，皆爲悼歎不能置。然則天下固知其人，而況其文乎？文之傳者，以人不以官。先生之文，宜不待科第而後顯，宜不暇論也。

先生子彬沯夭，從子某爲之後，桓及南京刑部主事傑，皆以家學繼舉進士，而斯文實於是乎傳，先生其可以少瞑矣。夫予辱先生榜末，固嘗爲天下慟之，託名斯文，宜不獲置，亦以附徐君心許之義云爾。

先生諱教，字敷五，吉水人〔二〕。東瀧，其所自號。天順甲申狀元，官至翰林侍講。文之散於四方者尚多，他日庶有續焉。

【校勘記】

〔一〕「快」，原作「帙」，顯以形近而訛，據文義與抄本正之。

〔二〕「吉」，原作「言」，顯以形近而訛，據文義與抄本正之。

洛陽劉氏族譜序

洛陽劉氏族譜，太子太保禮部尚書兼武英殿大學士晦庵先生所自作也。劉氏始自開封之太康。元有諱聚者，生二子：長諱敬祖，爲樞密知院；次諱紹祖，爲順德路總管。總管二子：長諱玉；次諱榮。榮值世亂，不復歸太康，從母翟依舅氏於洛陽，入國朝始占籍以居。二子：長諱寬；次諱亮，舉鄉貢士，累官三原縣學教諭。四子：長胤；次先生，名健；次信；次偉。先生二子：長來，早卒；次東，舉進士。今溯所由，起始祖而下得五世，而大宗之派，莫知所在，羣從子姓，緦以上纔數十人。蓋自草昧以來，戎馬交馳，中原文獻類多喪失。先生嘗聞之曾大母，僅得其世系名爵。又於宦轍所經，搜訪遺迹，亦間有所得。懼其久而益忘，乃用歐陽氏例，爲譜圖而傳之，且引于其端。既乃視東陽，屬爲序。

竊惟古者諸侯有國，卿大夫有家，皆以佐天子治天下。家之有譜，猶國之有典籍也。典籍不具，不可以爲國。具而不實，其弊顧有甚焉者。惟家亦然。自世本不作，譜局不置，而天下之宗法遂廢。其爲譜者，或又傅會冒妄，慕華貴而諱寒畯，君子以爲不足信，則并其實者疑之。譜之所以傳信而反召疑，則雖無作可也。此所謂弊也。且姓之難辨者，惟劉與李。言李者悉出隴西，言劉者悉出彭城，舊有是弊矣。唐劉知幾撰譜，學者服其博。宋河南劉燁十世之譜具存，此蓋其最著者。而今皆不可考已，況其他乎？

先生以實學篤行，生明聖世，爲大臣元老，方使朝信道，工信度，史信事，以施實政于天下。族譜之修，亦移忠教睦之端也。東陽在館閣，從先生後，獲聞緒論，於姓氏之辨尤嚴。故其爲譜，惟斷自所知。雖太康之近，寧闕焉而不敢及，其嚴如此。然譜之所爲重，必先賢而次貴，若教諭公之厚德善教，固將有傳焉。況先生官至一品，贈逾二代，所以望天下而祖後昆者，又恢乎其有餘地。使冒妄之徒，雖世累千百，惡足以相輕重哉！

東陽恒患吾譜之難，欲修之而未敢作，於先生之譜有感焉，於是乎書。

送太子少保南京吏部尚書倪公序

禮部尚書青谿倪公莅部事十年，將以二品滿三載矣。間嘗念金陵舊鄉，不得歸。會南京兵部尚書闕，吏部暨諸大夫臣議，以爲留務所繫，聞望才力，惟公是稱。時在議列，避不署名。名既上，上意若曰：「是惟予禮官之長，式克佐朕，以洽神人，宣教化，不可使去左右。」故不果。已而，南京吏部又闕，上洞察公情，知其樂于南也，意又若曰：「兹惟予祖宗根本地，是官也實長寮，不可以簡遠是忽。」乃命公。且念公青宫舊學，勞績久弗録，特加太子少保以行。時僅浹旬，而先後異命，大夫士之仕于朝遊于京師者，聞公去，無問識不識，皆駭且惜之。及見加官之詔，於是曉然知聖意所在，又相與榮公之行，無異辭焉。

夫所謂大臣者，必其身足以任天下之事，如大車之載，大川之濟，有餘力而無遺憾，然後爲能。非若分一職，領一務，苟可以塞其責而止者之爲也[一]。今官冠于六卿，儒者之極也，秩至于宮保[二]，蓋公孤之亞，出乎常格之外者也。得之而人不以爲過，又從而惜之。今之兩都皆宮闕所在，臺省之並置、百辟之所具瞻者，未始有異也。而論者猶疑其在彼而不在此，豈可以强而致哉？蓋公以世臣家學礪志砥行，名于翰林，入侍經幄，敷對宏暢，爲講官第一；出理曹務，引據精確，不爲羣疑所奪。及其表儀朝著，謀猷廟堂，風采玉立，論議英發，才者讓其能，賢者服其善，皆隱然倚以爲重。雖欲釋之，有弗能已者，亦豈非夫人之至情也哉！

或以爲君子之處劇曹，居近地，惟所欲爲而未盡遂，則憂患生焉。乃若赴逸而舍勞，脱繁而就簡，去人之所不足而我之有餘者固存。又加以山川之佳麗、鄉里之榮耀，公私小大兩遂而兼全，其在公者，謂非天下之至樂不可也。於戲！公之心在天下，雖處江湖之外，固不能忘乎朝廷之上。顧豈若獨行一節，偶有所激，而姑爲彼孑孑者哉！夫苟不失其樂，而存其所有餘，則隨厥所處，皆足爲國家天下重。吾第恐優逸之時未久，而憂勞之日尚殷，兹所以爲公惜者，方以爲公望也。抑以期公之未盡遂于天下者，終有時乎盡也。

公之行，金谿徐公實代爲尚書，新喻傅公、南城張公遞遷爲左右侍郎，暨其諸司之屬，尤有弗能釋者，謂予爲公同年知己友，且託名銜署之末，以贈言屬予。予不佞，不能效尹吉甫「式遄其歸」之頌，而韓昌黎「無疾其驅」之什尚能爲公誦之，以期其來。於戲，公其有感于予言也哉！

【校勘記】

〔一〕「塞」，原作「寒」，顯以形近而訛，據文義與抄本正之。

〔二〕「官」，原作「宫」，「宫」原作「官」，顯以形近而相互誤置，據文義與抄本正之。

送張兵部還南京詩序

予辱張公公實交三十餘年，合而離，離而合者數矣。自弘治辛亥至今，凡七年，公始自南京兵部考績京師。晨夕會晤，旬再浹，輒復言歸，予於其行竊有感焉。

惟我同年舉進士者二百五十八人，同入翰林爲庶吉士者十八人，所謂二百五十八人者，升沉榮辱，莫可得而齊也。方今仕兩京爲列卿，不過十三人，而吾十八人者不過四人而止，可謂難矣。然今之所謂列卿，不過數十人，數十人者而吾得其四焉，又多而至于十有三焉，亦可不謂之盛邪？且予所謂盛者，非冠紱輿馬之謂也。勳績之交輝、譽望之相聞，官之評、物之論，必在乎此而不能舍而之彼者。萬得一人焉則謂之傑，千得一人焉則謂之俊。俊與傑，不可以常得，而吾同舉者如彼，而所得者如此也，此所謂盛也。

試以考績之制論之，分曹而處，受職而任，稱則最、負則殿者皆然也。今公歷副都御史，至侍郎，閱再命而爲一考，臺之與部邈乎若不相爲謀。顧公之爲臺也，巡山右，移陝西，其所總者雖在刑憲，實兵戎之務也。以三載之勞足之以兩月之近，所考之職宜不以部而以臺。臺與部相合，而其績成矣。况所謂兵者，又其爲郎官、爲大夫之所嘗分治而素習者乎？然則明廷之奏、聖天子之命，其最固有大焉者，又非獨以官評物論爲也。吾十八人者，若劉户部時雍、傅禮部曰川，皆嘗考三載之績，而近時倪禮部舜咨來自南曹，其所考者皆禮之績，猶部之於臺也。若公之清裁重價，交輝並映，稱之天下，皆可以無愧。其爲難且盛，又可知也。

惟予之謭薄疏陋，據非其地，無績之可書者，於公兹行，寧不大有所感哉！古之君子，同學則相勉以德，同仕則相期以業。然則公之行，亦非獨予二三人者之私也。於是閔都憲朝瑛、曾工部克明、王大理用敬，皆餞而賦之。予與公又嘗同舉于鄉也，故爲之序。

送倪吏部考績還南京詩序

今年夏，青谿倪先生以禮部尚書加太子少保改南京吏部，予嘗爲詩及文贈之。先生尚書幾三載，至南京考績上京師，既陛引得旨，令復舊職以去。其行也，翰林諸先生之同在講幄者，及六曹諸公卿、太學兩儒師之同出翰林者，各賦詩爲餞。雖累賦疊贈，不厭也。予自有職業以來，餞贈俱廢，蓋嘗夙戒杯俎，餞先生于東郭之外，而偶掣公務，至今耿耿不能置。

是日，予朝退先往，待先生未至，感而有詩。既乃得諸詩讀之，益有感焉。兩京之制，曹分而秩應。苟官與品相埒，皆可以積歲而計，類績而考。先生由北徙南，自禮遷吏，合兩月而爲三載，固宜。且先生典秩百神，助祭九廟，掌朝儀，知貢舉，敷宣教化，綱提而緒舉，見之乎章牘記録之文。今雖以吏名官，而其所考者皆禮之績也。若遠邇繁簡之間，殊地異勢，足優裕之樂而無事乎剸裁之擾，政有餘力而績無所與施，此先生之去而來，來而去，吾輩之所爲天下惜者，誠非特交遊燕笑之私也。

然吏部之職，實百司殿最之所關，羣議日直之所恃。以先生之賢爲具瞻表率，非徒泥守常法，坐鎮雅俗，亦隱然爲留都天下重。況聖天子眷經幃舊學之勳，念儲宮保傅之職，恐墨突不黔，而曹裝已趣，如予向所云者，予及諸君其無以惜爲也。請以是終未盡之説。南曹諸卿大夫出自翰林者，今猶有四人焉。讀是詩，亦寧不感于予言也夫。

封右諭德静樂王先生八十壽詩序

士之仕者，必有爵秩以爲身榮。或不得仕，而有子能仕，則亦封及其身。二者蓋不可以兼得，有一於此，斯可矣。然仕必壯而後成，及有子而仕，仕而封，則其年亦老，而或有不能待者。故非仕之難，封之爲難。若既仕而復封，封而至再，年雖老而未艾者，豈不誠難乎哉！如静樂王先生，其人也。

先生居吴之洞庭[一]，年二十五始知學，篤志力行，自殊流俗。以國子生需次吏部，知襄陽光化縣。數年，棄官歸其鄉。時其子濟之已進士及第，入翰林，以編修貴，封先生。越二十餘年，以諭德貴，再封。今濟之超拜少詹事，兼侍讀學士，而先生之壽實八十二，封錫之寵，蓋未艾也。方先生强仕時，惓惓以愛民守官爲事。襄陽之地，流移所萃，議者欲盡殲之以爲功，而光化獨留不遣。諸縣有疑獄，悉從重論，而光化獨多所平反。用是忤當道，寧棄其官而不顧。此當時巧宦躁進者之所譏笑。及犬蚤發先萎，急行窘步，覆轍踣足，相尋於道路之間，而獨從容暇逸，饗其樂于生惡可已之地。是其敦厚之基、仁愛之澤所自爲地者，不亦既多矣乎？

夫仕之樂，成於休致。知休致之樂者，仕雖榮不復以累其心。若封錫之榮，則其所樂者固在也。況年齒之高、筋力之健，足以饗之而不負哉！聖天子方興賢勸孝，長仁壽之風，以弘熙洽之化。而濟之以文行被簡，侍經幄，輔儲宫，爵秩之登進、錫命之稠疊，皆由此進。則先生雖不獲聘車于途、禮杖于朝，而撰几之奉、燕毛之會，飾之以綸紵章服之寵，豈獨爲一家之嚴君、一鄉之宿望而止哉！

予嘗遊閶門，臨太湖，扁舟獨棹，曾不得與高人耆士如先生者徜徉容與于江風山月之下。及與濟之官翰林，蓋嘗分題賦詩爲六十壽，今二十年矣。而先生封益加，壽益高，在朝諸卿士賦而壽者日益衆。濟之乃以序屬予，予故不得而辭云。

【校勘記】

〔一〕「吴」，原作「其」，據文義正之。此「洞庭」爲吴地太湖之洞庭山，而非楚之洞庭湖。明弘治、正德時大臣王鏊字濟之，吴縣人。其父曾爲光化知縣。參見本全集卷卷十三林屋養高詩。據文義與抄本正之。

會試録序

今上御極之十有二年，爲弘治己未，天下士會試于禮部者三千五百人。上命臣東陽、臣敏政爲考試官；先事以請者，尚書臣瓊，侍郎臣瀚、臣昇；同考試則爲修撰臣春，贊善臣宏，編修臣冕、臣穆、臣清、臣一鵬、臣瓚、臣韶、臣詠，都給事中臣廷玉，給事中士賢，郎中臣莊，員外郎臣璝，主事臣燿；監試則爲御史臣茂、臣獻民，暨諸執事，慎簡備集如制。癸丑之試，臣東陽實典試事，嘗盡觀天下之文。今乃獲再至，再觀其所謂文者，校諸曩歲有加焉。爲之目眩心動，累日不置。擇其純以俟宸斷，得三百人。其限于制額而不能悉取者，蓋亦多矣。乃相與歎曰：「文之盛，一至此哉！」

夫文之在人，實關乎行；在天下，則政治繫之。我國家天造之初，氣化渾厚，歷數十年，漸以宣朗。又數十年，而條制之精明、典儀之賁飾已極。故文之於科舉亦然。洪武、永樂之制，簡而不遺，質而成章。迄於今日，屢出屢變，愈趨於盛。然議經析理，細入秋毫，而大義或略； 設意造語，争奇鬬博，惟陳言之務去，而正氣或不克。若必如是而後可以爲文，則其議論識見見諸猷爲、著於事業於朝廷天下者，視前輩何如也？故文之極盛，亦識治體者之所慎也，是寧獨士之責哉？典教之官惟程課是急，司考校者操尺寸以臨之，而於大且正者，鮮加之意，故其爲法雖精，而顧不能無弊，亦勢使之然也。昔人有言，先王質文相變，以濟天下。質敝則佐之以文，文敝則復之以質。聖天子方法祖宗，監成憲，挈一世之文而歐之，以復于舊。意嚮所示，蓋自求真才始，諸士子録于有司，籍是以進，籍尚以其素所學者，躬體而踐之，俾官有定守，言有確論，功有著業，不獨於文之純而止。要其成自朝廷，達于天下，無所往而弗效，則斯文者庶幾實用乎世，而非徒盛也。且唐虞之代敷奏考言，期於底績； 漢之制策，往往見之于行； 唐宋以科舉取士，而韓愈、程顥者出焉。其闢邪扶正，明聖道、開來學之功，乃世之所以爲重。文之實用，固如此。國朝教試既純乎經文之盛，又將復而之古，若二子者，豈無其人？

臣不佞，與有以人事君之責。今日之事，亦裨益聖治之端也，其敢不慎以求之？第愧無陸贄、歐陽修之明，終未免遺才之憾爾。

章恭毅公年譜序

年譜之作，蓋出於族譜家乘、碑誌表狀之餘。譜乘所該，勢不得以備載。傳誌雖爲一人作，亦舉重大而略細微。孝子慈孫、門生故吏之志有不能盡者，於是因年而譜之。則自生卒履歷至于言行動績，罔不具録，而凡涉交與形、著述亦附其下。使後之讀者不待遠詢博考，而展卷開睫，已得其爲人。紀述之書，宜莫有詳焉者矣。然必其人德望之隆重、功業之顯著、惠澤之深厚，足以關氣運，繫風俗，存不虚生，而没不爲徒死者，乃可言譜。不然，則繁文縟節，惡足以爲重而必用是爲哉？

贈南京禮部尚書章恭毅公之卒也，既有狀有誌，有神道之碑、哀輓之詩，其子玄應爲南京給事中，時嘗自爲年譜一帙，以屬于予，請爲序。比以陝西參政入朝，復申前請，予弗能讓也。

夫天將昌國家之運，必有忠貞鯁亮之臣出爲世用，以播其勳業。即不得用，亦發爲讜言正論，使天理賴之以存，人心恃之以不死。名教立而命脉長，其進其退，固天下所視以爲重，而況死生之際哉？

當景泰時，顛危甫定，而邦本遽摇，於是有章公者以儀制郎中言復儲事。坐與鍾恭愍公同通，下錦衣衛獄，備極考訊。又與廖恭愍公莊同賜杖，鍾竟死，廖亦遠謫，而公獨在縲絏，幾死者亦數矣。天順初，特擢爲禮部侍郎。成化中，請老致仕而去。方其職在一司，秩不過五品，開口攘臂，論國家大計，雖身困言屈，一時天下皆知有所謂名義、所謂風節。以至于英祖之光復、憲皇之顯紹，神功聖德，鏗鍧炳耀于天地間。而公之身及際其盛，後雖遠處南國，亦隱然爲天下重。微公輩二三人，則名義風節皆未可知，而天下之事去矣。是豈非天之有意於國家億萬載靈長之祚而然哉！

觀入獄之時，有黄霧四塞之警；屬纊之夕，有山頹石壞之異。彼天下之人，紛紛籍籍，羣生而旅盡者固不得而與也。故書生以志其始，書卒以志其終。其間履歷、論議、患難、寵榮之故，皆備書而不絶。兹譜也，誠不可以不作也。士之披覽前史，見忠臣義士，起敬興慕，必考其世行，而求其爲人。況出本朝，生近歲，風聲義概之所動、耳目之所繫者。因是而求之，豈不足爲廉貪立懦之地哉？譜之作，殆非爲一家計也。

公奏疏載國史，文章著家集，族譜但存其名，不復録，庶他日得以互見云。公諱綸，字大經，温之樂清人，正統己未進士。玄應，成化乙未進士，以才行世其家。少子玄會，今爲太僕寺主簿。

學士柏詩序

翰林後堂之後有雙柏焉，學士竹嵓柯先生所植也。先生當天順甲申，奉詔授諸吉士業，東陽辱在十八人之列。後三年，爲成化丁亥，先生實掌院事，乃植兹柏。其初僅三尺强耳。及先生以少詹事終制于莆，被召不起而卒，越三十年，柏已逾二丈，鬱然對峙，其風致不減於昔，而榦格有加。弘治癸丑，東陽爲太常少卿兼侍講學士，踵先生故事，乃以此題課諸吉士。於是顧清士廉輩二十二人，人賦一歌，感舊懷賢，各極思致。東陽亦悵然感之，續爲一章，以畢未盡之志。欲彙書成帙，遺先生之子中書舍人宗文。因循荏苒，又六七年，二十人者，一已物故，復多散處，僅得十有幾篇，勒爲卷。

嗚呼！人與物之相須也尚矣。物固因人而重，人亦藉物以傳。經史所載，不可僂數。我先生以清才直道簡帝衷，負時望，而不竟于世，不朽之業庶於文章見之。其追蹤昔賢，啓迪來學，遺風餘韻，亦有寓乎兹柏者。然則後之君子，固將因人以重其物，睹物以思其人，而況出乎其門者邪？東陽不足道也，彼十九人者，文學行業，幸引而伸之，則東陽於先生可以不負於兹柏也，無愧色矣。姑序其詩，以俟其未備者，他日尚補録云。

壽都憲閔公七十詩序

太子少保都察院左都御史閔公朝瑛壽七十，同年進士之在朝者，若工部左侍郎曾公克明、禮部左侍郎兼翰林學士傅公曰川、右侍郎焦公孟陽、刑部右侍郎陳公德修、大理寺卿王公用敬，各賦詩一章，會賀其家，謂東陽宜序首簡。自分曹限職以來，朝著無私語，道途不並驅，惟賀慶之事，則有會。會未有以壽舉，即有之，亦未有聯章彙帙如今日之盛者。蓋壽至七十，古人所希，不可無會，會亦不可以無賦。有之者，實自今始，將以爲例也。

昔在憲宗御極之初，吾同舉者二百五十人，年之少長、地之遠近，固雜然殊也。荏苒至今三十六七年，存者不過五之一，存而仕者不能十之一，仕而在朝者又不過之數人。其間階秩之崇卑顯晦、職務之繁簡勞逸，又有莫能同者。公起西浙，出入内外臺，歷河、洛、楚、粤、燕、薊之墟，累南北曹正，佐領兵刑風憲之職，以至今官，可謂甚勞；階二品，兼兩秩，率羣屬以糾百司，將滿九載，甚要且久；而其年甚高。

公之壽固天下所望，實同年之重也。

古者大夫七十有引年之制，亦有賢而不得謝者。公初度前十日，上疏懇辭。天子以其端慎老成，方切倚任，優詔慰留之。公之檢身持法，正而不激，明而不刻，愈久而不爲變，故命下之日，輿論翕然，咸以爲宜。夫風紀之崇重、朝章之繁縟、法令之詳密、民情國計之深且遠，新進之士雖儁才精識，未易周知而遍舉。必累任之，歷試之，則其激揚操縱，興革予奪，乃能中理而不失其度。朝廷之所諮議、寮屬之所視效、士民之所瞻望，皆必賴之。然非涵養之純、持守之定者，則雖久而無所於賴，是亦誠難其人。若有之，宜足爲天下重，而未可以輕釋，如公是也。然則公之壽，豈獨吾同年之私賀而止哉？夫惟不爲私賀，則今日之會之賦之盛如此者，非侈也，宜也。

東陽在同年最少，今亦既頒白矣。而樸劣無似，徒念平生附託交與之情、同舟共濟之誼，期勉祝頌之心，有不異乎諸公者，乃爲辭以先之。其詩則以齒爲次，如前所序云。弘治己未十二月十七日序。

成國太夫人壽七十詩序

弘治庚申三月二十九日，實我外姑成國太夫人設帨之辰。太夫人生宣德辛亥，至是蓋壽躋七十。朝之元臣鉅卿、學士大夫與其子成國朱公輔相還往者，賦詩若干篇，以寓頌禱。而東陽誼不敢後，乃序其簡端。

夫所謂世臣大家者，雖其功德所自樹立，亦必有内助之賢，而後家政成，有陰教之善，而後家法正。其扶掖啓誘之功，隱不外見，而徵諸夫若子，則不可誣。然非高年遐壽，偕始終，閱少長，亦有不能遂者。故令妻壽母，詩家頌之，聖人取焉。豈非以得於家者，誠難乎哉！

初，太夫人歸我外舅太師莊簡公，聞東平武烈王之遺範。逮事平陰武愍王，親執饋饗，稱賢宗婦。及公嗣爵被封，歲朝宫闈，禮奉家廟，閨閫之内，敬同賓友。從居留都者三十餘年，官有恒禄，門無私賂。寧壹之治、静專之化，太夫人之於公，猶公之於官也。今嗣公孝謹清儉，承顔養志，斛粟匹帛，必禀命而後用。識者謂其器業所就，將無忝祖考，以保于有家。二孫麟、鳳，亦率遵矩度。從子羽林指揮輅，感其鞠育，義均子事。下逮臧獲，皆聽令識職，罔敢有違越者。蓋不異乎公之存。而太夫人動履之康適、福祉之深厚，日殷歲積，裕乎猶有待於後，又以見其家之方昌也。然則賢且壽如太夫人者，求之乎勳閥之間，殆未見其比，而況其餘乎？

夫以賢則頌，以壽則禱，感乎情而形之乎言，此大夫士之所有事。太夫人通文字，達辭義，嗣公於捧觴之際，取是詩而侑焉，未必非悅志養壽之一助也。且太夫人實少保胡忠安公之女，厚德雅教，得之閨門者爲多。忠安年至九十，壽偕諸弟，嘗以「壽豈」名其堂。母夫人張氏，亦逾八十。東陽皆及見之，慕爲盛事。今太夫人與其女弟陽武侯太夫人年略相近，而友愛篤至，聯輝而繼美。福澤之盛，其亦有所自而然哉！故因序是詩而並及之。

雲谷遺芳集序

新建之熊氏有世德焉，至雲谷封君乃顯。君諱源，字仁山，雲谷其所自號。以子桂初命贈太理寺左評事，用是揚于朝廷，聞于四方，顯其家。文儒墨卿，交譽迭贊，賦詠有什，頌禱有作，哀輓有歌，而李白洲都憲之銘、張東白學士之表，尤詳且備。桂乃彙而藏之，釐爲三卷，名曰雲谷遺芳集，蓋於是有家乘焉。

夫名之在天下，惟鄉黨耳目所逮，有不容僞。然必善者之好，而後爲賢。故汝南之評，非許劭不能任。猶必月一易之者，誠以老少之戒殊，始終之不易保也。且言之毁譽以時，文之褒貶以世，銘表之作出於蓋棺事定之後。而東白、白洲，非獨一許劭比者。其稱君惠足濟物、義能除害，皆據事紀實，事涉鄉人，不善者至斥其名姓不少避，其可徵而信也較然矣。若祖父之於子孫，處者則遺之以安，仕者則遺之以清，此皆君子之澤，其道可久。嬴金一經之喻，乃時人所羨慕，未足深論。至積陰德爲長久計，是涉於有爲，其言雖是而意則非，説者以爲非司馬文正公語也。

君有八子，分經而教，科第之名揚、爵秩之登進、封誥之褒錫，雖非其所要致而取必者，而平反之惠、撫字之績，皆君之訓。熊氏之澤，獨非雲谷之所遺乎？

今徽人視其守若視其父母，又推其盡以及所生，亦有爲之撰述者。然則君之名與君之澤，其益顯也。桂之舉于禮部，予實校其文，聞其世德，核諸家乘，因爲題其編之首。

白洲詩集序

白洲李先生詩集若干卷，知府熊君桂刻于徽州，以書抵予曰：「是詩之傳，非先生莫可與屬者。」予惡得以不敏辭哉！

先生少有能詩名，其爲辭峭拔矯健，不犯塵俗，不蹈襲前人陳迹。或對客揮毫，或聯句疊韻，新意奇語，間見層出。迫之而不以爲難，引之而不知其所窮。當其興況所寄，羣紛衆慮，一不以嬰其心。然官劇曹，理重獄，庭無留案，囿無滯囚，耳目所逮，有羨慕而無訾議，固未嘗以此而廢彼也。其亦可謂難已。及敭歷藩臬，出入臺省，前後數十年，往復數千萬里，江山之助固不俟論，而學校之繩槼、牧字之惠澤、敵愾之鋒力，間於是焉發之。校之巖居窟處、枯槁窮瘠之士，殆不可同日而語。然放情丘壑，模象景物，則不待以侍郎謝病、都憲請老而後得也。非其身固有之，其能然乎？

昔裴中立以御史大夫出掌是柄，而官屬燕飲，不廢詠歌；白樂天爲刑部，賓友倡和，殆無虚日。緑野之堂、香山之社，卒以鳴當時，傳後世。然則所謂詩人少達而多窮者，豈天下之定論哉？蓋亦有兼之者矣。若先生負抱遭際，兩得其盛，弛而能張，憂而能樂，豈山林所得而久閟？亦豈廟堂可得而終滯者邪？

予與先生夙相知厚，爲文章道義交。過從倡和，動窮日夜。或沿流忘歸，或然絮繼燭，亦嘗有脱習遠俗而爲之者。今乃得盡觀其詩，而有感焉。顧是編嘗拾于煨燼之餘，兩浙以前，類多遺佚，當有求而補之者。且先生身尚健，興益豪，後所續得，未可以卷帙計也。比予解組之後，方喜盍簪，而先生復别我以去。然則徽州雖不吾請，固將有以張之，況其請之勤邪？

徽州，先生門人，予禮部所舉士。郡治卓異，有不止于政通人和者，此蓋其餘力云。

李東陽全集卷六十五

懷麓堂文後稿卷之三

序

兩京同年倡和詩序

同年倡和詩若干首，南京吏部侍郎梁公廷美與在朝諸同年所作也。公與同年在南京者七人，會而有詩，人八首，太子太保吏部尚書倪公舜咨爲序。比公以萬壽聖節入賀京師，京師同年亦如南京之數，會公于學士焦公孟陽之第。公復爲詩，其數如南會，會者亦皆和之。和之者其韻與數不必如公，惟興所適而止。時予有期服，不與會。明日，諸公以倪公之簡屬焉。方公之來，知公者多惜其久勞于外，而公獨以盛滿自居。蓋嘗指屈數計，以爲同藩之舉于鄉者百有九人，舉禮部者十有三人，禮部之士同爲兩京給事者二十有三人，多者四十餘年，少者二三十年，今之在仕途者，惟予一人而已。而官至三品，封及二代，子有廕，孫有養，有服食輿馬之奉，官曷嘗負予哉！噫！此士君子之素心，而予所按以信公之賢者也。

夫仕之境，升沉高下，遠邇勞逸，各有不同。而士之所存，不爲之變，惟知吾職所當盡、視吾力之所得爲者而已。若君子之交，亦惟以德義功業相期勵，而不計其他。苟徒以聚散疏數爲欣戚者，皆其細也。然則知公者之於公，其猶不如公之自知也哉！

觀公之詩，其所爲眷戀者固藹乎其厚，所與期勵者又矍乎其壯，而諸公之志於是詩也，亦可以觀矣。予既爲序，以久不作詩，故獨辭和章。而公復不予置，因略次其首尾二韻，附諸卷末云。

户部尚書王公之南京詩序

古者司徒主民職，兼教養，司寇掌刑以弼教，二者異事而實相須。今之户部專於養民，無預乎所謂教。及其久也，人但視爲財利之司，不知其爲民而設。刑部與察院、理寺分爲三法司，但知爲刑獄之官，而於教化尤不相涉。雖身任其職者，亦莫之知也。夫外本内末，舍彝教而任法律，失古之意，而徇時之見，則户與刑者非特不能相通，亦並其所專務者而失之矣。可勝歎哉！

吾友王君用敬起家大理評事，歷按察副使，爲都臺佐督，儲南京，巡撫貴藩，又入爲大理卿，而後有南京户部尚書之命。歛歷中外，遍閲所謂三法司者，所領皆刑也。其爲政精練法比，識達體要，而以平恕易直行之，從容暇裕，久而不倦，亦可謂有優爲矣。顧户部所掌，必使民有定業，而後可以責其賦役。其綏撫之方、會計之籍，非諳練閲歷之深且久者猝不能辨。留都之地有宗廟城闕、百司庶府，祭祀禄給之用，東南賦税多此焉供。故出納之際，必假都臺之重，專官特任，與曹務相表裏。而公實嘗爲之，蓋已得其經制之概矣。今以正卿長羣屬，當全曹之寄，則其去彼而就此也，孰謂其柄鑿之不相入、函矢之不相爲謀哉！譬之醫焉，攻熨與補益異術，而皆生之道也。況當民窮財匱之時，會計之中尤不可無綏撫之意。若鰓鰓然以斗斛尺度爲有益于國，則豈朝廷設官分職之本心哉？亦豈公之所自處者哉？

公舊僚少卿何公仲衡輩暨部院諸公賦詩贈之，請序于予。予與公同出湖藩，又同舉進士，知公之賢，當優于是官也。公之行，方請于朝，得取道省墓。此國家之殊寵、鄉邦之偉觀。然君子不以私廢公，不以家事辭王事，古之義也。故先論其職任之大，而後及其私焉。詩凡二十五首。

成國莊簡公輓詩序

外舅成國莊簡公卒于南都，公卿以下吊哭輓送，官屬部士哀號而攀慕。以至窮簷委巷、童兒婦女，亦辦香束楮，私祭而對泣。其能詩者，則賦爲紼紼之歌。京師聞之，和者亦衆。噫，何其感人之深如此哉！

公奉英憲兩朝之命，在留司者三十有三年。以愛君憂國爲懷，以養兵恤民爲務，以通今博古、禮賢下士爲文。温言和氣，誠心直道，不爲矯異詭激之行。故人始疑之，中信之，終而念慕之，愈久而不能忘。揆理度事，有不求而自得者也。夫人之心術事業，必久而後見于世。子産之治鄭，其初政有弗便者，民蓋將甘心焉，既久而頌之不衰。曹參之相漢，始若不事事，清静寧壹之效，其後民乃歌之。彼騁力舞智，以毆時誑俗，苟取聲譽於旦夕之間，逮其智窮力困，掩護藏匿之所不及，叢怨積怒，極而後發焉。挺刃之相仇，瓦礫之相報者，亦有之矣。然則人之賢不賢固若是殊。而若公者，豈易得哉！宜其人之不能忘，而歌頌碑誌之作有不容已也。

公與予先公爲文字交，折節忘勢，視猶兄弟。絲蘿之好，蓋凡三致然諾，歷十五年而後成焉。其道義之相孚、肝腑之相託，雖桓氏之於鮑宣、季氏之於孫明，復有不是過。獨區區髫丱之年、羈旅之迹，有未能盡其愚者。以瞻望懸企之餘，又不能爲憑棺執紼之舉，聞人之哀之，其能恝然于中邪！

公之祖東平武烈王之碑，楊文貞公爲銘。其父平陰武愍王，李文達公爲銘。而詩者亦衆，公蓋嘗鋟梓以傳。是帙之成，以附于徐文靖公碑銘之後，雖與之並傳可也。

公賜葬于昌平北澤山二王墓次。其子輔既嗣封爵，又繼總留務，方以清慎謙抑，不改其父之政，家規手澤，殆於是有徵焉。予故因其請而序之。

公諱儀，字炎恒，加太子太傅，贈特進光禄大夫左柱國太師。莊簡，其賜謚也。

送都御史陳公之南京詩序

屬者留臺告闕，吏部簡于衆，得二人以請。刑部左侍郎盱眙陳公德政實值允命，拜南京都察院右都御史以行。舊侍郎滿九載者，或加禄，或復官，猶未盡擢。公未五年而遽擢二品，殆常格所不及。顧公舉天順甲申進士，自吏部而南，專領刑獄，回翔郎署間。久乃授浙東一府，數載而後得擢。歷雲南、陝西布政，遷副都御史，巡撫河南，又數載而後被召。然則今日之進，宜也，非過也。豈惟公哉！予同舉進士者，其始固多滯也。資至而後舉，望積而後擢，未嘗有超捷僥躐之迹。今兩京臺省，聯翩而進，一歲之内，遷至數人。而爲官之長者，合前後計之，蓋十有餘人矣。校之疾行躐步、彼不足而此有餘者，亦詎非盈虧謙益之理誠然乎哉？此猶以資格論也。公在刑部務持法，爲郡守務愛民，出入臺省，則兼行而並用，其敦實之心、恒久之行，積而至于今日出廷薦而簡帝衷者，非過也，亦宜也。

公所代洛陽翟公廷瑞爲南京刑部尚書，翟公所代浮梁戴公廷珍爲都察院左都御史，戴公所代吴興閔公朝瑛爲刑部尚書加太子太保，皆同年也。積而久，久而遷，出入之均勞、交承之相須，又孰非理之同然者哉？且北曹雖繁，所領不過一事；南臺雖簡，而職司糾察百寮庶府之政，未始不得言有不止乎刑獄之間者。必其訊鞫明允，足以止暴亂；彈糾公當，足以厭人心；論議正大，足以裨國政：然後爲稱。以公之賢爲之，刑惡有不平，而論惡有不正者邪？

占之贈言者，不以頌而以規。公之行，凡我同年所贈，實備二義。諸公卿聞之，多繼作焉。予既不能頌，又不敢規公，則以期望之意先之，而不獨爲宿昔之私云。

茶陵譚氏族譜序

吾茶陵譚氏舊有譜，累代多缺。元至正間，處士漢章修之。國朝洪武間，訓導弘敬又修之。今行人司副玉瑞又修之，而其譜始備。蓋自唐咸通間，有可奕翁者，居州之上塘。其孫三人，五代時仕于馬氏，長金吾將軍進頗。進頗之孫二人，居茶鄉之大傅，分東西派，東派爲處士全忠。又六世爲處士儒，儒之子爲石礱知縣宋徽。宋徽之子三人，長邦達。邦達之子五人，其一出繼下市，其四各自爲派，次派爲評事朝弼。又七世爲處士原和，始遷于皮塘。又三世爲處士錫，是爲玉瑞之父。以高年例賜冠服，後以玉瑞貴，贈承事郎行人司副，而譚氏始顯。此譜之所以修也。

蓋自宗法不行于天下，士大夫始以家譜代世本，然惟其族之賢者有之。及派衍而指衆，亦惟其人之賢者而後不廢。顧兵燹之摧剥、道途之遺失，或郡得一族焉，或族得一人焉，其幸存而未泯者，誠不可以忽而視也。夫譜存，則祖宗之名系行業皆可考而知，可據而守。孝弟之心，不容以不生，念祖修德、顯親揚名之行，有不容已者。其於倫理名教，實亦有助焉。知存者之有助，則知亡之者之不能無責也。

世之亡其譜者，不能以盡責，而亦有不足責者，然則不於士大夫之賢，其誰望乎？

譚之以國氏，邈矣。譜所及載，如金吾之世曰進鴻、進峰者，已不可知。邦達之世，其曰必達、上達者，後皆弗嗣。而大傅之西派，亦不復振，東派之盛，亦惟皮塘之派乃得貴且賢如司副者，不可謂不難矣。然則及此而修之，推究據守，以圖廓大，司副之責誠不容以不盡，此譜之所以修也。由此而推之，則凡爲譚氏之後者，亦豈可以忽視之哉！

吾州之望，稱陳、譚、周、李。予與周給事鼎生于京師，陳氏侍郎琬、僉都御史瑤居全州，御史銓居永州，皆在外地。其顯于本郡者，惟譚氏爾。山川風氣之相通，閭里姻戚之相屬，有不能恝然于懷。而譚氏舊娶于李，及于今日，婚姻不絶，因以司副之請，序其譜而歸之。

壽冢宰尹公序

衍聖孔公以敬徵予辭，爲冢宰尹公壽，蓋尹公以弘治辛酉五月二十八日壽登八十，以敬之弟以和公亦嘗先期屬予。今公壽益加，而以敬使屢至，欲及其誕辰而致之。孔與尹世姻家，予舊辱知愛，近託葭莩之末。雖嘗以詩壽公，意亦有不能盡者，乃爲之説。

惟古之大臣，必其德望足以表朝著，才猷足以經邦國，而又壽考康裕，歷試而久任，則其勳業乃可以大見于世。然蚤仕者多不至顯庸，晚達者不能無日暮途遠之歎，故志願有餘，而日力每不足，其弗稱者固不論也。豈不難哉！

公在正統間舉進士，爲給事中，已偉然負公輔之望。十餘年而至吏部，其仕可謂蚤矣。歷事累朝，階躋極品，謀謨廟堂，進退人物，爲國家天下重者二十年。天下之士，自州縣以至公卿，不出于所銓注者蓋亦無幾。其閎才碩德之見于用，亦久矣。及謝事之日，首尚未頒。居藩會之地，饗山林之樂，優遊泮奐，俯仰自得，又二十年如一日。每冢宰告闕，大夫士之公薦于廷、私議于家者，往往及公。使其果及，則固不必安車而行，禮杖而朝，出入居起，綽乎其有餘力。而荏苒侵尋，竟莫之致。於是公之所養益深，而所積者益厚矣。若公之精鑒强記，當籍數名閲時，雖卑官小吏，久而猶識其面。其所評騭以爲窮通顯晦者，驗之於後，如燭照蓍卜，未始不合。暨其老也，猶能先事而度，刻期而中，聞者皆駭且服之。故雖深藏静蓄，不必再試于天下，而志氣之完固、神采之充溢，占諸壽祉，殆亦有徵焉。

且公之子龍繼舉進士，嘗官至侍郎，今其孫繼祖以廕爲中書舍人，箕裘之業，固於是乎在。則公之輟鞅掌之勞以成鞠育之效者，其爲得失，亦較然明甚，又何名秩勳業之足計哉！抑古之論福者，先壽後富，而不言貴。今以貴頌人則諛，以富頌人則陋，惟壽之爲頌，則義歸于正。君子之所得爲凡所與厚者，皆然也。然則予之於公，寧獨在衍聖二公之後哉！是爲序。

益陽劉氏族譜序

都察院右僉都御史益陽劉君廷式爲族譜，以請于予曰：「願爲憲序所以作之意。」

按劉氏之先本出南昌，有伯川者仕元爲翰林學士，出守常德，因流寓桃源。元末兵亂，伯川之子明遠偕其六子徙益陽，入國朝，遂定居焉。少子崇賓，爲鄉飲大賓。崇賓之子綱，憲父也，以子貴累贈大理左寺丞。自憲而上，得五世。五世而上，其名與字蓋不可得而知也。其所謂五世者，或爲農，或爲士，皆隱於鄉而未有仕者。然其生平履歷、婚姻墳墓之詳，則無有不知者也。夫五世者，身之所自出也，其先又五世之所自出也，而有知不知之異者，此譜之所以作也。且子孫之於祖父世漸遠，則其勢漸疏，故爲服制者至四而限，論世澤者至五而斬。君子之情，豈不欲窮其所自出哉？顧於勢有不得不然者耳。其勢之所至，非惟不得爲服，乃或至于名與字皆不得知，爲子孫者其容以但已乎？

譜之作，所以推本及始，舉其勢之所不得爲，以伸其情之所得爲者也。歐陽氏之譜以五世，蘇氏之譜以六世，蓋取諸四世之親，而各爲首尾遞相聯絡，以至于無窮者，兼情與勢而爲之者也。今天下非士大夫家，莫知爲譜。幸而有之，乃或牽合附會，冒他人之祖考而不知其非，則雖昡於一時，而不可傳於後世，其弊有甚於無譜者。是譜固不可無，而亦惡可以易爲哉？

劉氏之族，自漢以後，爲賜姓所汩，往往不能辨。若欲旁引而曲附之，無所不可。而益陽之譜乃止於五世，五世之上，則固曰不得而知也。此其敦本務實，豈非譜之善者乎？且族之盛衰，視子孫之賢否，而譜之存不存，亦繫焉。憲起進士，在內臺爲名御史，在大理寺爲名丞，激揚之力、平反之惠、召募巡撫之績，簡聖心，副公望者方隆而未艾，譜之作固於是乎始，亦其所恃以爲重者也。若其祖父之懿德雅範見于傳，封章命秩載于乘，而皆於譜乎觀。爲劉氏子孫者尚慎守而善繼之，亦豈徒知其名字履歷之粗而止哉？

壽祭酒羅先生七十詩序

予同年進士在翰林者，冰玉羅先生年最長。先生以南京國子祭酒來考績，不及國門二百里，即抗疏請老而去。予輩嘗以書遥餞之，而未有賦者。迨歸泰和六七年，年既滿七十。時予在告，累月求去不可得，又不能倡而賦之。比先生以詩至，謂平生無外慕，而於此有不能忘情者。諸同年聞之，蓋爽然自失也。既閲歲，乃合賦而遥壽之。予既次來韻二章，又序所以賦之意，以謝不敏，於是先生之年又加一矣。

方先生之壯齡强仕，高談雄辯，動以古人爲準，視天下事無不可爲。經帷國學，力深而效遠。資格之淹滯、道里之跋涉，又交阨乎其間。其所以攄志騁力於功業之途者，殆無幾也。及乎奉身而退，葆光藏名，目不視書簿之辭，耳不聞敲扑之聲，深居簡接，孤吟獨眺，俯仰左右，無所鄉而不適。雖歲月流邁，齒髮變易，人事之代遷者雜然而不齊，環視内顧，而吾之所有固在也。是其展布于前者，其勢恒不足，遊衍于後者，其地若有餘，果孰使之然哉！

夫自履祥迪吉之説不行于天下，功名福祉或以爲造物所忌。故世之負才抱德，大行而顯施，往往不良于厥終。此其言不幸而中，君子有不能廢者。今先生才有遺藝，行有遺業，深藏厚積，反諸身而求之，綽然而有餘。向使其快志遂氣，惟所欲爲而莫之遏，今日之壽亦未可知也。持此校彼，豈無得失多寡之足論乎？若概以爲天道之難知、物理之不可推，則亦過矣。且先生有子六人，孫四人，承顔候色，養志繼業，乃人之所恃以爲壽而尤不能備者。此則天倫之樂，非富貴爵禄之比。外慕不足道先生之壽，其誠有樂於此乎？

予又聞楊文貞公嘗夢鶴入其庭，先生之生，額有亦誌。觀其貞心潔操，鍾靈應瑞，盛鳴乎文章之世，高舉於山林之境，其於壽不益有徵也哉！諸詩有言鶴事者，予故先之以正義而附及之。詩十首，太子太保刑部尚書閔公而下皆同年，其二禮部尚書張公而下則其鄉人也。

壽舅氏劉公八十詩序

人之志氣壯則健，老則衰，惟武事爲尤甚。然非閲歷諳練之深且久，則雖有才謂，亦無以自見于世。斯二者恒不能以相合，況或限於資格，或不爲人所知？蚤達而驟陟者，殆不多見。及其老也，或據鞍上馬以示可用，而時已不逮矣，豈不惜哉！

吾舅氏參將劉公年躋八十，而耳目精力矍鑠不少衰。每劇談高論，凡南蠻、西戎、北狄之道里形勢，馬軍步隊之進止，城守野戰、握奇出正之機變，如掌指數計，略無凝滯。其於所謂才諝志氣者，蓋兼有之。顧承藉世廕，階累級積，年逾五十而出試邊閫，歷守寧夏二城。又十年而得甘肅參將，一年而遂致事。中間跋涉之日多，而展布之時少。使其徘徊跂望，少待而不去，則分閫授鉞之任，猶可坐致，而公又不屑。比當疆圉多事，老兵退將往往起而承任，使領行陣，與少壯者齒，公亦無復置意。其間，元戎列侯欲延訪之〔一〕，而不能致也。於是謀有遺智，勇有遺力，深居燕息，優遊容與于都邑廛市之中，識者蓋深惜之。然回視曩昔同年而生，並命而出，覆車蹶馬，相尋而不絕者，亦瞠乎其不相及矣。故纓弁介胄之家，論恬退者必歸之，而亦羨其福壽之得於天者，在此而不在彼也。

公七十時，大夫士多賦詩爲壽，東陽實序首簡。今公壽益高，公卿之賦者益衆，乃復取而序之。詩之義或最其戰伐之勞，或侈其官閥之盛，或稱其謀勇志氣之美，而所以爲壽者則同。若嚮所謂五子者：其長指揮使雄方行都指揮事，守備環慶，有斬獲功；唯、準、雉、集，皆出入服養。諸孫格、楷、槼、□□□□□□□□□，增至十有一人，而女孫及婿之數皆加于舊，則前序所未悉也。

東陽自叨禄秩以來，吾母夫人已弗逮養。雖以先公之壽，不過古稀。惟吾舅歸然如靈椿古柏，孤存而獨茂，俯仰外内，不勝肝腑肉骨之感，又豈直如諸公之羡慕而止哉！

【校勘記】

〔一〕「延」，原作「廷」，顯以形近而訛，據文義與抄本正之。

春雨堂稿序

静逸先生嘗謂詩與文各有體，而每病於不能相通。意若非予鮮可與言者，予憮然感之。

夫文者言之成章，而詩又其成聲者也。章之爲用，貴乎紀述鋪敍，發揮而藻飾，操縱開闔，惟所欲爲，而必有一定之準。若歌吟詠歎，流通動蕩之用，則存乎聲，而高下長短之節亦截乎不可亂。雖律之與度未始不通，而其規制則判而不合。及乎考得失，施勸戒，用于天下，則各有所宜，而不可偏廢。古之六經，易、書、春秋、禮、樂皆文也，惟風、雅、頌則謂之詩，今其爲體固在也。近代之詩，李、杜爲極，而用之於文，或有未備；韓、歐之文，亦可謂至矣，而詩之用，議者猶有憾焉。況其下者哉？後之作者，連篇累牘，汗牛充棟，盈天壤間皆是物也。而轉盼旋踵，卒歸於澌盡泯滅之地。其卓然可傳者，不過千萬之十一而已。豈不難哉？且今之科舉純用經術，無事乎所謂古文歌詩。非有高識餘力，不能專攻而獨詣，而況於兼之者哉？

先生自爲諸生時，所爲詩文已迥出流俗。及以省元及第，入翰林，居史職，益肆爲宏衍優裕之言。既乃刊落華靡，澡雪鉛黛，深造遠詣，超然有獨得之妙。蓋其初，詩主少陵，文主昌黎，後則專尚太白、六一，間以其所自得者參之。他於諸子百家之作，非惟有所擇而若有弗屑焉者。及其章成而聲協，足以上鳴國家之盛，而下爲學者指歸，其可謂一代之傑作也已。孔子謂有德必有言。先生之儉德雅操，清心寡欲，名滿天下，位甫及四品，未嘗幾微見言面，端居静守，終其身而不少易。故發而爲言，質諸其内，可以無愧所以勸得而戒失者，施之天下，亦不可無，而體裁之善，又不俟論也。知言者尚於是觀之。

先生嘗自輯其詩若文若干卷，題曰春雨堂稿。其子中書舍人爰并其續稿若干卷，將板刻以傳。於是，天下學者蓋望之久矣。

先生諱鈛，字鼎儀，静逸其所自號，蘇之太倉人。天順甲申進士，官至太常少卿，兼翰林侍讀。憲廟時，爲東宫講官。今上即阼，進經筵日講。年止五十，與修撰張滄洲先生同鄉同進，同以其學鳴，而皆未究其藴以没，天下共惜之。滄洲之詩刻于淮安，予既序其端矣，然則於先生其容以已乎哉！若曰我知言如先生所云者，則予不敢以自謂也。

甲申十同年圖詩序

甲申十同年圖一卷，蓋吾同年進士之在朝者九人，與南京來朝者一人而十，會于太子太保刑部尚書吴興閔公朝瑛之第而圖焉者也。

圖分爲三曹。自卷首而觀：其高顴多髯，髯强半白，袖手右嚮而側坐者，爲南京户部尚書公安王公用敬；微鬚，髮頒白，鳶肩高聳，背若有負而中坐者，爲吏部左侍郎泌陽焦公孟陽；微鬚，多鬢，白毿毿不受櫛，面骨棱層起，左嚮坐，右手持一册，册半啓閉者，爲禮部右侍郎掌國子祭酒事黄巖謝公鳴治。又一曹：微鬚，頳面，笑齒欲露，左手握帶，右嚮而坐者，工部尚書郴州曾公克明；虎頭方面，大目豐準，鬚髯微白而長，左手攜牙牌，右握帶，中左坐者，閔公也；白鬚，黎面，面老皺，兩手握帶，中右坐者，工部右侍郎泰和張公時達；無鬚，頳面，聳肩袖手而危坐且左顧者，都察院左都御史浮梁戴公廷珍。又一曹：爲户部右侍郎益都陳公廉夫者，面微長且頳，眉濃，鬚半白，稍右嚮而坐；爲兵部尚書華容劉公時雍者，面微方而長，鬚鬢皓白，左手握帶，右手按膝而中坐；予則面微長而臞，髭數莖，白且盡，中若有隱憂，右手持一卷如授簡狀，坐而嚮左，居卷最後者是也。十人者，皆畫工面對手貌，概得其形模意態。惟焦公奉使南國，弗及會，預留其舊所圖者而取之，故僅得其半而已。是日，謝公倡爲詩，吾八人者皆和，焦公歸亦和焉。

傳有之：「物之不齊，物之情也。」十者，數之成而亦數之漸。以吾十人者，得之於四十年之餘，良不爲少。然以二百五十人者，而不能二十之一，則謂之多，亦不可也。以年論之，閔公年七十有四，張公少二歲，曾公又少二歲，謝、焦二公又少一歲，劉、戴、陳、王四公又遞少一歲；予於同年爲最少，今年五十有七，亦已就衰。追憶曩時之少者壯者，使猝然而逢之，若不相識也。且以地以姓論之，無一同者。以官則六部之與都察院，其署與職，亦莫能以皆同。蓋所謂不齊者如此。然攄志效力，各執其事以贊揚政化，期弼天下於熙平之域，則未始不同。語有之：「人心不同，有如其面。」今固不可以貌論也，又何爵齒族里之足云乎？孔子論成人，以久要不忘爲次，而廉智勇藝文之禮樂者爲至。兹九人者之才之行，彙征類聚，建功業于天下，固將以大有成。惟予蹇劣無似，方懼名實之不副，而是心也不敢以相負也。然則今日之會，豈徒爲聚散離合、時考而世講之具哉！

唐九老之在香山，宋五老之在睢陽，歌詩宴會，皆出於休退之後。今吾十人者，皆有國事吏責，故其詩於和平優裕之間，猶有思職勤事之意。他日功成身退，各歸其鄉，顧不得交倡迭和，鳴太平之樂，以續前朝故事，則是詩也，未必非寄情寓義之地也。因稡而序之，以各藏于其家。

閔公名珪，張公名達，曾公名鑒，謝公名鐸，焦公名芳，劉公名大夏，戴公名珊，王公名軾，陳公名清，今各以字舉。而予則太子太保户部尚書兼謹身殿大學士長沙李東陽賓之也。進士舉于天順之八年，會則于弘治十六年癸亥三月二十五日。越翼日，乃序。

壽工部尚書曾公七十詩序

予同年進士年逾七十者，吴興閔公朝瑛、泰和張公時達。今年，工部尚書郴州曾公克明始躋七十，於是二長者帥諸少者具觴酒，賦詩成帙，以賀于其家。時閔公以太子太保爲刑部尚書，張公爲工部侍郎，台州謝公鳴治以禮部侍郎掌國子祭酒事，南陽焦公孟陽爲吏部侍郎，華容劉公時雍爲兵部尚書，浮梁戴公廷珍爲都察院左都御史，益都陳公廉夫爲户部侍郎，暨公凡九人。今之言執政者，必曰六部都察院，而九人者，一時分職遍布其間。蓋自登科籍以來，歷三朝四十年，更出迭入而後得此，固以爲難。且所謂九人而躋七十者乃得其三，其難尤甚。故其所爲賀者，不以爵而以齒，而詩之次第、席之先後亦以齒也。

夫士之仕于朝，苟不出於捷徑躐等，必累任積級而後獲躋顯位，故爵與齒常相應，而不相遠。公歷工、刑、吏三部屬官，又嘗以通政領誥籍，太僕掌馬政，亦兵之事，則所謂六部者已預其四。閱歷既深，而勳績亦久矣。且古之論政，必詢事而考言，循名而責實。故或略細而舉大，日計或不足，而歲計則有餘。今枚數而舉，指屈而計，凡獄訟之斷決、資品之釐正、戎功馬數之勾稽，以至于工作、器物、出納、修治百凡之用，擇才而任之，容亦有繁簡異宜左右之不相有者。考公之所嘗試，有公望而無私負也，則其累積之極，以至于此也。豈易而得哉？天下之士，固未敢泛論。以予觀之，同遊于京庠者若干人，同出于湖藩者若干人，其間恃才數，奓聲譽，善始而不令終者亦多矣。然則篤厚易直，持恒守儉，由壯及老，而不少易如公也者，其齒尊而爵貴，豈非有以稱之然歟？今日之賀，固非不以爵而亦以其德也。

唐之香山、宋之睢陽，歌詩燕會，皆出于休退之後。諸公當盛時，居顯位，方與公合志協力，爲國家耆俊，爲天下用，故其詩多和平豐裕之辭，爲今日道者。予與公望湖南不得歸，使他日獲遂優暇，往來都邑間，所爲倡和，當不止此。故爲諸公序之，而不敢以少而辭云。時弘治癸亥六月二十三日也。

贈太子太保兵部尚書馬公輓詩序

鈞陽馬公爲南京大理卿時，喪其先公。後歷官若干年，累贈先公爲嘉議大夫都察院左副都御使，爲資善大夫南京兵部尚書，爲光禄大夫柱國太子太保兵部尚書。今公累遷爲吏部尚書，累加至少師兼太子太師。本朝文臣之盛，於斯爲極，而所以慕其親者益深。諸卿士以公之故，嘗爲先公哀輓之詩，積爲若干篇，蓋皆尚書以後所得者。東陽比得而盡觀焉，噫，何其感人之深至此哉！

夫自虞殯之歌肇于春秋之世，若薤露、蒿里，各有所施。漢魏故事，惟大臣之喪，則有輓歌，然皆用于翣紼之間，所以歎光景、感情事，其意一也。馬公雖老韋布，而以子貴，贈至一品，則用大臣之禮固宜。顧其没已久，其哀有窮，恒俗常例之所不必備，而作者方殷，繼者未已，則又人之所難，寧非有以致之然乎？

予聞公剛介特立，信義孚于鄉。事親恭順，視疾居喪，曲至勞戚；友愛諸弟，必均其産。至于周貧極難，皆極力爲之。是其積德累慶，不在其身，而在其子孫。乃有閎才碩德，耆年宿望，極一代之盛如少師公者。用能亢其宗，而顯公之名。然則朝野道路，人人之所羡慕而歎悼之不置，蓋非特光景情事感激於一時者之爲也。詩之作向非有以致之，曷爲其然哉？彼導轝執紼，徒爲文具者，其所哀之人已澌盡泯滅，而不復存矣，而況其辭哉？

公有子四人：長文玉；次文麟；次少師公，名文升；次文馭。文玉、文馭皆以輸粟授七品階，文麟以國子生知江陰縣，而少師公以進士顯，成公志也。孫十一人：長珍，知平江縣；次璁，知六安州；璋、瓚、璡，皆授七品階；璋爲國子生；琇爲錦衣衛百户；琬、琰爲州學生；玠、璐，皆學舉子業。曾孫幾人。蓋所謂在其子孫者又如此。然則所謂羡慕而歎悼者，寧有既耶？

東陽之舉京闈，少師公實以御史監試事，後獲同朝甚久，故辱以是詩見屬。謹稽其先德而序之。

公母某氏，累贈一品夫人。有輓詩若干首，别爲卷。

壽方石先生七十詩序

弘治甲子春正月二十二日，禮部右侍郎掌國子祭酒事方石謝先生壽七十，吾同年在朝者以例賦詩爲壽。蓋自己未之歲至于是，凡三焉。

先生舉天順甲申進士，成化間，歷翰林侍講。家居且十年，弘治戊申，以史事召，旋擢南京祭酒。致仕歸，又十年，而有今命。中間出與處之迹相半，古之所謂仕優而學、學優而仕者，殆兼之矣。至是而德益成，望亦日益重，天下之言達尊者必歸焉。山斗之仰，不獨于諸生然也。夫所謂老成人者，在詩、書已稱之。蓋非宿學耆德，無以爲政法之蓍龜、教化之標準。是不可以泛得而易視，必養之於數十年，而後得一二於千百。斯人之壽，實天下之所爲重也。故平格之乂殷，純嘏之保魯，見於簡編歌詠之辭，亦惡可少哉？

方先生之再召也，抗章引避，至于再三。而朝廷遣使敦迫，加官示重。迨其逾年復請，而留之愈堅，任之愈專。比又以滿考封其二世，而特追旌其祖母爲節婦，以助風教，出於恒典之外。今先生耳目聰明，志氣强毅，雖固懷謙抑，而不獲自遂。風節之所振厲、教澤之所漸被、文章之所賁飾者，與歲而俱深。然則先生之壽，固繫乎天下，而非一鄉之父兄、一官之長伯比也。

昔有虞氏養國老于上庠，養庶老于下庠，歷代因之，以爲盛事。是學校固貴德尚齒之地。況儒師之官手握教化，身備齒德如先生者，豈非朝廷之所宜優，而公卿大夫士之所同重者哉？況同時並進，有通家之誼，稱兄弟如吾徒者哉？詩之作雖私例，而公言之朝，著臺省之間，爲衣冠故事可也。

先生晚得子及孫各一人，皆在故里。他日俾取是詩而誦之，寧獨非侑觴稱壽之一助也哉？

李東陽全集卷六十六
懷麓堂文後稿卷之四

序

樂平喬氏族譜序

太原樂平喬氏譜，自處士安始，其先莫可推而知也。蓋自舊譜毁于兵，久弗克繼。其九世孫工部侍郎諱毅，欲次第爲譜，未果而卒，其子兵部郎中諱鳳亦然。郎中之子中書舍人宗、太常少卿宇，皆學于都御史楊公應寧及予。宇既爲譜，宗稍加删定，手寫成帙，比請楊公爲序首簡，復奉以質予。予見其法簡義實，斷自其所可知者，其間敍次紀載，悉放歐陽氏爲之，曰：「是可以傳已。」

喬姓氏之見於左傳者五〔一〕，世本、公子譜皆因之。宋鄭漁仲推衍其説，乃有所謂以地與居爲氏者。若守橋山之冢，則爲橋氏。周秦以上，史失其傳，漢始有以儒宦顯者。後周文帝命去「木」爲「喬」，取高遠之義。後之爲喬者，皆橋也。

自因生胙土之典廢，多世守其氏。顧民生日繁，族不易辨，延至隋唐之際，官有簿狀，家有譜系，以相稽也。及簿狀之弊，則上品無寒門，下品無貴族。甚者謂朝廷大臣，須公卿子弟爲之。譜牒之弊，則貧而富者恥言其先，賤而貴者不録其祖。乃或矯託冒昧，以求相勝。姓氏之不足信也，固宜。今簿狀之見于官者，應試有卷，中式有録，惟殿試之録則刻其祖父兄弟之名與職以傳，其間家世貴顯者亦不多見。

樂平之喬，自侍郎公舉正統戊辰，郎中君舉天順丁丑，太常舉弘治甲辰，三世進士。中書亦舉壬子貢士，而侍郎以上二世皆贈如其官，具載于所謂録，其見于譜也亦然。論者每以喬木擬世臣，木蓋喬氏改氏之義，而世臣又其家所固有，此譜之所爲重也。然所重乎譜者非官之謂，蓋亦有世德焉。若工部之端厚、兵部之明偉，乃喬氏之所以爲重，而二子者皆以文學行業圖顯于厥世。兹譜之修，豈獨載名與系爲稽質簿狀之具哉？

思前史之失傳，慨近譜之不可推，幸而可知者，得姓改氏之由而已，則自身之所受傳之，以及于無窮者，固存乎其人，而譜亦惡可闕哉？且名之載于國史者，秘不可見，而誥敕之褒錫、碑志之紀述、歌詩序記之贈遺酬答，皆足以備觀而互證，故以次書之，不在譜中。論喬氏之世，於此取焉可也。

【校勘記】

〔一〕「喬」，原作「夫」，據文義與抄本正之。

金谿吴氏族譜序

湖廣布政司參議吴君懋貞以其父封給事中正夫君所修族譜來請，曰：「吾吴氏之譜逸久矣，吾祖若清府君暨若淵、若浩二叔祖有遺志焉。若淵之没，吾父檢其故篋，則見其所自修者，而未嘗出示，蓋慎之也。吾父乃仿康齋先生所爲譜，質諸歐陽氏之法，博采旁證，以足其所未備。又冠以宗圖，附以世德、仕宦、墓田、家範及團拜、合祭諸儀。八年而後成，鄉之爲譜者莫加焉。蓋吾族始浚儀唐太史兢，八世而爲宣公者居于蜀，子孫散處于撫、盱、贛、邵之間。金谿，撫地也。又五世而爲四，四者，宋開禧時始徙竹谿，爲今族。凡九世而至世忠，以年計者三百矣，而吾譜始成。請序所以作之意。」

夫姓之分而爲氏，其類甚繁。惟國氏最大且著，而其後亦或忽其所出。吴之於魯，去黄帝未久也，而昏禮已失，況其他乎？後世以氏爲姓，若簡矣，然大而望于郡，小而望于鄉者，亦不能皆明其所由分。雖大且著如國氏者，徒襲其空名而已。幸而知其所自出，而不知其所由分，其與無所出者等也。譜之作，其容以已乎哉！

天下之吴，皆出于泰伯。今居竹谿之鄉者，再分于金溪，一分于撫，而與盱、贛及邵，皆分于浚儀。其前所由分者，莫得而知也。繇是觀之，雖散在天下者皆然，而何撫、盱、贛、邵之云乎？夫使浚儀以前之譜存，則由太史而上，可以至于封國，受氏者豈惟浚儀，雖天下可也。然則吴氏之譜之作，其容以已乎哉？且譜之義所以尊祖敬宗而收族者也，故必有孝弟之實心而後能作，有孝弟之實行而後能守。無其實而徒有其文，則其弊抑有甚焉。

封君敦厚崇禮，以率其宗。布政君之在諫垣，文學論議，志存實用，有成績矣。旬宣之澤，又將於此乎推。然則吴氏之譜繇是而傳之，以及于無窮，豈不可哉？爲子孫者，知作譜之難，而思守之之不易，亦求其實而已矣。

羣書集事淵海後序

易曰：「君子多識前言往行，以畜其德。」故孔氏之教，博文爲先，約禮次之。蓋有所識，斯有所畜，而不博則無以爲約也。近古之世，事簡而文未繁，其爲學者多要而寡雜。史法既立，變而爲傳記之書。條分縷積，以至于汗牛充棟，其勢不能盡。或纂略舉要，俾易於求索，庶幾盡其所謂博。有志於稽古者，隨所得而資焉。顧天下之事，爲端不齊，善惡成敗，紛揉百出，必於是擇而從之。善者法，惡者戒，則凡見諸紀録者，雖人殊事異，皆我之師也。若夸多鬭捷，采華葉而棄本根，支離決裂，而卒無所歸宿。甚者謬取偏見爲彊辯詖行之資，則雖博也，將安取之？而況于略乎？故博固貴乎要，而所謂要者，非書之謂也。

有羣書集事淵海者，蓋國初人所輯，不著姓名，凡四十七卷。自君臣而下至夷狄，爲門十，爲目五百七十二，爲事之條，其多以數千計。大抵皆集諸書事略，自春秋戰國訖于元季，每條之下，必注其所出，若可謂博而要矣。内官監左少監賈公性在司禮，出納機密，雅尚文事，購而得之，圖欲捐貲鏤板，以便初學。病其字太小，募善書者録之，稍拓其式。質疑訂舛，程工計日，累数月而後畢，亦可謂勤矣。比以公務攜至内閣，請序末簡，意懇甚。予夙抱書癖，今且老不能遍閲也，因爲之浩歎而書之。

壽太子太保吏部尚書王公九十詩序

弘治乙丑，今天子新嗣大位，恭上兩宫尊號，覃恩天下。時太子太保吏部尚書三原王公致政于家，年及九十，特賜敕備物，遣使詢問，仍月加舊所給米二石，歲加輿隸二人，蓋盛舉也。於是，部院以下諸公皆賦詩爲公壽，户部尚書韓公貫道以首簡授予，乃爲之説曰：

人之壽以百歲爲期，雖或過之而弗及者，天下皆是也。七十謂之稀年，八十謂之中壽。以九計者，雖閭閻之下，亦難其人，況公卿乎？昔有虞氏貴德而尚齒，夏后氏貴爵而尚齒。蓋齒之尊者，聞見廣而猷慮熟，惟有爵者能見之。然非德性之堅定、氣節之完固，則亦有鮮終之戒、多辱之議，故三者必兼貴而互尚之。然就問之禮、珍從之物，非九十者不與也。

王公生永樂全盛時，聞祖宗之遺風餘烈。歷宣德、正統間，樂育庠序，沾富教之澤。歷内寺外郡，以至方嶽。當天順勵精之日，熙洽既久，上安下恬，暨于成化之季極矣。而力自振奮，彈壓權勢，劾佞邪而置之法，一咈意則浩然引去，身退而名益高。比弘治更化之初，特起爲吏部，執法秉政，爲讒邪所間，竟不失其正以去。自政體風俗之大，罔不周知；刑獄、水利、兵戎、人物之務，遍嘗而歷試。其斂而弗用也，有遺力焉。今耳目聰明，筋力如故。高談劇飲之暇，書卷不去手。平生所著意見及典籍、格言、歷代奏議，日取而閱之。雖興寄沖漠，而愛君體國之念猶耿耿不能忘也。

昔文潞公以太師致仕，復起而歸，年過九十。史稱國家當隆盛之時，其大臣必有耆艾之福，推其有餘，足庇當世。公之風聲氣節，高年盛福，大略近之。潞公有八子，歷要官。公子六人，其半皆在仕籍，孫男十有三人，曾孫三人，而來者尚未艾，亦今人之所鮮見者也。然則侈稱樂道，形諸賦頌，以播之鄉國，傳之天下，爲衣冠盛事，亦惡可已哉？六子者，承祚、承禄、承禋，皆家養；承祜爲南京前府經歷，承祥爲順天府通判，承裕爲刑科左給事中。刑科，予禮部所舉士，知其清簡有家法，每詢公居起狀。兹將奉使命便道歸省，因以諸公之意，序是詩而畀之爲壽觴侑云。

公字宗貫，號介軒，石渠老人則暮年所更號者也。

壽兵部尚書劉公七十詩序

吾友兵部尚書劉公時雍以弘治乙丑十二月二十五日初度，壽七十。同年進士之在朝者太子太保刑部尚書閔公輩凡六人，皆賦詩以寓頌禱之意，循私例也。昔公爲户部侍郎，已以老乞歸。先皇帝遣使賜敕，俾總督廣東西軍務，敦迫以行。又召入兵部，乃悉其忠勤爲國狀，廷宣面諭，若家人父子然。及屢乞休退，必優詔勉留，至于六七。今天子嗣位，公復引年在告。疏三上，上特申先志，累賜褒嘉，辭益懇而留之愈切。然公雖身在廊廟，而山林泉石之興未嘗一日忘于懷也。

夫人之德業必老而後成，而兵之政爲尤甚。故蹇叔以老而知止，王翦以老而知進，非勇夫少年所能及。兹當新政之初，邊務委積，心計手應，旁通曲當，而中所執守，斷不爲勢利所奪。迹其平生所治水利、邊儲、民食諸事，猷慮愈熟，而志氣不少衰。雖引年之禮、知足之戒乃士君子之常，而朝廷之所眷注、天下所望以爲重者，固不容釋也。近世有外夷聞其執政而不敢内侵，見其風采而相與歎美者。然則公之壽，其在今日亦惡可少哉？

且平居意氣相許，皆欲以自見于世，及壯而相勵以有成，老而相要以有終者，則不能以皆同。予六人者，與公同舉，而予又與同業，出入外内，勞逸之不齊者亦多矣。今諸公同朝而立，分曹而掌，爵齒勳業相輝映。惟予最少且劣，公之視予，蓋不啻十年以長，而予亦老矣，則公之壽可知，而亦惡可以易得哉！書不云乎：「天惟純佑命，則商實。」又云：「天壽平格，保乂有殷。」多則實，壽則長，賢才之有益于國如此。此古之大臣所以與其同列者，蓋將爲天下留之，而亦爲天下頌之也。

是詩之作，固以附諸君奭之義。予不善爲祝壽之辭，惟同年之壽如閔公者已四五作，此予所謂例也。則今之壽公，豈敢後于諸公哉？六人者人再賦，得詩十二章，爲一卷。書以齒序者，詩爲壽作也。

闕里誌序

闕里誌，誌闕里也。闕里者，吾孔子所居之地，道德政教之所從出，文獻之所在，其誌之也固宜。古者有列國之史，而又有四方之誌、九丘之籍，至周猶存，爲外史所掌。孔子述職方以除之者，大抵皆是物也。封建既廢，史惟朝廷有之，至漢而備。其法有帝紀，有世家、年表，有傳有誌，事分而代輯。及東漢南陽撰作風俗之後，郡縣始各自爲誌，則兼地里、人物、文章、制度而有之，而史之法略具。蓋雖窮陬僻壤，或不能無，況吾孔子以教爲政，司馬遷之史特著世家，齒于有國。歷代帝王褒崇封謚，愈久益隆。其鍾靈毓聖之地，非一郡一縣比也。

宋元間族人宗翰輩間有紀述，久而弗傳。國朝成化末，今山東布政使張君泰知鄒縣，嘗輯孔、顏、孟三氏誌，其傳未廣也。弘治甲子，重建闕里孔廟成，東陽奉敕代告。周覽遐慕，欲爲一書，巡撫都御史徐公源及衍聖公聞韶力贊其議。比歸至德州，巡按御史陸君偁、盧君翊及布政使曹君元等合書以請。適聞提學副使陳君鎬有事于此，因舉以屬之。取所定凡例，稍加潤飾，且以孔氏實録、孔庭纂要、素王事紀、世家補鈔本致之，以備采擇。陳君乃參閲孔氏所藏祖庭廣記與凡遺碑斷刻諸書所載，逾年而後成。其法以闕里爲主，附顏、孟諸弟子之名氏、事行，而體統尊；摹先聖肖貌及地形廟制，而圖像著；述世家宗派，特爲世表，而譜系明；敘禮樂制度之沿革損益，而典式具。若詔誥敕祝之頒布，章牘箋表文移之出納往復，罔不備載。而闕疑訂舛，芟繁剔僞，惟其所當。凡爲卷十有三，爲目十有四，爲文累若千萬言。於是我國朝之尊師重道度越前古者，粲然大明于世，亦孔氏之家史也。

蓋有此地，必有此書，闕于二千年而成于一旦，不可謂不難矣。天下之學聖人者，讀其書，法其道，想像其容儀，而不可得見。至其宅里林廟，必惕然感之乎心。然殊方而産，限地以遊，固有終老而莫自遂者。羹墻見堯，河洛思禹，得是書而觀之，景行希聖之念不油然而興乎？

嗟夫！金石雖堅，不免磨滅斷裂之患；板鋟楮印，遞相禪續，則可以至于無窮。由今日以至于無窮者，必自是書始，故以徐公之意爲序。適僉事黄君繡歸自京師，因畀之，俾刻于闕里，置于所謂奎文閣者。御史金君洪繼按其地，於是書有力焉，故並書之。而徐、黄修建之績具在誌中，兹不復列云。

南京工部尚書陳公之任詩序

今年夏，南京工部尚書闕，吏部廷薦二人以請。户部右侍郎益都陳公廉夫實膺首薦，值允命以行〔一〕。

公自天順甲申至正德丙寅，歷三朝四十三年，自户部至今部爲四署，自主事至今官爲八命，資最深。其始在户部，專領錢穀。嘗督糧大同，賑荒北畿，催漕官河，皆奉敕專事，具有勞績。在山西布政，積官銀至五十餘萬兩，奏減給邊糧價八十餘萬兩。撫治鄖陽，捕劇盜三百餘人，招流民十萬餘口。復入户部，總京儲積餘糧七十餘萬石，革馬房冒給芻豆價，歲不下三十萬兩。先朝之末，詔諸司陳弊政，公所陳數事，獨能力詆權貴，不少爲假借，其用心亦勤矣。而性素樸直，隨事盡職，不自衒耀以取名譽。循次就格，以至于今。以郎中六薦而得參政，以布政再考而得都御史，以侍郎一薦而得尚書。是何前日之拂而今日之通邪？屈伸往來之理，固相尋於無窮。然非其實足以致之，則車折馬踣，中道而廢者亦多矣。吾同年進士二百五十人，官至尚書者先後十有七。方其始也，回翔迤邐，每後於諸科，而資格所積，名實所致，終有不可遏者。於公之行，寧不重有所感哉！夫君子苟知屈伸之理出于自然，則怨尤之意不萌于中，希覬之私不移于外，修身盡職，以俟命于天而已。

今兩京並峙，六曹分職，工之與户，皆國用民力所關，而出納之數、作止之節，以今校昔，則有專與減之異。公其益殫厥職，勿諉爲遠地，勿視爲末務，以無負于民與國，使天下知其所自致者，非偶然而得也。

諸同年在朝者五人，人賦詩一首爲贈。公以明年丁卯壽躋七十，遠弗及賀，則預爲致之，與贈同舉。公之先通議府君嘗教京學，予髫齔時所受業者，予之視公[二]，宜不在諸公後也。故既爲詩，又序諸卷端。

【校勘記】

〔一〕「值」，原作「植」，顯以形近而訛，據文義與抄本正之。

〔二〕「予」，原作「于」，顯以形近而訛，據文義與抄本正之。

遷葬志序

遷葬志，志遷葬也。是遷也，有合葬之道焉，言遷者，統于尊也。有族葬之制焉，不徧及者，專其事也。蓋自吾父之葬十有七年而後遷，自吾母之葬四十有八年而後合，自吾曾祖之葬遠者六十年，近者亦五十餘年，而後大合，其他卑且幼者弗論也。

當其未遷也，悲思怨慕，憤懣怫鬱，不平之情誠有不得已者。一遷合間，而昭穆之相從、世代之相繫，上祖禰而下及于子若孫，雖死而若生，雖亡而若存者，吾親之心，其將安乎？吾親安，則吾之情亦得以少慰矣。而況封贈之典、葬祭之賜，崇名備物，皆徼朝廷之寵，以爲家世榮，又平生意望之所不敢及者。徒恃吾祖吾父之行，足以感乎天而得乎君。失乎彼顧得乎此，虧于前乃盈于後，若影響符契之相應者，惡可以不志哉！故茲志作而天道明，茲志作而君賜彰，茲志作而先德著，茲志作而孝子之情見。非徒不得已于遷，而亦不容已于志也。

志凡四卷，首誥敕諭祭之文，次之以奏疏公牘，次以祝文奠章，又次則碑誌銘狀，而雜記諸詩又以次附焉。

篁墩文集序

文之見於世者，惟經與史。經主道，史主事。載道之文，易、書、詩、春秋、禮、樂備矣。書與春秋雖亦紀事，而道固存焉。及其漸晦，則孟子擴之。又晦，則韓子發之。久而愈晦，則周、程、張、朱諸子大闡明之。自是而後，殆無所復事乎作者。紀事之文，自左傳、遷史、班漢書之後，惟司馬通鑑、歐陽五代史。若朱子綱目，則取諸春秋，亦以寓道而非徒事也。道無窮而事亦無窮，故作者亦時有之。若序論策義之屬，皆經之餘，而碑表銘誌傳狀之屬，皆史之餘也。二者分殊而體異，蓋惟韓、歐能兼之，吾朱子則集其大成。故雖未嘗極力于史之餘者，而觀其所論議，則可知已。歷代以來，忽於考據者，多失之疏略而不該于用；淺於造詣者，多失之支離汗漫而無所歸。紛紛籍籍，以就於澌盡泯滅之地，無怪乎其然也。

吾友篁墩程先生資禀靈異，少時一目數行下。英宗朝以奇童被薦入翰林，觀中秘書，用經學及第。讀誦常至夜分，遂能淹貫羣籍，下上其論議，訂疑伐舛，厥功惟多。及研究理道，求古人爲學之次第，久而益有所見。而於朱子之説尤深考核，自以爲得我師焉。賾探隱索，注釋經傳，旁引曲証，而才與力又足以達之。雖皆出於經史之餘，而宏博偉麗，成一家言。質諸今世，殆絶無而僅有者也。顧中遭忌嫉，晚罹奇禍，經濟之用不能盡白于世。其所自見，不過進講經幄，及于儲宫，校正綱目，預修續編之類而已。若金梓所刻，卷帙所録，家藏而人誦，自都邑以遍于天下，貽之後世，則雖巧詆深嫉者，亦惡能使之無傳哉？功名富貴固士之所不道，予獨慨先生年不及下壽。雖所謂文，亦未竟其所欲爲者耳。

先生之文有篁墩前稿、後稿、三稿、續稿百二十卷。没之七年，爲正德丙寅，其門人輩摘而刻于徽州，名曰篁墩文粹。論者以爲未盡其選。越明年丁卯，知府何君歆暨知縣張九逵徵于其子錦衣千户壎，得全稿焉，將並鋟諸梓以示來者，而壎請序于予。予與先生同舉京闈，且同官甚久，最其爲文，悼其不大用以没，故爲天下道，而因以附吾私云。

先生所輯有道一編、心經附注、程氏統宗譜、貽範集，共百餘卷，别行于世。皇明文衡、瀛賢奏對録、宋逸民録又百餘卷，藏于家，不在集中。

黎文僖公集序

東陽昔從文僖黎公先生遊，舉業之暇，獲見所爲古文歌詩諸作。時公方以狀元及第，文名滿天下，公卿以下，外暨藩郡，購者踵相接。公每用短素札，方格正書，不復屬草。運筆命意，不廢問答，而詞整意足，動数十百言。月累歲積，至盈几案。公亦不自愛惜，或爲人所持去。及往返故邑，回翔舊都，道途篋笥間逸失過半。公既致政歸，棄諸生，越數年，其長子南康知府民牧亦卒，次子山西右布政使民表輯其家遺稿，得若干篇，多出傳寫，亥豕不可讀。東陽乃與劉司馬時雍、楊太宰應寧參互校訂，釐爲若干卷，而民表實鋟梓以傳。

公嘗論古人之文，大抵以豐蔚充贍爲尚，以雕飾刻削爲病。東陽雖在髫丱，頗能測識公意，因進而請曰：「此非孟氏知言養氣之旨乎？」公曰：「得之矣。」蓋文章之與事業，大抵皆氣之所爲。氣得其養，則發而爲言，言而成文爲聲者，皆充然而有餘，措而爲行，行而爲事功者，亦毅然而不可奪。顧養在我，而用不用繫乎時。故韓昌黎、蘇眉山之氣見於文章，韓忠獻、富文忠之氣見于功業。雖所就不同，其在天下，皆有不可泯者。

公積學未仕時，累詘科第，而志益堅。在翰林，上書執政，救言官得罪者，固已氣蓋一時矣。居嘗遭值猜嫉，而放言高論，不少爲遷就。及其登華陟峻，猶不免于投閒置散，而定力雅操，未嘗苟同於世。故雖功業未能盡見，其所養者固存。今即其文觀之，其所謂豐蔚充贍者，蓋若是盛也。況亦有不盡其傳者乎？然觀室者必觀其隅，後之學者聞公名，因其文尚論其世，亦可以識其大矣。

東陽獲奉緒餘，忝竊科第，僥冒禄位，非徒學力未至，而才不稱事，於公殆有愧焉。又不能蒐采放失，俾無遺憾，謹序次其所僅存者，而因以附名姓于後云。

公字太樸，別號樸庵，官至南京禮部尚書。文僖，其賜謚也。

匏翁家藏集序

匏翁家藏集七十卷，吴文定公所著，而手自編輯者也。爲詩三十卷，不分體製，以年月先後爲序。文四十卷，則分體彙載，而先後亦隱然寓乎其間。蓋惟輯其所可識，而散佚於世者弗與也。公既返葬，其子中書舍人奭刻梓於家，未畢也。比闋服上京師，以屬公從子奕。數月報詩卷成，又數月報文卷成。奭持以告予，請序首簡。

予覽之，悵然歎曰：言之成章者爲文，文之成聲者則爲詩。詩與文同謂之言，亦各有體而不相亂。若典謨、訓誥、誓命、爻象之爲文，風、雅、頌、賦、比、興之爲詩。變于後世，則凡序記、書疏、箴銘、贊頌之屬皆文也，辭賦、歌行、吟謠之屬皆詩也。是其去古雖遠，而爲體固存。彼才之弗逮者，粗淺蹁滯，欲進而不能彊。其或過之，不失之奇巧則失之詰屈，不失之夸誕則汗漫而無所歸。於是作者雖多，而文之體益微矣。然言發於心而爲行之表，必其中有所養而後能言。蓋文之有體猶行之有節也。若徒爲文字之美，而行不掩焉，則其言不過偶合而幸中。文以古名者，固若是乎哉！

公少以經學爲程試，既而遍讀左傳、遷史，韓、柳、歐、蘇諸家之文，欲盡棄其舊業。及爲部使所迫，取甲科，官史局，文名滿天下。老居臺閣，弗究厥施，而終始于所謂文者。故其爲詩，深厚醲鬱，脱去凡近，而古意獨存；其爲文典而不俗，僴而不氾，約諸理義，以成一家之言。由是觀之，則其識見之真正、行履之端恪、情趣之沖泊無累者，不待挹其容儀、聆其論議而後可知也。其文之傳世，固不可少哉！

昔人謂一代數人，一人數篇。其澌盡泯滅者弗論，今求之成帙之間，非世所選者，亦難乎其爲觀矣。知言君子，執體裁而求之公之文，其有取之無窮而讀之不厭者乎？然則其散佚者尚博，而求之以盡白于天下，無徒曰家藏云爾。

太師英國張公壽七十詩序

禮有之：有虞氏貴德而尚齒，夏后氏貴爵而尚齒，商人貴富而尚齒，周人貴親而尚齒。詩、書所稱，若壽耇，若壽俊，若平格，若老成人者，不一而足。齒之於天下，亦重矣。至于史籍所載，不可僂數。姑以將帥言之，漢則張蒼、馬援，唐則王忠嗣、郭子儀，宋則种師道、韓世忠，皆有爵位功德，而戚里之舊則惟伏波、汾陽二人而已。然其憂違之迹、劬勩之力，蓋有不償其所得者，可不謂難乎？

英國公姓張氏，字廷勉，其先出開封之祥符。厥祖河間忠顯王，從太祖高皇帝起義兵，累功擢指揮同知，從太宗文皇帝定内難，没于東昌，配食太廟。厥考定興忠烈王，以世廕累功封信安伯、新城侯，進英國公，食禄三千石，賜誥券，加太師，知經筵事，監修三朝實録，號奉天靖難推誠宣力輔運佐理武臣，階特進光禄大夫，勳柱國。没於土木，朝廷建世忠祠，命有司修祀事。

公年九歲，即嗣公爵，掌後軍都督府事，總五軍十二營兵馬，經筵實録亦如之。

爵之貴，莫有能過者也。有姑與姊，爲兩朝貴妃，世號國戚，於親亦有光焉。其爲人敦詩悦禮，執恭守儉，勞而不伐，恒久而不易，居常應事，不動聲色。而冠冕百辟，爲三軍所倚屬，四方所傳誦，夷狄所瞻慕。觀德者於此取焉可也。且自服圭組以來，六十年歷事列聖，值重熙之世，燮調默運于三公，甲胄不煩于大將，訏謨乎廟堂之上，鎮定乎要荒之外。七子五孫，冠組環列，夙夜之勤，晨昏之樂，有並行而不相悖者。福履之盛，蓋一代而不數見也。今壽登七十，而耳聰目明，志力不倦。郊廟之扈從、營府之號令，以至冠蓋遊行之節、歌壺燕饗之禮，校之少壯，無少異焉。聖天子方重老成，尚功烈，寵禄優渥，體貌隆重，視前古而無讓。公之壽固得於天，其益思無負於吾君也哉！

正德庚午春三月朔日，實公誕辰。太傅兼太子太傅新寧伯譚公元助與公世好，暨諸勳舊姻戚賦爲歌詩，寓頌禱之義。以首簡見屬，故先敍其大者而後及其私云。

清苑傅氏家譜序

吏部左侍郎清苑傅君邦瑞嘗作家譜九卷，間以視予，曰：「請爲珪序之。」予觀其制，首敍姓始。按唐世系表，謂傅出姬姓，黄帝裔孫大由之後，封傅邑，因以爲氏。顧他無所據，惟商説居傅巖，以地爲氏。雖宋鄭樵之博洽，亦止云然，晉傅俊、鄭傅瑕而下，亦不可考。漢義陽侯介子居北地，北魏長吏永居清河，皆以地顯。及其他散處中國者，大抵皆傅巖之後。此兹譜之所由始也。

夫古之爲氏，或以國，或以官。若以地氏，非其人之賢，殆不之及，若傅氏者是已。説之見夢於高宗也，與之語，果聖人，遂立以爲相。今其語不可得而聞，聞之於既相之後，則三篇之問答，非聖莫之能也。彼以國與官氏者，宜乎衆矣，其存于世者僅可指數。而地之氏乃久傳而不廢，非以其人之故歟？

清苑之傳，不知出於何郡。舊傳有小興州者，考之誌記，皆無其名。邦瑞之曾祖鐵車處士諱貴，簡樸無競，隱居終身。祖諱信，爲嵩縣主簿，位不滿德。父諱泰，坦亮醇厚，學優而不仕。皆以邦瑞貴，累贈吏部右侍郎，階通議大夫，而傅氏始顯。邦瑞以學行登甲科，官翰苑，累遷左春坊諭德、侍講學士。在講筵史局，其所以格心華國者，皆遜志之學、多聞之訓也。兹佐聖天子，領銓選，當以人事君之責，則所謂旁招俊乂列于庶位者，方有賴焉。夫以數千載之世系家學至于今而可徵，非其人之賢，其孰能之哉？説者乃謂譜系之法，惟出于所可知，蓋自世遠姓繁，誠亦有疑似冒濫之弊。若傅之爲氏，殆千百之一二，宜不至于冒，亦無所與疑者。使人人而能賢，世世而能守，則兹譜之傳，雖至于數千載亦可也。

譜之作，有大義十餘，若地望、圖系、傳記、邑居、墳墓，大抵依歐、蘇例爲之。其有異者，則於名字之上别繫「元亨利貞」等字爲行次。敘小善曲藝，而疑者雖顯弗書。敘女子之嫁，而不書其改嫁者，蓋邦瑞所獨見。若敘姓顯，則凡歷代之賢者皆備録之，以爲或涉於吾所同出。其例放于學士蔣君敬之，而其説則出于大學士丘文莊公。丘與蔣皆希姓，庶免於疑與冒者，故傅氏因之，然非欲以例天下姓氏之繁也。其餘若誥敕、贈送、銘誌諸文，亦以近例附之，而其父之遺詩文亦附焉。

錫山錢氏家譜序

錫山錢氏家譜十卷，户部郎中榮續修而重刊焉者也。錢氏自漢富春公讓始居江東，爲鉅族。有六望，而常與湖皆其一。唐富春尉孝璟自湖遷杭，實吴越武肅王鏐所出。武肅嘗作大宗慶裔圖，推姓氏所始，至于少典，圖爲八十世。而歲代綿遠，合否不可知。其曾孫宋贈太師中書令惟演修之，以武肅爲第一世，至五世而止，蓋名同而義異。及其再從孫承奉郎進始遷無錫，無錫亦常地也。國朝永樂間承奉十世孫文林居士恒及其子梅堂居士發又修之，則略其遠世旁裔而於正派爲詳。其諸孫種德輩又輯誥券詩文諸作，爲傳芳等集，皆以羽翼是譜者，然亦未備也。弘治辛酉，榮伯父梅林居士洪重加編輯，而榮以其父奉直公溥之命實預爲之。合統系圖本系以文字，總爲家譜，而名始得正。圖則自文僖從子殿直統而上八十有五世皆存之，以示所尊。自承奉遷錫者爲第一世，下及其諸孫爲世十有七，則詳其名字、官爵、居址、婚娶、生卒，以示所親，而義始明。議禮之家曰：「是善爲譜。」

禮不云乎：「尊祖故敬宗，敬宗故收族。」概自宗法廢而譜牒之學興，士大夫家未必有，有之未必善。今其所謂尊者，尊祖敬宗之義也；所謂親者，收族之義也。

榮嘗謂：「武肅、文禧之被寵垂休者，以其忠孝，不以其尊顯，此吾父之訓也。苟不慕其尊且顯，而惟忠與孝是篤，則於正宗不容以不親。夫以遷錫爲始祖，而猶圖其所謂八十五世者，此吾高祖之義也。推高祖之義及於始祖，以爲有所據而不敢廢，則於遠祖不容以不尊。」合是二義，以爲一家之書，前略而後詳，此專而彼泛，非徒有所據，而亦不能無擇，此譜之所以善也。

且古者族氏皆繫于官，其顯者多載之世本、外史，旁推而互見。錢得姓受氏之後，無論世數，其顯者武肅譜之矣。武肅之後生猶有籍，忠懿王俶納土于宋，奏名于有司者三千人，爲文武職官者殆及其半，然其勳業行迹在國史者，文僖之外無聞焉。今其子孫散滿吴、越，所謂六望又不知分而爲幾。

錫之族最繁且盛，而數十年未有顯者，雖賢亦無以自見。榮始舉進士，爲京朝官，敦孝行義，爲宗族重，而文藝又足以發之。如是譜者，觀其所自敘可知已。然則譜之作，亦非待其人而然歟？使爲錫之後者世世相續，皆能尊祖收族，篤忠孝，爲顯揚地，則承奉之澤可以至于無窮。望他郡者能各詳其所親，而不失其所尊，雖武肅所推而上者，其澤亦固在也。不然，則譜雖善，亦不足恃，而况不能爲譜者哉？

榮之舉禮部，予實校其文，久而益信。比以譜請序，故推其意，以勵其後之人。

月橋詩序

攸縣之東北四十里有山焉，奇聳峻拔。每月出則先見其巔，登高而眺，一白萬頃，景象澄徹，得月之高，故名曰明月山。山之麓有橋，横亘溪澗，其長可數丈，憑虚而步，左右顧盼，水光滉漾，與月下上，四無津涯，得月之廣。登兹山者必於橋，故亦名明月橋，載在郡志。易君孟景世居之，後徙居縣南之流塘，懷念故業，時往來嘯傲其間，因號爲月橋居士。其子舒誥舉進士，爲翰林檢討，獲封君如其官。於是學士大夫同在史局者，詢其家世居處，知君性行好尚之賢，相與賦月橋之詩以美之。舒誥乃彙而成軸，請予序所以作之意。

予惟天下之名山鉅浸、奇蹤勝迹，或以人顯，或以物著，大抵出於通衢大郡者易，而發於遐陬僻壤者難。如岱嶽之峰以日觀名，金山之亭以留雲名，衡山之峰以回雁名，以至蜀江之濯錦、匡廬之瀑布，皆以物著。他如王右軍之蘭亭、杜子美之浣花、裴晉公之午橋、李贊皇之平泉、蘇子瞻喜雨之亭、趙子昂松雪之齋，皆以人顯，而其弗顯者固不可以悉計也。人之情，惟其居處之樂，如所謂生於斯、長於斯、聚族屬於斯者，其常也。若處而仕，仕而歸，有某水某丘童子時所釣遊之處，出於外境，亦有見似人而喜者。其所處不同，其爲情一也。

易君居家孝友，在鄉黨稱信義。通經史，喜吟詠，藏修登眺之餘，撫事觸物，固有發乎情而感乎人人者，而其子又足以揚之。然則兹山之與兹橋也，亦豈必通都大邑飽經而素識者而後爲顯哉？且古之人蓋有以月之恒、山之壽爲頌禱之辭者。君之壽七十有四，七月八日爲初度之辰。當秋氣寥泬、天宇清肅之時，歌是詩以爲壽觴之侑，君之情其長樂乎兹地與兹景也。若濟川之功、平政之惠，則舒誥之文雅篤學，又以志操持之，亦將有取於兹橋之用也乎？

其母孺人劉氏與君生同年，誕同月，且同被錫命，故諸詩並及之。予，同郡人也。嘗歸茶陵，渡攸江，時未與君識，不及觀所謂月橋者。念舒誥之請，故爲之序。

李東陽全集卷六十七
懷麓堂文後稿卷之五

記

重修瓊州府二賢祠記

瓊州府舊有二賢祠，祀知府王、徐二公者也。

王公諱泰，字伯貞，以字行，吉之泰和人。洪武間以前户部主事起知瓊，爲政寬簡。崖州黎殺人報讎，府衛以反聞，欲兵之。公保其無他，捕讎殺者數人，遂定瓊。田三穫，軍賦不時受，俟民乏急，則斂而倍入之。公始令每穫必輸，皆告便，流民來歸者萬三千餘人。在治十五年，以内艱去，民號泣攀送十餘里不絶。

徐公諱鑑，字子明，常之宜興人。宣德間自户部郎中奉敕知瓊，廉正寡欲。瓊多異産，中使踵接，公限有司弗予。及行，所部輒遣騎從之，俾不得肆。武官利黎産，多啓釁以邀賄。公鎮以無事，皆按堵，不爲變。民漸黎俗，病不服藥，惟殺牛祭鬼，至鬻子女爲禳禱費。公婉而導之，民寖化，皆感悦，立生祠祀公。比其卒，巷哭家祭。柩還，送者填海濱，目送其舟至不見乃去。蓋其治祇四年，視王公不及三之一，而治狀相若，人以爲難。

瓊民思二公不置，祔祭於蘇文忠公祠。事有不平者則往訴之，若官府然。成化初，知府蔣淇建祠於府治西醫學故基，標爲今名。久乃就圮，弘治初，知府張英改建於御史行臺之右，則今祠也。廣東按察副使瞿君俊、僉事李君德美屬知府張桓重加修葺，以告於官之長左布政使金君澤、按察使李君士實，請於巡按御史汪君宗器，議以春秋舉祀事，復其民二人，俾世守焉。會左參議任君穀、僉事袁君慶祥上京師，請爲記。

夫祭有二義，親與神之謂也。賦形受氣，一體而分，幽明之相通，聚散之相感，焄蒿悽愴，若或見之，則存乎親；上下四旁，昭布森列，善則福，不善則禍，比之賞罰，影隨而響答，則存乎神。斯二者，有所感各有所應，精神魂氣之間，潛乎默契，有不容已者。孔子「祭如在，祭神如神在」，爲是故也。若守令之祭於民者，實兼二義而有之，恩則父母，靈則明神。故桐鄉之於朱邑，親之也；羅池之於柳子厚，神之也。畫地而守，分民而治，去留生死之相代者，其常也。德存而愛俱，功立而名傳，其去也有思，其遠也有追，膠固纏結，雖欲已之有不可得者。是豈聲音笑貌、儀文器數可飾具而彊致哉？顧今之守令不惟不獲乎下，而反病之。故爲之民者，面背殊情，死生異觀，勉之恒常，或忽之倉卒者，比比而是。況累紀閱世，少者壯，壯者老，而其子孫苗裔若躬沐膏澤、親炙風範，愈久而不能忘者，其難易何如也？孔子有言：「言忠信，行篤敬，雖蠻貊之邦行矣。」乃或以遐方僻地，諉於無所用治，苟焉以爲政，又從而徇之，以幸其泯而弗彰，然其實終有不可揜者。聞二公之風，亦可以少省矣。

厥後，王公之子文端公名直，爲翰林學士，官至少傅兼太子太師吏部尚書；徐公之孫今少傅公名溥，與文端官同，而兼太子太傅謹身殿大學士，掌文淵閣事。學行勳績，後先相望，蔚爲名臣，皆以一品官階贈及祖考。朝有誥，家有廟，詩書簪組，綿延而未艾，所謂盛德必百世祀者，豈獨於其民徵之哉！東陽以學士典詞命，遠繼文端，比預機務，從少傅公後，獲考國史及觀其家乘爲詳，併書以爲記，實弘治八年九月也。

天津衛城修造記

天津及左右三衛，其地曰直沽。沽云者，小水入海之名也。蓋禹貢冀州之域，在天文爲箕、尾之分。勝國以前，實海濱荒地。潞、衛二河，南北相接，以入於海，胥此焉會。我朝太宗文皇帝兵下滄州，始立茲衛。命工部尚書黄公福、平江伯陳公瑄築城浚池，立爲今名，則象車駕所渡處也。衛既武置，無州縣。承平之餘，故習未改，則肆爲彊戾，訟獄繁起，越愬京師者殆無虚月。往來舟楫夫役之費，不統於一，上下病之。朝廷乃用議者特置山東按察副使一人，專督兵備，而凡城池兵馬、詞訟盜賊之事皆隸之。

於時西蜀劉君實膺是選，承敕以行。君至則以爲城池最重，宜亟爲之處。顧乏帑積，勢不可猝辦。累歲而計，每事而處，徐而圖之。增城爲高，甓而扃之，隅方而準平。又構樓於門，曰鎮東，曰定南，曰安西，曰拱北，皆逾尋累丈。平看俯瞰，迥出塵垢。而北樓尤絶特相倍，往來命使及大夫士之有事於是者，登眺之際，神竦心暢，瞻宫闕之尊崇，覽畿甸之高腴。周諏隱幽，則囂鬨不生；詢察吏治，則糾紛不作。於斯城也，可以觀政矣。

夫城之爲制，實取諸設險守國之義，其來尚矣。是必預制於平居無事之日，乃可以保治於無窮。顧凡有民社兵馬之寄者，不加之意，日頽月塞，無復有經久制遠之具，固識者所深慮也。矧畿輔之近、喉襟之要，擁重兵，置羣士，而無以控制統馭之，其可哉？且鈞是地也，鈞是政也，匪得人以理之，則治效不著。然則天津之治，亦固可誣也哉！

予又聞劉君積材穀，籍丁户，第差役。其所爲役如治廟學，備祭器，闢射圃，立教場，及諸祠宇工局，類皆就緒，而城池尤重，是其始末不可以不紀也。天下之事成於前，必繼於後，乃可以久存而不壞。今廢之久，而修之難如此，則繼是以往，惡可以不之慎哉！予嘗以使命夜道天津，見土石頽圮，兵士傳遞者越堞而行，若履平地，心甚訝之。感兹役之獲成也，故因諸衛戎官之請，爲之記。

劉君名福，字天祐，成化己丑進士。歷刑部員外郎、雲南按察僉事、陝西司副使，改今職云。

安平鎮減水石壩記

弘治初，河徙汴北，分爲二支。其一東下張秋鎮，入漕河，與汶水合而北行。六年，霖雨大溢，決其東岸，截流徑趨，奪汶以入於海，而漕河中竭，南北道阻。上既命都察院右副都御史臣劉大夏治厥事，復命内官監太監臣李興、平江伯臣陳鋭總督山東兵民夫往共治之。僉議胥協，疏塞並舉。乃於上流西岸疏爲月河三里許，塞決口九十餘丈，而漕始復通。又上則疏賈魯河、孫家渡，塞荆隆口、黄陵岡，築兩長堤，蹙水南下，由徐淮故道。又議以爲兩堤綿亘甚遠，河或失守，必復至張秋爲漕河憂。乃相地於舊決之南一里，用近世減水壩之制，植木爲杙，中實磚石，上爲衡木，著以厚板。又上墁以鉅石屈鐵以鍵之，液糯以填之。壩成，廣袤皆十五丈。又其上甃石爲竇五，梁而涂之。梁可引纜，竇可通水，俾水溢則稍殺衝嚙，水涸則漕河獲存，庶幾役不重費，而功可保。工既告畢，上更命鎮名爲安平。賜興歲禄二十四石；加鋭太保兼太子太傅，增歲禄二百石；遷大夏爲左副都御史。又命工部伐石，敕内閣臣爲文，各紀功迹，臣東陽當記兹壩之成。

臣竊考之治水之法，疏與塞而已矣。塞之説不見於經，中古以降，堤堰議起，往往亦以爲利。利與害相值，必較多寡以爲重輕。若毆役土石，當水之怒，費多而利寡，此古人所深戒。惟水勢未迫，後患尚未形，周思豫制以爲之備，則障之利亦不可誣。況兹壩者勢若爲障，而實疏之。顧其疏不至漏，障不至激，去水之害，以成其利，暫勞而永逸。費雖不能無，而用則博矣。揆之善溝者水漱之，善防者水淫之云者，不亦兼而有之乎？

易象財成，書陳修和，君出其令，臣宣其力，雖小大勞逸不同，同是道也。今聖天子勤民思理，重饋餉，憫流墊，宵衣而南顧者累歲，非二三臣之賢，其孰克副之？捲埽當決之未塞也，水勢衝激，深莫可測。每一舟至，百夫弗能勝，則人船俱没。捲埽築堰，垂成輒敗。千金之費、累日之功，卒然失之，若未始有者。羣議喧哄，皆若棄而弗終，改而他圖。蓋方御患不暇，而何豫備之有？及臣職就工，而地靈順軌，不逆性以制物，不後天以違時，而又從容優裕，以圖可久之利，銷未然之患，誠事會之不可失者也。然則鑒往轍之覆，而思成功之豔，修廢補罅，以期不墜，庸詎非有司者之責哉？嗚呼！天下之事莫患乎可以爲而不爲。彼宦成之怠、交承之諉，遺智餘力而莫爲盡，未有不貽後日之悔者，獨水也哉？「人無於水監，當於民監。」斯言也，亦可以喻大矣。唐韋丹築扞江堤，竇以疏漲，詔刻碑紀功，著在國史。臣不文，謹書此爲明命復。

工始於乙卯春二月，畢於夏四月。凡用夫萬六千；鉅石萬有奇，糲者倍之；鉅木三千，小者倍十而五；鐵爲斤萬一千；他物稱之。分董是役者：山東左參政張縉，今擢右通政，仍領河事；按察司僉事廖中，遷副使；都指揮僉事丁全，進署同知。文武吏士進秩增禄者若干人，皆刻其名氏於後云。

重建首陽書院記

山西之蒲州，舊有首陽書院。蓋宋元祐間郡人王昉所建，因山而名。有張尚文者，實爲山長。歷元制廢。入國朝，至宣德間，知州事者改爲倉場，名迹益泯。

弘治初元，山陽許侯鵬來知是州。既修廟學，飭師生，示郡治所尚，乃建里社學，以教蒙士。詢諸士夫，得所謂書院者，圖興復之。遍閱祠廟，撤其非所當祀，即其居而重建焉。中爲堂曰崇德，以施講授；後爲堂曰養正，以藏古今圖籍；旁爲左右廡，以爲肄習之所；又後爲祠堂三區，中以祀夷、齊二賢，左祀名宦，右祀鄉賢；而總名則因其舊。越二年告成，於是簡州之少俊，得二百人，禮聘國子生王紳爲之師。越四五年，漸有成業，士之進於州學者視昔有加，而侯亦將滿九載矣。國子生某某輩謂茲舉不可以無紀，北至京師，介而請予，意懇甚，予弗能拒也。

夫書院之制肇於宋初州縣學之未建也，天下之士往往出於其間。及學制大行，而所謂書院亦未嘗罷，前規後隨，其效若有盛於州縣者。今文教熙洽，學校遍天下，固無俟乎此。顧人才日盛，而籍額有定員，則養蒙蓄鋭，以待天下之用者，雖多不厭。校諸前代所置，小大若殊，而作人之意則一而已。且凡師所以教，士所以學，皆以爲忠與孝也。然必有準則之地，而後可以爲教；必有趨向之塗，而後可以爲學。聖人者，百世之師也。孟子稱伯夷之風可以廉貪立懦；韓子謂微伯夷者，亂臣賊子接迹於後世矣。故雖其羈遊餓死之鄉，流風餘韻在人耳目，有不容泯。天下之有君親者，固於是有警焉，而況薰染漸漬，出乎其地者哉？茲使童生稚子誦簡册，習姓名，少而學，壯而行之者，迹不必同而風節可以無愧，則教與學皆不爲虚文也。若賢父兄之儀範、名守令之惠澤，老成雖去，而典型尚存者，亦獨非登高行遠之一助也哉！然則院之有祠，其義有所在，而禮亦不爲無所起也。學於是者，其亦知所以自勵矣。

侯字雲程，成化乙酉貢士，以善政爲御史所旌，於此亦有徵云。

衡山縣重建文定書院記

衡嶽之陰，宋胡文定公之書院在焉。歷勝國以來，頽圮殆盡，而遺址尚存。弘治丁巳，監察御史鄭君惟桓按視其地，圖所以興復之者，以屬於衡州府同知鄧君淮及衡山知縣周鏜二人者。會財於官，役力於民，合計定制。中爲堂祀公，配以少子宏，所謂五峰先生者，而房廡庖庫之類皆備。又掘地得舊祭器若干，葺而完之。歲春秋，則知縣率寮屬師生修祀事，又將聚其鄉之學者居之。會兵部何主事孟春奉使過焉，鄧君因寓書京師，請予記。

按文定公本崇安人，哲宗時舉進士，爲大常博士，提舉湖南學事。高宗時拜中書舍人，以疾求去，留兼侍讀，專講春秋，後以寶文閣學士致仕。蓋公初患居當兵衝，徙於荆，再徙於衡，優遊十五年以卒。五峰以廕補官，家居不調，晚辭召命，創樓著書者二十餘年，視公尤久。此書院之所由建也。

公之學以尊王賤伯爲本，安夏攘夷爲用。當金强宋屈之時，朝野靡然附和議者爲識時，論雪恥者爲生事。而公引經議政，正色直言，所以警君心而裨治道者至矣。身既不用，其所爲傳，卓然成一家言。至我國朝，遂列諸學官，用諸場屋，爲不刊之典。使公用於一時，亦孰若傳於後之爲遠哉？若五峰，雖未見於用，而出處明決，未嘗枉己以干禄，深得乎家學之正矣。古者鄉先生没，必祭於社，而聖賢道在萬世，則天下祀之。蓋視其功德小大，以爲久近，有不可得而誣者。公今從祀孔子廟庭，天子之所親視，儒臣之所分祼，天下學者之所尊祀也。況其所居之地，非遊宦流寓之可比，不特舉而祀之，其可哉？且及門之士、私淑之人，如孔氏之有顏、孟，皆在配享從食之列。況公作述之善，有若五峰者出而成之，徵諸南軒之授受、考亭之論議，又若是著也，而可以無配乎哉？

書院之作，乃古庠序之遺制。宋之初，學校未立，故盛行於時。今雖建學置師，遍於天下，無俟乎其他。而前賢往迹，風教之所關，亦不容廢如兹院者是也。夫祭者，學之所有事也，而其所爲學，豈獨粢盛俎簋、儀文度數之間哉？衡之學者讀公之書，學公之學，固將睹羹墻於廟貌，思景行於高山，雖欲自畫於道，而亦有不容已者矣。湖南之地，春陵則有濂溪，嶽麓則有南軒。兹院相距不數百里，遺風流澤，相望而不絶。東陽世家長沙，蓋嘗登嶽麓弔其所謂書院者，聞文定之風而有感焉，因爲記之，以成賢有司之志云。

重建嶽麓書院記

東陽昔省墓長沙，嘗渡湘江，登嶽麓，訪宋人所謂書院者，得斷碑遺址於榛莽間，慨晦翁、南軒兩先生之餘風遺澤未有以復也，顧有寺存焉耳。越二十餘年，通判陳君捐俸治材，爲中門，爲左右廡，甃石數級，上爲講堂，又上爲崇道祠，以祀兩先生，復名之曰嶽麓書院。未幾，陳君以内艱去，且卒。通判李君錫與推官彭君琢構亭其巔，名之曰極高明。又買田若干畝，以成陳志。比王君來知府事，帥僚屬師生行舍菜禮。諸所未及，如開道路、備器用、廣旁舍、儲置經史、延師領教，皆次第舉行，而同知楊君實佐其事。

蓋兹院自宋初郡守朱洞始建，真宗時李允則請藏書，國子監簿周式教授其間，乃請賜額，遂與應天、白鹿、石鼓並稱爲四大書院。及南渡，毁於兵。安撫劉公珙復建，孝宗時兩先生實會講焉。光宗時，晦翁爲安撫，更建於兹地，學者多至千人，田至五十頃，廟舍至百餘間。今殿故在，遺址廢田爲僧卒勢家所據。歷三百餘年而兹院始復其舊，於是王君遣使屬記於予，亦陳昔所嘗請者也。

惟古者學校遍天下，其教與學者皆聖賢之道，故能以一德同俗。及世衰政弛，道晦不明，上擇官以教，下擇師以學，窮什一之力而後得，世之少治而多亂，奚惑哉？今學有恒制，師有定員，第玩常愒久，不能無望乎什一之外如書院者。故士或起於鄉塾，則於此爲培養之地；或籍於郡學，則藉遊息以廣見聞。使斯道之在天下體用一源、顯微無間者，隨厥窮達，皆可爲成己成物之用，乃可以言學。不然，雖學於此，猶學於彼，無益也。且南軒得衡山胡氏言仁之旨，觀所爲書院記，亦惓惓以是爲辭。晦翁之學固有大於彼，然亦資而有之。後之學者，曾不逮其萬一，而不百倍其功，惡可哉？由南軒以企晦翁，又等而上之，以希所謂古之人者，庶幾爲兹院重，以爲山川之光。若其程格條緒，則存乎教與學，吾於吾大夫士望之矣。

院肇工於弘治甲寅七月，落成於丙辰十月。陳君諱鋼起鄉貢士，王君名瑫、楊君名茂元舉進士，皆四明人，吾郡之賢大夫也。助建祠屋者布政參議羅君鑒、府學生陳大用輩，助置田者國子生李經，皆郡人。寺僧法印實董其役，蓋亦有慕乎吾教者，不欲泯其名，亦附書之。

梧州府重建廟學記

廣西梧州府倚郭曰蒼梧縣，舊各有學。成化初，僉都御史韓公開置帥閫，特新府制，遷舊學於府東門外，建大成殿於中，以府縣二學左右附之。規度甚偉，而未甚備，且門地卑湫，爲雨潦所困。諸公繼帥屢欲修之，未暇也。比左都御史鄧公總督於兹，謂總鎮王公、總兵毛公曰：「學校，風化之原也，不可以武事廢，不可以遐服弛。盍相與圖之？」皆曰如議。公乃簡於羣屬，命知府張吉、同知謝湖曁凡百執事，以其意示之，皆曰如令。於是鳩工度地，會具財物，卜日興事。䇲土爲堤，周百二十丈，高六尺，廣三倍之。又鑿石以甃其外，又建石爲靈星門三，造甓爲垣，爲丈百。堂有分齋，殿有翼廡，祭有庖庫，居有房室，皆因其故而新之。學舊無樂，則募工於南昌，仿國學爲之。又募工於潮，範銅爲祭器各若干，而學之制始備。經始於弘治丁巳之十月，至戊午五月而成。教授某某輩遣价具書京師，請紀成績，以示來世。

惟古者文武一道，然禹定綏服，則分文教武衛而爲之制。蓋所謂綏服者，當夷夏之交，文以治内，武以治外，雖其勢不可以偏廢，而輕重之序有不容紊者。周以六師統於司馬，而受成獻馘，皆與學行之，則文之該乎武可見，爲政者宜亦知所重矣。今之司民社者，往往以期會書簿爲急，置教化於不足爲。其或有疆埸之寄、斥堠之警震撼衝擊，應接之不暇。則其治外非獨不容於不略，殆亦有廢而不舉者矣。

梧之爲郡，當二廣之衝，營陳所集，戈馬所聚，宜無急乎鉛槧卷册之間。然帷幄之籌、兵食之計，以至于望助保障之心、親上死長之節，凡所謂武胄之英、土著之舊者，皆其所有事也。況其大者，或與於科目之選，出而爲臺諫侍從公卿。輔相之臣所以輔德宣力，參天地，贊化育者，繇此焉出。然則其斆學之方、懲勸之法、振起磨礪之風，不於此始焉，亦奚以施哉？夫秉彝之性，人人所同，初不以遠邇疏戚而間，惟狃於氣習，然後失之。學之制所以明道善俗，化天下於皇極之歸，義蓋如此。或者蔑視其地，鄙夷其人，不屑乎所謂教，而姑諉曰緩文而急武，詳内而略外，則天下之不歸於極，不用於世也，亦豈特爲士者之責哉？

鄧公名廷瓚，岳之巴陵人，起名進士，稱賢守令。明達政體，以興學作人爲己任，折衝御侮之務，於此蓋有餘力焉。固其爲士者之幸，而亦斯地之遭也。嗣是以往，安知嶺海之徼無勃然而興，以副公之意者哉？願爲師弟子者共勉之！姑記其歲月以俟。張、謝皆進士，有惠政於民，予聞之鄧公云。

岍山書院崇經閣記

崇經閣者，岍山書院藏書之閣也，院在陝之隴州。隴人静樂閻先生爲教官，素喜積書。及致事，居城西五里許，建静樂堂藏其書，以教學者。先生既謝世，其子光甫爲史部考功郎中，時欲成父志，置所未備書復萬餘卷。李子參甫爲監察御史，亦積書以益之。於是經書子史皆備。光甫以河南參政致事歸，乃即堂之故址爲書院。中爲敦本堂，東西爲養正、復初二齋，堂之後斯閣建焉。中設孔子及四配像，旁兩壁各置架以庋書。而總名曰崇經者，亦張伯玉尊經意也。閣之下設七賢像，左右爲肄誦之房，後爲燕室，設鄉賢主於中，翼以庖庾，周爲高垣。垣之外爲田百餘畝，歲收其入以共祀事。凡州黨之俊秀未籍於庠校者，皆聚學其間，延師而教之，學者日衆。參政君乃以書屬其子御史价請記於予。

予惟聖人之道達於天下，固人之所能知能行。而乃有不及知與不能行者，聖人則著其道於經，以明示天下，蓋有不得已焉。天下之人不能皆窮經以明道，君人者建學以居之，置師以教之。若學校所未育，儒師所未及教，窮鄉僻壤之間，遺經舊史亦有不得而窺者，賢士大夫又從而贊相之。雖非法制之所必爲，而亦莫之或禁，如茲院茲閣者是已。且學之設固存乎師，然猶有守令以領其事，有憲臣以督其令，乃能成才而致用。則夫鄉黨之學，非有所謂賢士大夫者足以繫衆望而收全功，亦奚以建爲哉？

先生諱璿，舉宣德乙卯貢士，贈吏部員外郎，有學行。光甫名仲實，成化己丑進士，今階大中大夫，僉守勇退，爲時所重。參甫名仲宇，乙未進士，累官都察院右副都御史，巡撫湖廣。价，丁未進士，累官四川右參議。光甫仲子侃，弘治乙卯貢士。价子欽，戊午貢士。以易、書、春秋顯，羣子姓學易者尤衆，蓋其家學得於經者如此。隴之士視此而興焉，其大者以文學行業效用於天下，而其小者亦不失爲親上死長之民，庶無負於茲閣之建也。

院肇工於弘治甲寅春三月，閣成於戊午秋七月。倡其事者巡撫都御史王公宗彝、熊公翀，巡按御史李公瀚、馬君棋，按察司副使楊君一清。給其役者知府趙博、朱英，知州劉玘、劉章。助其費者湖廣按察僉事李君善及教諭周昂、國子監生王矩輩，皆州人也。

重建正學書院記

正學書院爲道學而作也。院在陝之西安，蓋宋横渠張子倡道之地，門人吕大鈞輩皆得其傳。元魯齋許公來主學事，亦多造就。後省臣建議爲書院，合祀横渠、魯齋及其鄉賢楊元甫，而聚徒講學其間。朝廷賜以經籍，給之學田。張忠文公養浩實記其事。

入國朝百餘年，遺址爲兵民所據，而坊名尚存。成化間，提學副使戴君珊、婁君謙欲復弗果。弘治丙辰，楊君一清始倡之，時巡撫都御史張公敷華、巡按御史李君瀚以爲業久不可奪，乃屬參政汪君奎、副使馬君龍督府衛别度吉壤，得諸城之正中，爲秦府隙地。秦簡王聞而捐之，知府嚴君永浚議重建焉。丁巳，汪君進繼爲布政，仰君昇爲按察使，請於巡撫許公進、巡按張君鼒，往達觀之，貿地爲南門。後熊公翀爲巡撫、馬君棋爲巡按，益嚴督勸，再易地以益之，而其域始廣。畫爲三區，其中爲祠，左爲提學分司，而書院實居其右。祠有堂，有庖，有庫司，有前後堂，有左右廡。書院之制，皆與司稱。又左右環爲肄業之室，堂之後爲會饌之所，共爲門二重，以通出入，塈而垣之四周，而其制始備。是雖僉議積力，而張君之克斷、嚴君之幹固，厥功爲多。其祠之所祀，楊君則以爲明道程子嘗爲鄠縣簿，横渠之學實得之二程，於是主程及張以及於許、吕、楊以下各以類配。是雖復魯齋之舊，而實崇祀先賢，表章正道，以風厲學者，非獨爲許設也，故易其名曰正學書院。楊君既被徵爲大常少卿，以其事告諸東陽，請爲記。

夫所謂正學者，聖賢之學也。其理仁、義、禮、智、信，其倫父子、兄弟、夫婦、長幼、朋友，其用則視、聽、言、動、思，其文則易、書、詩、春秋，其治則禮、樂、刑、政。百凡之務蘊之於心，發之於言，見之於事，而施之乎民者，皆是也。孔子没，楊、墨氏各自爲學，孟子始正人心，息邪説，其教盛行。遭秦之禍，幾乎熄矣。漢之學以陰陽，唐之學以詞賦，其間若董、韓二子，號爲知道而未純，至宋周、程、張、朱四子者，後先繼出，而正學始大明於天下。自是異端雖未盡滅，而吾之所謂學固存。故凡志乎聖人者，必以四子爲的。元入主中國，天下之綱常無復存者。魯齋以聖賢之道自任而淑諸人，其所謂學，亦是學也。

嗚呼！文武之道在人，賢者識其大，不賢者識其小。苟得其正，則所入皆足以進道，所就皆足以成功，不得其正者，弗與也。且學古人者，誦其詩，讀其書，即所居處，隨所寄寓，皆足以爲瞻依據守之地。故國監郡縣學通祀孔子，以諸賢配之，而大儒名宦則各祀於其上，以其道存焉耳。

楊君受命分省，任興教作人之寄，其督學州郡，有成效矣。兹又聚徒置院爲養蒙儲俊之計，爲之標的繩準以示之，使趨向有塗，躋攀有等，以求至于聖賢之域，其教之不厭乎詳如此。爲之學者，尚一志百力，朋從而澤麗，居必於此而他業不遷，學必於此而旁岐不惑，則爲黌校之良才、科場之傑士、廟廊藩郡之名臣循吏，可計日以俟，而古之所謂正學者，將暴白於天下無疑矣。苟視爲美觀文具，而莫知所以學，則州縣之餘亦安用此爲哉？東陽既嘉楊君之功，慶兹學之行於兹地也，故爲之記。

重建解州鹽池神祠記

曩歲，山西按察副使陳君抵予書曰：「弘治甲寅，軍儲闕賦，有司弗能給。巡撫都御史張公念惟解池鹽利可取，奏之朝，許給三十萬引。金時分巡河東，實受檄焉。時歲饑民病，先發粟賑之，始俾就役。會大雨水溢，公繼至，憂甚劇，乃共禱於神。翼日，近池州縣皆雨，而池獨無。越十日，鹽乃大結，課不勞而數足。足之日雨復大至。公歸惠於神，因慨其祠宇傾圮，復以屬金。乃籍其民之居貨取重利者，各出貲爲木石費，命安邑知縣朱智、運司副使賀思聰以官夫佐之。始於冬之十月，至明年乙卯之四月而成，亦若有神相之者。請記其事。」智適上京師，介翰林張侍講以書來。張曰：「此芮鄉邑父老所共睹也。」又明年，張公以南京兵部侍郎北上，語加詳曰：「此敷華之所賴以紓吾憂者也。」

予惟古之祭法，於地之能出財用者則祀之，如山林川澤之類是也。今天下之地利，鹽爲大，煮海之力、菹薪之伐、牢盆之制，亦勞甚矣，而歲課每不給。惟解池所出，朝取夕復，尤爲自然之利。此周官所謂鹽鹽，韓獻子所謂國之寶者。顧其爲産，必視暘雨燥濕以爲豐約。雖大鈞之運歸於無朕，而土地所在，亦必有神焉主之。神液陰漉，孕靈富媪，柳宗元亦嘗言之矣。然所謂神者，不必有形與聲，而昭示響答，或不可泯，則亦存乎人焉耳矣，故曰「有其誠則有其神」。誠於爲國爲民者，神必有以應之。蓋神者民之所賴，國之所祀而責望之者也。所謂有其舉之，莫之敢廢者，其茲祠之類也乎？且予所謂存乎人者，亦非特以事神故也。蓋必量其貴賤，節其賦入。如昔之監司者，則公私兼利，不求神而自足。若所謂豪家之占奪、近地之障吝，則神雖有知，亦安得而與其力哉？此實應靈慶之封，亦議禮者之所異也。

予獨嘉張、陳之誠於國與民，且徵神之靈也，故爲記祠之事，以識歲月。祠之建，中爲殿五間，左爲條山、風洞二神。殿環以兩廡，各十有八間。而前爲海光樓者，存其舊也。又以漢壽亭侯關公爲玆州之産，世之以神事者，亦附於其右，與左二神殿並峙云。

重建成都府學記

成都府學之重建也，實肇於弘治壬子。倡其議者，布政使鄭君齡、提學按察僉事王君敕；柄其事者，巡撫都御史梁公璟、巡按御史陳君瑶；分董其役者，都指揮昌佐、布政經歷王珍、府同知吴珏、指揮何輔輩；繼其事者，御史張君鸞、布政使韓君邦問、按察使洪君鐘、知府魯君永清；而成於今都御史鍾公蕃。給其費者爲官帑之羸，赴其役者爲農隙之夫。木以章計者九千，瓦以片計者五十餘萬，青雘黝堊以斤計者二千，石以塊計者二萬餘，磚十有一萬，油麻膠漆以石計者百二十，銅鐵椶竹布草之類不可殫紀。爲殿之基，其崇丈。殿爲間七，崇六丈有奇，深廣稱之。增左右廡爲五十八。殿左右爲齋室各一。戟門門五間，崇三丈，靈星門三。爲泮池，橋略與門稱。又前建大成坊，東西爲麟洲、鳳藪二坊。遷題名記二亭於大門之內。以至明倫之堂、分教之齋、會饌之所、名賢之祠、倉庾之室，皆新之。又前爲泮池坊，市民地二百餘丈，增肄業之房，爲重樓八十間。又製爲禮樂服器，共三百餘事。蓋自畿輔近郡之學，鮮有若是比者，而遐方僻地弗論也。

夫自漢文翁守成都，至國朝千餘年。而其故址爲蜀王府，遷今學於西南一里許，又百有餘年，而復建焉。其間凡閱歷若干代，造就若干人。雖道德勳業與時高下，而作育之效、磋切之益，皆不可誣。然則古人建學立教之意，其有功於天地萬物亦厚矣。夫所謂教，固在於明倫復性，樹功立業。大者律之以身，小者諭之以言，條格品式，已爲末節。有不繫乎居室之間者，顧麗澤以爲占，居肆以爲喻，古亦有之。不此之先，而徒務乎其大，則雖正其模範，善其榘矱，亦豈可立談而道語之哉？且今之爲政者必有堂宇，以爲發號出令之地。觀政者尚比之田野之闢、道塗之治，而況學之爲道，有一志而倍力者哉？諸御史之激揚、方伯之旬宣、郡守之撫字，宜不止乎簿書期會之粗，於茲學乎見之矣。使司教者及時以明道，因地以育才，不啻爲美觀故事而止，則所謂復性樹功者，安知不大驗於來學之士哉？予故因教授彭偉輩請，備述修建之歲月名物，以示後之人，俾勿壞。

李東陽全集卷六十八
懷麓堂文後稿卷之六

記

進士題名記

國朝殿試之制，取會試之選於鄉者策於廷，而親第其等，謂之進士。既板刻爲登科録以傳，又刻其名氏於石，置之國學，以示後世。是制也，在宋之時，始不賜黜。溯而唐，已有之。又溯而晉、魏，若李秀之科，亦或親試。又溯而漢，則有賢良方正之舉，武帝始賜策試之。其所詢者大抵皆治天下之道，其文至今傳焉，然不獨是也。上自唐虞黎獻之舉、敷言之奏，雖無事乎文，而非治道則莫之言也。顧時殊事異，不得不求之文字之間。而其爲法詳且勞若是，亦其勢然爾。

我朝洪武初，置科舉法，既而中輟。十七年，始復爲定制。凡殿試讀卷，則用翰林及諸文臣之長。提調、監試、受卷、彌封諸務，皆各有分職。及傳臚、放榜、賜宴、冠服、寶鈔，皆各有定期。列聖相承，莫之或易。今天子嗣統之三年庚戌，始展讀卷之期，爲制加密。乃九年丙辰之試，賜朱希周等三百人及第、出身有差。臣東陽濫與讀卷，又奉敕爲記於題名之石。

臣聞明主勞於求才，而逸於任賢。故凡天下事各有所任，而不侵其職。若科舉之事，鄉試則付之藩臬，以爲未信也；會試則以名籍付禮部，考試付翰林，暨於親試，則有殿最而無黜陟，蓋以爲是可信矣。而必親之不以爲勞者，固求賢事也。夫所謂賢者言足以益乎治則行之，行足以稱其其言則用之。今日所求，固他日所爲任天下事者也。於是禮樂、刑罰、兵戎、錢穀，百凡之務，皆有所付，而享其然。然則今日之事，誠惡可苟哉？賢者之出，將以爲天下用，天下事皆能言之，若無不可爲者。及其既用，則各以所得爲者爲之，人各盡其所爲，則天下之大，可不勞而治。然循名而責之，其實不能以皆副也。夫使行違其言，職不稱任，或又舉而隳之，則名之著於籍者，不過爲爵禄之梯階、有司之文具，亦非所謂循而責焉者也。君之所爲勞者，顧若是哉！

聖天子文德誕敷，治化日盛，而求賢如不及。忠良碩大，足以任天下事、成天下治者，宜於是出焉。兹石之傳，他日必有指其名而稱之者矣。若恩榮次第，則求賢之禮，固當然者。臣不佞，謹推本其大者言之。

重建諸葛武侯祠堂記

君子之用世，必心存乎正，則其猷爲功業，光明俊偉，天下信之，後世知之。苟所存不正，則其所爲雖偶合幸中，而疵纇罅漏掩匿之不暇。縱使欺於一人，不能逃千萬人之目；誑於一時，不能免千萬世之口。此諸葛武侯之忠所以通天地，貫金石，歷今古而猶存也。昔侯當漢祚傾危之日，雖在甽畝，扶顛撥亂，已預定乎胸中。顧獻帝之身方墮於曹賊之手，失國寄命，無復有可爲之勢。而帝胄之賢，無出昭烈右者，故委身而從之。當是時，苟可以存漢，雖萬乘有不暇顧一劉璋，宜無足恤，璋固擁兵坐視，遣使致敬於賊者也。及魏丕篡立，昭烈顧命，侯益自奮激，佐庸主而不隳其志，累蹶累進，至于斃而後已焉。是其心終始存没，無一日而不在漢也，可謂正矣。若泣廖立、死李嚴、屈司馬懿而不敢動者，豈獨其摧彊制勝之力邪？亦生平忠義激發而讐伏之耳。彼荀彧者，以溝瀆之經爲成仁取義之舉，雖幸免於涑水之論，而竟黜於考亭之筆，豈非自失其正，以貽天下後世之議哉？或不足道也。以張留侯之賢，報韓復漢，世所並稱，然究其心論之，亦不免以術濟正，未若侯之純乎正也。程子謂侯有王佐之心者，其以是夫！故後之學者當以武侯爲正。

南陽府城西五里卧龍崗，爲草廬舊址。漢史稱侯躬耕南陽，又曰寓居襄陽隆中，蓋秦南陽郡即今鄧州，而襄陽實在其界故也。元建祠祀侯，又置書院，設山長，聚徒講學，給田數百頃。國初祠毁，宣德間知府陳正倫、陳悌相繼修葺，歲以八月二十一日爲侯忌辰，而致祭焉。成化間，知府段堅重建堂宇，復書院舊規，擇士以教。越二十年，頹圮過半。弘治乙卯，河南參政顧君福分守兹地，乃檄知府馬輿下知縣李通，鳩工市材，復爲堂六楹，中肖侯像，左右廡楹亦如之。其後爲亭，覆以茅，扁曰草廬。廬之後又爲堂六楹，曰卧龍。祠之左爲堂廡各四楹，曰書院。始事於戊午夏四月，成於秋八月。又歸其故田四頃，以供祀事。

是役也，巡按御史李君瀚實主之，按察副使劉君俊亦預焉。顧君之巡汝寧也，夜夢侯訪之，若世所傳畫像者，適草廬結構日也。夫忠義之在天下，人心所同，而君好古勤政，嚮慕獨至，故形諸寤寐如此。然則學於此者，亦可以監矣。君比以書來，請記修建始末，以貽後人，庶其久而不廢。東陽亦慕侯深者，故樂爲之役云。

山西布政司修造記

唐虞建官，外有十二牧。其命官之辭，以民食爲重，而用人制夷之道具焉，蓋兼兵民之寄而畀之也。三代相繼，雖離合稍殊，而責任無改。自罷侯置守以來，漢、唐之州牧、刺史建置不常，大抵皆以民事兼戎務。元立行中書省以應内治，其重有加焉。國朝於兩畿外置十三布政司，分領府州縣，以治民事。又置都指揮，使領衛所以治兵。又置按察司，以糾察官吏刑兵民之不法者。其勢若專而不咸，然分方之守、會官之議，雖兵與刑，未始有不獲預者。蓋布政之重如此。世之昧者，或但知爲財賦之官，而不知爲民社之主，豈設官之意固然哉？顧必有方域以爲統會，有廨舍以爲居止，有堂宇以爲發政出令之地。於此闕一焉，雖有官爲政，亦將安所施哉？

山西布政司建置既久，堂廨傾仄，垣墉頹圮。官前後幸代，則屣脱以去，莫有爲置慮者。左布政使陳公廉夫始築周垣三百餘丈，高丈餘。重構官舍百餘間，謂之西公廨。復構五五十餘間，謂之東公廨。又爲左衙堂室三十餘間。又重建後堂，爲間五。堂東隙地，爲齋浴之室。又修理問所，爲間十餘。前爲門二重，爲廂餘二十之數。以及門之外承宣、通會二綽楔，皆撤而新之。自弘治甲寅之春，至己未之秋，六年而後成。凡爲木石瓦甓之費若干萬，皆得之區畫，不煩於官民之藏。凡爲陶冶、斫築、髹彩之工若干萬，皆責之隸役，不取諸閭畝之夫、行伍之士。及其成而觀之，則規制宏偉，顔采焕耀，稱藩會之名號，宜吏民之瞻仰，信西北一鉅麗也。

惟古之官署制作因革，皆託之文章，以紀成事。於是乎有廳壁之記，有題名之記，有修造之記，載諸簡牒，往往而然。山西爲國右藩，内拱京輔，外捍夷狄，所繫甚重。其修建之舉、歲月姓氏名物之實，不紀而傳之，則後來者安所據以爲承繼修葺之地哉？雖然，利不十者不易業，功不百者不變常，使無陳公廉直幹固之能、節用愛民之惠、謀深慮遠之計，而任勞舉重，苟焉而爲之，祇見其煩，未見其益也，世之君子尚思所以監之哉！

相公之役者凡爲僚屬若干人，公既題名於别石，觀者按而考之足矣。公名清，青之益都人也，予同年進士也。

孫家渡神祠記

弘治壬子，都御史劉公大夏既受治河之命，實薦河南按察僉事張君鼐之才分厥任焉。公躬相原隰下上數百里，以張秋鎮之上流爲黄陵岡，黄陵岡之上流爲孫家渡，此而不治，水勢且不殺，功何由成？乃檄張君及右參政朱君瑄督兵民夫七千疏之。未幾，張秋大決，奪汶以入海，運河遂壞。上命太監李公興、平江伯陳公鋭往與共事。於是，劉公分治所謂孫家渡者。既又以荆隆等六口皆黄陵上流，復檄張君及都指揮僉事劉勝以萬夫塞之。功既並舉，張秋適塞，而運道始復其舊。朝廷易鎮名曰安平，建二神廟以爲之鎮。在黄陵者，賜名昭應，令有司春秋修祀事。三公者既以成功，皆録功進禄秩有差。而張君遷副使，專理河事。逾年，孫家渡漸壅弗泄，奔流横潰。張君慮其復爲黄陵害，以及安平，曰：「是吾責也，其不可復玩。」丙辰春，請於巡撫都御史陳公道，以五千人疏之。畚鍤雲集，卷埽山委，橛杙鱗次，蓋取治決之餘策遺力而用之，六旬而舉。自是水勢復通，由朱仙鎮以復項城故道。張君復建廟於渡之堤上分水之處，祀其水神。今鄭州判官石粹董其役，凡爲殿廡門垣之類皆備。封丘知縣袁仕上京師，則以陳公意告予，請爲記。

夫鬼神者，二氣之良能也。氣之自二爲五，生克制化，相尋於無窮。水之爲物最微而極盛，得其性則利及萬類，失其性則害亦隨之。所以翕張變化者，神爲之也。至于鉅川大澤，淵源之所匯，靈秀之所聚，則其神最靈。其有能利害福禍人者，焯乎不可誣也。然見於此復見於彼，隨所寓而無不在。如蘇子所謂掘地得泉者，固於水有取焉。顧其經畫區處之方、疏滌障塞之力、財成輔相之事，則神必有待乎人。而祝願之誠、報饗之禮，人亦不能已於神也。河之神既列於四瀆，分壇而饗，專壇而報，爲天子所有事。又有因事特置，如所謂昭應之祠者。兹渡之祠，又派别而支分之，亦獨非禮之以義起者哉？若其象設之容、名號之稱，吾則不得而詳也。且天下之事功必前後相繼，乃能長存而不壞。二都憲之志，宜乎其同矣。使繼張君者玩時怠力，不亟修之，而徒恃乎神，豈務民之義之智哉？予喜張君之義爲爲民之舉也，是用記其事始，以告於後之人。且系以詩曰：

河水最大，粤有要害。或潰於夷，或阻於隘。潰則漲之，阻則於之。雖人之勞，神則將之。有岡在原，有渡其上。載疏載堙，復決其障。厥性既安，岐爲兩流。曷鎮其衝，中有崇丘。厥功告成，乃秩神祀。爲此祠者，維有司事。宫墻麗空，象設在中。秋菊春蘭，暮鼓晨鐘。神之至喜，簸浪掀風。神之歸與，水與天通。願河之平，神亦寧止。中臺有丞，外臺有貳。功昭無窮，祀亦終始。其或怠事，有如此水。

重修宿松縣廟學記

重修宿松縣學，始於都御史四明朱公瑄，成於都御史安成彭公禮，佐於御史廣平連君盛，而董其役者安清知府長垣張君冕及知縣吾郡施溥也。

學舊在縣治東南百武許，僻隘圮剥，爲流潦所壞。弘治乙卯冬，朱公巡撫南畿，顧而歎曰：「是不可以不治。」乃檄縣重建，發公帑銀五百餘兩。工未半，朱予告歸。彭繼之，曰：「是不可以不卒。」則督府以下亟修厥事。念其用猶弗給，募富民以私財助之。鏹而至者道相屬，總之得若干緡。會連至，月校而事程之。而張又躬定條約，以授於溥。徙廟就高，中爲大成殿，重簷廣霤，廉陛縣絶。旁爲左右廡，廡盡則環屬于謁聖二門，而中爲戟門前峙。又左右峙爲祗肅二門，及集禧之室。又環而屬之靈星門而止。皆棟宇森聳，象設魏焕，於是廟制有加於舊。廟之西爲明倫堂，高遜殿數尺而敞不減。旁爲進德、修業二齋，少剟其三之二，而坐立進退之間，綽然而有餘。東爲奎星樓，以庋經籍，其高略與殿等。下爲師生廩餼之地。又旁爲號舍若干，以居講習，而學之制亦有加焉。教諭某、訓導某某相與議曰：

「是而不記，不可也。」乃寓書屬介以請於予。

予惟君子之學必以時，而其成則有其序。自秉彝之性梏於形氣之私，舊染污俗，不容以不亟去。此易所謂「欲及時」者也，所謂「不遠復」者也。及其崇德廣業，則非一蹴所能。至博學以聚之，集義以生之，真積實踐而使之不移，優遊涵泳以俟其自化，蓋久而後成焉。此則中庸所謂「至誠能化」者也，孟子所謂「譬如爲山也，不成章不達」者也。學而至于成，則由體達用，推己而及之人，惟所之而無不當矣。故爲學而失其時，則病愒；進而不以其序，則病於躐。二者有一焉，其學之成者，吾弗信也。盍觀於兹役乎？敝于數十年，而修之一旦，可謂得其時。更十數人，積數千萬工而後畢，其序固若是也。觀於是而爲學之道得矣。苟居於斯，萃於斯，若傳舍塗路或愒或躐，而不知致力之地，則欲成其身，且弗能，何以推而達之用哉？

夫學之設，有司所以教乎人者也。修之若是其亟，成之若是其難，而士之學不成，或成而弗濟於用，亦何所益而爲之也？宿松之士，其亦知所勉哉！其亦副諸大夫作人興教之意哉！因書以爲勸。

重修季子廟記

常州府季子廟在府治東一里，太子太保刑部尚書白公昂嘗讀書其間，慨其敝陋，謂居守道徒曰：「吾他日必修之。」公舉天順丁丑進士，歷官兩京，不暇葺治。每詢諸子弟及鄉之人，聞其益敝，恒慨然於懷。越四十餘年，爲弘治戊午，始以屬諸巡按御史石君禄。石曰：「此有司祀典所載。」第公賦方殷，未易旁及，乃會諸官，得羸財若干，以付諸知府連君盛暨武進知縣丘泰，簡材治籍，庀物督工，撤其舊構，而重新之。堂廡庭戺，以次繼作。屹然爲隆，焕然爲華，象設昭布，禮器具列，回視昔之頹垣敗宇者，異矣。

按吴封於延陵，實今之武進縣。縣西七十里暨陽鄉有季子廟，後其地屬於江陰，孔子所書石刻在焉。唐玄宗時命殷仲容摹刻之，代宗時潤州刺史蕭定、宋徽宗時知常州朱彦遞傳刻之。國朝洪武間始建兹廟，其後知府莫愚、知縣朱恕修之，又摹舊刻置於庭側〔一〕。

自季子没二千餘年，廟幾興廢，幾遷徙，而其名號風節固未泯也。夫稱季子者，謂其執節讓國，不以千乘動其心。聘魯觀樂而知列國之故，聘齊、鄭、衛、晉而知其政，見其臣而知其所可與者，其明睿通博，出於人遠甚。故以孔子之聖與其合禮，至題辭以表之。非其人之賢，宜不得比。

議季子者，乃以來聘書名之義，疑其讓國之過爲賢者累。殆亦有説焉。然春秋所書，其隱然者也；禮之所載與墓題之所識，其顯然者也。隱然者既未能以盡識，顯然者不據而信之，奚可哉？夫讓，德之美也。苟知讓之爲美德，則於處家必無秦、越人相視之患，於羣居必無觸蠻氏交戰之恥。兹廟之祀，固廉貪立懦之端，其於世教不爲無助也。秉彝好德，人心所同，況私淑景仰，出乎其地者哉？白公壯而用世，老能完名，慕古力學，蓋其素志。而御史之令、郡守縣令之績，於好德審尚之義，亦有合焉。兹廟之修，若有待於今日，不可以不識也。東陽楚人，雖殊地異境，亦有感乎斯義，因紀成事，告諸來者，俾時修之，且爲楚歌以祀神。其辭曰：

朝弭節兮江東，暮搴芳兮水中。遲公子兮不來，鬱余懷兮忡忡。蘭堂兮桂宮，襜裀兮數重。公子兮歸來，樂予心兮融融。吳之國兮姬之宗，紛伯仲兮讓侯邦。彼美兮公子，纘太伯兮遺風。時震撼兮春撞，鬬雄雌兮競衡從。屹砥柱兮不動，見東流兮淙淙。眇千乘兮一毫，亦何心兮鼎鍾。生好古兮若渴，匪斯人兮曷從？神之居兮俗龐，神之錫兮年豐。願千秋兮百世，永報祀兮無終窮。

【校勘記】

〔一〕「摹」，原作「墓」，顯以形近而訛，據文義與抄本正之。

重建茶陵州學記

茶陵在宋元爲州，州有學，毁於兵燹。洪武間，始降州爲縣，建學於縣西郭外。成化間，復升縣爲州，知州俞君藎遷學於州治西偏。弘治間，李君永珍復遷郭外。學屢遷，而科目士愈疏闊弗繼。

丙辰之歲，董君豫來知州事，考諸圖籍，知宋、元舊學在城西南二里，其地曰獅子口。與茶陵衛指揮王侯廷爵往相，遺迹半没於民家。於是白其事於長沙知府王君瑫，又白之湖廣布政參議夏公昂、按察僉事湯公全，又白之巡撫都御史沈公暉、巡按御史曾君昂。既報許，且檄府通判李君某暨董共事。則以隙地易諸舊主，又募州衛諸義民多效財力，籍諸佃作，得千數百人而役之。除其舊基，果得斷階敗礎於下。蓋其岡脉自雲陽山而來，汹涌奔放，結爲是區。左右山水，交拱環抱，不見其際，信吾州勝地也。顧舊學堂殿皆狹隘，移其故材，拓而新之，規制閎敞，輪奂輝麗，亦加於昔。經始於丁巳十二月，迨戊午七月告成。自入國朝百有餘年，而州始復其名，又二十餘年，而學始復其地，殆亦非偶然者矣。

予聞而歎曰：人禀天地之性以生，其善同也。或爲氣質所限，又移於習俗之偏，則不能以不異。惟學者能變其氣質，愚可使明，柔可使强。苟明而强，則其性無弗復者矣。及得位以行政教，則能變其習俗，齊可以至魯，魯可以至道。苟至于道，則人之性無弗復者矣。若不克變，而徒致力於事物土地之間以求之，奚益哉？吾州文獻地，其在前朝，登巍科、躋膴仕、樹功立業者相望也。既久而不振，豈非學與教之責哉？今復而州名、復而學地，亦振起作厲之機，而明彝倫、正風化之義，固於是乎在。士之學於是者，必澡志潔慮，擇善而力行，使德崇業廣，足以濟一世，利萬物，則非獨爲一時一鄉之士，而稱爲天下之英才、千古之豪傑可也。使徒挾名邦，誇勝地，而不知所以學，非徒無益，又適以損之，固非賢有司教士之心，亦豈吾士之所以自處者哉？

予因學正江海輩及諸鄉士之請，特紀成績，以告後人，且以期復古之效，不止乎宋、元之盛而已。若州佐衛侯、義民耆士，凡與執事者皆刻諸碑陰。董，會稽人，成化戊戌進士，清疆多政績。記以學故，故專敍其事云。

重建深州廟學記

弘治戊午夏四月，深州知州郭君騫重建廟學。始修大成殿六楹，增築靈臺十有二丈。次建左右廡，各增爲十楹。廟之東爲省牲所，爲神庫，各四楹。前爲靈星門，亦如之。内門則增其楹二。又次爲明倫堂，爲後堂。又次爲左右三齋，楹各四。旁爲肄業之房，楹四十餘，爲東西倉共十二楹。又於學之西爲亭於射圃，如堂之數。自臺廡以下，皆出新構，不因於舊。越明年己未秋八月既望告成。是役也，白於巡撫都御史高公銓、巡按御史張君綸，以及真定知府熊君達，而郭實躬經理之。學正趙中輩相與議曰：「學廢之久，而成之若是難。苟無以識之，安保其不復廢？」於是介郭戚人喬中書宗、郎中宇以記請予。

予爲之言曰：道，人之所同也。惟聖人能盡，且以爲教，故君子舉而歸之。學聖人者，賴所爲教以復其性，而報本反始之義生焉。故建學者必有廟，廟與學兼置，而後得其所爲學者。聖人之道，萬世不廢，則所謂廟與學亦將至于無窮焉。然後之學者或不知所爲學，其所致力不過口耳皮膚之間，甚者徒爲之美觀文具而無所事學，故並其所當祀者失之。若所爲祀亦止乎象設禮器、聲容文物之末，而不能祀者又弗論也。今廟學遍天下，而圮壞過半。爲有司者勤勤汲汲，蚤作而夜思，非錢穀之出入，則獄訟之曲直。錢穀獄訟亦豈非道之所有事者乎？而其本不專在是也。於是知職教化者不可不於此焉盡也。

深州畿輔地，去京師不數百里。衣冠禮樂得於教者宜先，士之漸染聖道，非遐陬僻地比。賢有司又從而輔翼之，指其嚮方而示其本始。茲學之修，固立教興化之端也。苟徒囿於壤地宫室之中，由之而不知，習矣而不察，或不知之艱而行之艱，亦惡貴乎修建爲哉？

宗等進曰：「先生之言，非獨可以紀歲月，亦足以資斆學矣。」因復諸儒師，俾刻之石，以爲記。

郭，山西高平人，起鄉貢士。爲州，其所建置尚多。州吏目孫承祖亦與於兹，並附書之。

金華府鄉賢祠記

金華府鄉賢祠，浙江布政參議吴君紀所建也。府舊多賢，宋宗忠簡、梅節愍、潘默成三公祀於學宫〔一〕，東萊吕成公祀於麗澤書院，元以何、王祀於四賢書院，皆毁於火。國朝成化初，按察僉事辛君訪請立正學祠，以祀東萊四賢，而諸賢皆未及祀。吴君稽古問俗，慨其遺闕，乃白諸巡按御史吴君一貫，檄府同知薛敬之取舊所傳敬鄉録、賢達傳及諸史籍，質諸福建按察僉事章君懋，擇其德業文藝之卓然者，分爲五類，合五十二人；令前知府郝隆相地，得廢寺於城南隅，構祠堂一區，名之曰鄉賢祠。經始於弘治丙辰之冬，而成於丁巳之秋。又令韓知府焘益加修飾，及治凡祭具，以歲春秋帥寮屬生徒修祀事。又志諸賢名姓、爵謚、事行、述作之暨〔二〕，各著義例，以見其所爲祭者，其用心亦勤矣。

古者功宗之秩，蓋取人臣之施法定國、禦災捍患者祀於國，而鄉先生則祭於社。夫所謂鄉先生者，不必皆仕於時，用於天下，而其言與行足以範世厲俗，雖謂之法施於民可也。韓子謂句龍、棄以功，孔子以德，故遍祀於天下。然則德之及於鄉者，比功於社，各於其鄉祔而祭之，豈禮之所得已者乎？社之祭固有民者所同，鄉賢之祀亦視其地之有無而已。無德而祀者謂之淫，有德而不祀者謂之闕，淫與闕皆不可以爲禮。是一鄉之祀，固不容已，而亦奚容以苟乎哉？今所謂大儒者，惟以明道爲尚，而無取乎詞章訓詁之能。所謂名臣，必功德及人，而不徒取乎爵位之顯；所謂忠臣，寧以敢諫比死節，而事之不繫安危者不與。至若録孝子而抑過中，録名儒而黜失行，其選不可謂不嚴。東萊已從祀孔庭，固不俟論。若諸賢者雖一鄉之評，而亦天下之公論也。彼生於斯，學於斯，聞其姓名，睹其廟貌，知其非苟祀者，仰慕效法之心，其能已於俎簋尸祝之間哉？故予謂是祠得祭義，而志得史法，一舉而二善備矣。

志有前後序，國子祭酒謝先生鐸暨章君爲之，而予以參議君之請爲記。序由志以及祠，記則由祠以及志，故各舉其重云。

【校勘記】

〔一〕「默」，原作「然」，顯以形近而訛，據文義與抄本正之。

〔二〕「暨」，疑爲「概」之訛。

三錫堂記

廬州府治有堂曰三錫，知府馬汝礪燕居之所也。初，汝礪以成化甲辰進士歷官刑部員外郎。弘治癸丑，左遷於廬爲通判。越三年丙辰，遷同知。又三年己未，始擢知府。間憶宋陳堯佐三守廬州，名其堂曰三至。今不離郡治，而三沐錫命，因仿其意，略爲異同，而兹堂名焉。且是歲孟春，汝礪之父良佐公以戊戌進士累官南京翰林侍讀學士，方被誥命，進階奉直大夫，其母加封爲宜人，祖父母皆加贈如其父母；其弟龠以季春復舉進士；而汝礪之擢則在仲春之月。雖以是稱三錫，無不合者。蓋汝礪世學易，故取諸王三錫命之義云爾。

夫人臣之錫於君者，曰科第，曰爵秩，曰封贈。顧非文學之中選、才行之應格、階資之合典式，則不得與。三者有一焉，猶足以爲難，若萃於一門，集於一時者，實奇事嘉會，非可以理執而勢料也。汝礪之在廬，旌於巡撫都御史者一、於巡按御史者四，皆以爲勤慎豈弟，有良吏風，故資累望積，愈升而愈進。若其父子相授受，昆弟相師友，舊恩疊至，而新寵益加，淵源之深長、模範之真正，蓋亦有由然者矣。以川蜀之僻遠、西充之簡樸而得之，豈不誠難乎哉？然則名堂紀實，比之於陳氏之盛，以附鄉邦故事，亦惡乎不可也？抑觀堯佐之父省華，雖未甚顯，而封秩特隆，史稱其家教嚴肅，不以貴富廢禮法。今學士公方以文行嚮用，無俟其子之貴，而汝礪輩又踵而成之，使其策勵增益，久而不懈，以益致乎爵秩封贈之盛，寧不爲兹堂之光也哉！

汝礪之寮佐推官許景昌輩請予記其所爲三錫堂者，予與學士公舊同官，龠又予禮部所舉士，而許亦予同庠友也，故不可以已。

留耕軒記

少詹事兼學士新都楊君介夫嘗言其父留耕先生所居有軒焉，乃其所取以自號者也。

先生蚤從父宦貴州，有陟岵之變，奉母太孺人間關歸其鄉。貧不能具修贄以從外傅，惟舊藏周易一部，手自披誦，遂以取鄉舉。居京師，弟子數十人。及舉進士，授行人司正，擢湖廣按察司僉事，專督學政。其所造就，躋華要者甚衆，而先生亟致其事以去。其教子亦以易學，介夫之舉進士，實先先生，諸子廷儀亦繼舉，廷平、廷宣又連舉於鄉，一門科第之盛，莫之或過。比廷儀爲兵部主事考最，當封先生，以品高例得進階，給誥命。命未給，而介夫遷今秩，復以兩宫尊號恩封公。且從高者改給如其官，則異數也。方先生之就學，固未嘗自必於顯庸盛大如今日，而太孺人獨心期之，以爲祖父之澤以遺後人者固在，而先生式克成之，又將以遺其子若孫，此軒之所以名也。

凡祖父之於子孫，必有所遺德，則欲其修業，則望其成，自陰啓豫養之餘，以至于庭趨面命之際，皆是也。是雖不可以隃度遐卜，而實其身自爲之。譬之田焉，秋之所穫，即其春之耕。耕者也，經有之：「厥父菑，厥子乃弗肯播，矧肯穫？」史不云：「十歲種之以樹，百歲來之以德。」近世賦詠有「方寸留耕」之説，其亦本諸此乎？

楊氏之先積義累仁，而弗究於用，於先生焉發之。傾學懿行，力自植立，内以教其子，而外以淑其諸生。雖晚達早退，而榮封顯錫駢臻疊至，可謂播而穫矣。介夫當先生授徒時方及齔，聆誦讀聲，即闇記若素業者。入翰林，博涉經史，用以供講筵史局之職，敷衍明暢，纂述精當，才望揭揭在人耳目。廷儀亦表出郎署，而來者尚未艾。則先生所以爲後遺也，又豈可以丈尺斗斛計哉？世之不種而穫者殆有其人，然非天下之恒理，君子所不謂。聞先生之名，亦可以勸矣。

族祖雲陽先生嘗作方寸地説，予讀而識之，兹於先生有感焉。弘治乙丑，先生壽七十，介夫居禁密，且有日講之命，不克躬奉觴斝，請記名軒之義，爲先生壽。適廷儀以奉使歸，因函而致之，以揭諸軒中。其亦先生之意也夫？

松巖記

夫松，植物之壽者也。魯論歎其後凋，戴記稱其不易。歷歲月，經冰雪，殿草木而孤存者，其恒也。然或不幸而生於通衢坦地，不出爲梁棟器用，則爲人之所薪，其獲保質完節，終乎天年者亦鮮矣。惟深山重巖之中，人迹之所不能及，斤斧之所不得加，其生焉者乃可以終其年而不夭。視諸羣卉衆木，或以月，或以歲，或倍焉，或蓰焉，而皆莫之及，於是松之壽始見。是物之壽者，固存乎質，亦未始不繫乎其地也。

歙地多巖谷，其産宜松。輪囷盤虬，動數百年，有可望而不可挹者。孫封君有容顧而樂之，曰：「吾將於是比德焉。」蓋自棄舉業以來，一遊吴越，再遊金陵，興極志倦，歸其鄉而不復出。及其子忠顯爲大理評事，獲沾錫典。雖有名秩命服，自處與韋布無異，徜徉容與於所謂松巖者，因取以自號。人之尊禮而不敢字者，亦以是稱之。予聞君敦孝彊義，動多利濟，傾困庾，治橋道，費數千百計。其三世祖嘗以贅冒程姓。程爲歙望，大夫士争附託之，而君命其子請復孫姓，必遂乃已。其知本務實，不墮流俗，尤人所難。是宜其培積深厚，饗有優裕，膺壽考於方隆，質其所自喻無愧也。君既教忠顯舉進士，累官右寺副，守身效績，足徵家訓。仲子忠弼爲郡庠生，季子忠振及諸孫皆就學，而君之壽猶足以待之。則所以培其身以及其後人者，又可知也。

君以弘治辛酉壽躋七十，誕辰在九月之末。忠顯方奉命録刑兩浙，期以竣事過家稱慶。念禮部之試見知於予，請記松巖之義，以寓頌祝。期且至，走介京師，俟於門者再閲月，予弗能置也。詩人祝壽者不云如松柏之茂，請並以是致意云。

李東陽全集卷六十九
懷麓堂文後稿卷之七

記

新修平陽府城記

平陽城，國朝洪武三年都督馮公某所建也。歷百有餘年，日益圮廢。都察院右僉都御史魏公紳巡撫山西，按部之暇，詢於布政、按察二司，曰：「是不可不修也。」於是左布政使潘君祺、副使陳君某指授方略，前知府杜君忠領厥事，通判王鐸身董治之。會物爲費，計直受餼，丈累尺積，刻日而卒。役緒且就，杜以秩滿去，今知府張君文佐繼之。蓋肇工於庚申之春，迄辛酉之冬而成。凡爲城四面，周袤二十里。

面各一門，門各爲樓一。四隅樓亦各一，而差小。門又各爲二廂，共五十有六楹。爲鋪舍九十有六，門之馬道八十有九丈。城之上有垣，爲丈五百九十有六。惟東一面則衛指揮張璿、錢清所修，而鐸之功實居其三。皆因舊爲新，增卑爲崇，拓隘爲閎，上石山積，畚鍤雲布。及其成而觀之，嶄然而高，截乎其方，堅厚嚴縝，卓爲鉅麗。回視曩昔，若未始有者。而吏忘其勤，民不知勞，君子謂是役者役之善者也。

按漢郡國志，河東平陽實堯之都。晉地道記云：堯城在焉。説文、括地志又稱陶丘、濮州皆有堯城。去古既遠，未知孰是，而平陽之説爲近。然戰守版築之事，二典所不書，而茅茨土階見諸傳記，則雖宫闕有所不暇，於城何有？博物志以城爲禹所作，平成之後，武衛之奮或有之。堯之地，或以都邑，故名之曰城，亦未可知也。世殊勢異，不得已於外攘設險。守國之義，至周大備。散見於易、詩、春秋、禮記之間者不絶，以爲不如是不足以爲國也。論者乃謂在德不在險，故城郭不修，猶以爲非國之災。然則恃此以爲治者，亦末矣。

今天下藩府類多城郭，而西北尤備。平陽被山帶河，背負關陝，戎衛所在，饋運所集，城之制尤所不可闕。爲有司者遭際承平，狃於無事，坐視廢墜，不加之意，而顧以勞民爲解，或不能説以使民而以無益之事勞之，其視此豈不遠哉？於此見巡撫之善令、藩憲之美政，良有司之各舉其職也。且平陽之民舊稱勤儉服勞，温恭克讓，有堯之遺風。推是以往，富而教之，則凡利用厚生之功、親上死長之效，將無不至，不止乎守内攘外之具已。惟天下之事難成而易壞，事事而舉，時時而繼，然後可以言治。是役之難，亦豈非後來者之責哉？通判君以書來請紀歲月，因具述其事如此。

重修尼山宣聖廟記

尼山在今兖州之鄒縣，去曲阜闕里宣聖廟六十餘里。峙爲五峰，其中峰則宣聖所取以爲字與名者也。五代周顯德間，魯守趙某始建聖廟。宋慶曆間，文宣公宗願修而復廢。元至順間，衍聖公思晦請復之，後至元間乃建廟，置書院。季世兵毁，無復存者。國朝永樂戊戌，衍聖公彦縉以私財修之，歲久皆壞。成化初，衍聖公弘緒欲修之，未果也。

弘治己未，今衍聖公弘泰復議修之。巡撫右副都御史何公鑒曰：「此有司之事，吾徒之責也。」乃以屬知府龔君弘，會財庀工，規畫綜治，既精既密。暨徐公源爲都御史，彭君傑知府事，乃踵而成之。廓大成殿，爲間五，爲寢殿亦如之。增啓聖王後殿，修泗水侯、沂國公及毓聖侯諸殿。又增書院，爲後堂及左右廡，共爲間各若干。以及庖庫亭井之類皆備。凡爲殿與院各爲門垣，以相限別，而爲大門一，以通出入。總名之曰尼山宣聖廟者，從其重也。

竊惟天地之氣，絪緼變化，爲人爲物。天主生，地主成，時運歲月屬乎天，山川土壤麗乎地。時與地各異，而所以爲人物者不同。人得氣之靈，聖人又得其最靈者，故於時與地皆不可以常得。由堯舜至于湯，由湯至于文王，皆五百有餘歲而後一見，又自文王至于宣聖亦然。夫以二帝三王間世迭出，道之廢也，旋相爲興。及周以後，天將憫聖治之不復見也，宣聖之生於此固宜。吾宣聖者雖不得位，然修道立教，以貽萬世，乃古帝王之所不及。是固元氣蘊結之深且久，亦獨非鍾萃孕育之厚，有以致之然乎？魯以周公所封，遺風善教，爲諸國望。其山之大者爲岱宗，尼山者，岱之支而秀者也，宣聖之出於此亦宜。然則顔氏之禱，載諸史傳，徵諸名字，蓋亦有之，而非待此而生也。宣聖之道遍天下，及後世，故凡衣被光澤者，皆祀而報之。上自朝廷，下至州縣，著爲恒典。而闕里林廟，則以嗣衍聖公主其事。尼山之廟，以二月爲生辰，九月爲忌日，一歲再祭，而山之神亦附祭焉。

夫魂氣之飛揚，固非體魄歸復之比。然因生溯原，報本反始之舉，有之而不敢廢。兹廟之制，誠不可以或弛也。爲孔氏後者，睹聖人之音容而不可得，則求之廟庭；廟庭而不得，則求之林墓；林墓而不得，則又於兹山兹廟求之。仰止景行，念爾聿修之意，可以油然而生矣。聖澤所庇，不愈遠而無窮哉！況天下之學者仕者，或遊或寓之此而求焉，其爲益不亦大且博哉！若謂聖人之道無所不有，聖人之神亦無所不在，有不專乎此者，則論其理之凡，而非所以論祭之義也。

東陽之女實歸於今公之從子聞韶，故公以廟事屬爲記，以告於來世。謹記。

修建易州學記

易州學之敝久矣。弘治戊午，新安戴侯敏來知州事，始修建焉。蓋自下車以來，觀於學之西南隅，有道觀屹然而峙，勢若相掩，乃起而歎曰：「吾不能而彼能之，何心哉！」會風雨大作，廟之椽瓦益壞不可支，監察御史陳君玉提學畿郡，以興教作人爲己任，檄諸有司，嚴飭學舍。工部侍郎陳君琬以奉使至，亦贊成之，侯意乃益決。又值歲旱，重煩民力，取官之贏財而不足，於是州之老長偕大夫士之家居者争輦鉅木助之。肇工於庚申春三月，聚粟於學，召窶民數百輩食而傭之，趨者踵接。既而邊報沓至，軍需甚亟，侯應答之暇，不忘茲役，迨秋九月而成。其爲制，則遷舊廟於學堂之左，爲楹數倍，高廣稱之；東西廡爲間三十六，戟門之爲間三；外爲泮池，旁翼以庖庫，南爲靈星門；若堂若齋，及講室、饌舍、射圃諸制，皆因舊爲新。宏敞壯麗，恒制所不及。約其費，若不貲，而綜理規畫，各中其會，故不勞而事集，其速且大如此也。

嗟乎！孔子稱性近而習遠，自非上智，未有不成於習者。其所謂習，又有時與地之異，必久而後成焉。易州在古爲慷慨悲歌之地，歷漢及唐，不過弓矢甲胄之區。石晉以後，陷於契丹。宋雖暫復，而遠在邊徼，旋亦失之。訖乎勝國，被髮左衽之習亦極矣。我國家用夏變夷，而茲地實在甸服，王化所光被，漸涵浸漬，百有餘年，世仁之澤，不止乎勝殘去殺而已。故章縫衿佩之士，誦詩、書而服禮義者，彬彬其盛。習之善於此，固可徵也。顧法久則玩，學久則荒，提撕警厲，以成其習者，必資乎教。而所謂教必以明倫復性爲本，而誘掖導示之方、禁治防遏之制，皆不可闕。然非有地以施之，則亦無所用其力者。茲役也，獨非良有司施教變習之地哉！士之生得其時，又得其地，又得良有司者起而治之，其不力去污染，勉加修治，求成其習、復其性，以爲天下用，則誰之責也？世之爲教者每患於學之不成，爲學者則諉於教之未至。予於兹役，蓋嘉有司之賢，而不能不厚望於士也。州學正孫造等謂兹役不可以無紀，遣諸生楊龍、趙春上京師，介州人彰德同知劉緒宗及武學生葉蕃請予記。劉與葉皆予姻家，而戴又吾同年都憲珍公之族也。於是乎書。

楚觀樓記

武昌譙樓在楚王府後布政司前數十武，黄鵠山之上。宋、元以來，故址尚在，負陰面陽，得地之勝。國朝洪武初，既建，以藩議弗協，未久而廢。歷百餘年，莫有復者。弘治己未，布政使徐公源、朱公瓚謂鐘鼓無節，則無以警衆出令，乃請於今王，圖復其舊，規制甚偉。及徐公擢都察院右副都御使巡撫山東以去，今布政韓公鎬踵而成之。巡撫都御史閻公仲宇、撫按御史王君約、蔣君昇實主其議，知府某君某以下董其役。會工命徒，不亟不徐，越三年辛酉某月而畢。鼖鼓既設，厥聲孔揚。晨昏蚤暮之候、出入作息之節，若令於一人，會於一庭。凭闌而眺，南則武昌諸山左右環列，藩府雄峙，廛闠分布；北則大江西來，沃野長衺，殿庭宫宇，隱約於遥空遠漢間。韓公乃名其樓曰楚觀。

落成而燕客，有在坐者舉盞而問曰：「樓之作，凡爲鼓設也。軍法以金鼓爲耳，旌旗爲目，彼鐘與鼓者，皆耳之事也，而以觀名，無乃弗類乎？」

公曰：「古之樓以譙名者，取嶕嶢之義，以其高也，後乃置鐘鼓以爲警備。然其爲制則非特尚耳，而目之義存焉。蓋耳目皆心之用，目主色，而耳主聲。聲之所在，必虛空洞徹，四達不蔽，而後能發。使凡卑湫隘之區、阨塞掩蔽之處，則雖鼖鼛鏜鞳，日相尋而不絶，其有聞焉者寡矣。唐虞所謂明目達聰，二者蓋不可以偏廢。故自漢京置鼓於樓，以備警盜，齊之李崇、宋之張希顔皆以善政載在國史。唐之李磎、韋慶復爲樓著記，詞場文苑，亦侈言之。逮今後世，自京師以達於天下，未有能廢焉者也。且鼓之爲器，本樂之類也，顧名同而用異。用之樓者，非直以節出入，閑外内，所以提撕乎志慮而振勵乎精神，號令政事，皆於此乎助。斯樓也，固政之不可闕者乎？今夫連山大江，曠野空谷，禽魚草樹，風雲月霧，百凡之形狀，不出几席，而得之目睫，固荆楚之大觀也。聲之發於此者，必能超塵壒而出煙霄，凡有耳者皆得之，以爲提撕振厲之地，蓋一舉而二義關焉。若任耳而棄目，非吾輩之所爲計也。」

客乃頷之而去。退而詢諸湖之人，皆稱韓公爲政勤外精内，博觀而廣聽，蓋欲振一方之治，以紓九重南顧之憂，因指斯樓而謂曰：「此其一事也。」客上京師，謂予亦湖人，則以告予。予舊與韓公同朝，方喜其爲父兄宗族之福，因憶曩時經過而未有見者，壯公所爲，記所由始，寓而歸之，俾近者刻之堅珉，置之樓，以告後來。若布政按察諸公，皆能贊相先後，以成嘉績，而撫按之風裁，並於是徵焉。若府縣羣屬有事於斯役者，彙而書之碑後。

景州廟學重修記

監察御史陳君玉督學北畿，檄諸郡縣，以興教育才爲事，乃至廟學廨舍，罔不注意。比爲予道馬景州馭之賢，而及其廟學之勝。既而景州訓導方嶠率其諸生黄鸞、戈霽以公務上京師，出所爲圖，請紀其事於石。

蓋景爲河間要地，舊有學，學有廟，歲久敝陋，存不過十二。弘治丙辰，馬君始知是州，圖新其故。顧公帑匱竭，無能爲計。養民畜財，三年而有成效，曰：「可矣。」乃會材僦工，拓地累址，構大成殿八楹，左右廡各二十有一楹。前爲戟門，門之東爲神厨、神庫，爲宰牲之所，其楹各四。西爲致齋之所，其楹八。又前爲靈星之門，門東西爲綽楔四。又前爲屏墻數丈，以障行者。總之，屋以間計者七十有四焉。廟之東爲學門，轉而西至殿之後爲泮池，池有橋。橋之後爲堂，曰泮宫，其楹四。又後爲明倫之堂，又爲後堂楹，皆如殿之數而差小。堂之左右爲肄業之齋、會饌之堂，楹皆如泮堂。後堂之左右爲號舍，楹各視廡之半。環而南爲東西倉，楹皆如齋之一。又以其後之隙地爲廨宇，視號舍之楹幾倍。學之東隙爲射圃，圃有亭曰觀德之亭，楹亦如齋而差廣。屋以間計者一百一十有七焉。

夫自唐虞設官以教胄子，而天下化之。學校之法，至周乃備。其間羣聖人者皆以其道爲治爲教，治衰則教亦隨之。羣聖之道至孔子而明，故天下舉其道而歸之孔子，凡所爲學，皆孔子之道也。因其道而報本反始，於是祭之義生焉。道在萬世，則萬世祀之。天下之學者不得遍祀羣聖，而得祀孔子，以及於萬世者，其教存焉耳。故學之有廟，雖不待於禁令，而莫之敢闕，豈非秉彝好德之心無以異哉？且祭起於學，而所謂祭者，亦學之所有事，故自觀乎萃聚，以至于升降作止之節，必學而後能。由是而推之，生三事一之義，則定省甘旨以事其親、冠裳職位以事乎君者，皆於此焉得。而况養志循理之孝、致命盡節之忠，又其所恃以爲本者乎？孔子亦謂郊禘之禮可以治國，蓋以此也。若徒日誦月課以爲功，高拱長揖以爲禮，則爲學之末務，後世之通弊，豈獨於祭然哉？而况並此而失之者哉？方今聖天子謁廟視學，以孔子之道治天下，而天下之賢有司者皆勉承之不怠。畿郡之地，教澤之所深被如是州者，宜有所感發振厲，以成真才，著實用，不徒爲觀美之具於此也。願諸士子相與成之！因次第其始末以爲記。

工肇於弘治己未某月某日，落成於壬戌某月某日。陳與馬皆癸丑進士，予禮部所舉也，故予知之詳云爾。學之東北隅，別有祠以祀鄉賢董子，亦馬所作，兹附記之。

植本堂記

慈谿姚氏有堂曰植本堂。蓋自宋郡守嗣宗居越之雲樓，四傳有曰榛者，爲鄉隱君子，始遷慈谿，構室於聯桂坊之右以居，而斯堂作焉。爲是名者，以示祖德垂世訓也。又十有八傳，而其堂猶存。

歷元至國朝，有曰叔玠者爲兩淮帥幹，曰叔珩者爲河東節幹，曰正子者以神童發解。鄉先生黄東發爲誌其墓：曰登孫者爲國子助教，有文載於文類；曰榮孫、蘭孫、龍孫、福孫、鳳孫者，連舉於鄉；曰蠏孫者，爲國子學録，有文載於郡志；曰元翁者，爲伊陽縣學教諭；曰壽祖者，爲山東鹽運副使；曰茂昭者，以賢良舉爲縣令。其近而著，則有舉正統己未進士累官廣東參政者曰堂，舉甲子鄉貢爲寧化縣學教諭者曰堉，舉天順壬午鄉貢爲建昌府學訓導者曰坰，舉成化辛卯鄉貢其文爲有司所録者曰鉌，舉弘治癸丑進士累官廣西按察僉事督學政者曰鏌，舉己未進士爲南京吏部主事者曰汀，舉辛酉鄉貢者曰澘。前後閲百數十年，而甲第簪紱之華不絶，登斯堂而姚氏之文獻可識也。

夫物以植名者，必其本深而後末茂。凡天下之植皆然，矧人乎哉？夫人本乎祖者也，又必植德樹業而後可傳。父以傳之子，子以傳之孫。士有恒學，農工商有定業，各視其所植以有成。爲子孫者能保其所植而不廢，蓋亦鮮矣。若越世出類，不待植而自發者，幾人哉？姚氏以文學顯於累代，圖史之具、絃誦之業，自髫丱至于頒白，少者壯，壯者老，其所研究而襲習之者，皆是物也。用是取科第，登宦藉，若灌而茂，稼而穫然，固子孫之盛且賢，而其始之植之者，亦惡可忘哉？故登斯堂而文獻之所自出者，可溯而見也。古者以堂構喻家國，蓋徵諸一再世之間，已以爲難，況歷若干年而所謂堂者固存？即其小可以徵其大，然則姚氏之所當保者不獨斯堂，而堂也亦其一也。

鏌與汀皆予禮部所舉高第，録其文，知其爲人，徵其所自來，故以鏌請，次第其世系、官職及名堂之義爲記。時癸亥六月望日也。

山行記

弘治癸亥冬十月，予有事於申邸之園，園在都城西五十里蘭山之麓。丙申朏晨，出郭，沿官河北堤並西湖至瓮山圓静寺。憶昔所登晶庵者，停肩輿，緣石磴而上，則有平甃新構屋，前後櫛比。層波遠樹，平田曠野，已不復見，慨然感之，乃遽去。轉湖西，入功德寺。寺蓋宣德間所建，甚弘敞。後殿尤極精麗，殿柱及藏經筒皆錐金。錐金者，布金於地，髤彩其上，以錐畫之，爲人物花鳥，狀若繪畫然。又有刻絲觀音一軸，縣於梁際。刻絲者，以絲刻爲畫，非繡非織，别爲一法。宋、元間有之，今其法已不傳。僧云此禁中所賜者，予三十年前見之，猶鮮好如故。殿後有毗盧閣，成化間，僧戒静者聞南京報恩塔爲文皇募施天下所建，爲層九，以丈計者三十。時蓋有副塔在焉，因上疏乞以舟載而北，置於兹地，後爲臺諫所劾，不果。就而建兹閣，閣兩簷八角，高七八丈而已。

時予婿衍聖公孔聞韶知德聞予兹行，與弟聞禮知節暨予族子鄉貢士嘉敬拂曙先往，太常少卿喬宇希大、提學御史陳玉德卿皆以職事出，因會餞知德於此，乃與偕。南至玉泉亭，宣廟所駐蹕處。泉寒不可歃，勺而玩之。又至華嚴寺，寺有洞五，其下洞鑿爲方室，深可二三丈，東壁有元耶律楚材詩刻尚存。緣崖上，數折徑，僅容足。約半里許，至絶頂，乃昔與楊都憲應寧所登。有一僧結草爲衣，出洞揖客。其西壁有予所題詩，已爲人滌去。希大亦嘗預遊，惋惜不置。予笑曰：「吾詩固非紗籠中物也。」因憶予嘗數遊，實不知有上洞。吾子兆先時爲童，從予遊，忽自上趨下，云更有佳處，自是始知之。而今不可作，默然自傷者久之，諸君不識也。旋降至下洞，欲往香山。日已昃，知德輩還宿功德，予獨嚮西南可十五里，歷重岡，入杏子口，至善應寺宿焉。

丁酉，擬登平坡。山雨不絶，僕隸皆畏莫敢進，予決策徑往。出門而霽，乘輿入雲霧，左右顧，澗水深不可測，數折始及寺。寺乃元故刹，宣德間修之，改名圓通。斬石爲址，凡爲殿五層，最上有小殿，極峻險，前俯鉅壑，無涯際。僧言每日霽則見都城九門三殿，皆隱隱可識。真一方奇觀，予昔所未到，幾爲羣議所尼，爲之一快。寺距申園不數里，既竣事，日復昃，不可歸，乃循翠微山而北，求所謂香山者。再失道，抵暮始至，則知德輩已在，若相迓然，因共宿永安寺來青軒。軒居山半，俯瞰巖樹，色青黄相雜。僧曰：「山中授衣，候惟視此耳。」

戊戌，遍觀寺宇。中鑿石爲磴數十級，級僅容跬，勢甚峻。予憶嘗徑陟下，且半，進退不可，幾若韓昌黎華山絶陘狀。乃巡廊而上，見其殿閣崇麗，與平坡並峙。出自北門，緣崖一里許，至洪光寺，地益峻。上有碑，稱成化間太監鄭同所建，凡費銀七十萬兩。因詢知香山爲正統間太監范弘所建，視此尤倍，其費當益多，然不可紀也。降而東北十餘里，由華嚴山後經諸公主園，入金山口，復過功德，不入，折而北。西登妙應寺，凭欄望湖水，如圓静舊址，而空闊過之。東北行二十餘里，又北至静虚觀。登土山，山可百步，高四三丈，有樹數百，風簌簌有聲，髮盡豎，不可久駐。亟降至畏吾村墓舍，少憩而還。比抵家，日又晡矣。

噫！漢之五陵、唐之曲江，皆神州名勝地，詞人墨客動侈言之。西山爲本朝勝概，予實京産，顧限於官守，不得時至。自備員臺閣以來，如兹遊者，僅一見而已。孤登獨眺，固不若羣遊衆樂之爲慊。舞雩童冠，非仕者所有事。信宿之際，爲興已不齊，則是行也，誠不可以不紀。中間喜愕慨歎，凡所欲言者，殆不止是。據事直書，識者尚有取於斯焉。詩五言十首，彙録於後，共爲卷。

重建福州府學孔子廟記

本朝孔子廟遍天下，然不特設，設必於學，蓋自國學以至于州縣皆然。若隆替舉廢，則存其人，視其所爲政，而莫有同者焉。

福州府學舊有廟，在學宮之西，洪武初改僧寺爲之，制頗隘。左右廡皆中分自棟，以其半爲學舍，渠塞不泄，輒傾頹相繼。殿梁内蠹，勢將覆壓，日以益甚。監察御史衛輝陳君玉來按其地，既廟謁，帥師生環而瞻之，曰：「是不可以不治。」乃與清戎御史陶君煦謀于布政使華君仲賢、按察使陶君琰等，下府若縣，發公帑，聚財物，命工役，伐木鑿石，冶鐵陶瓦，卜而將事。殿以間計者增五之二，廣以丈計者增十之二，崇增六之一，廡爲間各十有一，闢而廣之。遷其所謂學舍者，戟門、靈星門崇廣皆有加。易神厨於泮宫門之東，其南爲書樓，以貯舊籍。别置鄉賢名宦祠於戟門之外，以其地爲庫，貯俎豆金石諸器。又累磚爲垣，覆以瓦墁，以赤埴表裏。鉅細秋毫，非故物也。於是廉陛高聳，周阿嚴峻，髹采焕發，蔚爲偉觀。凡用金以兩計爲二千八百，工以日計爲二萬一千，而時以月計者九。自壬戌之七月至癸亥之四月朔之七日，釋奠於先聖而告成焉。教諭某某輩曰：「是不可以不紀。」乃具書遣使，介福人給事中許君天錫以請於予。

夫孔子之道在人心，無遠近古今之間。故自家國達於天下，雖九夷欲居之，雖蠻貊欲行之，無所往而不可當。其講道杏壇，轍環天下，從之者大抵多鄒、魯之士也。然天下之人苟暴不至陽虎，惡不至桓魋，未始不傾心焉。蓋閱二千年之久、五服九州之遠，非獨官署所在，法制所當，爲凡有血氣，有知覺，具秉彝好德之心者皆然也。顧其訓法在六經者，或剽竊以爲文辭，或憑藉以取功名，而所謂道，若判不相涉。則雖廟庭以爲尊，俎豆以爲富，徒以爲具文觀美而止，而亦何益哉？且自科舉之法行，士之用世者不能不假文辭以出，然其所爲用者，舍是道其奚以哉？

閩自秦、漢以來，未見史册。唐常衮爲觀察，始用文學教之，乃有登名進士如歐陽詹之徒者。嘗考詹之遺文與韓昌黎所爲敍述，則詹固以文辭爲功名者而止爾。及宋道學之説興，若楊龜山、李延平諸先生，皆能推尊孔子之道，至朱子而大發明之，後之見於道學傳者甚衆，至有海濱鄒、魯之稱焉。福，古閩地，爲今藩會，每鄉薦多至數十人，繇是掇倫魁、躋華要者後先相望。仁者之謂仁，智者之謂智，隨所見而建功立業，以是道用於天下者，亦有矣。聖天子師尊孔道，治必由之。闕里之廟，聿新舊制，天下固有徯志而從好者。而大藩首學，適值其時，是非興學弘化之幾乎？

陳君嚮道崇教，志圖作人，暨藩臬之所規畫、郡縣之所服役，可謂善乎其職矣；御史宗君彝代按事，與君同志，復加潤飾；而鎮守太監鄧公原等皆雅尚文事，命工立石：因特書之。而諸司百執事，則備書於石之後。

贈固原伯劉公世墓修建記

予每聞縉紳士夫談畿甸間塋墓莊墅之勝，云盧溝樹村有固原伯劉毅敏公墓尤爲卓絶，蓋公之仲子錦衣君武所修治者也。

其中爲毅敏公諱玉及夫人某氏。次左爲公之長子都指揮同知諱文及淑人某氏。次右爲武之配某氏，而虚其壙之半。又次左爲公季子錦衣衛指揮僉事斌，而諸子及婦皆以次祔焉。入其門，爲池，爲橋，爲綽楔。其中爲重門，則有誥命諭祭之碑及神道之碑、饗祭之堂，培築堅厚，締構閎壯，而工製甚精，雖尺木片石，無朽缺弗稱者。其東偏則爲别墅，爲茂園，長得其半，廣得其三之一，而封樹之事皆備。遠而望之，蓊鬱巃嵸，藹爲佳城；周而觀之，森聳明秀〔一〕，與甲第無異：蓋近時所鮮見者也。

武字廷弼，年十八即幹蠱爲養。天順初，以迎鑾功授錦衣正千户。坐累解官，乃南遊襄、漢，入雲、貴，東抵遼陽，北歷大同、宣府，西至延綏、寧夏，又南至建寧，環居於淮揚。往返動萬餘里，皆應募輸金穀，以濟邊需。既逾六十，始擕貲歸京師，慨然曰：「吾半生遠涉川陸，備嘗險艱者，以圖養計也。今父母既逝，吾將復何爲哉？」於是徜徉墓林，日夕哀慕，思所以用其情者，盡於此乎致之。數年而後成，愈久而益底其極焉。

夫聖人之論孝，曰生則盡養，没則盡哀。故事死如事生，事亡如事存，衾襚含斂之爲終，□犧俎簋之爲遠〔二〕，皆是也。墓之事，則兼終與遠之義而有之〔三〕。自墨氏之流以薄爲道，其弊遂至于無親，而後世有識者又以厚葬爲親累。二者蓋將取衷焉，然制之所得爲與力之所可爲，往往不能以皆備。備矣而或爲少艾妻子所移易，則亦有弗暇者，於其所弗暇而諉曰「葬不可厚」，亦名教之罪人也。

廷弼自謝官職以來，其圖養未盡者，日蓄月積，皆以爲追遠之計，是富而善用其財。席家廕，遵國式，從所得爲而力必自致，是華而不過其制。雖親之貴無待其顯揚，親之壽不逮其奉事，而其爲孝亦可謂自盡耳矣。且有堂焉以饗，則儀物可陳；

有田焉以耕，則粢盛可備。即祭祀之事，揆之以堂構播穫之義，爲劉氏子孫者，可不思所以勿替之哉！

劉氏本磁州望族，毅敏公累官臣左都督，贈固原伯，豐功大爵，實開厥家。文爲寧夏副總兵，俄僉錦衣衛事，宣力中外，嘗有志於墓而未果。廷弼獨無所事事，故得竟其所爲，而所以遺其後者亦遠矣。工始於弘治乙卯，畢於甲子。既告成事，廷弼念締造之艱，慮其久而廢也，屬翰林張吉士禬詮敍其始末，請記於予，將刻石墓前，以示來裔。予近識其人，許其信義有不啻兹舉者，因備書之。而其世系履歷之詳載於誌者，可互見云。

【校勘記】

〔一〕「明」，原作「胡」，顯以形近而訛，據文義與抄本正之。

〔二〕「□」，底本漫漶，抄本作「象」。

〔三〕「義」，原作「我」，顯以形近而訛，據文義與抄本正之。

羅氏興復磁龜舊業記

翰林侍讀南城羅君景鳴既興復磁龜舊業，乃自敍其事，請記於予。其略曰：

磁黿者，有石蹲於溪心，若黿然。其石，磁石也，在南城南八十里。其地多重岡複嶺：北阻芙蓉峰，又北爲臨川；西阨連珠峰，右西爲宜黄；南連軍都，屬於南豐之境；東則靈峰北迆，中通一徑，以達於南城：實四達之會也。其産多穀，間出爲赭堊，爲石脂雲母，爲礦，爲蚌，或孕而爲珠，故其民有以自食，且能食四方之來主者。唐、宋以來，户至千四百，屠肆至七十，樓觀相望，絃誦之聲不絶。吏部齎縣令牒者嘗一日至二十餘，其盛如此。元季毁於兵，繼以時疫，家靡孑遺，胔骼枕藉，灌莽蒙翳，鬼嘯於木，虎兕豺豕交於野，過者惻然傷之。國朝永樂間，吾祖耕隱府君始披荆棘，立門户，招集逋徒。吾父封編修公益勤安輯。於是土著者、僑寓者、販者、遊者日源源相續，而舊基遺迹猶漫然莫之省也。玘既有名籍，大夫士道吾地者去郡邑遠甚，案牘胥隸，不可不爲之所，於是爲館於衢之北，曰駐驂，其南曰寅賓。堂室庖湢，寢食之具，供給之役，若驛舍然。寅賓之北四十武折而西爲御書樓，樓之西二百武爲聚奎橋，橋之上爲望遠樓。樓之南爲坊，於門曰翰林者，吾先世之所居也。登於斯樓，則連珠諸峰之屬於芙蓉者舉目而盡。下極蒼翠爲石嶺，峽水東流。其中舊鑿壁爲磴，緣而爲徑。又跨峽爲逍遥樓，樓下爲門，西出爲里之委巷。駐驂之西，築土爲堂隍，上爲迎暉樓，當里之會。其東爲解元坊，坊左右爲鼎新、復古二亭。又前爲市區，區之外爲橋。南折並山而東三百武，登坂之上爲義倉，爲主峰書院。又東二百武，跨溪爲龍門橋。橋之上爲屋十七楹，中爲濟川樓。又折而北二百武，兩山復合於是，爲迎恩亭。亭之西迤於逍遥之東爲門六，皆跨於溪。爲樓五，跨衢及橋者各二。凡衢皆甃以磚石，凡坊於樓皆塗以丹雘。雖稍復其舊，而實有舊所未備者焉。

既又曰：此吾祖若父之志也，而玘也繼爲之，玘也之子孫又繼爲之，則前日之盛可復也。然其盛而衰，衰而復至于盛者，不可以不記。而記之者非可以信天下及後世之言，猶不記也。吾之里，其亦有遭乎？

予聽其言，察其意，若將以屬予者，因爲之歎曰：天下之盛衰相尋於無窮，此理與數有不得不然者，而亦存乎其人。故屯與蠱皆有亨之道，而非道焉則莫之亨也。昔人以洛陽名園繫天下之盛衰，然則一鄉一邑，亦有關於世運者。國家一統百有餘年，休養涵育，至深至厚。故凡遐陬僻壤，往往與都邑相類。建昌東南文獻地，其關於天下也固宜。若磁竈所自爲盛，則處士之孝友、封君之勤儉，然非刻志礪操以文學鳴世如吾景鳴者，亦惡能善繼而肯構之其盛如此哉！且蔡邕作魯靈光賦，十年不成，見王延壽所作而爲之輟翰。蘇子瞻欲述錢唐風物，見晁補之所作而爲之閣筆。予何以加於景鳴哉！然則景鳴之言，雖謂其自信於天下可也。羅氏之子孫睹今日之盛，而思累世興復之勞且難者，未必無感於斯焉。因略爲詮次，俾刻之貞石，以建於所謂磁龜者。是爲記，弘治十八年四月朔日記。

李東陽全集卷七十
懷麓堂文後稿卷之八

記

蜀山蘇公祠堂記

常州宜興之荆溪有蜀山，本獨山也。志稱蘇文忠公與蔣學士之奇同舉進士，買田卜築於兹山之麓，於是易獨爲蜀。按爾雅，山獨者皆爲蜀。志又稱愛其名而居之者，理則然也。公嘗欲作亭種橘，預名曰楚頌。後上表乞居常，及歸自嶺南，卒於州邸。其弟文定公以其喪去，葬於潁上，其家亦不復至常。當是時，蓋有所謂東坡書院者，尋輒廢。越七十年，郡守晁子健擇州學旁地建祠祀公。元僧敏機因山爲祠，爲之居守，晁公武、徐一夔皆有記。今常州祠尚存，而蜀山祠廢已久。

弘治庚申，縣人沈公暉自南京工部侍郎致仕歸，以告巡撫都御史彭公禮、巡按御史王君憲，暨知府連君盛、知縣王君鋑。僉議既協，鋑躬訪遺址，悉爲居民所據。贖而歸之，得地三十餘畝。一時好義者争割田山、捐金帛以益之。士人吴綸董鳩材督工，國子生王永實相其役。經始於辛酉之四月，至十二月而成。爲堂六楹，肖公像其中，寢稱之。爲左右二亭，一刻公楚頌帖及諸詩詞，一刻興造之碑。東西廡及門各四楹，廳館庖湢諸室爲楹者以十數。其外則甃石爲周垣百二十丈。視州祠深廣略稱，而偉麗過之矣。既乃用表忠觀故事，命道士謝允昂居之，歲奉祀焉。

夫天下之論名臣碩輔者，或原於嶽降，或歸之地靈，文章氣節亦以爲得江山之助，固也。及乎遐陬僻壤，一丘一壑，或有所憑藉，亦足以不朽於世。是所謂人與地者恒相須以顯，而亦不能不相爲重輕。若君子去父母之道，則遲遲其行；越在他國，則觸物感事，懷思顧戀而不能已。是蓋存乎人而物不與焉。會稽之東山以謝傅名，其在金陵，亦築土以象之。天下之爲東山者何限？而非其人莫之名也。公之自蜀入洛，隱然重京師，父子兄弟之名遂擅天下，則公乃天下之人。俗傳三蘇生而眉山之草木皆枯者，妄也。及其流離貶竄，不能歸其鄉，卜居兹山，託名以寄意。潁之山名曰峨眉者，亦此義耳。後雖其體魄在潁，而魂氣之無不之者，安知不徘徊眷戀於茲山也耶？且公所謂不待生而存、不隨死而亡者，將流行充塞於天地間，而況其經過寄寓之地哉？

公之文章氣節，天下莫不尊之。是雖不得與於天下之祭，揆之鄉先生社祭之義，有過而無不及。獨山之爲蜀也，其社之類乎？然則是祠之設，固耆民俊士、衣冠俎豆所宜周旋而傾注焉者也。夫使文章不如公，氣節不如公，則蜀之王萬亦嘗榜鄭邸爲蜀舍，而朱俊民、劉跂爲之記銘，然亦不顯。東陽楚人而燕產，嘗因贈太師徐文靖公之約，買田茲鄉，而遽罹家難，竟莫之遂。工部以其迹頗相類，而不知其文之弗稱也。請爲記祠事之成，予於是亦誠有感焉。因用楚語作迎送神辭，其亦橘頌之遺意也夫。其辭曰：

橘之樹兮如蓬，鬱青葱兮間玲瓏。彼亭兮在中，信吴邦兮楚風。橘之樹兮如蓋，采芳鮮兮薦甘脆。我公兮來歸，神陟降兮如在。公之樹兮荒萊，公之亭兮但空苔。植我兮構我，望遊魂兮歸來。公歸來兮恍不可以見，渺惆悵兮悠哉。荆之土兮如酥，荆之米兮如珠。山有茶兮溪有魚，生不足兮没有餘。公去此兮何居？楚之調兮欷歔，蜀之山兮盤紆。神往復兮無定所，聊爲此兮踟躕。生不爲世所容兮，没將恣其所如。鑿余井而得泉兮，又安窮其所於？彼亭常存兮樹常實，待以薦公兮願少駐乎須臾。

澹軒記

澹軒者，湖廣寶慶知府致仕東莞王君克敬所自號也。君少從其舅訓導翟君慎學於豐城。數歲歸，其父處士府君遣就農事。君重逆父命，躬執耒耜往於田，然非其志也。既而從容請曰：「願卒業。」乃入縣學爲諸生，領廣東鄉薦。越十有三年，授廣西慶遠府同知。府所屬州多夷地，舊長吏至州，州置酒致饋相悦樂，弗得請輒生猜懼變，且不測。吏諉夷俗，破崖岸，因以爲利，人亦不之訝。會東蘭、那地二州相鬨，按察檄君往鞫之。州各遣人，密饋金銀器約千餘兩。君正色拒之，庭見後不交一談。州亦斂戢，不敢以宴請。自是，會飲之禮遂廢。後以家難，改福建泉州府。每勾稽戎籍，貧而當遣者，必爲資送。或誣相告引，則力爲辯釋，曰：「殘民以爲功而享其利，吾弗忍爲也。」間以賂請，則又曰：「吾在萬里無人之境，未嘗自污，而於此壞之邪？」及知寶慶，地産茶，君性不嗜茶，常貢外亦不以饋人。豪家鉅賈倍息以病民者，必爲限制而已，不私焉。在官二十餘年，無絲竹狗馬之好，服食器具，悉屏華美。既謝事，徜徉林壑間，亦幾二十年，非鄉社之約，不出也。蓋其所謂澹者如此，故取以名軒。鄉之人亦稱之，謂澹軒先生，而不敢字云。

澹之義，蓋取諸水。水之澄而不滓，流而不污，物之澹莫加焉。人之心惟無所欲則常澹，然以静自守，貴富貧賤隨所處而不爲變。苟有所欲，則簞食豆羹可以見於色，而富於周公者，猶附益之若弗給，然其爲累豈少哉？夫其無累於心者，非獨可以善其身，雖措諸事業，亦不爲勢利所屈撓，隨所得爲，皆足以用於天下。苟合氣於漠，寂寞無爲如莊子，與泊相遭，頹敗委靡，散漫不可收拾如釋氏，亦何取乎澹而爲之也？君之爲郡，禁姦抑暴，謹權平價，皆盡心力行之。其所爲澹，固其所自處耳，故其斂而藏之也。吾之所有者固存，而物不與焉，是豈非君子之道也哉？且君以其身教於其家，故其子縝爲工科都給事中，文學論議表見於世，而持身儉静有家法，其得乎澹之義者爲多。

以縝爲予禮部所舉，又奉詔受學於翰林之署，俾請予記其所爲軒者，曰：「予獨嗜古文，而西涯之文則尤嗜者也，顧未之得耳。」縝代告南海，將歸省於家，則爲之記，俾持以壽君。時君之年七十有一矣。正德丙寅二月朔日記。

東湖書屋記

東湖書屋者，都察院右副都御史艾君德潤之所居也。湖在南昌城中，周袤十餘里，衆水所匯，下通於江。每春夏之交，天宇澄霽，鏡光無塵，一碧千頃。而或清漣細浪，含風而浴日，乃有禽魚下上，倒景交映，遊荇蕩漾，植荷駢列，景象百出，雜然而前陳，探之而不可窮。民居官舍，緇黄之棲，隨所據有，各得其勝。而漢徐孺子亭屹於中流，巋然而獨存。德潤少在郡庠時，嘗擇亢爽之地，構屋數楹，儲書數千卷，種竹數百竿。啓扉而眺，則一湖之勝，舉在目睫；棹舫而行，則歷覽旁挹，無所往而不適。因取以名其居，且自號云。

古之地以人勝，而人亦或藉地以名，其相顯晦、相輕重不可以概論。按郡志云豫章東湖猶錢塘西湖，皆一郡之勝也。西湖古未有名，自白樂天始表見於世，至蘇子瞻乃益顯。其在潁州者，亦以蘇及歐陽永叔而名。東湖蓋孺子所居之地，而不以名。張九齡、李紳輩始爲賦詠，亦未有獨擅其名者。向巨原構臨湖閣，非洪景盧爲之記，世鮮知之。然則其輕重顯晦託於文章者，又如此。初，德潤之名其居，蓋以爲藏修遊息之地，而未顯也。及登科，践省歷卿寺以入憲臺，内掌武官銓籍，共天子羞膳，外撫畿甸，會財賦之出納，兹方訓兵詰武，除寇孽於江海之際，夙夜勤勵，二十餘年無暇乎所謂居與遊者。顧其勳績所著，名必隨之，安知天下之人不指其名而稱之如其所自號者乎？東湖之名，將自此顯矣。

德潤之南巡也，以其事告予，請記書屋。其子婿周憲副季鳳以予禮部所舉士，故爲速予請。舉景盧故事，而予非其人，其爲輕重未可知也。嘗聞李侍郎若虚居東湖，以名其堂。李與德潤同郡而異邑，謂其居近在湖側，若不以相孫者，予未暇深考。意古稱郡望，同姓以之，况號以地舉，不繫於公籍，宜有無嫌於同者，試因以諗之。若屠都憲元勳亦有是號，屠世居嘉興，其所謂湖者，殆潁西之比也。天下之湖以東名者尚止此乎？亦各顯其人而已矣。作艾氏東湖書屋記。

寧山新阡記

無錫東南一舍許爲寧山新阡，左塘莊，右沈瀆，有水環其四周。其土脉蜿蜒，自西北來，數里而兹山出焉。蓋鄒氏修静處士兄弟負土而成，爲之嘉名，以葬其親者也。越五十餘年，墓之後手所植松可二十畝，大者四五圍，鬱然而成林。弘治甲子，修静之子智卿自制塋域以爲壽藏，未成而没。其子益暨其諸弟旦、尚、甫朝夕營構，以成父志，於是封之穹然而高，築之確然而堅。中爲饗祭之堂，其崇逾二丈，翼之以碑表之亭，稍孫而卑。其他若止宿之室、庖湢之所，重門繚垣，各稱其度，而亦無苟焉者。役以日計者萬，費以緡計者千。舉事備物既成而後葬，故謂之新阡云爾。

昔謝安石築土金陵，以象東山，是以舊名繫新地。司空圖謂其所居曰休休谷，是以舊地易新名。其事雖殊，而義各有攸在也。山以寧名者，蓋取諸存順没寧之義，非獨以自寧其身，又將以寧其親，而定省告面之義亦於是乎在，其地與名皆非因乎舊而爲之者也。且山之始筑，若屺然陟而瞻焉，則念母養之在堂，愛日之樂油然而生，有惡可已者。山之既樹，若岵然陟而瞻焉，懷父之音容而不可復見，終天之痛蓋亦悠然而無窮焉。感新懷舊，存没欣戚之間，其有取於兹名者多矣。

按鄒氏居泰伯，爲名鄉，祖忠公爲望族，四百年來世墓聯列，多至不可數。其間有宋、元碑表者，則名字可指識。居人過客，竦瞻而佇慕；樵童牧豎，不敢邇而窺焉。其不然者，丘隴夷爲原隰，松柏變爲荆榛，雖其子孫或不能識。故其俗尚相傳襲，苟不託諸文字，則雖棺斂之華美、封築之堅厚，亦闃然若未始葬者。然則兹阡之制不可以不記也。智卿女弟之夫工部郎中錢世恩實敍其事，以益請於予曰：

「榮固無足爲先生辱者，顧智卿之始爲兹阡也，亦既有志焉，益之繼而成之也，將以爲弗得兹文也猶弗繼也，故爲之勤勤云爾。」予知世恩久且厚，因重違其請而記之。

智卿諱愚，號拙隱，篤倫嗜義，嘗捐貲賑饑，授七品冠服，非其好也。葬之又明年，爲正德丙寅四月望日記。

重恩堂記

武進殷君重甫既以嚴州通守致政歸，時已有台州貳守之命。重甫雖不復赴官，而已進秩，階當爲奉議大夫，乃具五品服，望闕謝。今天子登極，詔以理致仕者進階一級，重甫不敢當，而郡守縣令皆來致命，於是其秩又增，階當爲朝列大夫，復具四品服，望闕謝。退而告諸家祠，名其所居之堂曰重恩，彰上賜也。

初，重甫以郡學生累試京闈，得一第，又累試禮部，竟不偶，謁選天才曹，甫得一命。張御史恕旌其賢，以未滿一考，不獲封其世。鄧御史璋以羊酒勞之，然重甫不樂奔走，居恒鬱鬱。乞歸於部使，狀六七上，陳御史銓苛留之。又更一御史，弗悉其行，乃得告以去。不一年而恩命累下，論者蓋益榮之。

於戲！進秩之恩，朝廷所以最功績也，未三考而沾，不可謂之不蚤；進階之恩，朝廷所以獎恬退也，既再命而預，不可謂之不厚；而重甫乃並得之。說者歸之虧盈消長之間，似也，然亦有道焉。重甫之在官也，清慎自律，至以家食繼官饟，惴惴乎惟人尤官謗是懼；其歸田也，持志遠利，非公事禮際，不及於郡縣之庭；愈久而不自失焉。滄浪有濯纓之理，桃李有成蹊之勢，雖欲強之，有不可得而強者。今日之命，非重甫之宜，而誰宜乎？抑重甫有弟一人、子三人，堂構之承繼、田畝之疆畎，先義官公之業方隆而未艾。使其居官就職，雖榮且貴，然有民社之憂，而無天倫之樂。校其得失，豈不大相遠哉？吾於今日之事見之矣。

重甫之大母與吾大母爲兄弟，而重甫吾兄也。湖南之行，嘗過其舊宅，獲拜其先公，時斯堂尚未建。忽忽三十六年，吾年已逾六十，而重甫長三歲。茲喜其宦成身退而名益榮，因記其事，寓而書其堂之壁，則正德丁卯閏正月八日也。

永嘉縣學奎光閣記

温之永嘉學有奎光閣，弘治以前未建也。蓋自東晉建學以來，至南宋而其制始備。其地負華蓋山，勝蓋一郡，歷代之人才弗絶，國朝科目特盛，而興替亦不常。正德紀元丙寅，姑蘇王君獻臣來知縣事。莅學之始，見孔子廟大成殿後不數武有容成道院，怪而問焉。有能道永嘉故事者曰：「院北實儒宫舊地，前元時爲老氏徒所據。洪武初，縣吏嘗奏於朝，弗果復。諸生憤然，至有飲恨而死者。」王君聞而愀然曰：「彼能據人之有，而我弗能焉，何哉？」遂召其守者庭詰之。其人曰：「院有洞，洞有古仙迹，非奪於學者。」王君曰：「吾嘗考之郡乘矣，洞在華蓋山之北，今所居則山之陽也。」語乃塞。於是徙道院於真華觀之南，復地若干武。院之西北亦久爲某千户所據，售於金氏。聞新令之政，亦欣然來歸。又復地若干武、山若干丈。殿之北西，又買把指揮地若干畝以足之。地既廓，政亦寖舉。欲即院址背山面殿爲峻閣，以爲藏書之所，如古所謂尊經閣者。顧財力方絀，猶豫久不決，縣人好義者皆相與相成之。爲重簷飛甍，高棟疏牖，下軼塵坌，上薄霄漢，超出雲雨，俯視江海，盡一郡之勝。積書數千卷，庋置其中，以資講誦，博聞見，非徒爲登臨眺望之具也。

閣既成，乃標以今名。教諭李仁輩率諸生而前曰：「命名之義何居？」王君曰：「是取諸列宿所謂文章之府者也。傳不云乎：聖人之道，昭如日星。六經者，道之精華也。夫道根乎人心，貫乎倫理，見諸民生日用之間，天下之所見固然莫殊也。乃或蔽於外，誘之私，則有不能知者。於是有復初之學焉，有復禮之力焉，有復性之功焉。然學必須於博文，文之大者莫六經，若士之所當尊而習焉者也。天下之物有失然後有復，兹地之失固可以言復矣。不慎以守之，能保其終勿失乎？物之在外者且然，而況於道乎？夫苟不知所以復之，則所謂老氏者鄰居而雜處，非惟不相爲謀，抑或有誘而去之者。聖人之徒縱未能距而攘之，而忍爲其所誘邪？今遊斯學者於六經乎取之，由誦讀講説之粗極於體驗充擴之大，以成文明之治，俾功業昭於一時，名譽著於無窮者，蓋自昔有之，而自今其未艾且益盛也。」皆再拜曰：「敢不於吾侯之言是圖？」

又相與議曰：「侯之功有不敢忘者，且其仕以名進士。其爲監察御史，執法盡職，謫遠方末職，以薦拔今官。其所爲政多可稱述，非兹事止也。是惡可以不記？」乃具書京師，介吾甥崔禮部傑及趙中書式以請於予。予於禮部之試得王君，知其賢久矣，故爲之記。

進士題名記

國朝每廷試進士，必命工部立石題名於國子監，制也。乃弘治乙丑春三月會試，既我孝宗敬皇帝親策禮部所選士，賜顧鼎臣等三百人及第、出身有差。蓋自庚戌以後，至是凡六策士。未幾而龍馭上賓，天下臣民銜哀負痛，儀節文字之間有不遑備及者。今上皇帝嗣大歷服，更化定治之餘，諸司百執事修廢補缺，如恐弗逮，而題名之制行焉。臣東陽昔預讀卷之列，當紀其事以傳，職也。

臣惟求賢之法，古非一途。自有科目以來，惟進士爲重，而其典亦最優。蓋士出於閭閻草野之下，而入於庠校，籍於有司，則其名紀於簿札，月有稽，歲有覈，以異乎所謂凡民者。及其試於鄉，有司録之，試於京師，禮部録之，試於廷，又録之，則皆鋟梓摹本，家傳而代布，其事加久。若國監之題，則以天下英才類聚業習之地，示之規矱，導之軌轍，俾有所接乎耳目而感之乎心，於是又刻諸金石爲不朽計。此其爲事又加久，且引於無窮矣。

大題名之説，唐已有之，然猶出於好事者所自爲。暨乎後代，始令自朝廷，託之金石。今國監因元舊址，已越百五十年，遺碑斷刻猶有存者，於以見求賢之典，凡有國者所不能廢。仰惟太祖高皇帝創制立法，具在南雍，太宗文皇帝建都定鼎，又越三十餘科，而獨備於此，碑刻離列，後先輝映。其間若公卿輔弼，佐理弘化，樹豐功，著偉績，以昭一代文明之治者實多。其人人皆指而名之曰：某科也，而得某士也。今之登是科者，尚思先皇帝敷遺簡擢之恩、今天子布列任使之命，受職膺事，隨所得爲，各務自盡，以酬其所自言者，庶幾追古先哲，無愧於前人。其無使人指而名之曰：某人也，而玷某科也。

夫名以科第爵位言，則爲榮；稱以才行勳業言，則爲善。譽善者可傳，而榮非可恃以久。故晉穆叔論不朽，必曰德與功、言。孔子疾不稱，不畏無聞者，非榮之謂也。朝廷能與人以榮，而不能必其皆善，是則存乎其人焉。登斯名者，惡可以不勉？臣謹記。

留福堂後記〔一〕

大理卿張君大經持留福堂記一軸視予，蓋永樂間禮部尚書鄭公賜所著，以遺其大父者也。張氏在勝國時，世家寧國之宣城，有隱德，鄉人賴之，恒願其世饗貴富。處士原甫生四子，曄、暭、旼、晞，皆通書史，尚信義。入國朝，洪武間，曄爲地官郎，改刑曹，累官湖廣布政司右參政，是爲大理君之大父。暭從太宗文皇帝靖内難，官至武略將軍、靖海衛千户，後改富峪衛。參政公嘗以其伯仲並顯爲先世積德之報，在刑曹時取昔人語，以「留福」扁官署之堂，此記之所以作也。

參政公亦四子。長善，蓋記所謂鄧林一枝者。次輔，號逸庵，是爲君父，正統己巳以捍禦功授總旗，賜冠服。其爲人尤重倫誼。兄當廕武，以疾辭，乃攜其子純至京師嗣其官。純省墓歸，卒於家，其子凱嗣，撫愛益篤。暨於姻里貧乏，多所周恤，人多義之。嘗諭大理君曰：「汝祖爲刑官，不事苛刻，官不甚顯，宜有後報。而吾弗克當，汝其勉之！」君痛自感激，攻苦力學，舉成化癸卯鄉薦、甲辰進士第，知鹽山縣，以最績被徵爲監察御史。歷光禄少卿、右通政、都察院右僉都御史，至今官。封至三代，於是參政、逸庵皆贈嘉議大夫大理寺卿，而張氏始大顯如鄉人言。

於戲！善惡存乎人，而福與禍係乎天，易、書、詩所謂福者，不一而足，蓋未嘗不本諸善。善之於福，殆理之所必得，而非有所爲而爲也。留福之説，出於後世，謂以有餘不盡者還之造化，則近乎有爲而然，然質之詩，曰「自求多福」，求之云者，豈乘時射利之爲乎？亦要諸理焉耳矣。

記稱處士公之訓參政曰：「汝爲法曹，能直人即直我也，若枉人即枉我也。」夫古人云：一民饑由己饑之，一民寒由己寒之。以身體物，亦既切矣，而又以身喻諸其子，豈有子而不愛其親者乎？使其推愛親之心以及乎民，則所以喻之者尤切矣。亦何必身自爲之之爲慊哉！大理自爲縣以至持天下之平，慎守勤服，按律執法，惴惴焉若弗稱是懼，予每於章奏間見之。校之徇權勢、望風旨而無所顧恤者，亦異矣。則今日之福，固先世之訓之所留，而徒以福云哉？

大理君名綸，大經字也。有子三人：乾、幹、朝。幹舉鄉貢士，其所留者，殆未艾云。因以其請，爲留福堂後記。

【校勘記】

〔一〕「後」，原脱，據本文末句補。

修建廣平府廟學記

廣平府學建於元至正二年。入我國朝，改路爲府，置官建學，屢壞屢葺，比益加圮。正德丁卯，知府楊君儀、彭君傑議修之，會其費當三千緡，未果輒去。張君維新繼之，榱桷略具，陳君威又繼去。蓋閱三歲，歷四守，而功弗就緒。戊午之春，張君潛來知府事，睹而歎曰：「作舍不成且不可，況事之大者乎？」乃請於巡撫都御史蕭公翀，巡按御史李君嵩、王君潤，皆報曰如議。退則鳩工聚徒，庀材物，備禀餼，而後從事，閱月而廟成。爲大成殿八楹，高五丈七尺，廣九丈八尺，規制甚偉，門廡皆略稱。又閱月而學成，爲明倫堂，爲齋，爲廨，爲號舍，皆因舊爲新，而增置講堂、射圃及庖湢之類，無弗備者。校初會之費，不及其半，而民不告勞，官事不廢。師儒之講授於斯，遊歌於斯，登降裸獻於斯者，皆爲之改視易聽。按部之使、經行之士，夫嘗一再至者，不圖其盛之至于斯也。

予聞而嘉之，因爲之説曰：聖人之道原於人心之同，慮其不能以皆同也，則爲之教。顧性道之妙非可得而聞者，故其爲教不容以不詳。講習撰述程課條格之類，皆教之所有事。至于祭祀之禮，則出於報本追遠之義，心之同然而亦道之一事也。有國與家者必立廟，創居室者必先祠堂，入學者必舍菜於先師，師之於親，一也。然則學必有廟，自昔已然。而以祭爲教者，亦惡可徒有其誠而無瞻企對越之地哉！

潛在禮部，嘗奉使闕里。時廟像新設，躬睹其所爲盛。今職有民社，而學與祭又其所得爲者，其用心於是固宜。予又聞御史旌其慎守勤事，諸廢並舉，此其大者。或乃謂畿甸之地，方有事兵革，此非急務。抑不知古人雖在軍旅，不忘俎豆，矧其事既有緒而又處之各得其宜，亦何靳而不爲哉？教授某恒升輩以潛受學於予，會通判宋灝上京師，請紀成績。灝亦通字學，手自書刻，樹於學宮，以俟後之君子。予復繫之以詩曰：

聖道在人，靡間今古。普天之下，萬世是土。聖靈在天，日月代明。人皆仰之，萬世猶生。學有條教，繇外及内。匪利與名，惟道所在。祭有二義，惟本與文。無感弗通，有誠則神。人皆有心，士必希聖。彼斁學者，孰敢弗敬？夙興夕惕，有行必躬。春薦秋祠，孰敢弗恭？黌宫嚴嚴，衿佩規矩。殿庭巍巍，羽籥容與。性道其精，文章其粗。有師暨儒，惟聖之模。神州在畿，王化伊邇。功在郡侯，書者太史。

曾祖考少傅府君誥命碑陰記

右曾祖考贈少傅府君暨曾祖妣贈一品夫人賀氏誥命二首。東陽當今上登極時，以從龍恩加少傅兼太子太傅户部尚書謹身殿大學士。未幾，以恭上太皇太后、皇太后尊號，恩詔給誥命。蓋不待考績而得，異數也。

府君在國朝洪武初，以兵籍隸燕山右護衛。挈先祖少傅府君以來，始居白石橋之傍。後廓禁城，其地已入北安門之内，則移於慈恩寺之東、海子之北。生三子，其二仲曰雷，曰孔，皆生於京師。先祖生二子，先考及叔，皆不逮府君。聞吾祖言，府君質直簡默，不事侈靡。始居北方，風土不習，言語不相解，未久而卒。夫人值歉歲，大病疫，幾死者數矣。間以諭東陽，時幼稚，不能悉記，惟其勤苦累積之狀可以想見。閲三世百有餘年，乃得以官職貤封賜一命，而躋於極品。予小子曷克臻兹？惟我祖之善式克貽其後而還以自致云爾。越既修墓，封及累代，謹録誥詞，刻之貞石，以彰君賜，揚祖德。挂漏之咎，有所不敢避云。

祖考少傅府君誥命碑陰記

右祖考贈少傅府君暨祖妣贈一品夫人陳氏誥命四首。蓋自東陽爲禮部侍郎，已贈及二代，及遷太子少保禮部尚書兼文淵閣大學士，以恩詔再贈焉。遷太子太保户部尚書兼謹身殿大學士，未及贈，加少傅兼太子太傅，以兩宫尊號恩又贈焉。修墓之日，乃構兩亭，翼饗堂左右。其左則刻後二次所給誥，而侍郎誥則不及録。

嗚呼！吾祖生於郴州，郴州去茶陵三百里而遠，茶陵兵多番戍，意者曾祖府君以戍故居郴。説者又傳北上時生於途，而郴非道所經地。未知孰是？

吾祖入京師，稍長即代父役。靖難之師，實在行伍。以功當禄，掾吏索米三斗，當得官。時大饑，米斗千錢。府君曰：「官豈可賂得？」竟弗予。止得小旗，調金吾左衛。以藝簡入内局，值初製軍器，每以新意佐官長。官長欲白其功，則謝曰：「我賤者，雖功何益？」終其身不以語人。

純孝無僞，刲肉療母〔一〕。夜禱於神，以刀置碗上，鏗然有聲〔二〕。不越月而創愈，鄉鄰傳而神之。或以問焉，弗答也。遷居海子之西涯，坐賈爲養。不需厚息，息日滋，則以賙貧者，囊無留資。性不嗜殺，雖蟣蝎之類，必縱使得所。

東陽之少也，實鍾愛之，謂吾父贈少傅府君曰：「天不我負。」後頗克自立，有賀者，吾父輒泣曰：「吾考之慶也。」

祖妣本王氏，從舅氏之姓曰陳，常之武進人。從父上京師，禮配吾祖。簡默寡言笑，躬勤女事。家舊藏祖像，布褐服有補綴處，皆祖妣手所紉製，其儉如此。嗚呼！孰謂數十年之久，乃得封錫之命，以爲身後榮。九原有知，其亦有以少慰也夫！

【校勘記】

〔一〕「刲」，原作「封」，顯以形近而訛，據文義正之。

〔二〕「鏗」，原作「鑑」，顯以形近而訛，據文義正之。

先考贈少傅府君誥命碑陰記

右先考贈少傅憩庵府君暨先妣贈一品夫人劉氏、繼母封一品太夫人麻氏誥命，共六首。今刻石於饗堂之右，與祖考妣誥命正相值。而始封翰林院編修誥、封侍講學士贈禮部右侍郎兼侍讀學士誥，不能悉載也。嗚呼！吾考妣之純德餘慶，乃至此極哉。

先考爲人誠樸坦易，言若不能出口。父疾累歲，日侍牀褥，至親捧溺器；母病痰壅，以葦筒就而吸之：皆族鄙所親見。偕吾叔處，怡怡終日，雖濁醪蔬菜，必與共醉。贅張氏姊，育其寡孤，出而復入者三十餘年。

工書及詩。每見東陽書，輒不當意，曰：「書自有法，寧可以私意矯揉爲之？」東陽同考禮部，有南士以白金三百兩屬所親告先考。先考辭之，其人曰：「不猶愈於貸乎？」先考怒曰：「吾父子寧窮死，豈可爲不義辱？」比考南畿，例有供張。先考曰：「愼勿納。且酒雖吾所愛，亦不可挈。獨不聞薏苡事乎？」東陽皆奉命惟謹。嘗雪夜歸自外，不忍斥責，遣孫兆先致一絶云：「朔風凛凛雪漫漫，詩酒棋枰取次歡。何事爾情猶未洽，冰霜不問僕夫寒？」東陽自是歸不敢以夜，戒之終身。

學士之封，具朱衣請見客，輒麾之曰：「吾不慣此。」燕後忽得寒疾。時值廟齋，東陽歸視湯藥，趣赴院，曰：「邏令方急，毋以我故犯法。」其恭愼至此，不亂如此。

先妣出東安武弁，歸先考時年已逾二十。力服勤苦，有酒肉，供饋外必儲爲客具，族鄙外内稱爲賢淑，同然一辭。女婦暴厲者，或從而化。老子長孫相傳至于今，道之不衰。

嗚呼！以吾父之德藝，不能售其身，而生封至再命，没贈至一品。要諸始終，造物者可謂無負。而東陽罪咎深重，不自殞滅。十齡而失恃，四十而失怙，今年逾六十，僥冒光寵，而不能以一日爲養，其何以自立於天地間哉！自今未死之年，猶冀延一綫之緒，以承祀事。然是則存乎天，惟盡吾力之所得爲者，致存追遠，述德紀行，傳之不朽。謹以君命先焉，而附及其私云。嗚呼痛哉！

李東陽全集卷七十一
懷麓堂文後稿卷之九

表　凡例

代襲封衍聖公謝表

孔子六十二代孫襲封衍聖公臣孔聞韶，弘治十六年九月初六日，欽奉恩命，襲封衍聖公爵。臣聞韶誠惶誠恐，稽首頓首上言：

伏以道崇先覺，褒揚每荷於明廷；禮正大宗，封爵竟歸於世胄。仰值右文之盛，俯慚接武之難，負重奚堪，臨深莫喻。兹蓋伏遇皇帝陛下天衷純粹，聖學淵微，紹惟精惟一之心傳，守不愆不忘之古訓。隆師重傳，窮六經制作之原；崇德象賢，具百代彝章之美。粵自前漢肇牲牢之祀，後周極茅土之封。逮及本朝，益增舊典。銀章玉帶，班超一品之階；左羽右干，祭備八佾之舞。以至分田賜第，建學設官。朝則豐館餼之儀，代則謹承傳之序。弟兄繼命，事同宋世之蒙虛；父子沾恩，光遍魯山之橋梓。矧廟貌方新之日，正車書大會之辰。

臣聞韶早厠黌宫，粗通章句。執豆籩以行禮樂，非曰能之；竭忠孝以事君親，是所願也。伏冀皇風雍穆，至治馨香。岱視三公，世世居東而享德；嵩呼萬歲，年年拱北以來朝。

重建闕里廟成謝表

襲封衍聖公臣孔聞韶，弘治十七年正月，修建祖廟落成，欽蒙御製碑文，遣官祭告者。臣聞韶誠惶誠恐，稽首頓首上言：

伏以禮必積百年而後興，事有曠百世而始見。是蓋政關治體，好本民彝。凡在斯文，式均慶戴。若乃餘波剩澤，沾被子孫，其視恒情，何啻百倍？

竊惟闕里祖廟，肇自前朝，列聖以來，累加修葺。比歲鬱攸示戒，煨燼無遺。伏遇皇帝陛下天啓聖衷，道符先揆，顧宫墻之舊地，實海宇之具瞻，爰敕有司，重加修建。集四方之公帑，閲五載之程期。材幹堅良，工製精密，廟貌嚴整，輪奐偉然。既不替於前規，復恢張於新制。足以妥靈昭佑，崇德報功，極天下之大觀，亘古今而不再者也。又有一奎章睿藻，降自重霄，石刻金書，垂之萬代。出容臺之香幣，備郡邑之粢犧，特遣重臣，遠稱殷禮。衣冠畢集，宅里增輝。

臣聞韶甫襲官封，方嬰服制。念君命重於家事，而祖廟尊於父喪。易服以迎，拜天顔而敢後？趨朝而謝，率族姓以偕行。伏願聖學緝熙，儒風丕振。家詩書而户禮樂，益弘世道之光；天日月而地山川，永賁人文之化。徒深祝頌，曷罄名言。

代衍聖公賀登極表

伏以運合風雲，萬物睹龍飛之象；心傾江漢，千官肅虎拜之儀。華夏交歡，臣工胥賀。恭惟皇帝陛下睿資神授，聖德天成。堯仁蕩蕩以難名，周道平平而有極。問安視膳，養已備於兩宮；出閤授經，學必根乎二典。當文軌大同之世，正謳歌畢至之辰。隆準重瞳，共識吾君之子；黄童白叟，幸爲斯世之民。方五百年氣數之常，承六七作聖賢之後。一人有慶，亘古希逢。

臣聞韶系出尼山，書傳魯壁。深恩罔極，荷圭組於先朝；景命維新，拜冕旒於當宁。伏願皇綱振舉，王政敷宣。仰更化之初，薄海聞風而丕變；叨象賢之末，舉家與國以咸休。

初開經筵謝宴賚表

知經筵事太師兼太子太師英國公臣張懋，少師兼太子太師吏部尚書華蓋殿大學士臣劉健，同知經筵事少傅兼太子太傅禮部尚書武英殿大學士臣李東陽，少傅兼太子太師禮部尚書武英殿大學士臣謝遷，兼經筵官禮部右侍郎臣王華，詹事府少詹事兼翰林院學士臣劉機、臣江瀾、臣楊廷和，太常寺少卿兼翰林院侍講學士臣楊時暢，國子監祭酒臣張瀿，翰林院學士臣劉忠、臣白鉞、臣劉春，太常寺少卿兼翰林院侍讀臣費宏，左春坊左庶子兼翰林侍讀臣毛澄，左春坊左諭德兼翰林院侍講臣毛紀、臣傅珪，右春坊右諭德兼翰林院侍講臣蔣冕，翰林院侍讀臣羅玘，修撰臣石珤等，兹遇經筵肇啓，聖學維新，講讀侍臣，咸蒙宴賚。謹上表稱謝者臣懋等誠歡誠忭，稽首頓首上言：

伏以聖道在六經，爲政必先於論道；君心理萬事，講學乃所以正心。蓋自虞廷闡精一之傳，商宗承遜敏之戒。辟雍拜老，禮重於漢家；崇政説書，官專於宋代。

願治者用臻至化，好文者亦致小康。肆我皇明，益隆盛典。英廟九齡而伊始，憲皇二紀而成終。迨先帝十八載之間，貽聖子億萬年之訓。

恭惟皇帝陛下天資首出，聖德躬行。能自得師，守一祖六宗之法；取人爲善，合九州四海之公。家傳心學於儲宫，日御講帷於便殿。聿當元祀，誕啓經筵。信明君之大有爲，在今日乃急先務。登延儒碩，列侍公卿。臣等非仁義不陳，夙秉孟軻之敬；無慢遊是好，敢爲帝舜之箴。天本高而聽則卑，雲方上而澤已降。白金綵幣，式頒九府之藏；鶴醞鸞羞，兼賜八珍之品。

竊念班叨振鷺，迹幸從龍。嘘螢爝以助羲娥，心知無補；輸涓塵以裨海嶽，分所難辭。伏願聲入心通，言以道接，不爲聲色貨利移其志，不以寒暑夙夜間其功。占奎聚於五星，共識文明之有象；效嵩呼於三祝，永祈聖壽以無疆。

進歷代通鑑纂要表

臣某等恭承先帝敕旨，纂修歷代通鑑纂要。今已成書，謹奉表上進者。臣東陽誠惶誠恐，稽首頓首上言：

伏以世有古今，史册鑒興衰之迹；聖無先後，文章昭作述之光。事或因舊以爲新，體則似輕而實重。司存纂輯，道切規箴，寧辭寸晷之多，圖效萬分之一。洪惟孝宗建天明道誠純中正聖文神武至仁大德敬皇帝陛下，德運堯文，聖躋湯敬。求多聞於古訓，發涣命於羣臣。謂先儒綱目之書，本明正統，顧上古帝皇之世，未稡成編。下逮宋、元，尤多卷帙。盈箱充棟，實繁四庫之藏；旰食宵衣，豈有三餘之暇？親分義例，預錫名稱。寒暄閲二載之期，朱墨更數人之手。攀龍髯而莫逮，捧蠹簡以增悲。不敏是慚，無功可録。

茲蓋伏遇皇帝陛下英明出類，剛健居中。上同舜哲之重華，下軼啓賢之繼道。實録方修於金匱，餘功載續於汗青。非徒撮要以删繁，抑亦要終而原始。政必稽其得失，行必著其忠邪。詞雖省而事已該，人既往而言獨在。博采諸家之斷，略致商評；間陳一得之愚，代爲講説。法多從舊，理貴折衷。不求敝力於難知，務期開卷而有益。肇呈首帙，進讀經幃。漸厎終篇，告成寢廟。

臣等或躬承神授，或續奉宸音。心微河嶽之涓塵，識陋海天之蠡管。治鑑開英皇館局，而成於神宗之朝；政要本貞觀君臣，乃輯於開元之世。矧茲庸劣，詎免稽遲？幸惟往責之粗償，敢詫前時之未有。伏願聖不自聖，益弘作聖之功；新又日新，茂著知新之效。考治亂存亡之故，爲賞刑黜陟之規。主善爲師，豈謂借才於異代；建中制事，用能垂裕於後昆。

謹以所修歷代通鑑纂要九十二卷、目録凡例一卷，共六十册，隨表上進以聞。

重進大明會典表

伏以有謨訓以貽子孫，垂萬年之燕翼；觀會通以行典禮，昭百世之鴻規。蓋非天子則不考文，然惟孝者爲善繼志。粤自結繩政代，契託書傳。象魏法陳，理同家喻。制備於周官之後，經存於孔壁之餘。漢模略定乎三章，唐式僅頒乎六典。會要作於宋，而光嶽弗完；經世紀於元，而彝倫斯斁。肆天心之厭亂，屬聖主之開基。俊德神功，彌綸宇宙。宏綱大法，敷賁臣民。文皇紹統於昌期，列聖承休於奕葉。政由俗革，道與治同。中間或斟酌以隨時，大抵皆後先而合節。顧夫簡編穰浩，條貫繁多。彼宿儒老吏亦不暇詳，豈僻壤遐陬之所能遍？故博學貴乎知，要必會極然後可歸。欲圖文獻之足徵，須及典刑之尚有。

昔我孝皇之志，實惟英廟之遺。上溯累朝，仰稽烈祖。謂一代開基之制，在諸司職掌之書。或更定於暮齡，或增修於繼世。發石室金縢之秘，徵兩京百府之藏。儀文每據乎舊章，義例特施乎宸斷。命官分局，開六館以編摩；類事歸曹，備百年之損益。蓋自洪武戊申之歲，迄於弘治壬戌之秋。既絜領以提綱，亦删繁而就簡。體之重者雖微必録，令之善者雖寢亦書。庶幾愛禮以存羊，非敢按圖而索駿。文取達而不勝乎質，信可傳而寧闕其疑。制異典墳，宜於今而不泥於古；法殊紀傳，叙其事而不録其名。標題榮華衮之褒，序簡焕雲章之錫。告成雖久，刊布未遑。

恭惟皇帝陛下焕有堯文，緝熙湯學。兵民利弊，以次罷行；禮樂章程，悉加釐革。特令臣等，重訂是編。當卷帙之粗成，荷奎文之載賜。獻諸天府，副在有司。期言之必有可行，俾習矣而無不察。譬則麗空之宿，一舉首而在目中；合轍之車，不出户而通天下。臣等才輕襪綫，識小瓮天。功不厭詳，貫惟仍舊。拂塵掃葉，深知校閲之難；測海窺天，詎免遺忘之失？

伏願上念宗祧之重大，下知稼穡之艱難。主善爲師，任賢立政。惟一心之克協，罔庶獄之攸兼。不愆不忘，率祖考憲章於有乂；可久可大，配乾坤德業於無疆。謹以重校大明會典一百八十卷，合凡例目録，共一百册，隨表上進以聞。

進孝宗皇帝實録表〔一〕

伏以君明臣良，極一代治功之盛；父作子述，垂萬年簡策之光。行道者必待其人，觀政者則存乎史。春秋世遠，變紀傳以編年；實録書存，在祖宗爲故事。粤自起居罷注，編撰設官，九建歲元，五開史局。堯言如見，具瞻典册之可尊；夏禮足徵，豈但和鈞之則有？

欽惟孝宗建天明道誠純中正聖文神武至仁大德敬皇帝道通三極，行備五倫。玄默躬修，誠明内藴。禮隆郊廟，尤嚴祧祫之儀；養極宫闈，每謹晨昏之節。愛人材不輕於廢棄，恤民情恒切於咨詢。講筵勤經史之功，苑囿絶畋遊之好。翼翼文心之不已，巍巍舜德以難名。虎步龍行，識太平之天子；河清海晏，知中國有聖人。方當善治之將更，尚有遺恩之未盡，一朝厭代，萬國傷心。

恭惟皇帝陛下剛健體乾，聰明首物。得聖功於豫教，昭文命於誕敷。謂孝在顯親，必有揚名之實；謂人惟建事，可無師古之規。乃命臣懋等爲監修官，臣東陽、臣芳、臣廷和爲總裁官，臣儲爲副總裁官，臣紀、臣珪、臣希周、臣熙、臣燾、臣一鵬、臣鼎臣、臣俊、臣廷相、臣仁和、臣時、臣睿、臣瑭、臣玘、臣偉、臣九思、臣辰爲纂修官，臣柟、臣銑、臣若水、臣鑾、臣縉、臣暘、臣靈、臣舒誥、臣凡暉、臣邦奇、臣黄中、臣纘宗爲稽考參對官。臣懋暨臣東陽等發秘府之緘縢，給尚方之筆札。曹分類析，綱舉目張。於凡禮樂刑政之施，以及名物度數之等，經因革者詳而弗厭，關勸懲者細亦不遺。是曰是，非曰非，豈得專於獨見？疑傳疑，信傳信，庶以備於將來。恭成孝宗敬皇帝實録二百二十四卷、寶訓十卷，合目録凡例，總二百三十六册。臣懋等學愧三長，力窮寸晷。管窺雖小，隨所向以皆天；勺量成勞，亦何由而盡海？義例勉遵於指授，勳華莫罄於揄揚。伏願繼體守文，任賢圖治。監於成憲，確乎家國之蓍龜；貽厥孫謀，遠矣河山之帶礪。無任瞻天仰聖、激切屏營之至！謹奉表隨進以聞。

【校勘記】

〔一〕「實」，原作「寶」，顯以形近而訛，據文義與抄本正之。

歷代通鑑纂要凡例

一、纂要之法，編年敍事，一以通鑑綱目爲主。而周威烈以前則參用前編大紀諸書，宋以後則用本朝續綱目，貫穿成書，備古今數千年之事，以成一代之典。

一、編年以君爲主，甲子書於本年之上。其年有事則書，無事則不書，元年雖無事亦書。高辛以前事，載籍不詳，則不書年，略準前編，以前後爲序。

一、高辛以前事，惟明白正大者則書，疑者略之，其怪誕茫昧者不録。

一、凡事有關治亂善惡，足爲勸戒者則書。皆用舊文節纂成篇，其大者雖詳不厭。若凡人之進退、恒事之成敗，並不悉載。

一、凡相臣始命及罷黜去國及卒，皆書，以考治亂。

一、經史異體，二帝三皇事載於經，惟以事舉及辭之關於事者，餘不敢溷録。

一、五帝稱帝，三王稱王，唐虞書載，夏書歲，商書祀，周以後書年，唐天寶、至德亦書載。皆從其實。

一、周事載春秋者皆書，列國事關王朝及天下之故者則書，餘不悉載。其爵號、名稱皆以前編爲準，並從周制。

一、纂要用編年體，不書時月。惟關係事重，如帝崩及月朔日食、非時雨雪之類，經史可考者則書之。

一、凡正統，書帝號於元年之上。如唐昭宣帝仍稱天祐二年，則止書即位之始。其非正統及無統者，則分書於甲子之下。正統之世，自周東遷以後有列國者，其始建及繼世及國亡皆書，餘不詳注，以從簡便。

一、夏桀五十三歲乙未，下注云：「是爲商湯十八祀。」至商湯别爲卷，仍書十八祀，不再書乙未，而注云：「即夏桀五十三歲。」商紂仿此。

一、事係綱目，其提要疑誤，與朱子凡例不合者，本朝成化間略加考訂，與舊本不同，今多從之。係續綱目者，亦多從其舊。其係前編者，多所更易，一以朱子凡例爲準。

一、事係續綱目者，乃本朝成化間奉旨纂修義例，皆從舊，但加省節。

一、事有首尾並見，遠者注云「見某君某年」，近者則從重歸併，以「初」、「後」等字別之。

一、事有原文太繁者，略節其冗字長語，而不失本意。有原文未備散見他書者，間爲補入，而不改其舊，亦不復識別。

一、事有經先儒論斷，綱目所采而關係治亂及切於時宜者，仍存其舊，其未采者間亦補入。詞繁者並從省節，各著姓名。或未經論斷而尤大且急者，別爲論說，以代講讀。及有所考訂釐正者[一]，亦附其下，以「臣等謹按」別之。

一、每代之後，必有總斷，以歷年圖爲主，類加省節，而商以前宋以後則補之。

一、凡奇字發聲及隱義僻事，略加音注，各附於本字本句之下，以便考閱。

【校勘記】

〔一〕「訂」，原作「計」，顯以形近而訛，據文義與抄本正之。

大明會典凡例

一、會典之作，一遵敕旨。以本朝官職制度爲綱，事物名數儀文等級爲目。凡有籍册可據者，先後具載。其因革損益，間與見行不同者，亦存其舊。如五軍都督府斷事官之類。

一、本朝舊籍，惟諸司職掌，見今各衙門遵照行事。故會典本職掌而作，凡舊文皆全録，而諸書所載事有相關者，亦並録之。若大明律已通行天下，尤當遵奉。故於刑部照職掌律令條下分類備載，而服制圖則附於禮部。

一、凡事有綱有目，於目之中又有分類，多不能悉舉，則各以類書而總注其後，曰：「已上某事」。如「已上支給」之類。或注於本目之下，曰：「某事附」。如鐵券附之類。其類注有不盡者，依諸司職掌例，各注於本條之下。

一、事類綱目，一依諸司職掌。其後所增益職掌所未載者，則增立之。隨事比類，各附於本條之次。如改調之類。

一、凡纂輯諸書，各以書名冠於本文之上。采輯各衙門造報文册及雜考故實，則總名之曰事例，而以年月先後次第書之。或歲久卷籍不存不能詳考者，則止書年號。如洪武初之類。又不能詳，則止書曰「初」、曰「後」。洪武初草創未定及吴元年以前者，則總書曰「國初」，其無所考見者，不敢臆説，寧闕而不備。

一、事例出朝廷所降，則書曰「詔」、曰「勑」。臣下所奏，則書曰「奏准」、曰「議准」、曰「奏定」、曰「議定」，或總書曰「令」。或有增革減罷者，則直書之。若常行而無所考據者，則指事分款，以「凡」字别之。其事繫於年、或年繫於事者，則連書之；繁瑣不能悉載者，則略之。

一、本朝設官，大抵用周制。雖文武並置，而政事皆歸文職。故諸司職掌所載衙門惟六部。都察院、通政使司、大理寺及五軍都督府斷事官，其文武官制則分見於吏、兵二部。今會典義當從備，故文武衙門各有職掌者，逐另開具，文職如宗人府之類，武職如五軍都督府之類。敍其建置沿革及所掌職事，而事必歸之六部。

一、衙門官職品級有定於諸司職掌之後者，今仍書職掌舊文，而各注其下曰：「後改爲某衙門」。如太常司後改太常寺之類。某官，如儀禮司正後改爲鴻臚寺卿之類。其另開衙門，則直書後所定名，而注其下曰：「舊爲某衙門」。如鴻臚寺舊爲儀禮司之類。官職有增添改革者，皆備見品級資格，並存其舊，而增書後所定於本品之下。如都給事中增於正七品之類。

一、六部分職而體統本同，故於吏部總書建置沿革。各衙門有沿革，同者則書曰：「諸衙門悉同。」其各部諸司建置，同者止書於吏部文選司之下，更不復出。

一、五軍都督府及六科體統皆同，而分掌有異，故於中府吏科總書建置沿革。其職掌之異者分書於各府各科之下，同者則總書於後。

一、官制，衙門諸司職掌所載，具有次第。今另開衙門，以此爲準。惟詹事府職掌未載，後因左右春坊、司經局無所統屬而設，故增於三品之列，而以坊局系之。儀禮司已改鴻臚寺，陞四品衙門，添設官屬，故於禮部存其舊，而另開於四品之列。上林苑監職掌亦未載，今增於五品之列。

一、諸司職掌所開衙門，皆今之南京，後兩京並置，以北京爲政令所出，故事例悉載於是，而南京衙門各開於後。其見行事例有不同者，則別書之。

一、衙門官職各有統屬者，皆互也。如都司衛所互見兵部五府之類。其文移有互相管攝者，各分書其帶管衙門，如户部十三司帶管衙門之類。後又更易不同者，各列於後。如見今帶管衙門之類。

一、各衙門事有相關者，皆互見，惟舉其重者詳書，其餘則略。不必互見者，止書曰「見某衙門」。如致仕條下事例見考功司之類。其目同而事異者，則各書之。如户部兵部皆有賞賜之類。

一、事有各司掌行與舊不同者，今仍據諸司職掌書，而注曰「今歸某司」，如文選司吏條下舊隸本司掌行今歸驗封司之類。於本司則增立條目，而注曰「今歸本司」。如驗封司吏條下「舊隸文選司掌行，今歸本司」之類。

一、户口賦税等項數目，則例諸司職掌所載。後有增減不同者，各書於原數之後。

一、儀注依諸司職掌例，各具於本事之下。惟先定者備書；間有損益，止書所損益者於後。如朝賀條下「洪武三年奏吏」之類。其同少而異多者，别書之。

一、郊社等項圖式，諸司職掌所載者皆存其舊，有未備者，則補之。如在京大祀殿之類。若冠服花様等項散見於律例榜册者，皆具列以示一代之制。如文武品官冠服之類。

一、在外衙門布政使司及府州縣，列於户部圖志條下。按察司統於都察院，故列於本院刷卷條下。寺監及倉場、驛遞、巡檢、河泊等衙門名目，各以類附列。如行太僕寺、苑馬寺附兵部馬政條，下倉場見户部倉科條下之類。其名目皆同者，不復備列。

一、土官衙門屬吏部者，列於府州縣之次；屬兵部者，列於衛所之次。

一、詔敕誥旨等文不能悉載，止書其事。惟制辭、冠辭、致詞、樂章等項常行而舊所未載者，依諸司職掌例書之。

一、凡各衙門職掌事重及新增者，於綱目之下略敍大意，以見始末。

一、會典文字主於行事，務從質實。凡有司行移字樣，悉因其舊。其籍册紀述曾經潤飾者，亦用本色字樣易之，以便遵行。

闕里誌凡例

一、宣聖遺像，世傳不同，今取諸書所載行教小影，凭几乘輅及司冠像冠於卷首，而府縣、山川、林廟諸圖附焉。

一、宣聖著述在六經，言行在論語，天下後世所共誦法，不煩表見。其族系、生卒、履歷雜見傳紀諸書者，多牽合附會，莫可據信。惟司馬遷史記世家獨爲近古，今謹據其説，續以十三代褒成君霸而下，以至于今世爵世職之次第，而世表、姓譜諸篇，則以總其綱於前云。

一、祖庭廣記所載誕生瑞應，固不敢盡信，然皆出家傳，世傳已久，亦不敢盡削。其尤誕者，則附注其下。

一、林墓廟宇，自漢以來，代有增飾，其地里、歲月、制度、沿革皆備書，而啓聖、尼山諸林廟及襲封、宅第、學校、户役附焉。

一、聖門弟子自顏、魯而下，固傳道通藝之士。若後世從祀，自孟子而下，或遞相授受，或代有發揮，亦皆羽翼六經，有功於聖門者。取史記弟子列傳並歷代褒贈並附於後，而顏、孟二氏獨詳焉。

一、尊崇典禮，若謚號、章服、祀典、歌章，歷代興行，有增有缺，至我國朝，始極完備。稽其詳悉，而以給田、免役、科貢之典附之。

一、歷代之君，義同師表，多有詔誥祭贊等文，而御製碑文則惟我朝列聖始有之。謹考次世年，備録於卷。事關顏、孟諸賢者皆附之。而孔氏累世爵職、封贈諸文又附之。

一、歷代賢臣名士造謁林廟，碑記、祭告、題詠之作，皆所以表尊崇，識修建，紀遊歷，有慕於聖道，各以類分，而繁瑣者不能盡録。

一、歷代修廟襲爵奏疏表章，皆事實所在，存者録之，而虚其左方，以俟諸無窮焉。

一、歷代爵職及宗人之賢見於歷代史傳者，不待録。其有墓誌碑銘等文，皆出名筆，亦孔氏世家遺澤，故並録之。

一、孔氏舊多譜乘，今止存祖庭廣記。謹掇其大者，並按孔氏實録、孔子編年、素王紀事、孔庭纂要等書采輯附類，以成此書，而其繁者不盡録。

一、元朝母后、公主間有遺祭致獻，於禮不合，碑碣雖存，並不録。

一、舊誌事有瑣細，文有煩猥，不係聖門輕重者，悉從删去。

李東陽全集卷七十二
懷麓堂文後稿卷之十

書

答南京吏部王公書

伏奉教札，詞意諄複，所以扶掖獎借者甚厚。某晚進末識，謬以資格承委任，方愧懼弗暇，其何以仰答大君子期待之意？

共惟執事齒德並茂，爲士望所歸，乃力辭寵榮，必遂其志，蓋合於古大臣之義。而詔旨温厚，恩禮優渥，尤近時所未有。某方厠迹館閣間，目睹其盛，安得不一致賀於數千里之外乎？矧令器方伯君高躋遠駕，繼美是稱，而適在吾宗族鄉黨所仰企、所藉曆之地，雖欲不再賀，不可得也。

使還，謹此布意。外家集一部附上，幸俯納。餘惟養德頤壽，爲斯文自重。不備。

與方石先生書

近得「山」字韻諸詩，意氣激烈，令人感愧不能已。日惠數絶句，寄興愈高，却有未甚解者，而鄙吝之釋亦多矣。

司成之薦，輿論所歸。蓋當習俗波蕩之餘〔一〕，必得清德重望，乃可廉貪而立懦，所以培植根柢，樹揭幖幟，風厲天下，非分一署、領一務者比。先生雖遠引高蹈，邈不欲與世接，而天下之士未嘗一日不屬望於左右也。況剡章一入，遂契淵衷。雖平居職事，未嘗周旋旒扆，以僅顧注，而聖心明睿，輒記姓名，以爲薦稿之所屢見，特加優擢，出於常格。於是朝野内外竦然生風，知公道之不亡，文運之當有復也。

説者謂先生抱道自樂，或不爲勸駕所迫。僕則以爲出處之分，視義可否而已。南雍之辭，詞意懇迫，朝廷俯而從焉，固已成先生之志矣。今聖天子方重士，風采輿論，有痞瘵英賢之意，此數十年之所僅見。先生何忍不幡然就道，以一副宵旰之懷乎？且君子所以安於處者，以道之難行也。今既有行道之地矣，而上下無方枘之沮，左右無掣肘之患，蓋將舉一世之名教付之先生而聽其所爲，先生亦何惜不一出以畢平生未盡之志乎？若又以爲事不可以預料，功不可以必成，苟出焉而有所不合，則所以處者固在，浩然而歸未晚也，又孰敢强其所不欲而曲爲先生留哉？

僕任重力微，僥躐已甚，正韓昌黎所謂行且謀引去，而柳子厚所議以爲非者。乃以是言爲先生計，宜亦有不見諒焉。徒恃平生之知，猶有足信，而是言也非一人之私，殆一時之所謂輿論者也。瞻溯之餘，不勝翹企。劉、謝二先生同此致意，謝別有書，並希照察。不具。

【校勘記】

〔一〕「波」，原作「坡」，顯以形近而訛，據文義與抄本正之。

奉謙齋徐先生書

趙中書回，知尊候迪吉，足慰下懷。

東陽七月初痔疾復作，病臥甚苦。蒙恩賜醫，至八月半始出。因念薄質早衰，恐難任重，羣憂積慮，不能自解。顧生地素拙，無以爲退藏計。南都志既弗遂，湖南舊業又荒落不可歸。惟貴郡乃先祖母誕育之地，先祖亦遊寓其間，風土腴厚，文獻華美，爲天下最。而貴縣山水尤稱奇絶，乃蘇長公之所深慕。往年嘗爲執事言之，蒙引接，今已決策於此。

又念賤父子二人形影相附，别無子弟可將事者，兹託武進表兄殷通判鎰及弟康，於貴縣境上少買田數畝，以立業本，繫情志，徐爲後圖。必得執事指麾張主於上，勢乃可成。愚不敢厚望，但得有山有水、有佃户、歲可常稔之處足矣。如猝不可得，或於武進境買得亦佳。蓋卜居多在貴縣，而租地之在鄰縣，雖數十里不爲遠也。

執事倘許其進，望示一言，即謀將少物寄殷處，以聽尊裁。基址苟定，或得早謝，操杖几以從旦夕之好，實平生一大幸也。秋漸深，惟爲道自重。不備。

與殷通判表兄書

比聞名與旌典，可賀。向來清謹自飭，不爲人知，今乃有知者矣。實政之在天下，豈可終掩邪？

僕碌碌如昔，今秋痔疾有加，經月始愈。宦況蕭然，回顧老境，尚無著足之地。湖南遠不可歸，南都又不獲遂。惟貴郡爲先祖妣舊里，而先祖亦嘗遊寓其間，比之桑梓，於義爲近。擬置一産，爲子孫長遠計。嘗與謙齋徐公語及之，輒蒙助掖。今此計已決，意吾兄必不我棄。顧方有官守，恐不獲及其他。昨具書徐公並繼康令弟，欲於武進、宜興界買田數畝爲本。歲漸增拓，倘三二年未謝，事或可成。俟令弟書報，當寄少物託之，知亦不拒也。

偶乏便，奉告稍緩，幸惟心照。不具。

與劉東山書

承抵家後兩寄書，後書尤詳，中所敘多田園間樂事，令人歎羨不能置。而世情民瘼，則肉食者所深愧也。草堂賦石，諾者久不至，近稍物色之，云已誤送他處，且將續補。果不補，即當別圖奉寄也。

閱歲以來，薦剡屢上，斯堂之樂，恐不可久淹。四方知舊，每以執事之去爲疑，且以不克留爲不肖咎，誠亦有不容逭者。斯賦之作，益以重吾過耳。而又欲補書之，不已惑乎？

僕不意今春復莅試事，偶值奇變，處之極難。嫌疑既露，不得不有所更定。而冒怒取怨，幾不能解。執事乃以文體之變爲譽，無亦姑以是慰其抑塞怫鬱之懷乎？僕生也拙，無丘壑田畝爲終身計，坐是未能勇退，此執事所素悉。武昌之産，嘗累尊懷，地荒路僻，恐終不獲自遂。今秋病痔逾月，呻吟展轉中，念常州爲先祖妣誕育之鄉、先祖遊寓之地，風土腴厚，去京師墳墓不甚遠。已決計於此置田數畝，聊以繫情志，圖去就。歲稍益之，倘不能俟益，則盡粥新舍，以供其費，亦粗可辦，斷不至進退狼狽，以貽識者之笑，爲知己之憂也。方具書宜興徐先生及武進親舊，特報而舉，不敢不亟告執事。執事聞之，頤不爲一解乎？

方石新命，不識肯一幡然否？恐所欲聞，故及。不具。

與錢與謙書

屢得書並所寄詩文，知造詣益深博。但辭旨漫衍，勢難精擇，且中間時一作聱牙語，則又失之險怪。觀與謙數年前所撰述明白頓挫、動中機會者，却似不同。夫珠雖善走，要不可令躍出盤外； 水雖就下，若止於非所當止，則溢爲横流。與謙之明，非不及此也，無乃以易心發之，如柳柳州所戒者乎？平生愛與謙文，必欲使揭揭於世，偶有不合，故不可以默然，因循而未發者亦已久矣。

病後再出，情緒頗不佳，聊此一泄。張時行給事形迹雖疏，然能悉我意，相見可一叩之。不具。

與巡按王御史書

近得董郡守書，云本州欲爲僕擇地蓋屋，巡按已准行。此恐是舊按王公俯從州議，而本州者又或有寒族子弟，以鄙意誑惑而爲之也。

僕居京師累世，作宦四十年，不能一庇鄉里，豈可以木石畚插爲之累？況祖父墳墓親戚聚處之所在，縱令得脱羈羇，亦豈能遠涉數千里外，而用此虚名實怨爲哉？

僕屬有哭子之痛，本不暇及，第恐工役已興，緩不及事，故亟致一辭。惟冀深諒鄙懷，愛人以德，公使中善諭本州，早爲停止，使區區一身少免咎戾，其視屋宇之惠蓋萬萬也。餘謹空。

與東山劉都憲書

屢得廣中書札，備悉賢勞。而用人一事尤急，所舉數人皆愜公論，於古人集衆思、廣忠益之義，殆不愧焉。安攘之計，固已概定，而綏撫之意，勝於鋤艾，其效亦略見矣。引身之疏，不意即上，聖明簡在，特示勉留。議者以爲身任繁難，未宜自遂。幸少從容處之，以答聖情，慰時望，爲一方生民之福。不審尊見以爲如何？

僕不才多病，實不堪勝。三疏乞休，不獲允命。適當多事之日，不免力疾供職，展轉煩亂，愈增悚愧，知我者亦必有以諒我也。奏事人回，草草附此。惟爲國自愛。不具。

與闔族書

家門不幸，兒子兆先遽爾夭折。哀痛摧裂，不知所措。吾兄弟子侄聞之，當同此一慟也。

近累得家信，要還居茶陵，蓋聞有買田常州之説故爾。緣常州去京稍近，地利甚饒，而田價驟賤，又有諸知舊借價買田數畝，因令李順父子前去一看，實未能遠棄墳墓以往。況今遭此大變，就使得脱職務，亦不過老於京邑。非但不能歸茶陵，亦決不能居常州。姑俟葬畢，即呼去僕回京也。

比得董太守書，云爲我造屋，已蒙巡按准行，令人驚愕累日。自念作官四十年，不能一日庇鄉里，乃復以土木筋力爲之累。縱令出自宗族，亦必借官府之聲勢財力，於心誠不安，而怨怒誚謗亦所不免。使得歸而居之，猶爲得不償失。今乃以虚名招實怨，亦何所苦而爲之哉！往歲牌坊之作，在本家已爲多費，而官府復屢爲之之。苦不早聞，及其書辭免，則其事已遂。不意今者復蹈前轍，而又甚焉。悲愴之餘，增我鬱悒，用是銜哀執筆，亟達此情。望我同姓深相體念，亟告於官，停此大役，乃見骨肉之情非道路比也。

湖南鄉録尚未至，二侄不審消息如何？懸渴懸渴。

再與闔族書

近者家門之禍，哀慟不可言，已有書奉告矣。

嘉表來，承厚饋，且分田百畝以相贍給。非骨肉至情，何以及此？但聞古人有分田以贍族者，未聞有出田以供仕者。某自登第以來，幾四十年，不能一贍宗族，而顧辱此饋，事之倒行而逆施者莫甚於此，吾豈可恬然受之哉？所有契本，輒欲封還，而嘉表以爲身受伯叔之命，無辭以白，執不肯從。姑留一本，以俟後便，即當寄去也。

再與闔族書

復元到此輒病，累治不效。已爲棺殮，買地葬之西直門外明光寺之後。聞其有妻及子女無所於託，可憐，可憐！

嘉敬舉鄉科，試録已到，此則可喜耳。匆匆，不悉。

嘉表回，已有書奉復雅意。所有田契，一本因渠不肯帶回，姑留在此。今附去，煩眼同檢入，仍將數内田地照舊歸還各主，乃見骨肉至親相厚相信之情。不必再寄，寄亦不敢受也。前書已悉，痛苦之餘，不復縷縷。

外房屋一事，已附書與奏事老人，亟止其役。想能體念，不俟再囑也。

與韓方伯書

近辱手翰，已具簡奉復，兹不喋喋。

茶陵寒族諸兄弟共出田百畝，以給官中之費，具告本州，請給印信、契本送京備照。雖若義舉，然僕思之，古人有分俸置田以贍宗族者，未有仕宦之人資宗族以爲養者。事之倒行逆施，莫此爲甚。已力辭之，而來人執不肯聽，委之而去。今另封寄回，恐遠不能致，特以告諸執事，煩於公便中發至本州，轉付寒族收領，庶見明白，不至沉滯。幸恕瑣瑣。

答楊邃庵書

累辱慰問，語意懇備，非異姓骨肉，不能爲此言。近者承致厚奠，重之以辭。喬生之行，僕實偕往。竦聽宣示，神魂俱失。蓋自亡兒之没，師友尊幼枉祭者五十餘篇，而語之懇、意之備，至此極矣。感刻之餘，不敢言謝。

亡兒殘草，承爲遠致，覽之泫然。此兒存時不覺其進，自今觀之，實亦有過我者。豈鍾情溺愛之蔽故然邪？先生酷愛此兒，訓迪誘掖，恩同其父，而兒不能少有報稱，以死負。負不可言，感事觸物，登高望遠，不獲握手一慟，以泄胸中憤鬱不平之氣，尤爲可恨也。

倪青谿、傅體齋兩先生先後傾逝，一時人物凋謝至此，固當爲天下痛之。友朋故舊之私，又不俟論。劉東山尚未至，謝方石又將去矣。

向來懷抱作惡，糾如亂絲。人便，聊此一布。目痛，不及親書，并希心照。

復徐都憲書

病中屢辱存問，甚感。近寄到陳提學所修闕里誌，諒已經裁定。紀敘詳整，快閱一過。間有欲商確者，輒附其下，仍粘票於上，以代面議。用硃筆者，病目新差，取便閱視。初不計其僭，後始覺之，萬希情照。古今文字，頗亦增入數條，並聽采擇。先聖像如聞用廟中石刻蹙小爲之，雖筆意可觀，未審能不失真否？今將閣本諸書所載，令京中名筆用薄紙摹出，各附一幅，亦惟擇而用之。繕寫雕刻，須得良手，仍校對真正，乃可傳遠。固知精鑒及此，然此事關係極重，工不厭精，言亦當不厭多也。餘俟後悉，不具。

與陳提學書

承寄到闕里誌，紀敘詳整，足徵學識，而扶植教化之盛心固不待言也。

病告中快閲一再過，頗有欲商量處。如篇目中「門第」二字，恐未穩帖。世家事迹等舊文各出原本，今既輯於一編，而前後重複。意欲以世家爲主，而年譜等文略相照應，不復詳書。朱墨所到，稍以一二處發例，煩重加檢，勘得十分穩當爲佳。先聖圖像，聞仿吴道子石刻，蹙大爲小，恐未免失其形似。今屬京中名筆，就各書原像摹出數紙，可擇而用之。古今碑刻所載已多，而賦詠頗少，今稍增數首，以備采録。若繕寫校對雕刻之工，諒能一一介意，使極精當，庶不孤此盛舉也。

草草奉復。餘在都憲公書，或可互見。不具。

與衍聖公書

去冬衆疾交作，衰憊不可言。自分休退，三上疏乞身，不獲俞允。又辱别遣醫來視，踧踖無所容。延及暮春，病勢始却。兹以初六日入朝，便中附此，以慰至懷。

廟垣事，緣原奏不曾備析買换民地、不致虧損之故，愛民惜財，實出聖意，似無容議矣。

闕里誌已修成寄到，山東兩生在此守候，今略爲增損，寄去即入梓，却是一時美事。閣本孔氏實録諸書已抄得數部，付陳提學采輯畢，當就彼裝送置奎文閣中，永爲家寶也。孔學録近有書及此，故以附知。草草，不悉。

復松露周先生書

比得手教，知清恙始平，尚須調攝。但聖心簡在，輿論所歸，恐不獲以自遂。留都之命，公望猶未愜焉。發此爲兆，亦一轉移間耳。伏冀少迂台旆，以答綸音。「無疾其驅」，請以昌黎此語爲贈。

區區不才，久辱知愛。國憂邊警，大弗戡勝。黽勉日夕，甚疏候問。便中奉布，草草，亮之萬萬。

答章祭酒德懋書

久違風采，已閱十年。感舊懷賢，曷嘗少替？久稽寸札，顧辱長箋。疾病之餘，神思荒落。加以國憂邊事，日夕靡遑。内省愧恨，不知所以爲報也。

恭審名膺簡命，任重師儒。山斗之望，與日俱積。絃歌衿佩之士，未嘗不樂得其門。平生所學，宜於此焉試矣。説者乃謂習成而後教，功難而日寡，簿書條格之所不能盡。抑孰知身可爲教，誠能動物，有在於言語文字之外者哉？方石先生南北並望，天下以爲美談。旋以不得已之故，力求休謝。世事之不易合，乃爾於此。蓋益重先生之思，先生雖固執謙退，亦安能自解於天下哉？

定山在京時已病，後遂至此。聞其子亦能詩，但志業恐不繼。直夫幸終首丘之願，而有子有孫，又不失其名節以死，差强人意。此皆平生故人，聊復一道，餘不多及。秋暑未平，惟以道自愛，萬萬。

復謝方石書

前歲三章之乞，復成畫餅。旋值國哀，預聞顧託。大義所關，誠如來教。去冬偶觸事會，彼此去留，體同而迹異。久衰多病之身，分不能起，覼縷連章，展轉逾歲。忽以問安禮重，事涉驚危，羣望交趣，若無所逃於穹壤之間者，不免黽勉一出，以需後期。故吾尚存，竟不知税駕之所，恐全身完名，亦造物者所靳也。知我罪我者，以爲如何？

憂苦襞積，千緒萬端，筆札所將，不能一二，便中略此奉布。惟以道自樂，用慰瞻羡之私，幸甚！

與王公守溪書

自接迹臺閣，四三年來，飲醇挹清，賴以不墮汚濁者多矣。撓亂之懷，近益加甚。亟欲乞身辭退，而横罹羈辱。緬思班馭，既仙東南洞天，敻隔塵世，羡慕之極，不能爲情。憂勞併集，久疏候問。亦坐初心日負，無辭以相白耳。比聞尊候未調，旋已勿藥，不勝忻慰。王敬止回，略布一二。餘非筆舌所既，諒之而已。

與汪抑之書

去年得南京書，知榮養不遂，抱哀而還，殊爲驚怛，幾欲致書奉吊。沉憂積冗，勢不相及，加以故舊分散，雖有良便，無由憑附，至今耿耿耳。緬惟大事既襄，讀禮之暇，孝履安節，行藏曲直，付之公論，定勝之機，亦復不遠。此故哀戚中所未暇，而與聞黜陟者寧能恝然於此乎？茹汚含垢之餘，粗有以白諸大夫士者，亦幸以爲解脱之地，兹其時矣。孔氏女至京病劇，情緒極不佳，聊復草草。

與吴克温學士書

南歸後，聞有大故，不任驚悼。遠惟孝履純篤，哀痛可知。每欲具書奉吊，抱病銜憂，將作復止。顧辱雅誼，不廢殷勤愧負之懷，曷以云喻？兹以瓣香匹幣，少致區區。

與沈亞卿書

沈亞卿令子來，適值孔氏女在京病甚，不及見以去。便鴻之不可恃乃爾，尚奚道哉！屈蠖之伸，理關定勝。南州二雛，亦豈卑微之物？乘便附此，餘非泓穎所盡。不宣。

比承令嗣致所寄手札嘉惠，適以孔氏女在京病劇，方集醫議藥，不能出見。起數日，譒之盛綱，云已整駕。具書俟之，則既發矣，至今怏怏。

像贊不敢例辭，但值冗迫，未能屬筆。承寄蘇祠記文二幅，中間尚有誤字。前所謂二十幅者，蓋未之見也。此文雖陋，事體亦不細。倘衰疾未甚，欲自書一紙。聞蘇州有善過朱者，或可别議之乎？

家集猥及賤名，倉卒酬應，皆辱收録。頗記遊朝天宫二和章險韻長句，不知偶遺之邪，抑有所擇也？匆匆，略附一笑。不能悉。

與東山劉先生書

自得六盤山之作，讀至末句，令人黯然銷魂。不敢以病告，時不預其事爲解。計窮力竭，俟命與時，固有不得不然者。久稽奉和，豈敢頓忘？正坐無辭相白，姑徐徐云爾。

今年四月以後，計必南歸。不意事多反覆，中間曲折，不能縷數。九月，得邃庵報，云已遣人奉接。河西道梗，未得消息，爲之惘然。倥偬初定，乃發舊篋，奉次元韻。是日復得邃庵所致手書，有再經六盤之句，因憶元、白梁州神交故事，悲喜交集，又以驗物數之有定也。再和一章，並書别紙，以代晤言。

方石二月内壽終，貞庵固無恙。嚮所傳者，真妄相半乃爾。然貞庵次繼子死於京師，先繼子甚不得力。八十餘人，遭此怫意，其情亦可想也。

蕃兒論策，頗解出奇，今歲不中，不意復蒙例廕，苦辭不獲。老母漸衰，或者藉以爲慰，而非此兒之志，亦嘗繼之以泣也。非平生知己，誰則信之？

匆匆不既，惟倍加珍攝，以隆壽祉，不勝至願！

與林待用書

累得軍中書，知賢勞之際，不遺舊故。非篤於道義，何以及此？敵愾之賀，前書已略具矣。聞令器應試閩藩，諒已得捷，尚未得報。哭方石詩，曲盡情思。向來倥偬書簿間，久不作詩，故於此有不容恝者。輒次來韻，具在別紙，諒惟情照。

來書所云信有佳句，第於聲韻似有可商榷者。苟不厭其煩，猶當嗣有所議，兹亦未暇也。未間，不具。

與孫志同太宰書

吕亞卿、梁閣老前後寄到手劄，情誼周悉。近喜喬遷太宰，允符士望；令器亦擢高科。名門集慶，非獨爲鄉里通家賀也。

僕久衰多病，未遂投閒。習隱之懷，與歲俱積。百責所萃，何以堪之？小兒兆蕃方鋭意舉業，不謂謬承膺録，苦辭不獲，至于飲泣。非恃知愛，不敢爲此言。實懼無所底就，以負大賓君子禮教之盛心云爾。便中略布一二，不具。

與陳德卿書

聞憲節未發南京，比以北畿多盜，有旨趣行，此時計已在途矣。孔氏女沉憂積病，就醫來京。百療不效，比於十月二十三日死矣。可勝痛哉！老病悲苦中，諸不暇及，亟致此耳。

與劉東山先生書

何生來，知道體康適，但不得一字爲恨。區區心迹，無以自明。私竊揣度，恐平生舊故，亦不相信。而何生乃能備達吾兄之意，若冥會而洞照之者，世猶有知己存焉，死不恨矣。且僕於吾兄豈恃何生之言而後信哉！顧其迹誠有未足取信者耳。向因多事，黽勉至今。茲不得已，復申前請，而尚未遂。然麋鹿之性，已不在闌苙中矣。數日後當再報。

近刻老父字法，今寄奉一部。通家骨肉如吾兄者，更復何人？覽此，當爲我一慨然也。前所寄詩，聞有未到，茲以别紙録上。曹大參同年子，故可託也。

答喬希大書

走處身無狀，不能勇決必退，以逃貪冒之譏。夙昔初心，中間事勢，皆希大所深信而洞燭者，無容喋喋。

第聞遷轉官僚一事，衆議以爲不當，此有不得不言者。蓋詹事府、左右春坊、司經局四衙門，乃國朝定制，今通無一員，是百餘年所未有。坊局諸印，例皆内閣委掌，不過寄之翰林。翰林學士又闕，有一人帶管二印者。既非吏部所得具缺，豈可不爲之處？翰林遷轉，非九年考滿，則纂修書籍。自逆賊擅權，老姦附和，四三年來，修會典者退降陞職，修實録者擠黜太半。當是時，旁觀坐視，不能救正，咎有所歸。後雖稍稍復舊，而資格尚淹，員數反闕，變而通之，勢不能已。彼此兼職，固是祖宗朝深意，明旨昭然。嚮時單除，却是故爲吝惜耳。

若謂宫僚無故不宜預設，則成化、弘治之初嘗爲之矣。宫保太少，又其大者，非惟累朝之所不廢，而今亦有之。且嫌於無陽，固宜有深望而預待之者。必欲盡虚此職而後爲，當可乎不可也？若又以爲秉鈞衡而值私恩，則凡掌銓曹者查缺選官，乃其常事，亦將避此嫌而盡廢天下之官乎？況今遷轉之官，有當日考滿者，有滿在數月者，計資算歷，無益有虧，怨駡之聲，不絶於口。蓋當議擬之際，亦爲朝廷靳惜名器，而非敢以相徇也。顧外招物議，内咈人情，公私之間，兩無所據，實由識計疏淺，處置乖方。即此一事，敬聞過矣。知我罪我，其將以爲如何？

再與喬希大宗伯書

近兩得書，寒温外别無一語，豈有所懲，故爲是默默者邪？計希大於僕不宜爾，或前書過於自辯，致希大不自安。蓋於希大有不容不盡者，若今道路謗責之言洋洋盈耳，僕曷嘗置一喙於其間哉？顧進退之迹，無以自明，如後所誤報，亦理之所必有者。而希大久悔其誤，豈於僕之素心亦有未諒者耶？

病告中不能多言，聊致此耳。繼有所聞，幸時致一二，以爲藥石。無吝，無吝！

李東陽全集卷七十三
懷麓堂文後稿卷之十一

傳

都城故老傳

傳曰：民函五常之性，剛柔緩急，音聲不同，繫乎水土之風氣者謂之風。都邑之人習見閑熟，大抵尚通而寡執。此世之恒言，然不可以概論也。國家定鼎順天幾百年，登甲科、躋宦途、著見功澤在人耳目者，固不俟論已。或居小宦，或終布衣，抱一節，守一善，違衆離俗，以求自遂，亦非無足稱述者。顧偶無所憑藉，其名與姓不白於世以死，豈不重可惜哉！予生也晚，竊聞先祖父言遺民故老之名行，幼駿不能記，幸所及見，亦既彫謝無餘矣。恐從此遂泯没，略舉一二，爲後進君子道之，庶他日有續焉。

劉志，字景仁，順天人。通經史，爲近體詩，有警句。性謹樸，言若不能出口。每論禮，必以朱子家禮爲的。爲某國公府教書訓導，某公欲遷其嫡母之墓，而以生母配葬，請具奏草。志禮折之，某公彊焉。志曰：「以若所爲，非獨理悖，且不免於法。」某公乃賂他訓導錢暄者草疏以進。英廟震怒，責某公，究所爲謀者，枷暄於市。人皆服志之有識。志又嘗勸某公毁銅佛以鑄器，某公不肯，彊之乃從。後志年未五十，得奇瘍被面以死，人指以爲毁佛之報。嗟乎！志所存一也，幸而免於禍，則服以爲是，不幸而得疾以死，則指以爲非，世俗之溺人如此哉！今異端之説愈久益熾，殆無以易天下，如志者，尚可得哉！悲夫！

路貴，字秉彝，順天人。粗涉經籍，少爲童子師。性伉直，不匿人過。母喪發引，仿家禮去播幢鼓樂，用人爲方相，市兒争嘩笑之。尤不喜神怪。嘗有降鸞者，人各獻香楮。貴脱所趿雙鞋置案上，曰：「吾無他，聊以供神。」觀者縮頸，貴大笑而去。後以壽終。

徐本，字以道，姑蘇人，籍京師。嘗出入楊文貞公之門，及見諸老，能道前朝典故。氣棘棘，好面折人過。徐天全兄呼之，本殊不相假，言中其肺腑，曰：「吾史筆也。」一時名德如葉文莊、岳蒙翁輩皆禮爲上賓。素習家禮，士大夫家有事斂殯，請之必往，然非禮致不輕造訪，訪亦不俟茶而出。獨嗜書，每得一書，手自披對，缺板脱字，則界烏絲欄紙，乞善書者補之，笑謂人曰：「吾猶老鼠搬生薑，勞無用也。」年八十餘乃卒。其自號曰竹軒，所輯有竹軒詩一卷。

陳謙，字士謙，姑蘇人，居京師。能楷、行書，專效趙松雪，華媚可人。時染古紙，僞作趙書，猝莫能辨，購書者踵接户外。勢家貴人每酬以金帛，用是起家。年七十餘卒。家所蓄古書名畫，其子并其屋盡粥之，人多傷之。

賀道，字士完，南京人。世醫，家常居善藥，人呼爲賀生藥。然能通文義，尚儒雅，有聲士大夫間。其行予不能詳，大抵名勝輩也。

予所及知者止此。其樸茂無文，片言隻行幸中而偶人者，瑣瑣不足録已。

又有趙某者，順天人。本楊姓，粥醬爲業〔一〕，人呼爲「醬楊」。天順初迎鑾之役，武官胄士乘勢納賂，以冒官賞，至累千數百人。或以語某，某摇手謝曰：「我粗人，無食肉相，財帛非所惜，恐反蹈禍機耳。」不越歲，冒官者事敗，盡革職任，或遭貶竄。人始曰：「趙某不若也。」某尤好意氣。其女夫刑部朱主事鐸貧而有守，某每遺錢穀以助其廉。朱病卒，子又死，某育其女，俾不失節。暨某壽終，其子敏贍其女弟以居，至于今存焉。

蔡通者，府軍衛籍也。既老而代，每步行匝皇城，見其磚石坮壞，默數之，自某門至某門，凡損幾千幾百有幾。傭善書人具奏疏，赴通政司上之，請命工修葺。事下工部，寢弗行。越數年復然，又寢之。又數年，欲復奏。其子諫之，不可，其妻苛止之。索傭書錢不得，乃潛脱銀簪具疏，竟上之。項郎中文泰惡其瀆也，送法司訊治之。既贖罪，費家貲數兩，其妻若子交怨不置。通已老病，遂鬱悒以死。當具疏時，通素不識字，習讀其章，對客口誦，累數百言，尺寸一二無少遺失。及遭沮抑，歎曰：「朝廷養士，歲糜官禄數十萬，孰肯計及此者？」或以爲此細事惡足計，則應曰：「自某年至某年已加損若干數矣，久而不治，必大壞極弊，所費何可勝計哉？」嗚呼！通所見誠小，譬之以管窺天，天雖小，乃真見也。以庶人計此，亦不爲細。彼所謂有官禄者，不能觸類而長，計直而事，而顧笑且抑之，獨何心哉！獨何心哉！

【校勘記】

〔一〕「醬」，原底本漫漶，抄本作「醫」，據抄本與文義正之。

姜貞庵傳

貞庵姜公，名諒，字用貞，貞庵其所自號，浙江嘉興人也。少爲縣學生，博覽强記，尤精尚書學。舉景泰庚午鄉貢，登天順甲申進士，擢行人司左司副。以官政自律，與寮屬胥勸戒，一時奉使爭檢飭，尚廉節，被簡爲御史者相繼。會司正闕，衆屬貞庵，貞庵薦行人林雍而處其下，人以是多之。

九載秩滿，以母老圖便養，遷南京刑部郎中。讞鞫明恕。遇親屬交訟，必委曲開導，務全其恩。若挾勢撓法者，則不少貸。嘗有疑獄，歷數司不能直，立爲判決。尚書周莊懿公以「公平清慎」書上考，擢知漳州。值歲歉，海盜蠭起，乃發廩賑乏。招賊黨數十人，其弗率者，簡練丁壯，授以方略，禽其魁，餘黨悉散，民賴以不擾。又築堤捍潮，浚塘置倉，以備旱溢。禁佛齋，作義冢，立鄉約。以高東溪之名節、陳北溪之道學，皆建祠祀之。又爲文以表迭監郡之節義、顧都司之保障。爲榜文數十條，勸諭防範，靡所不至。治行爲諸郡首。後八閩通志載其事爲詳。

成化甲辰，入覲歸，母益老，遂乞終養。漳民懇請，不赴，則相與建生祠，勒惠政、去思二碑。弘治辛亥，知府闕，耆老數輩請之朝，庚申又請焉，皆不果。

貞庵家居幾二十年，睦處宗族，母喪禮葬，葬兄嫂，皆盡制。以無子，立兄子某爲後。其自處益嚴甚，未嘗輕入城府視官事，若將浼乎其身。齒德並積，屹然爲鄉邦之望。嘗於先壟東自作壽藏，名曰敦艮，封樹深密，時與賓友載酒殽遊樂其中，識者又稱其達云。

貞庵素負賞識，不輕許可。其試於禮部也，與劉公時雍及予講學京邸，相知厚。及同舉進士，與方石謝公交亦然。今予承乏内閣，時雍爲右都御史總兩廣軍務，方石爲禮部右侍郎掌國監事，而貞庵獨執德抱藝，斂而弗耀，人事之不齊乃爾，然其所自守亦耿耿不可磨滅。二公謂古有生爲友作傳者，以貞庵屬予，故采其事行之大著於篇。贊曰：

張御史稷巡閩還，報官吏賢否，籍謂貞庵有「盜化民安」語。予見而問曰：「化亦易言哉？」張曰：「漳人有某某者，家爲盜，姜守撫諭之，遂感化不復作。」此誠難，吾有所試也。若當政行志得之日，小有所不合，毅然引退，無纖毫顧戀，尤人所難。職銓曹者誠知之，宜不聽使亟去以終此政，且大有所試也。故世恒患人才之不盡知，且不盡用也。如化盜事，予於貞庵尚不能知，况他人哉！及貞庵退處久而不易其節，大夫士經其邑里者未始不重之，謂其尚可用。而貞庵亦老矣，雖薦且不出矣。豈不惜哉！豈不惜哉！

余肅敏公傳

公姓余氏，諱子俊，字士英，眉之青神人也。少爲縣學生，景泰辛未，登進士第，授户部主事。有兩貴家争田，公承部檄案之。其一以地名偶同其姓，執爲己業。公曰：「張家灣盡屬張家邪？」事乃直。

以精敏聞，遷員外郎，知西安府。歲饑甚，發廩出貸，仍爲措畫，如數償之。會有西師，餽餉不乏。西安水多鹵，民苦汲。宋龍首渠久廢，或議引濬河水，自丈八頭置閘入城，以泄於隍。積滓既久，城且壞，公因丈八之制，開新渠貫城中，經漢故城達於渭，以免公私之患，人稱爲余公渠。巡撫都御史項公忠上其治行，賜敕旌異。

成化初，陝西布政使有不職者，户部尚書年公富請黜其人，而以公代之。吏部謂其侵官，年力辨不能得。都御史林公聰亦薦公，擢右參政，督三邊軍餉，遂遷右布政使。滿四之捷，公在軍中贊畫爲多，轉左布政使。

擢都察院右副都御史，巡撫延綏。相度邊地，每徙行數十里〔二〕，盡得形勢。上疏言：北虜正統初始渡河，守臣乃立石爲界，置榆林諸營，堡外又築墩臺以瞭賊。天順後虜覘知河套所在，入屯其内，而我屯守反在其外。請於沿邊墩臺之隙築墻建堡，又於界石之隙因山剗削，其高若城，每二三里則爲敵臺崖砦，連比不絶。又於中空築短墻，横一斜二，如偃月狀，以爲偵敵避射之所。蓋自清水營之紫城砦，至寧夏之花馬池，東西延衺二千里，凡爲堡十有二，壕墻崖砦八百有奇，小墩七十，邊墩十有五。又移定邊、安邊二營於近地。或以爲棄地可惜，公謂我朝永樂間，以東勝難守，亦嘗棄之。今二營就險可守，兼利耕牧，省轉輸費，是地未嘗棄也。又請置榆林衛，取逋兵當勾及謫戍南土者之子孫以益之。凡内邊曠地，皆墾爲屯田，歲穫數萬石。至蔬果之類，亦隨宜教藝而時巡省之。軍中器用，鉅細畢具。率範鐵爲之，識以歲月。立武學，以教子弟之俊秀者。自是虜過城下，必嚙指相顧，莫敢近。又言河套要地，宜令大同遊兵備朔州，山西遊兵備灰溝營，宣府遊兵有警調用，行之至今。

以功轉左副都御史，進右都御史，移鎮陝西，陳弭盗安民數事。涇陽有舊堰不利灌溉，每治輒輟。公鑿山開道，溉田千餘頃。又鑿南山道，直抵漢中，以便饋餉。

奏免岷、河、洮三衛之戍南方者萬有奇，易置南北更戍者六千有奇。又以陝所易者分戍胡盧峽、豫旺城，設平虜、鎮戎二千户所領之。岷番作亂，克其四族，斬首四百級。捷聞，賜敕獎勵，有「北虜畏威，西戎遭衄」之語。召拜兵部尚書，論功陞從一品禄，加太子少保，賜金瑪瑙帶文綺麒麟服。

遼東守臣阿權貴意，請征建州内附夷人以爲功。公議不可，因請别遣重臣制之，以敗其謀。不得，則極論其啓釁失利之故，宜置重法。上賜詰問，闔部待罪，公獨承之，云皆臣子俊所爲。上怒亦解。時貴州守臣言播州苗賊爲患，請調兵會剿。公謂變在四川，而貴州以爲言，此要功者，因極論天時地利皆不可興兵，乃已。聞母病，憂悸成疾。上令中使以醪米牢具來問，而遣醫視之。及以喪告，給驛賜道里費，命有司治祭葬。

服除，賜敕召之，改户部尚書。大同失利，命公總制諸軍事。公請京兵分戍要害，紀律一新，虜再引去。上遣錦衣百户以特羊上尊往勞之。師還，加太子太保。公以星變上言，請禁貴家奪民田、罷中官之用事於外者。復往北邊節制諸軍。公行邊，自宣府至大同，築外城，置樓櫓，造戰車數千輛，爲練武圖以教士卒。錦衣百户韋瑛者附勢亂政，謫戍宣府。後妖言事覺，公坐以死法，斬於都市，時論快之。未幾，復改兵部，召還朝。俄改左都御史，留鎮大同。有論其糜財病民者，命工部侍郎杜公謙及給事中、御史往按其事。無所得，落太子太保，致仕。未逾年，仍召爲兵部尚書，復太子太保。再閱月，先帝升遐，公力求去，今上慰留不許。

弘治初，卧病公署，疏三上，上遣醫賜羊酒，乃復視事。慮近戚之希恩濫爵者，上言馭世務以大德，不以小惠；班爵務以公義，不以私恩。因乞骸骨，恩禮益厚。比在牀褥，猶手削奏稿。念湖廣、四川荒甚，陳弭災御盜之術，至寢不能寐。再遣醫視疾，弗瘳。己酉二月二十二日卒，年六十一。上聞訃震悼，輟視朝一日。賜寶鏹萬貫，命有司給棺斂具，贈特進光禄大夫太保，謚肅敏，録其孫繼祖爲錦衣衛百户。

公沈毅寡言，而中博達，有才略。務勤官政，尤篤孝友。在陝時，屢乞終養不得。比居母喪，格其子置勿會試禮部。念弟子偉爲父遺腹，殊愛之，子其遺孤寰，舍其子而請廕爲國子生。爲知府時，有寇過其門，曰：「是縱入，無所得。」遂引去。生平好讀書，爲詩文有奇氣，遺稿若干卷，藏於家。

娶魏氏，封夫人，卒。子二：置其長，舉鄉貢，孫繼祖既廕而夭，置乃復就廕，進千户，後以征苗功擢指揮僉事，今上聞其才，命理錦衣衛事；寰舉進士，授户部主事，亦有賢聲。公嘗教之曰：「誠能動物，人惟積誠，自能銷僞。」又曰：「人固貴剛，然不可使人畏之如虎。」識者以爲名言。

贊曰：予嘗接令公談，即事論事，必欲實見諸行，往復曲折，大抵皆國家天下計也。及迹所施設，歷歷可指數，而在陝西功爲多，在延綏爲尤多。蓋以沿邊數千户，屹成鉅鎮，與寧夏、甘肅並爲陝之保障。雖童兒女婦，莫不知頌其功。及用於北邊，值時與地有所不合，役未及興而衆煦山動，或者乃並延綏之績爲疑。然則大臣之排羣議、任衆怨以成大功者，不亦難哉！夫民不可與慮始，可與樂成，固也。以吾士大夫爲國家天下計，亦爲是言，何哉？必若所言，則都重位、饗厚禄者皆將諉於傷財害民，累歲積資，計日受代，而不復知有天下，不至于大壞極弊不止也。嗚呼！世安得有勵志勤事、惟日不足如陶士行者哉。予故傳公，俾凡有吏責者勸焉。

【校勘記】

〔一〕「徒」，原作「徙」，以上下文意當作「徒」，顯以形近而訛，據據文義與抄本正之。

蒙泉公補傳

公姓岳氏，諱正，字季方，别號蒙泉，學者稱爲蒙泉先生，順天漷縣人也。曾祖諱德甫，祖諱思銘。考諱興，府軍前衛指揮同知。

公長身美鬚髯，神采秀發，氣屹屹不能下物。舉京闈鄉試，卒國子業。李忠文公爲祭酒，簡四方名士置講下，公與商文毅、彭文憲、王三原諸公皆預焉。正統戊辰，會試禮部，同考誤置落卷，侍講杜公寧見之，曰：「此我輩中人。」遂擢第一。廷試賜進士及第，授翰林院編修，每開口論大事。嘗閉户夜草疏，請復恭讓后位號。其伯兄端俯樓隙窺之，驚曰：「奈老母何！」取其草裂之，乃止。景泰壬申，遷右春坊右贊善，兼編修。

天順丁丑，英宗復辟，改修撰。上廉知其名，吏部王忠肅公亦薦之。六月，召見文華殿。上遥見，遽曰：「好！」既陛陛登殿，連曰：「好，好！」問年若干，對曰：「四十。」上曰：「正好。」問何處人，對曰：「漷縣。」上曰：「又是此北方人。」問治何經，曰：「尚書。」上曰：「是書經，尤善。」問何科進士，對曰：「正統十三年。」上益喜曰：「又是我所取者。」乃顧謂曰：「今用汝内閣，參預機務，凡事爲朕主張。」許彬老矣，不足恃也。」公頓首，辭至再，乃出赴閣。至左順門，石亨、張軏自外入，愕然曰：「何以至此？」公不敢對，時亨、軏已不平。比入見，上曰：「今内閣朕自訪得一好人。」亨、軏請爲誰，上曰：「岳正。」亨、軏陽賀曰：「誠佳。」上曰：「但官小耳，今須與吏部左侍郎兼翰林院學士，如何？」亨、軏因奏曰：「陛下欲陞正，亦甚易。但姑試之，果稱職，未晚也。」上默然。蓋亨輩以事已出，故撓之云爾。

自是宣召賜賚，絡繹於道。公感上知遇，鋭意功業，知無不言，言必盡肝膈。一日，欽天監湯序言變異，謂姦臣未盡之故。上以問公。公曰：「姦臣未聞。若求之，將人人自危。且序術疏淺，不足信。」事遂寢。錦衣衛官校邏得一僧，自言當大貴。衆惑之，至妻以女，以覬非分。獄具，當坐反，牛玉援近例請官邏者。公謂事縱得實，不過合妖言律。活其徒十數人，邏者准應捕律，朝論韙之。

時亨與太監曹吉祥怙寵擅權，有投匿名書指斥時政者，獨不及亨。緝捕甚急，舉朝惶駭。亨勸上出榜，募能捕告者，賞以三品職。上令撰榜格，公與吕文懿公見上曰：「爲政自有體式，盜賊責兵部，姦宄責法司，豈有天子自出榜購募之理？且堯建進善之旌，舜立誹謗之木；秦始皇護短杜諫，乃下誹謗妖言之令，由此過失不聞，卒至亡國。陛下新復寶祚，正當以堯舜爲法，以秦爲戒。縱欲窮治其事，緩則人情怠忽，事自覺露；急則人情危懼，愈求韜晦。不如勿究。」吉祥從旁請究甚力。上徐謂曰：「正言是也。」

亨從子彪鎮大同，遣使獻捷。內閣詢其狀，其人盛陳戰伐，且稱斬首無算，皆梟於林木，不能悉致。公取地圖指示曰：「某地至某地，四面皆沙漠，梟於何所？」其人驚伏。公間爲上言曹、石勢太盛，慮有變，宜早爲節制。上曰：「汝可以朕意告之。」公徑造亨，諷令稍自斂戢，二人怨之益深。

會承天門災，上下詔罪躬責實。公視草，歷陳弊政，詞極切直，天下傳之，遂有飛語指爲謗訕。七月內批，降廣東欽州同知。道涿，以母老留閱月。尚書陳某者，曹、石黨也，憾公嘗言其不可用，至是嗾邏者以私事中之。逮繫詔獄，考掠備至，謫戍肅州鎮夷所。所居京第，爲幸臣都督李擇所奪。至涿州，夜宿傳舍，手梏急，氣奔且死。涿人楊四者頗尚意氣，爲祈哀解人。其人怒，不肯。楊醉以醇酒，伺其酣睡，謂公曰：「梏有封印，奈何？」公教之曰：「可燒鏊令熱，以酒噴封紙，就炙之」。紙得燥皆昂起，因去釘脱梏，剜其中，復釘而封之。其人覺有異，楊説之曰：「業已然矣。」今奉銀數十兩爲壽，不如納之。」公乃得至戍。時太監猛虎石鎮甘肅，相傳有密諭：「須生不須死。」鎮巡而下，亦雅重之，致客禮焉。上每意及，曰：「岳正倒好，只是大膽。」越四五年，曹、石俱以不軌敗，上謂内閣李文達公曰：「向岳正固言之。」文達因請曰：「正有老母，得放歸鄉里，幸甚！」乃命釋爲民。

甲申，憲宗嗣位，有御史楊宣者亦以劾亨謫戍廣東，臺諫請復二人官，以勵忠直。吏部擬調南京，有旨勿調，令在院供職，充經筵講官，纂修先朝實録。文達欲薦爲南京國子祭酒，公不應，有忌者僞爲公劾文達疏草。會廷薦公爲兵部侍郎，清理貼黄，與都給事中張寧名並上。寧負才氣，亦被譖，遂皆補外。公得知興化府，時論嘩然，爲之不平。

公才素大，不屑條格，動輒爲闊遠計。築西湖堤，溉田數千頃。京庫輸納多爲解户所侵，公盡一會算，省其半費。士大夫家有侵廢寺田及規公利者，悉不與。皆切齒憾之，其貴有力者共騰爲謗書，横莫可遏。公亦厭苦吏職，以成化己丑入覲京師，因引疾致仕。時李鐸已敗，朝廷還其故第。

居久之，陳緝熙、邢遜之二公相繼爲祭酒，有官錢爲公用，簿不時注。忌者因肆爲媒孽，皆得罪去。文憲敦勸公請代之，公曰：「此事正所不直，安忍代爲？」自是當道交絶。忽喪幼子，慟而成疾。壬辰九月十一日卒，年五十五。十月十日，葬堅村世墓。

公於書無所不讀，謂天下事無不可爲，高自負許，俯視一世。其爲文高簡峻拔，追古作者，詩亦雅健脱俗。字法精邃，大書尤偉。旁及雕繪鐫刻，悉臻其妙。嘗戲畫蒲萄，遂稱絶品。晚好皇極書，有所論述及經解，皆未及就。惟類博稿僅存十卷，行於世。深衣纂誤一卷，藏於家。

配宋氏，西安咸寧人，以賢明稱。生四子：增、堂皆慧而夭，其二殤也。女六人：長聘天津右衛指揮僉事吕昂，次適朱昶，次適監察御史李經，次適今具官東陽，次尚寶司卿李玠，次順天府學生李鉞。六女者皆卒。其甥女趙氏適公友鄉貢士潘公流清子辰，今爲翰林五經博士。經、東陽及辰皆公所自擇云。

贊曰：才之難，其信然哉！非才之難，用之者之難也。我皇明混一區夏幾百年，至于宣德、正統之世，庶富而教極矣。公當是時，以文學取科甲。天順復辟之初，出膺召命，居宥密，遭際之盛，擬諸夢卜，感概奮發，忘身徇國。方將以功烈顯於天下，而爲權姦所構。又厄於娼嫉，投荒處僻。竟不究其志以死，豈才弗能哉！惜夫當英祖之感悟、憲皇之更化，幸於側有人焉，猶且復用，用則猶可以自見也。惜哉！然文章氣節震播海内，傳之後世，有斷斷乎不可泯者。興化人既去而思爲祠以祀之，他可知已。或乃以浚恒之凶、不密之失爲公累，是徒以成敗利鈍論，非所以防世厲俗也。謹備述之，以補國史之闕。且手書一通，畀其從子坪、從孫梁，俾遺其後之人。

儲處士傳

處士姓儲氏，諱某，字仲文。其先毗陵人，國初徙泰州，爲鉅族。處士生而醇篤，言動不苟，惇行孝弟，不煩師訓。讀書通大義，聞古人嘉言懿行，輒興嚮慕，若固當然者。

嘗中鹽遼陽，載布數車。至則值虜騎圍城，雨雪浹旬日不止，飢凍者道相屬。處士日坐逆旅户外，探橐中布散之，不問誰某。衆商止之曰：「商本以求利，顧並其本棄之，不可。」處士曰：「此何時，尚利計邪？」比歸，所得息無幾矣。

中歲家寖落。間曝於門，拾遺金十數兩，袖而入置厠舍茅簷際，家人莫知也。及晡，有一男子攜其婦哭而來。處士問曰：「何哭也？」曰：「某夫婦解戍某地，費不給。衹一子，賣而得金。今晨過此，遽失去。將死道路矣！」且語且哭，不能休。處士詢其封識，并金幾何。語悉合，乃出而歸之。其人感復泣，取塊金爲謝。處士笑曰：「吾顧不能取之，而須謝乎？」且察其有飢色，予之粥而遣之。其人曰：「吾何以報德？」乃遍語鄉中人。鄉人皆嘖嘖稱歎曰：「儲翁陰德，其子孫必有昌者。」

後處士以壽終。有子五人，孫十三人，曾孫二十人，玄孫十餘人。曾孫巏鄉貢、省試皆舉第一，以進士高等累官南京户部左侍郎，文學行義，卓然有聞焉。玄孫洵亦舉進士。其餘業科第者尚多，如鄉人言。

論曰：蘇子嘗云：「人能碎千金之璧，而不能不失聲於破釜。」蓋得之孟氏千乘簞食之説，謂矯强者易，而造次急遽者之爲難也。世傳裴晉公還帶事，此在儒生學子，雖下晉公一等，可勉爲之。顧以此勵世，猶有不能然者。處士施布，時當優裕，未足爲難。其拾遺金，時方處窮約，卒然得之，即不使家人知之者，此其中已有定見，恐爲所撓也。得其人而歸之，不徒無少吝惜，而方自以爲慊，豈有所爲而爲之者哉！處士卒六年而户部生，又三十餘年而大顯，是固天道福善之當，而亦非處士意也。世之善不皆能無所爲而爲，亦不能無待於勸，故必原處士之心，合天之所以爲報者，而後可以爲勸也。户部惟祖德弗白是懼，自述事狀以告於太史氏，請爲傳以傳，姑著其大者如此。

李東陽全集卷七十四
懷麓堂文後稿卷之十二

説　雜著　策問

泉齋説

無錫邵國賢居近惠山，以泉名齋，因與論泉之義曰：

夫泉由静而動，自微而顯，其出有本，其行有漸，而其爲用不可窮。方其在山，人固莫知其泉也。及因物賦形，隨時濟用，溉而爲田，瀦而爲澮，匯而爲溪，爲河爲江爲海，人亦忘其爲泉也，而泉實有之。孔孟以水喻道，以此故也。

後人論道者曰：「體用一源，顯微無間。」夫所謂一源者，謂即體而用在，非體之外别有一源也。所謂無間者，謂道寓乎物，而非因物以爲理也。然則即泉以求道，其亦甚近矣乎？顧於此有二義焉：以之爲學，則有蒙之象；以之爲教，則有發蒙之功。包蒙之德，擊蒙之戒，合内外人己而求之其於道，庶乎其盡也。

國賢篤學而力行，既有所得矣，今以按察副使督江西學政，有教之責焉，其有取於名齋之義也夫？若泉之在惠者，則徒取其名，而弗濟於用，國賢蓋因是以求道，而非局於是以爲用者也。國賢以爲然，乃書以贈之。

孔氏四子字説

宣聖六十二代孫曰聞韶、聞詩、聞禮、聞善。聞韶以其父衍聖公以敬之命，因叔父衍聖公以和上京師，禮娶予女以歸。公爲之請字於予，予字之曰知德。繼又有請，乃字聞詩曰知言、聞禮曰知節、聞善曰知本，而統爲之説曰：

韶，舜樂也。舜作簫韶，極聲容之盛，歷千數百年。而季札觀於周，曰：「德至矣，盡矣！如天之無不覆也，如地之無不載也。」又數十年而宣聖聞於齊，曰：「不圖爲樂之至于斯也！」是曷爲其然哉？作樂者必本乎德，舜之德諧於家而化於天下，故能見乎制作，播之聲容。而其爲郊，至于神人和鳥獸，格此所以爲樂之至也。

故宣聖論爲邦，曰「樂則韶舞」；又曰「放鄭聲」，惡其亂雅樂也。子貢曰：「聞其樂而知其德。」然則宣聖之德不亦於是而知乎？人能知樂之本乎德，則所以涵養心志，薰陶德性以爲成人者，可幾矣。故字聞韶曰知德。

詩者，言之成聲而未播之樂者也。其爲教本人情，該物理，足以考政治，驗風俗。人能學詩，則事理通達，心氣和平而能言。古之詩，宣聖删之，以爲世訓。謂其子曰：「學詩乎？不學詩，無以言。」又曰：「汝爲周南、召南矣乎？」蓋以此也。故字聞詩曰知言。

禮者，理之節文而爲事之儀則。其爲教有品秩，有制度，所以固人肌骨之會、筋骸之束，天下不可一日而無者也。人能學禮，則品節詳明，德性堅定而能立。禮之經，宣聖定之，謂其子曰：「學禮乎？不學禮，無以立。」有子得之，曰：「知和而和，不以禮節之，亦不可行也。」故字聞禮曰知節。

人之性，本善而無惡。其有善不善者，習也。必明乎善，而後可以復其本。然宣聖言繼善成性，孟子言性善，程子釋之曰：「學而知之，則可至於善而復性之本。」顧己有未盡知者，必資之乎人，人與己之善一也。舜聞善若決江河，禹聞善言則拜。蓋雖聖人猶然，况其下者乎？故字聞善曰知本。

且君子之學，必資乎聞。而聞必貴乎有擇，擇而不能行，其與不聞均也。多聞，擇其善者而從之，得一善則服膺而弗失者，亦獨非宣聖之言也乎？爲孔氏後者，顧名思義，慎其所聞，擇而行之，則去聖雖遠，亦不失乎所謂聞而知之者矣。

予見聞詔醇謹好學，足承世澤。又聞其諸弟皆秀穎林立，方興而未艾。二公之善教，皆於此徵焉。予不暇泛引，惟以先聖之訓爲的，而以羣聖賢之説證之。嗣此尚有字者，引而伸之可也。

移樹説

予城西舊塋久弗樹，比闢地東鄰，有檜百餘株，大者盈拱，高可二三丈。予惜其生不得所，有種樹者曰：「我能爲公移之。」予曰：「有是哉！」請試，許之。

予嘗往觀焉，乃移其三之一。規其根，圍數尺，中留宿土，坎其四周，及底而止。以繩繞其根若碇然，然其重雖千人莫能舉也。則隧其坎之南棱，絙樹腰而卧之，根之罅實以虚壤。復卧而北，樹爲壤所墊，漸高以起，卧而南亦如之。三卧三起，其高出於坎。棚木爲牀，橫載之，曳以兩牛，翼以十夫，其大者倍其數。行數百武，植於墓後，爲三重。閲歲而視之，成者十九。則又移其餘左右翼，以及於門。

又夾神道而南，以及於涂。再閲歲而視之，其成者又十而九也。於是條幹交接，行列分布，鬱然改觀，與古墓無異焉。

夫規大而坎疏，故根不離。宿土厚，故元氣足。乘虚而起漸，故出而無所傷。予取必於旦夕之近，而巧奪於二十餘年之遠，蓋其治之也有道而行之也有序爾。予因歎夫世之培植人材，變化氣習者，使皆得其道而治之，幾何不爲君子之歸也哉！

族子嘉敬舉鄉貢而來，予愛其質近於義，留居京師，與之考業論道，示之嚮方。俾從賢士大夫遊，有所觀法而磨礪，知新而聚博。越三年，志業並進。再詘有司，將歸省其親。予冀其復來，以成其學，且見之用也，作移樹説以貽之。

書某節婦事

南京有節婦某氏，年可二十，喪其夫，鞠二子以居。二子既長，俾事生業，不克辦，則相與爲遊蕩。日以漸困，朝夕弗能繼，則相與爲矯虔。又弗繼，計無所於出，乃謀稱其母爲寡姊，求富商嫁之。紿商曰：「吾姊義不嫁，吾輩强之，然尚弗慊。必預具舟楫，俟其登，即解纜以行。」商從之。二子又紿其母曰：「吾父之存，貧不能自活。有一商者賙恤之，以有今日。今其人以家屬至此，幸一往謝之。」婦不可。懇之至再，乃登舟。二子送入舟，一子先躍於岸，一繼之，而舟已遠數十步矣。婦呼其二子不應，方訝之。商曰：「此汝二弟謂汝已許嫁我，又何顧爲？」婦始悟其紿己也，即解顔强笑語應之。私念有劉公廟者，京俗最信，以爲能禍福人，則謬曰：「吾身已從子矣，無所復恤矣。惟吾夫之存，吾有誓，欲於兹廟有所報謝。幸爲我具雞酒，我願畢，當不至家而往，無遺恨矣。」商亦從之。比至廟，婦把商袂，呼於衆曰：「兒子鬻母，此賊與通謀，諸保甲能爲我白之官乎？」於是諸保甲忿而執之，又執其二子，皆伏法。予聞諸張都憲公實云。

嗟夫！德義，人心所同。若彼二凶者，其變也。婦之節固無俟論，顧其始覺也，若稍露稜節，必不見釋。身死無所惜，其何以泄忿鬱而暴其姦凶？顧一轉盼間，而念慮頓改，含苦茹憤，深自晦匿，不惟不喪其守，又卒伸其所欲爲。較之居常處故、熟思而素定者，其難尤甚，蓋有烈丈夫之風焉。世固有抱德執義而淺見狹量、成其小而忘其大者，予未嘗不備責而痛惜之。因録其事，以紀事變，且告夫知好德者。

使難贈喬太常希大

正德丙寅春二月，太常少卿喬希大奉使代祀於山西，謂予曰：「使之道難矣。

先生幸教宇乎？」予贈以一言曰：「敬。」

蓋古之所謂使者，以專對不辱命爲能。然必曰行己，曰達政，以爲之本，非徒能也。今四海一家，言語辭令無所有事，凡受之朝廷以施於天下者，皆命也。而惟祭爲大。若代天子所有事於山川帝王藩府園墓之地，則其尤大且難者也。舜命官必曰：「往，欽哉！」命秩宗曰：「夙夜惟寅！」「欽」、「寅」皆敬也。孔子曰：「使民如承大祭。」是以祭喻敬也，而況於祭乎？

夫天子者，天地神人之主也。當正始之際，爲代告之舉，具名而後命，御殿傳制而後遣，禮殷而義重。山西之祭，爲海爲瀆者各一，爲帝王陵寢者二，爲晉六代四王藩二王墳園者共十有二，專使而並攝，其難殆有加焉。玉帛鐘鼓、登降作止之節，非其至也。希大志行端恪，足以有爲。初命爲儀制，既習於所謂禮，歷考功、文選，凡禮官之宜否稱負，多其所銓授而考核之者也。今又以專職承特遣，必其誠敬足以達聖情，精白足以格神貺，使之道固所優爲，而亦豈可易而爲之哉！且希大以四品滿三載，請移所得誥命贈厥考郎中君及母宜人。竣事之暇，將道樂平故里，焚黄而祭。祭之道一也，而公私先後之義則殊。當郊精祧祔之餘、海瀆陵園之後，而因得及其親，私不廢公，情不掩義，典章著而倫理盡矣。若懷古而思，登高而賦，文章歌詠足以發其心志而播之鄉國者，又其餘事，奚必爲希大道哉！

希大舊學於予友邃庵楊先生及予，其視予也，猶其視邃庵也。邃庵提學山西，予嘗爲作政難。希大之行非政也，使也，故答之云爾。與希大遊者李郎中貽教輩請書以爲贈，作使難。希大之兄中書舍人本大，時予告於家，予之視之亦猶視希大也，因并以告之。

原禮贈喬希大宗伯

禮之道何始乎？自天地以來有之矣。禮之名何始乎？自經籍以來有之矣。蓋天高地下，萬物散殊而禮行焉。

禮之云者，配仁、義、智而爲四德，合信而爲五常，配吏、户、兵、刑、工而爲六卿，配易、書、詩、春秋而爲五經。其所自爲名者，合天、地、人而爲三，合吉、凶、軍、賓、嘉而爲五，合冠、昏、喪、祭、鄉、相見而爲六。以經言則有三百，以曲言則至於三千。極天蟠地，行乎陰陽，通乎鬼神，而行之則在乎人。若其所以行者，則有恭敬、辭讓以爲之本，有品節、度數、等級、器物、聲容、綴兆以爲之文。古之治天下者，其居則宫室車輿，其服則衣裳弁冕，其器則尊爵俎豆，其樂則金石絲竹，其儀則登降揖遜。以之朝覲、聘問、射鄉、燕享、師田、學校、哀樂、慶吊，皆所以教民成俗，養其德性而定其名分，使之遷善遠罪而不自知。此歐陽氏所謂治出於一者也。

及禮與政分，則所謂節目度數者時殊而代異。上古之制邈不得聞，夏、商之禮，孔子時已不足徵矣。周禮書雖存，而殘缺已甚，或者至疑其非聖人所作。孟子所論爵禄，亦與王制不同。漢、唐以降，議禮之家與國終始，而卒無所定。是其官雖設，文且不能備，而況於本乎？叔孫通之儀無暇論已，賈誼言之而未遑見用。王仲淹謂孔明不死，則禮樂可興，程子亦以爲然，然亦未試也。張子之學由禮而入，其論禮制多本諸古而不易行。朱子於司馬氏所參酌者獨有取焉，及自爲儀禮經傳通解，未終而卒。君子憾之，然其論固在也。我太祖高皇帝用夏變夷，復衣冠禮義之化，分經以取士，列部以置官。又製爲大明集禮、洪武禮制、禮儀定式、稽古定制諸書，頒示天下。是凡學禮者所宜究心，而況爲其官者乎？

太原喬希大氏舉進士，爲禮部儀制主事。越二十有八年，十命而至南京禮部尚書。謂予曰：「昔宇爲太常少卿，代祀西藩，先生嘗作使難以教。今之行，其將有言乎？」予惟禮之職重矣，昔人謂禮樂必百年而後可興。今南京乃皇祖開基之地，規制具存，百司庶府，遵奉罔缺。予嘗奉使而南，見小官下馬道側，市民雖隔門牖，亦起立俟過。比吴侍講南夫云：「嘗官禮部，見國初書籍猶有存者。」然則品節制度之詳，尚可考而知也。希大制行端謹，博經籍，富文藻，禮儀之事又其所素習者，率屬舉職，固不俟言，顧於國家教民化俗之大，尤有深望焉者。乃推衍古義，作原禮以貽之。

記龍生九子

龍生九子，不成龍，各有所好。囚牛龍種平生好音樂，今胡琴頭上刻獸是其遺像。睚眦平生好殺，今刀柄上龍吞口是其遺像。嘲風平生好險，今殿角走獸是其遺像。蒲牢平生好鳴，今鐘上獸鈕是其遺像。狻猊平生好坐，今佛座獅子是其遺像。霸下平生好負重，今碑座獸是其遺像。狴犴平生好訟，今獄門上獅子頭是其遺像。屓贔平生好文，今碑兩旁龍是其遺像。蚩吻平生好吞，今殿脊獸頭是其遺像。

昔在弘治間，泰陵嘗令中官問龍生九子名目。因憶少時往往於雜書中見之，倉卒不能悉具，又莫知所出。以詢之羅編修玘，玘僅疏其五六，云得於其師左參政贊者止此。又詢於吏部劉員外績，績以故册來，册面備録此語，亦不知所從出。因據以復命。蓋記問之難如此，恐久而復失之，漫識於此，以俟諸他日。

私試策問十六首

問：嘗觀楚漢之際矣。高帝入關，秦惟恐其不王，何以得之？項羽引兵咸陽，秦大失望，何以致之？范增勸楚以除漢，忠也，而説者以爲滋暴。張良勸漢以距楚，是也，而謂者以爲不義。君臣得失之間，蓋皆有可議者，姑以此評之。

問：漢高，天下之英主也。然嘗考之：入秦宫室，意欲留居，因苦口利病之言，而還軍霸上；怒楚背約，欲攻項羽，因養民致賢之諫而就王漢中。爲義帝發喪，遮説之辭也，不然則兵出無名；銷六國封印，借箸之謀也，不然則幾敗。公事欲捐成皋以東矣，而復取敖倉，則因以食爲天之説；欲拒王齊之謀矣，而操印立信，則因躡足附耳之語。非長安天府之言，幾誤於山東之策矣；非先封雍齒之計，幾陷於沙中之謀矣。凡此皆假於人力，而所以自爲者亦無幾矣。如不必自爲也，何必漢高，人於此時皆可以爲之矣。今論英主者必曰漢高，其亦有説乎？

問：史稱高帝之寛仁、文帝之恭儉，今其行事可考而知也。然高之事亦有似乎恭儉、文之事亦有似乎寛仁者，而各以是稱，何哉？若就其所長而論之，其於是道亦容有可議乎否也？讀其書而不知其人，可乎？

問：漢武帝之爲君，其見於史者詳矣。後之論者則謂治效不若高、文，而甚者謂與秦始皇無以異。譬之則謂秦穆公不得專美於前，而甚者則謂詩、書所稱，何以加焉。其亦有所指乎？試言其略。

問：漢之興也凡三，高帝之創業得韓信，光武之中興得鄧禹，昭烈之恢復得諸葛孔明。之三人者，皆有陳說，而三君皆聽而用之，以成其功。其說也何見？其用也何效？其優劣成敗亦有可議者乎否也？讀漢史者，舍其君臣奚先？願聞其故。

問：先儒謂三國人材之盛，後世鮮及。當其時，方分類聚，勢均力敵，或互相撐拒，或互相陵軋，故能鼎峙天下，久而後合於一。使三國之人材併合於一，其功業治效當何如也？然各就其國而論之，宜以何人爲最？以天下觀之，又以何國爲優？且蜀、吴之治效雖成而功業反不魏若，成敗之際，亦有不相合者，果盡係於人材否也？抑由前觀之，東漢之人材不爲不盛矣，而卒以敺魏；由後觀之，西晉之人材無以加於魏也，卒掩魏而有之。其成其敗，又有大不相合者。夫人材而無益於功業，治效又奚以人材爲也？試考其實，推其故而言之。

問：晉室之政可論者多矣，姑舉其一二言之。考課，前代之遺意也，而論者以爲傷理；中正，近世之美制也，論者以爲損政。伐吴之計定矣，論者以爲必有内憂；降胡之處久矣，論者以爲恐貽後患。名重海内者或論其禮法於此大壞，慷慨忠義者或謂其於道有所未聞。遭亂尚武，此言似矣，論者以爲不然；善處興廢，有識稱之，或論其不能無罪。此其爲説，或出於當時，或出於後世，皆非無所見也，試詳其故。

問：賞罰，國之大政也，善爲治者必稱唐之太宗。太宗之論賞罰多矣，嘗考其所行。魏徵以直諫賞，長孫順德以受賕賞，其賞同乎？權萬紀以言利罰，張藴古以按獄罰，其罰同乎？其餘若此類者尚多，今不暇悉舉，姑摘其一二，試相與評之。

問：論諸葛武侯者多矣，輕之者以爲管、蕭，重之者以爲伊、吕，何相去之甚邪？謂其不終，則功業必就，功業果可就乎？謂其不死，則禮樂可興，禮樂果可興乎？或又謂其有王佐之心，而道則未盡，是在伊、管之間矣。抑其禮樂之有未興、功業之有未就者乎？夫觀人者於其迹而不於其心，未有不失之者也。試原其心而論之，以爲如何？

問：晉祖逖之清中原，忠矣，而胡氏謂其二道俱失；庾亮之討歷陽，壯矣，而尹氏謂其四失皆備。此必有説也，其果然乎？逖之與亮，其優劣同異亦有可言者乎？

問：吴赤壁之捷，晉淝水之捷，皆以寡敵衆，變危爲安，論兵者未嘗不以爲快也。然曹操與苻堅之勢孰難？周瑜與謝玄之才孰俊？劉備恨兵少而云足用，桓沖請入援而固却之，其爲見孰高？或詐稱黄蓋欲降，或紿使苻融小却，其爲計孰巧？是必有説也。論史者於吴則罪其不能乘勝以要歸路，於晉則惜其不能因時以圖混一，是果然乎？使其出此，其捷又有可必乎？諸生以史爲學，其勿曰非知兵者也。

問：文帝，漢之賢君也。然獄周勃，削魏尚，怒張釋之而疏賈誼；召季布，寵鄧通，坐慎夫人而信新垣平。進退予奪之際，未合乎君人之道者亦多矣，而卒能成盛治，昭令名，豈其得失有足相掩者乎？抑别有説也？

問：史之論宣帝者，曰信賞必罰，吏稱民安，刑名繩下，德教不純，漢之元氣衰焉。夫既稱必罰，何以病其刑之繩下？既稱信賞，何以見其德之不純？豈德刑之外别有所謂賞罰者乎？既稱吏稱民安，何以病其元氣之衰？其所謂元氣者，又有出於吏民之外否也？試舉其實證其説，相與論之。

問：自古人君之有天下，得於禪讓者何所起？得於繼嗣者何所因？得於征伐者何所見？而各有其弊，何哉？夫禪讓之善似無容議，而其爲弊尤深。征伐之慘固不足論，而或彼善於此，皆不可知也。至于繼嗣，庶乎免二者之弊，而有以長以賢以功之説，其弊不可勝言。亦將何所適從乎？試詳其故。

問：前代之事存乎經史，然世有遠邇，傳有信疑，姑舉一二以相質問。天文之疑：若月之光，或以謂受日之光，或以爲山河之影；星之行，或謂隨天而左，或謂逆天而右。地理之疑：若禹貢所謂九江，或以爲烏白至箘，或以爲三里至廪，或以爲湖、漢九水入於彭蠡，或以爲沅至醴皆合於洞庭；所謂河出積石，或以爲出於崑崙，或以爲出於葱嶺，而後世乃有星宿海之説。何者爲是？孟子載班爵禄之制，與周禮王制不同；春秋所書時月，或以爲改正朔，不改月，或以爲改月。此事之疑者，果當以何説爲準？繫辭本聖人之書，或者以書不盡言，非孔子所作。太極圖爲道統之源，而或者謂出於術家，非周子所著。雖於書亦有疑焉。乃若四皓之事，班、馬皆同，而以爲事不足信，至不載之通鑑，或以爲實非此四人，子房矯飾而爲之者也。文中子之名，其爲書固在，而唐史不載，其諸弟子亦無一言及之，後遂以爲併無其人。此尤有可疑者。夫生於數千百載之後，而欲懸斷於數千百載之前，亦難矣。然儒師之授受、耆宿之沿襲，亦猶有可據者。試晝一陳之，以觀博古之學。

問：孔黜異端，孟闢邪説，所以爲天下後世慮也。當是時，釋教未出，稱異端者莫老氏若，然孔子問禮，不言其非，孟子歷排諸家，而獨不之及，何哉？後之闢釋老者，或作崇有論，或作高識篇，或著廣潛，或著辨惑，或言鬼神不可以治天下，或言諷唄非所以致太平，其於孔、孟之説果有合乎？或謂攻之而復大集者爲不知其方，或謂論而不能回其君之惑者無以易之也。其方果可行，而其論果可信乎？乃若文名天下，而謂釋之道與大學、論語相表裏；英邁蓋世，而謂老子得易之體、孟子得易之用，然乎否也？且先儒所謂似是之非者似矣，何以言非？所謂彌近理而大亂真者近矣，何以言亂？吾言心，彼亦言心，吾言性，彼亦言性，何以見其殊？吾言無爲，彼亦言無爲；吾言有爲，彼亦言無所不爲，何以别其謬？論性與用截而爲二，何以見其不當截？論道德仁義禮分而爲五，何以見其不當分？夫知其爲教之非，則其流弊不足言也。今方黜邪崇正，往往見諸詔令政事之間。儒名士學者固當丕應徯志，而愚民末俗尚有由之而不知者，試相與講之，以爲天下告焉。

邃庵解

邃庵主人通籍禁廬，僑居京第〔一〕。隙地晨掃，重扉晝閉。客有過者叩門而問曰：「此非楊子之居乎？」童子對曰：「是也。」導客而入，若引若曳。複院繚垣，巍堂鉅欐。客乃蹜足脱屨，探懷出刺。將修容以爲禮，且歷階而就次。童子曰：「未也。」再導而前，委蛇隱翳。突雷中啓，懸櫳外蔽。客乃髣髴指擬，逡巡睥睨。耳側聽而無聞，步將舒而復跋。童子曰：「未也。」盡歷紆曲，豁達蒙曀。仄徑旁通，曾軒倒綴。棐几庭設，牙籤架度。主人方兀坐書堆，凝神注思。聆謦欬而倔起，具冠裳而出俟。

客乃揖而請曰：「子何居之邃也？」主人曰：「從善實難，從惡則易。地有所宜擇，俗有所宜辟。吾將寄遠心於車馬，託大隱於城市。屏物誘於紛華，去塵襟於祓禊。期深造以獨得，匪超舉而長逝。」客曰：「如斯而已乎？」主人曰：「六籍絲棼，諸家鼎沸。衆難交錯，羣疑積滯。吾將辨亥豕於偏旁，注蟲魚於疏記。思縷析而豪分，庶窮搜而絶繼。豈塊處而無營，亦嬰心於有事。」客曰：「如斯而已乎？」主人曰：「理窟淵微，天機奥秘。尼叟之所罕言，庖犧之不盡意。吾將高仰堅鑽〔二〕，深鉤遠致。求四情於未發之時，探五性於有生之際。繇粗而益極其精，舉大而不遺其細。尋墜緒於虞唐，溯長源於洙泗。窺數仞之宫墻，涉千尋之涯涘。會萬變以同歸，或殊途而一揆。顧兹庵之攸寄，若百工之在肆。彼居安以資深，亦引伸而觸類者也。」

客起再拜：「領邃之義，識道理之鄉，方得工夫之次第。若馳康莊，請執君轡；

若遊大川，請鼓君枻。隨君所之，無晝無廢。鉅卷長辭，高楣大字。晞唐學解，擬漢賓戲。匪庵則名，敢告同志。」

【校勘記】

〔一〕「居」，原作「君」，顯以形近而訛，據據文義與抄本正之。

〔二〕「鑽」，原作「鎖」，顯以形近而訛，據文義正之。

藻軒解

青華主人建閥南輿，高居江渺。構材爲亭，甃石爲沼。層瀾碧皺，衆卉雲繞。擷芳漱潔，名之曰藻。

客有過者，難之曰：「萬彙叢茁，羣植並分。鉅者爲梗橡，秀者爲篁筠。堅者爲檜柏，芬者爲蘭蓀。山苞水葩，莫可具陳。彼藻之細，何足以云？」主人曰：「君子設佩，聖人取物。匪名則嘉，惟義斯澤。品不必富，類不必僻。泥行爲迂，執象爲惑。了坐聽我，言藻之德。夫藻者氣孕天秀，根含地靈。內秉柔質，外敷素英。不雕而華，匪馞其馨。順時生者爲孫命，與物爲徒者爲和光。寧負潔以自濯，亦何心於行藏？」

客曰：「可得而聞邪？」主人曰：「窮海之商，荒溪之涯。舟楫之所不至，人迹之所不加。以污漫爲方，以波濤爲家。雖溷迹於草莽，寧委情於泥沙。」

客曰：「微哉，善藏其用！子既出矣，請言乎動。」主人曰：「或載衣襟，或登筐篚。滌以甘泉，薦以方篚。陋末迹於蒭蕘，恥遺瑕於葑菲。繪形則與火齊明，比德則與鑒爲軌。功雖著而不知其勞，用非奢而莫閟其美。」

客曰：「韙哉，君子之棐！」主人曰：「嘻！物貴實用，禮戒彌文。弗玩其華，而采其根。楚佩江蘺，周歌澗蘩。桃李薇蕨，維葛與蘋。匏瓜行葦，列國所陳。緊藻之德，於吾則均。朝爾吾居，夕吾爾郡。匪藻吾軒，亦藻吾身。下雪民隱，上華國動。惟夙夜是存，以無負於吾軒。」

客起再拜，斂容棘吻：「君門巍巍，矇者莫瞬。君行濯濯，瑕莫可捃。包荒納污，辭我不擯。鄙人何知？敢謝不敏。」主人不答，莞爾而哂。

冷庵對

陳君粹之以「冷」名庵，舊矣。比以江西僉憲考績京師，持卷視予，因託問答，以著其意。其辭曰：

冬季之月，隆寒初沍。積凌增丘，飛雪斷路。冷庵主人方下帷閉户，僑於燕山之下。客有過之者，但見空籟灑地，冷飈襲巾。鐵光面發，玉屑諢紛。爐圍不暖，纊挾無温。客曰：「嘻！事有定分，理有固然。今子寒不爲郊〔一〕，隱不爲袁。負不爲睢，窮不爲虔。抱幽守寂，冷何利焉？」主人曰：「我性固是也。」

客曰：「天有夏令，祝融煽陽。赤龍奮飛，火傘高張。野埴龜圻，增波沸湯。石爍金流，飛鳥遁藏。無邵堯夫却扇之能，王仲都環火之方。子於斯時，能保厥常？」主人曰：「吾冷自若也。」

客曰：「地有炎陬，南海之窟。歊氛晝瘞，毒霧朝爓。汗灖成漿，氣吐成炥。蒙絺若負，揮箑如失。無葛仙翁入水之神，費長房縮地之術。子遊其間，雖冷奚益？」主人曰：「吾冷自若也。」

客曰：「煌煌要路，赫赫權門。勢焰騰天，炎埃漲輪。名腸内煎，浴火中燻。獄鍛者爲能吏，手炙者爲通人。故月不可火勝，玉不免石焚。子不能遠走出世，高飛絶塵。胡周旋其間，而弗恤厥身？」主人曰：「噫，吾聞之矣！伐國者不問仁，擬人者必以倫。此獨何言，而於我是詢？吾固濯吾行操，澡吾心思。松桂爲徒，霜雪爲期。將使憸人膽落而不復逞，貪夫股栗而不自持。矯彼煩濁，歸於清夷。冷之道其莫予知也，又安能移火鼠之智而恤夏蟲之疑也哉？」

於是汲汎泉，煮白石。餐清水，嚙苦蘗。客亦再拜，飽冷之德。願同晚歲，爲冷庵客。

【校勘記】

〔一〕「郊」，原作「効」，顯以形近而訛，據文義正之。

李東陽全集卷七十五
懷麓堂文後稿卷之十三

贊　題　銘　箴　題跋

孝宗皇帝御書贊

静中吟一絶

習静調元養此身，此身無恙即天真。周家八百延先祚，社稷安危在得人。

於赫先帝，有靈在天。明爲日月，散爲雲煙。發爲文章，星宿森布。二十八字，應宿之數。造化之動，以静爲體。萬物育焉，天地參矣。其機在我，致用則人。調元代工，有君有臣。大哉王言，衆理兼有。惟德與功，爲三不朽。在天地間，並久俱長。舊臣哀慕，何日而忘。

少傅兵部尚書馬公像贊

官有三孤，公陟其位。邦有九伐，公掌其制。觀夫嚴重果毅之資，閎深博大之器。稱廟堂經國之才，蘊尊俎折衝之計。歷夷險而不貳其心，閲壯老而不衰其氣。累朝耆德，親荷乎衮褒；天下安危，方膺乎重寄。於戲！有文事必有武備，有所譽其有所試。若公之賢，有識者尚不能窺其涯涘，彼善繪者豈非僅得其形似而已邪？

夏忠靖公小像贊

此吾鄉先哲夏忠靖公也。昔聞其聲，今見其容。氣和貌恭，外樸中通。不矯以爲異，不比以爲同。其大則君子之不器，其正則王臣之匪躬。德與齒而俱尊，名與世而無窮。

於戲！疊州之使，貞觀所遺，以佐永徽者也，而身負其託；淮西之帥，元和所任〔一〕，以破元濟者也，而心疑其功。君臣之相遇，亦難乎其爲終矣。然則下車問政如仁廟，贈官賜謚如宣宗，竭誠盡瘁、死而後已如公者，何啻魚水之與雲龍？於戲！楊文貞所謂王子明、韓稚圭之風者，固以其德量之裕，亦豈非以其遭際之隆也邪？

【校勘記】

〔一〕「仕」，原作「仕」，顯以形近而訛，據文義與抄本正之。

太子太保刑部尚書閔公像贊

氣和志平，弗驕以盈，惟德之恒兮。法精律明，弗恃以陵，惟官之能兮。五嶺提兵，兩京司刑，惟績之成兮。七帙之齡，一品之榮，爵齒並增兮。惟官有評，考實與名，式瞻厥形兮。

沈學士民則像贊 有跋

觀公之書，銀鈎鐵筆。睹公之容，金相玉質。得其惠如懷拱璧之珍，閱其藏如入武庫之室。有博文遊藝之華，有好德考終之實。是宜先朝量能以授官，後聖録功而簷秩。誠足以侈盛事於鄉邦，爲後人之表率者也。

昔我孝宗敬皇帝聽政之暇，遊意翰墨，尤好沈氏兄弟書。一日，訪於内閣，命禮部徵其子姓，得學士度四世孫世隆，特授中書舍人，領制敕文字。且宣索其家，得其遺像卷，因撫而歎曰：「沈先生出世矣。」卷有楊文定溥所著傳，楊文貞士奇、楊文敏榮、金文肅幼孜、胡祭酒儼、曾學士棨諸贊。拜留内府，不復降出。世隆乃别摹一像，録諸贊於後，存於其家。東陽因贅一辭，用紀一時之盛事云爾。

題南京工部侍郎沈公小像

身若不勝衣，而受之則有容。言若不出口，而和之則不窮。蓋嘗得西北江山之助，爲東南詞翰之雄。當其入分留務，出奏民功。持國之憲，掌邦之工。旋辭禄以避寵，亦完名而保終。是雖在命大夫之列，而有隱君子之風者也。

槐軒銘 有序

太子太保吏部尚書四明屠公於堂之南軒新闢北户。户外抵堂，堂之隙僅足容武，有一槐適生其間。緣户而起，其高出屋上，可二三丈，則布爲繁柯，覆爲重陰。方酷暑焮熾時，南薰透徹，清入几格，不知赤日之當午也。公顧而樂之，若恨相見之晚者，乃名其軒曰槐軒，賦以著志。侍郎鄆城侶公、姑蘇吴公皆和之。出以示諸卿大夫，和者因益衆，屠公則以銘屬予。

予昔奉使南都，禮部尚書金谿徐公時以學士掌翰林院事，指所植三槐謂予曰：「此樹既枯而復茂，意院中有當大用如宋王晉公所徵者。」屬予隸「晉軒」二大字扁於楣際，故公是詩及予，而屠公見屬者亦以此也。

惟王氏以忠信仁厚饗功名富貴之盛，其祥在物，蓋一家之兆也，然猶足以侈文字，傳久遠。今兹槐所託顯於官署，天下人材所萃集之地，其於氣運殆將有徵焉。以此例彼，宜亦有不得不傳者也。且一物之微，而顯晦出處繫於時者如此。屠公感物用世，觸類而取之，則凡魁梧博大之材、樸茂敦實之器，固將掄簡甄拔以爲國家天下用，彼山林草澤抱德而隱處者，亦豈肯遺遠棄置，使之有不遇之歎哉？由是觀之，則公之名望勳業當不徒爲一家兆也，從而爲之銘。銘曰：

昔聞其三，今見其一。彼槐何知，倏異今昔。昔在相門，今在公署。彼槐何心，實同出處。惟天生材，氣運使然。家運以百，國運則千。惟曹有銓，若藪若淵。彼材攸居，視厥陶甄。材具小大，槐其大者。若作棟梁，此物誰舍？或蔽若捐，或顯若庸。時哉時哉，實維其逢。公軒則嘉，我銘弗工。公名之傳，與軒無窮。

長洲朱氏孝門銘 有序

長洲朱孝子顥，字景南。父病癱，親爲吮滌。父喪當盛暑，負土成墳，哀痛摧裂，致有馴烏之異。有司上其事，詔旌爲孝行之門。參政祝惟清有傳，其孫存理上京師，因予友吴吏部原博以請於予。比去，吴公爲速予不置。存理素不予識，嘗訪族祖雲陽府君遺文，手録見寄。予感其義，且重吴請，作孝門銘以遺之。銘曰：

惟周舊都，有宅有表。匪徒美觀，惟善是寶。惟六行有教，其先在孝。有屋可封，仁厚之效。惟今南畿，實古豐鎬。其孝伊何，粤有遺考。生有致養，死有遺報。哀盛行路，信及禽鳥。匪人則然，驗彼天道。孝門煌煌，天子有詔。其德孔耀，惟後人是效。

邵國賢亞硯銘

背惡鄉善，爲義孔臧。守潔去污，於身有光。君子體乾之剛，效坤之方。致曲能動，闇然日章。文爲國而增華，名與世而俱長。蓋一物而具衆理，庶終身而勿忘。

蘆泉銘 有序

蘆泉者，武昌劉用熙所居。武昌地瀕大江，江岸多蘆。有泉出其旁，浸灌滋長，叢生而條達。其爲物可愛，其德可取而比也。用熙葺屋而居之，且因以自名。性嗜經籍，謳吟著述之餘，無所有事，日周旋其間。泠然而耳入，爽然而目接，蓋將屬其德而達之乎政，怡然而契之乎心。既舉進士，爲吏部員外郎，通顯矣，而不忘其初，間以質予，請爲銘。爲之銘曰：

蘆生水濱，不植而茂。其美維何，中通外秀。泉出山下，有蒙必亨。維源之深，其流則清。蘆以喻政，泉以象德。喻存孔經，象繫周易。兩物殊類，各有其有。孰其麗之，爲德之耦。維古有訓，遠則物取。取之維何，爲德之友。德則育之，政則舉之。有鄰厥居，擇必處之。盈天地間，物盡吾與。蘆哉泉哉，請事斯語。

井井亭銘 有序

蘇之天平山白雲泉，世傳爲吴中第一水。山半有井，味極清洌，蓋其支派也。井舊有亭，歲既久，亭井俱廢。弘治庚申，封翰林編修吴君仲恒命工治井，且伐石爲亭。於是過者遊者渴可飲，倦可憩，皆饗君之利不厭也。南京工部侍郎徐公肅名其亭曰井井。君既卒，葬於山麓。其子編修一鵬請予銘，刻之亭中。銘曰：

有山出雲，爲雨於天。其在地者，則爲井泉。鑿而泓之，於山之根。不滓而雜，不淤而渾。仰涵星辰，俯鑒豪髪。維食與飲，用之不竭。有闌護之，有亭覆之。維名隆隆，井食受之。歲久泉堙，亭亦云陊。有惠封君，曰是在我。浚深發洪，否極終通。上爲帡幪，外廓中空。滌煩救暍，仁者之功。凡厥往來，載罍載綆。既庇其陰，亦酌其洞。錫名孔嘉，蓋取諸井。君之去矣，逝者如斯。郡守之助，鄉人之思。有子斯才，澤道以施。爲江爲河，奚井之爲？維家有堂，維國有楨。爲棟爲梁，矧惟彼亭？來者勖哉，視我玆銘。

米氏故硯銘〔一〕

謝生得米氏故硯，上有「海嶽庵」三字，爲之銘曰：

海嶽之英，圖書之祥。其人亡，器則靡常。得之者，書其昌乎。

【校勘記】

〔一〕此處原無此題，據目録補。

宣和殿硯銘

硯長可二尺，廣尺有二寸，樸斫無雕飾，背刻殿名三字，并御書之寶。

此宋之物，祐陵之書也。直方以大，得坤之餘。温潤而栗，維玉其如。蓋竭江南之民力，供内府之珍儲。舍政機之務，而爲詞藝之娱者也。嗚呼！用有顯晦，身無榮辱。斂天上之雲煙，閲人間之陵谷。吾將撫宣和之往鑒，續丁未之遺録。觀萬物之聚散，寄一感於心目。

惕庵箴

尚寶少卿崔甥世興請予曰：「傑未第，已喪二親。禄不逮養，志存永慕。自受學以後，頗知嚮方。懼弗能守，顧示庵名，爲警勵之地。」予名之曰惕庵，蓋取諸易禮及傳。既而爲之箴，箴曰：

維人有心，感物斯動。惕然而興，爲憂爲恐。其憂維何，春雨秋霜。其恐維何，朝陰夕光。我秉天賦，我受親體。弗踐非人，弗肖非子。加以惻隱，爲仁之形。兼之悽愴，爲孝之萌。終日乾乾，乃德之成。吾言弗信，請視西銘。

書讀卷承恩詩後

讀卷承恩詩一帙，蓋弘治庚戌殿試之日讀卷提調諸公所作，都察院右都御史寧波屠公所輯，行於時久矣。或者以爲國家試士之法，專尚經術，悉罷詞賦，正前代所不及。矧兹科制策，方探化原，求治道，又新天子明示意嚮之始，而紀事之作以詩焉何居？夫詩賦之所以罷，謂其務枝葉，棄本根，非有司求士致理之意。苟華而不害其實，世亦不能無取焉。故九敍之歌用之邦國，二雅之詩施之廟朝。古之紀盛事而詠成功者，皆是物也。夫使其排偶聲韻不病於科場，而典章制度賁敷於廊廟，是不徒不相悖，而顧豈不相爲用哉？然則是詩也，敍而傳之可也。

官以讀卷名者十三人，爲少傅兼太子太師吏部尚書謹身殿大學士博野劉公、太子太保吏部尚書三原王公、禮部尚書兼文淵閣大學士宜興徐公、户部尚書臨潁李公、禮部尚書掌詹事府事瓊山丘公、兵部尚書鈞州馬公、刑部尚書建昌何公、工部尚書東鹿賈公、禮部右侍郎兼翰林院學士洛陽劉公、工部右侍郎掌通政司事衡陽謝公、大理寺卿蠡吾馮公，而屠公及予皆與焉。以提調名者三人，則禮部尚書盧氏耿公、左侍郎錢塘倪公、右侍郎太原周公也。詩倡於馬、屠二公，和者皆遍。傳臚以後予繼倡，亦辱有和者，并以附之，而徐、劉二公爲序。

兹越五年，十六人者，博野公不及序以去，及丘、李、謝三公先後捐館，王、何、賈三公已致仕，馮公爲南京工部尚書，在朝者僅及其半。今徐公進少傅兼太子太傅吏部尚書謹身殿大學士，劉公爲太子太保禮部尚書兼武英殿大學士，耿公爲太子太保吏部尚書，馬公加太子太保，倪公爲尚書，屠公進太子少傅左都御史，周公遷吏部左侍郎，皆非舊秩。而予適以侍講學士累遷至今官，又承乏内閣，從徐、劉二公後，故復識其末，俾來者有考云。乙卯四月二日，禮部右侍郎兼翰林侍讀學士長沙李東陽書。

女孝經圖跋

駙馬都尉樊公大振出女孝經圖一卷，無名識，後有祭酒胡公若思記，以爲宋李伯時作，而世所傳頤庵集載此記。首有「吾家舊藏」四字，知爲胡氏故物也。

按漢曹世叔妻班昭，固之女弟，撰女誡十八篇，大抵仿孝經爲之，故俗稱女孝經。後世畫者多圖其事，而本亦不同。此卷筆意精絶，誠有如胡公所云者，非近時畫手所能髣髴也。

夫畫之爲用，亦淺矣。及其至，或可以感善創惡，出於言語文字之外。而施之婦女童孺，尤宜使其據事指物，因辭以達意。如后妃之閒静、姜女之貞烈、樊女之忠讓、驪姬之狼戾，宜亦有悚然而興、惕然而懼者矣。若班氏之文，雖真贋工拙未可深辯，而其義不失乎正。君子苟有取於斯圖，亦無擇於斯言也。夫予又聞唐郭良輔爲武孝經，宋崇文總目亦載大農孝經、酒孝經諸書者，今皆不復見矣，安得與此圖並傳，以爲博物洽聞者之助乎？

樊公讀書攻詩，有王晉卿之風，非徒溺於藻繪之好者。吾不敢效東坡留意之戒，姑因其請而識之。

題宋舍人草書後

宋舍人仲珩書，評者謂四體皆爲國朝第一。其真草篆，予皆及見之，信然。匏庵少宰所藏草書稷拂歌，與王允達舍人家所見稍異。殆其出入變化，不主故常，又非株守一格者比，真翰墨之雄也。但紙用粉箋，歲久剥落，殆無完筆，使觀者徒賞其風神而已。惜哉！

書賜遊西苑詩卷後

右賜遊西苑詩一卷，蓋宣德癸丑夏四月，宣廟賜文武重臣及諸侍從並遊内苑，閣老黄公淮已致仕，以謝恩至，特與焉。時館閣諸公賦詩以進，各録副卷於家。閣老楊公士奇序，已刊於家集。此卷則平陰武愍王家所藏者也。

於戲！君臣之際亦重矣。蓋必有天冠地屨之分，而又有家人父子之情，然後上下交而德業成。都俞世遠，始替於下堂之見。至于尊君抑臣之世，則變之極矣。後之所謂交者，乃流於近狎，失於浮豔，或者不於公卿學士，又移而之他，其爲治效，安足望哉？我朝自皇祖以來，優禮儒碩，遠超近代，凡一豫一遊，一張一弛，嚴而泰、和而節者，皆於此卷見之。宣德之治，固有得於體貌之隆、信任之篤者，誠億萬世所當法也。

東陽以後進菲才備員左右，不能贊明良喜起之化，於此亦竊有感焉。平陰之孫嗣成國公輔出卷相示，因敬書於其末。

書杏園雅集圖卷後

杏園雅集圖一卷，乃正統初館閣諸老西楊公而下九人會於東楊公之第，各賦一詩，二公爲前後序，圖則謝庭循所作也。當時此本蓋家有之，予始見於西楊之子太常少卿檟，再見於西王之孫順天府訓導綸，三見於南楊之孫尚寶卿泰。其規置意象，皆出一軌。蓋當笑談偃仰之餘，倉卒摹寫，宜有得乎筆墨之外。若太常、尚寶二君及東楊之孫吏部員外郎旦、東王之孫兵部司務仁，皆予所與識，其鬚髮眉宇固然莫殊也。庭循非文士，而獲託於樽俎圖畫之間，寧非以其苦心好藝，兹會所不可無者而然歟？

且自洪武之開創、永樂之戡定、宣德之休養生息，以至于正統之時，天下富庶，民安而吏稱，廟堂臺閣之臣各得其職，乃能從容張弛，而不陷於流連怠敖之地。何其盛也！夫惟君有以信任乎臣，臣有以憂勤乎君，然後德業成而各饗其盛。此固人事之不容不盡者，而要其極，有氣數存焉。然則斯會也，亦豈非千載一時之際哉！

今越六十年，而諸家子孫猶能什襲珍視，不失其舊，尤足以見功澤之深、文獻之相傳未泯也。時稱文貞爲西楊，文敏爲東楊，文定爲南楊，皆以居第爲别，其稱文端爲東王，文安爲西王亦然。今尚寶所居賜第尚在東安門外，舊與西爲相近。而東第所謂杏園者已易主，聞其家亦有此圖，不及見也。姑識於此卷之末，以復尚寶之請云。

書忠節録後

右忠節録一卷，少師謙齋徐先生録尚書吴公友雲死節事也。公宜興人，少爲國子生。國朝洪武初，高皇帝既定元都，魏國徐公禮遣赴京師，累官刑部尚書，出爲湖廣行省參政。坐事被逮，上重其才，釋之。時元梁王據雲南，尚未下，命公往諭。會梁王使其臣鐵知院等二十餘人使漠北，爲大軍所獲，上欲以恩懷之，令與公偕行。至雲南沙塘口，鐵知院等懼罪，説公改制書，共紿梁王。梁王亦遣人來劫降，逼令易服辮髮以見。公仗義直辭，以死自誓，遂遇害。梁王壯其節，命收其骸，送四川給孤寺藏之。

先是，金華王忠文公禕奉命往使，不屈而死，距公死僅二歲耳。後雲南入版圖，朝廷始知公死狀。及公子黻以其事來白，乃命馳驛歸葬，而許黻爲國子生。黻貧不能歸，葬公於武昌舊治，因占籍，長子孫，今閱再世矣。

弘治初，李尚寶應禎使湖南，訪公墓，不可得，乃爲傳以傳。比都御史王公詔巡撫雲南，聞先生道公事，謂忠文在正統間已贈官賜謚，建忠節祠，祀於其地，而公事獨未著，爲請於朝。今上命復贈公刑部尚書，謚忠節，與禕並祀，改祠額爲「二忠」。

兹先生所録者，其始末略備矣。方瘞葬公時，大夫士賦忠節詩爲卷，後并其誥命遺書，皆毁於火。潘子安海天清嘯集有詩一章，劉職方子高集四章，則爲公作者，故並録之。而凡書奏公移及續有賦者皆附焉。

惟我國朝用夏變夷，以綱常立天下，而以風節厲之。於勤事死節之臣，必有褒恤之制，雖先朝所未及知、所未暇行者，亦舉而行之，不以其人已遠、時已久而或置，可謂意周而法密矣。雲南遠在萬里外，殘胡餘孽，害我忠良，而其名迹顯著，歷百餘年如一日。英廟之恤恩、今上之秩祀，蓋推高皇帝瘞子返葬之意而行之者也。

嗟夫！時變境易，兵革擾攘之際，雖闕庭畿甸之下，節義之沈没者何限，況其他乎？金華文獻在國初極盛，故忠文事最著。公之名雖前輩所重，然非文足以輕重一世、言足以榮辱天下如先生者，則其事終不白而恤典未必行也。崇德報功之柄固繫於國論如此哉！若表前賢，重鄉邑，則先生之餘事，而其大者不在是也。東陽觀國史，知公名，又從先生獲睹兹録，因題其後。

書五賢遺像後

按察副使邵寶國賢按方正學所敍五賢者，各圖爲小像，請予識之。愚不敢議擬前賢，乃取張南軒所撰諸葛武侯祠堂記、蘇文忠進陸宣公奏議表及司馬温公神道碑、温公撰韓魏公祠記、魏公撰范文正奏議集序，摘其要語，各録於像之左方。

然又嘗考其所自言者，武侯則曰：「鞠躬盡瘁，死而後已。」宣公則曰：「上不負天子，下不負所學。」范公則曰：「先天下之憂而憂，後天下之樂而樂。」司馬温公則曰：「平生所爲，未有不可對人言者。」而魏公所謂盡力事君，死生以之，豈可預憂其不濟者，則司馬記已載之矣。古之君子自知之明，所學之正固如此，亦豈待乎贊頌表述然後白於世哉！

學古人者必論其世而原其心。國賢好古力學，蓋有出乎圖像之外，他日殆於此自考焉。國賢勉哉！

題唐宋名賢像後

右唐宋名賢像一册，凡十八人，予嘗見於費侍郎廷言家，蓋宋筆也。學士匏庵吴先生命寫真崔姓者摹爲此卷，雖神采略異而眉宇故存，觀者可以竦然起敬矣。

題宋諸賢像後

右宋諸賢像一卷，凡四十八人，匏庵吴先生所得。像與費侍郎本相出入，亦互有同異，如王、寇、文、富諸公尤甚。蘇像世所傳最多，大抵皆類此，其多髯者妄也。

嗟夫！士君子之德業文章名天下傳後世者，或曠世相感，或殊方交慕。每獲睹其遺容餘範，必起敬興歎而不能已，此人心之同然者也。顧殘縑斷素，累歲積世，出於兵燹道路之餘，雖其子孫亦未必能守，況其他乎？今去宋不數百年，而存者止此，非有所謂文章德業者，宜不得而與也。矧其間有子朱子在焉，雖欲不敬且慕，可得哉？謹題於卷端，復綴書其後云。

題元四臣像後

右元四臣像一帙，匏庵所藏。虞邵庵像，予嘗見之。吴草廬、程雪樓、揭曼碩皆未及見，見之實自今始。竊有所感也。元以夷狄入主中國，天下古今之大變。然其車書文軌，幾至百年，詞宗學士，後先相望，有不可泯者。惟名教節義，君子於前代之遺民、中原之逸士不能無備責焉，揭不暇論也。嗚呼！安得取别卷所藏文信公像置之几案，日薰沐而與之周旋也耶。

李東陽全集卷七十六
懷麓堂文後稿卷之十四

題跋

題宋理宗御筆後

宋理宗御筆七言律詩一首，後有「賜吴潛」三字，又有「庚戌」二字印，蓋淳祐十年履齋公爲參政時所賜也〔一〕。明年公入相，又明年遂罷。開慶元年再相，明年復罷。方其嚮用之時，恩禮優渥，至以文事相與，以治效相願，不旋踵而疏斥廢棄若未始有者，君子之難合而易退固如此。故苟非道交義合，乃徒以言辭體貌爲輕重，其可恃也哉？

吾鄉先達學士劉先生題是卷，慨君子小人之並用。蓋公紹定間爲郎官時，上疏有云：「毋並用君子小人以爲包荒，毋兼容邪説正論以爲皇極。」其於理宗固窺之深矣。今閲世累代，迹其故實，猶以爲朝廷之盛事，不亦重可慨哉！先生之題爲公裔孫學正原熙，原熙之孫爲今行人宗周。持卷視予，紙墨圖印完好如故。自其家觀之，其文與獻亦足徵矣，因贅於末簡而歸之。

【校勘記】

〔一〕「淳祐」，原作「淳熙」。按，淳熙爲宋孝宗年號，宋史理宗紀三，淳祐十一年三月，以吴潛參知政事，因據正。

書趙松雪十七帖後

古之名能家者，未始不有所師法。世傳松雪翁臨右軍十七帖，不啻數十本，他可知已。學書者以晉爲正，松雪書雖骨格有可議，而得其風韻最多，正坐是哉！此帖充道宫諭所藏。遇所得意，往往有咄咄逼人之勢。較之其所自書，雖妥貼未逮，而奇拔過之，亦豈非述法之易而創制之難乎？後之學松雪者，失其風韻而規規骨格之間，是宜其弗逮遠矣。

書東萊先生手稿後

右東萊先生送張孟遠序稿一通，舊藏於孟遠外孫潘日敏氏。元季金華諸名士如胡汲仲、柳道傳、吴正傳皆有題識，知爲先生手筆無疑。但紙墨磨滅，前一行已不可句，每行下一字皆横截以去，以意屬讀，僅可成篇。而汲仲乃稱孟遠爲孟陽，不知何據。按孟遠名傑，於義爲近。意者有别字邪，抑其誤也？

其前有朱崇者，自稱爲宋遺民，幸生於三四十年之前，得以講明諸老之學，因歎後生者視咸淳又隔一宇宙。且與日敏所識，皆不書年號，而書甲申，元世祖二十一年也。是時宋既改物，宿儒故老猶有感於文軌之遷革、衣冠之塗炭，而不忍自附於膚敏祼將之列，先生之遺風善俗，於此尚未泯也。及其既久，而并此失之，乃徒以前朝故物相夸耀，何哉！

艾都憲德潤所藏古書畫甚富，近得此帖，獨寶重之。間以視予，予於此亦有感焉。若先生之文章道德，天下後世所共知，兹不敢贅也。

書沈石田詩稿後

右石田沈君啓南詩稿若干卷，吴文定公序之詳矣。初，文定以寫本一帙視予，欲有所序述。嘗觀擬古諸歌曲，愛其醇雅有則。忽忽三十餘年，聞石田年益高，詩日益富，至若干卷，總之爲若干首，間始刻於蘇州，而文定已捐館舍。翰林吴編修南夫來自蘇，則以石田之意速予，予憮然感之。

夫形聲之在天下，皆出於自然。然亦有詩歌以爲聲、藻繪以爲形者。其大用之朝廷邦國，固未暇論；而閭巷山林之下，或不能無。若論其至，亦可以通鬼神，奪造化。降於後世，乃流爲技藝之末，而造其妙者猶以爲難。説者謂詩爲有聲之畫，畫爲無聲之詩，二者蓋相爲用，而不兩能。若詩之爲聲，尤其重且難者也。

石田寄意林壑，博涉古今圖籍，以毫素自名，筆勢横絶，夐出蹊徑，片楮匹練，流傳徧天下。情興所到，或形爲歌詩，題諸卷端，互以相發。若是者不過千百之十一，故多以畫掩其詩。及其撫事觸物，感時懷古，連篇累牘，則藏於其家，非遇知者，斂不自售。今既梓行而人誦，則詩掩其畫，亦未可知，而惜予之不盡見也。姑以是復南夫，且終文定之諾云。

石田名周，蘇之長洲人，石田其所自號，年八十有一。

書蒙翁書劉静修詩後

外舅蒙泉岳公謫戍肅州時，嘗書劉静修幼安濯足、淵明歸來圖二詩。肅人藏之，幾五十年矣。常侍御承恩西巡，得而歸，募善繪者爲二圖，共稡爲卷。閒覽而傷之。

静修天下士也，二圖之題，故非漫作。我公以忠直致禍，幾死不測。其書此詩，則感流寓之久，念遄歸之樂，託志寄興，確然不失乎正者，亦已深矣。東陽尚友古人，景慕前哲，無能爲一辭之贊。嘗讀静修詩集，有所擬述，輒附録於後云。

書文公先生繫辭本義手稿後

太常少卿兼翰林侍讀費君子充，得晦庵先生易繫本義稿本數紙。皆烏絲欄，大小字，分經註書，間有竄易。即所竄易，與世所傳定本亦或不同。其意同而辭異者，不敢悉舉。如「遊魂爲變」，注曰：「魂既遊，則魄降而爲變。」定本乃曰：「魂遊魄降，散而爲變。」蓋其初説似微有次第之可議，而定説則見魂魄相離，無分先後之意，方爲精當。「五位相得而各有合」，注曰：「一與六相得，合而爲水，二與七相得，合而爲火。」定本乃曰：「一與二、三與四，各以奇耦爲類，而自相得。一與六、二與七，皆兩相合。」而語録亦曰：「相得如兄弟，取其奇耦之相爲次第；有合如夫婦，取其奇耦之相爲生成。」又曰：「甲乙木、丙丁火相得，甲與己、乙與庚相合。」蓋初説止一義，定説則於經文而字，各字皆有著落，而義益完足矣。

先生明聖學傳道統之功，固無俟論，至于訓釋經傳，剖析義理，繭絲牛毛，各極其至，而明暢妥帖，無復遺憾，天下莫加焉。先生嘗自謂字字從分金等子上稱來。今觀命意造語，累易而後定，然後知其用心之密也。今之學者苟能誦習而講求之，雖中人可以見道。使此義作於宋之前，彼以文章名一代者得而觀之，豈復疑於是書，至以爲非孔子所作哉？

蘇子由告身跋

右宋蘇文定公轍告身一通，乃大觀二年徽宗造八寶成肆赦加授中奉大夫者，藏於霍山裔孫文斌。

景泰元年，文斌卒，妻仵氏守節不嫁，撫其三歲孤虎底於成。成化四年，以舊業爲鄰人所侵，攜虎持誥，愬於巡撫都御史王公竑。王公見其卷軸斷裂，惟故綾誥詞及三省官名、尚書省全印尚存，謂仵曰：「此爾家世澤，不可棄也。」仵以匹絹屬六安衛張千户爲之裝飾，張誣爲質物，責貸金若干兩。有所赴愬，遣人遮止之。後仵死，虎孱，不能直。張亦貧甚，以誥予范千户，易穀六斛。指揮使張時頗涉書史，掩而得之。弘治十三年，過廬州，爲知府馬君金道其事，遂以遺馬。馬攜至南京，裝飾復完。訪蘇氏後，無所得。至十八年，始得虎，乃取而歸之。

嗟夫！故家文獻，惟制誥爲重，蓋國之典命在焉。然唐之中世，已有以告身易一醉者。若宋之盛時，此詔方下不數年，所謂八寶者，幾爲俘物。至于歲久代易，子孫墳墓皆失其故里。是物之存，乃屢經於喪亂之變，累脱於攘竊之手而後得，可不謂難哉！然則物之存亡得喪，固有數焉。而馬君之希古好德，公天下之物而不爲私者，亦不可泯也。故既記所建三蘇祠，又爲題其卷尾。蘇之後人，其自今永寶之哉！

跋聚芳亭卷

少保湖州閔公朝瑛出其七世祖介甫提舉聚芳亭卷視予。介甫蓋其祖字，本不仕，提舉則鄉俗所稱，如待詔、將仕之類耳。記一通，乃元至正間紹興路儒學正陳遇所著，稱亭扁爲九皋學士所書，而不舉其姓字，亦已逸去矣。詩若干首，皆東南人士，而緇黄之徒亦與焉。詩不必皆工，其字畫往往得松雪餘緒。有趙桐生、趙肅者尤爲近似，意者或其族人。有陳恂者號亦山，則學正之族無疑也。又有平湖錢永壽。

平湖本漢故邑，後隸海鹽，本朝宣德間始析爲縣，隸嘉興府，嘉、湖固鄰郡地，平湖或其鄉名，昔已有之，亦未可知也。湖經元亂，以張士誠爲我驅除，納之盛世，得不轉徙，故家文獻猶有存者。

少保公以科甲起家，位登三事，文學治行，爲累朝耆舊。亢宗拔族，於前有光。而其先世之清風雅尚，託之冠裳鉛槧之間者，吾能徵之矣。夫所謂聚芳者，名花異卉，蕩爲浮埃，不足深惜，而詩書圖史，遺芬賸馥，在其子孫者其來未艾，謂非少保公之賢而致然哉？

公與予同舉天順甲申進士，累官太子太保刑部尚書，少保則致仕時加命也。予既爲補書亭扁於卷首，因復識於後如此云。

跋宋高宗御書養生論後

右嵇康養生論一卷，真草相間，用智永千文體，後有「德壽御書」印。德壽，宋高宗宫名。作於紹興十八年戊辰，實中興之二十二年也。又九年丙子，孝宗受禪，始尊高宗爲太上皇，退處德壽。又十四年，年八十一而崩於是宫。

此書蓋倦勤時筆，計其年當過耳順，而楮墨精密乃如此，豈真有得於養生之説故歟！史稱其博學强記，繼體守文，而撥亂反正，復讎雪恥爲未足。觀於是書者，其亦有所感矣。吾友楊應寧都憲得此而藏之，敬題其後。

跋王守溪所藏古墨林卷

古墨林一卷，守溪王先生所藏也。

宋蘇長公一帖，即萬竹山房所刻者，與黄山谷、蔡君謨二帖皆精絶。米南宫後一帖亦佳，前一帖自稱醉書，而其本朝御府題跋極其獎許，蓋寧宗嘉定間筆也。張即之小草，世所鮮見。元鮮于困學後一帖，殊有思致。李雪庵以楷書名，此一帖行草亦渾樸可重。予嘗見其大幅草庵字，正如此。虞邵庵一帖，稱歸隱時作，然猶當在目眚前也。蘇昌齡仕僞吴爲學士，周伯温爲執政，其人不足評，而詞翰皆可取，但周草不及其篆書遠甚。楊鐵崖不以書名，而矯傑横發，稱其爲人。陳文東國初名筆，松人宗之，此一帖校其楷書，頗似不及。姚少師一帖，小楷書其詩，跋乃後數年作，稱侄繼代書。惟律詩一帖，頗效蘇書。後書「與仲温賢友」。仲温蓋宋克字，此亦必國初人，而不著名氏，不可考也。嘉興周鼎伯器題其後，則遂以爲南宫宋，恐爲誤句。但所謂雲東逸史者，乃前御史姚公綬，知此卷爲姚氏物。姚亦能書，有識鑒，故輯此卷爲精。然其没不二十年，而已再易主矣，可勝歎哉！卷首三篆字，太僕丞金湜本清書。金善摹印，篆亦不俗。予既跋此卷，亦别篆三字於後。

是日，在閣署，與守静焦先生同觀。守静云：「嘗聞趙松雪過酒肆，見其帘字，駐視久之，謂當世書無我逮者，而此書乃過我。問知爲一僧書，則雪庵李溥光也。因俟僧來，肩輿往會。與語而合，薦之朝，累官昭文館大學士。」守溪亦云：「姚少師賑濟還吴，見酒帘字，問知爲一少年書，呼而見之，養以爲子。太宗官之，至太常少卿。今其子孫存焉，是代書此跋者也。」此二事皆奇而相類，故附書之。

書柳誠懸處州帖後

顔魯公楷法嚴重，而行草流動，首尾貫串，若無端倪。柳誠懸此帖，深穩醞藉，與世所傳石刻矜持結束、絃直而鐵屈者如若出二手，觀書者固不可一律論哉！然世恒謂顔筋柳骨，故雖醞藉流動之中，所謂筋與骨者固在也。因與克温學士談二家書法，故併及之。

七賢過關圖跋

論七賢過關圖者多矣，會稽劉孟熙霏雪録所載差詳。蓋黄山谷嘗題之曰：「眉山老書生作此圖，人物各有意態。」又謂七子者皆詩人，此筆乃少丘壑意。以爲趙子雲之苗裔，摹擬漸密，而放浪閒遠則不逮。其言止此，不指爲誰某也。元曹文貞公伯啓集有詩曰：「清談飄逸事陵遲，七子高風世所師。公室傾危無砥柱，服牛乘馬欲何之。」意指晉代清談之流，不知何據。今觀漢泉集乃無此詩，不知有别本否也。録又稱虞邵庵有題孟浩然像詩曰：「風雪高堂破帽温，七人圖裏一人存。」又稱國初唐愚士有詩曰：「七騎從容出帝閽，蹇驢驄馬雜山犉。瀛洲學士參差出，十八人中一半人。」則是皆以爲唐人矣。

予觀雪樓程鉅夫集有詩曰「長庚自是謫仙人，子美逢時稷契臣。風雪茫茫五君子，醉吟猶得繼清塵。」又嘗聞吾友倪文毅公岳稱其父文僖公嘗見舊圖，人各有標目，有王維、史、白者，而不能悉記也。吾甥崔禮部傑世興近得錢舜舉白描卷，自題曰：「七賢相顧度關時，正是天寒雪又飛。大抵功名俱有分，跨鞍何事不知歸？」卷後西河李進者題長句有曰：「開元天寶全盛時，閭閻巷陌皆能詩。」又曰：「承平何事有行役，況復衝寒欲何適？無乃漁陽兵亂後，飄泊天涯共爲客。」又曰：「宋公七言變風雅，崔李王岑各相亞。誰言行輩不同時，雪裏芭蕉古曾畫。」又海鹽李孟璿題曰：「摩詰也知偏善畫，謫仙應是最能詩。」又三山秦懋題曰：「輞川圖繪吳興畫，太白文章槜李詩。」海鹽李季衡曰：「謫仙之問詩無敵，輞川繪事尤難匹。高岑崔史總奇才，豈少佳章紀行役？」大抵以爲唐人也。

今此圖摹寫遍天下，而牛驢羸馬、氈裘大帽、關山風雪之狀皆略相似，蓋必有所本者。而鑒賞考索之家，竟不能得其本末，何哉？崔甥間以質予，予亦不能悉也。姑輯舊聞以俟。

跋米南宫墨迹卷

右米南宫書七言律絶四首，後有畢長史、張掄二跋，斷爲真迹無疑。米書與蘇、黄並價，而各不相下。大抵蘇、黄優於藏蓄，而米長於奔放。今觀此帖，則奔放之外有藏蓄之風焉。予所見米書，似此絶少，評書者當自知之。

屠丹山詩卷跋

右太子太傅丹山屠公手書長歌一卷，以遺贈太保周文端公者也。弘治間，二公並爲吏、户尚書，曹署相聯接，篇章相倡答，胥史僮隸給役不暇。大抵周詩尚精鑿，屠詩尚捷速，體不必同，而同於好樂。觀丹山此卷，每章動數十言，亹亹不厭，其捷可知已。及二公先後致政歸，不相見者數歲。更化之初，相繼召用。時禮曹事簡，文端多引疾在告，而丹山以臺務倍冗，舊興頓疏。不數月，文端復遂歸志，此卷蓋别時所贈者。未幾，丹山亦復歸。歸又閲數月，而文端之訃至矣。

嗟夫！出處進退，士君子之大閑，其間聚散欣戚，固有不可得而齊者。二公承召而起，奉身而退，蓋略相同。惟文端好得考終，贈穹階，加美謚，事定於蓋棺之後，家傳於授簡之餘。則雖言語詞翰，皆文獻之所在，宜斯卷之長存也。文端之仲子尚寶少卿曾請跋於予，蓋公治命。既爲位哭公，始得援筆以附挂劍之義，尚寶乃受而藏之。

書化度寺帖

予兒時亟聞先憩庵府君稱化度寺帖妙出九成宫右，而未獲見。見汝帖數十字，已磨滅不可觀，每以爲恨。

今太師英國張公間出所藏舊帙，乃駙馬李祺家物。銘敍略備，其空紙處率用印識，若文書家所用蓋印者。帙後若趙松雪、揭曼碩、巙子山諸公皆有題識。惟謝端所謂藏鋒、王沂所謂神氣深穩者最爲得之。周馳云石刻羽化已久，則此固二百年前物也。

公博雅好文事，尤重世澤，其永寶之，如李氏所識也夫。

書先府君遺墨後

先考贈光禄大夫柱國少傅兼太子太傅户部尚書謹身殿大學士府君嘗衍永字八法，變化三十二勢式，及結構八十四例，著論一道。景泰間，上之朝。既不果用，論例稿手自藏弆。比棄養後，發篋見之，爛紙斷墨，殆不能讀，而所謂勢與式者，已失之矣。

弘治己未，内弟太子太傅成國朱公廷贊嘗出所藏勢式一帙，則府君中年所書以贈外舅太師莊簡公者。東陽不覺哭失聲，於是補訂家藏論例之闕〔一〕，復取其所謂勢式者，彙成全帙以藏。

越十餘年，屬國子生太原宋灝者摹勒大字勢式，而論例字小，又多殘缺，東陽乃手録於石，而篆題其前曰懇庵府君字法手稿，并刻焉。

東陽不肖，不能嗣習楷法，粗以舊聞，用存手澤，以畢平生之志。若其品格意義，則有名能書家者在，非不肖可得而與也。正德庚午十月望日，男東陽拉淚書。

【校勘記】

〔一〕「例」，原作「列」，顯以形近而訛，據下文「而論例字小，又多殘缺」及抄本正之。

書顔魯公祭文稿後

顔公楷法端嚴，一筆不苟，書家者流或頗疑其局滯。及其屬草之際，流動飛越，莫知端倪。如西安所刻坐位帖者是也。漂本序稿，予嘗見其真迹於蔣御史宗誼家，始知石刻去墨迹遠甚，恨坐帖真迹之不見於世也。

此稿乃在東京時祭伯父文，嘗於陸詹事廉伯家見之。少宰李叔淵得以相視，吴文定公及邃庵楊都憲皆有題識。方與喬亞卿希大三復撫玩，又不知此書曾有石刻否，有之當復何如？姑識卷末，以俟知者。

書陸中書所藏卷後

嗚呼！吾友静逸陸先生之卒二十餘年矣，其子中書舍人爰輯予嘗所還往簡札數十紙爲卷，蓋自筮仕以來幾五十年者，皆在焉。

予展卷諦視，猝不知爲何人筆也。因撫而歎曰：「人之少老，其異一至此哉！」當弱齡驟進之時，粗率簡略，莫知所裁，固不可與静逸並駕。第意氣之周洽、志趣之符合，倉卒造次，亦不相遠，而箴規磋切，予得之静逸尤多。據時考事，誠亦有不可棄者。況卷尾一紙，静逸已不及見，其於存没聚散之際，可勝道邪！吾家私稿所識不過一二，而中書君乃能俱藏並録，無所遺失，固趨庭授簡之餘事，而篤念舊故、嗜文好學之誼，亦於是存焉。

予之始觀不覺有宋景文欲焚少作之意，徐而思之，知其志之不可咈，且自懼老耄之年，所得與所進無幾，爲不足校也。乃爲之標首跋尾，憮然而歸之。

書石勒聽講圖後

石勒令人講漢書酈食其勸高祖立六國後，以爲此法當失；聞留侯諫，乃云賴有此耳。彼胡以膽力騎射自負，未嘗誦習韜略而及此，不可謂不難矣。史稱勒雅好文學，起兵時立君子營，既僭位，置史學祭酒，其亦有所得而然乎？勒之答徐光云：「若遇高皇，當北面事之，與韓、彭比肩。」及其聽講，乃與留侯之見合，若高祖所不及。然借箸未還，而銷印已趣，高祖固兼留侯而有之矣，且勒亦非真達義理，識事勢，不過校計於利害之私。彼張賓自比留侯，勒所委重，所爲建議，亦不過猾夏干紀之事，罪不容誅。寸長一得，蓋不足置喙於其間也。

此圖殆元人所作，意氣之雄黠、耳目之傾注，宛若聽説發難然者，亦獨非有所發感於其間乎？觀者其不以畫視之，而以史視也。吾甥崔禮部傑得之，予覽而有感焉，爲題其後〔一〕。

【校勘記】

〔一〕「題」，原作「顯」，顯以形近而訛，據文義與抄本正之。

書石鼎聯句圖卷後

右石鼎聯句圖一卷，凡八段，每段摘韓文公序語分書其次。紙縫有小御書印，後有宋學士跋語，定爲宋思陵書，李公麟畫。

觀其苦吟傲睨，潛行悵望，風神意態，各極其妙，而筆勢圓活，若真有契會然者，謂爲公麟真迹固宜。思陵書意度整暇，且當國諱則闕，其點畫間有遺誤，不復竄補，揆之事體，亦有宜然。夫以宴安玩愒之時，雖詞章藻繪之事，猶足以妨治而養亂。若石鼎之詩，説者謂文公寓言戲作，非實有此人與此事。即有之，亦不過騷人墨客所與資脣吻、適情興者，其於身心理政無益也，而況有甚於此者乎？

此卷蓋廣信張真人家所藏，故印識猶有所謂「留侯世家」者。比楮墨散脱，爲家人輩包裹果物。監察御史李自石見而收之，敘次表飾，完整如故。因又歎其世家故物而使之散佚不守，曾經籙符劍之不若，則雖道家者流如軒轅彌明者，亦難乎其人矣。噫！

書范寬下蜀圖卷後

右范寬下蜀圖，往歲於謙翁徐先生家見之。翁精鑒識，相與歎宋初武功之盛、繪事之妙。翁不可作矣，比再見於其孫尚寶丞文焕。嗟乎！四三年來，蜀寇未靖，安得起翁於九原而與之一慨也邪！

書戴都憲手稿後

此松崖都憲壽東山司馬詩手稿也。越數日，未登軸而松崖已物故，司馬乃爲之罷會。蓋此詩作於十二月中，松崖以明年二月初七十，以次當壽。曾不幾時，而竟莫能待也。人生離合之無常，可歎哉！予既遣人録其詩，因題於稿末以歸司馬，爲後來故事。時弘治十八年歲未盡七日，松崖没後一日也。

李東陽全集卷七十七

懷麓堂文後稿卷之十五

祭文

同年祭倪文毅公文

昔在先皇，登崇俊良。公我同進，並躋玉堂。經帷啓沃，史筆鋪張。宴必接席，班必聯行。公當此時，顒顒昂昂。南省擢秀，中台耀芒。車書玉帛，黼黻文章。宫保晉秩，留司贊襄。入掌天曹，左右帝旁。進退人物，訏謨廟廊。公當此時，炳炳琅琅。我唁公病，握手在牀。哭聲載門，我吊公喪。迹謝朝籍，魂歸江鄉。公當此時，窅窅茫茫。凡在士類，罔不盡傷。矧我兄弟，哀胡可當？執紼有日，東芻是將。

嗚呼逝矣，何日而忘！

同年祭傅文穆公文

嗚呼！鄉有先達，國有舊臣。培養成就，代不數人。公之文章，演迤奫淪。公之性行，縝栗温純。詞苑毓秀，卿曹致身。功在啓沃，業存經綸。地極台斗，望隆冠紳。遊鷗始運，屈蠖方伸。中道傾逝，天胡弗仁！友朋之義，休戚實均。共期僇力，以贊化鈞。公今棄我，孰與爲鄰？昔我同年，如木向春。今我同年，若星在晨。嗟公已矣，寧不傷神？執紼而餞，玉河之濱。目送行旐，心隨去塵。與公永訣，涕淚盈巾。嗚呼哀哉！尚饗。

復畏吾村舊塋告先考墓文

維弘治十六年歲次癸亥二月戊戌朔越二十五日壬戌，孝男具官東陽敢昭告於顯考贈資政大夫禮部尚書兼文淵閣大學士府君尊靈曰：

東陽伏承治命，以祖塋狹隘，弗寧厥居，哀痛惶惑，厝於兹土。先妣舊封，猝未克合，宅域未備，碑表未建，因循苟簡十六七年。比因長男兆先之喪，追念體魄，欲別卜佳城，以次遷祔。蓋嘗遠涉房山，改築樹村，而山崎地衺，卜不協吉。窮則反本，竟歸故域。乃竭志倍力，盡市其旁近地百有餘畝。可以周築垣墉，通行神道。昭穆可序，遷合有期。平生鬱抑之懷，一旦而遂，感激之至，轉成悲傷。是用告諸墓前，上慰靈爽。俯仰今昔，哀何可言！謹告。

遷葬告先考文

維弘治十六年歲次癸亥五月丙寅朔越十三日戊寅，孝男具官東陽敢昭告於顯考贈資政大夫太子少保禮部尚書兼文淵閣大學士府君之墓曰：

舊塋既復，遷合有期。比者請假於朝，伏蒙聖恩，特賜葬祭。增光墟墓，倍感衷腸。敬卜良辰，奉啓玄宅。憑棺叩顙，宛接音容。畚鍤之聲，恐干靈爽。事非獲已，情實難任。道路伊邇，松楸在望。仰惟先志，視往如歸。季弟東溟，幼男兆同，祔葬已久；長男兆先，權殯未窆：並從遷祔。謹告。

將合葬告先妣文

維弘治十六年五月丙寅朔越十三日戊寅，孝男具官李東陽敢昭告於顯妣贈夫人劉氏之墓曰：

吾母之喪四十八年，吾父新塋久未克合。心懸兩地，痛徹終天。遷祔有期，褒恤旋降。人謀既協，神相攸同。預告幽靈，仰祈明鑒。謹告。

合葬告先考妣文

維弘治十六年歲次癸亥五月丙寅朔越十八日癸未，孝男具官東陽泣血告於顯考贈資政大夫太子少保禮部尚書兼文淵閣大學士府君、顯妣贈夫人劉氏曰：

嗚呼痛哉！自我先祖葬曾祖考妣於畏吾村，吾母之墓，實在右穆。墓地狹隘，不過二畝。吾父吾叔志存增拓，爲有力者所據。病間遺命，飲恨而終。暨別葬於故城小西門，遷祔事重，不敢輕議。松楸相望，曠如山海。左瞻右盼，五内分崩。痛定而思，有悔無及。邇歲別求吉壤，百計莫諧。長男兆先旁殯墓舍，久而未祔。哀與日增，天誘其衷，復圖舊地。宅域既闢，樹築荀完。仰荷聖天子優假之恩，貸以旬日，褒恤之典，過於尋常。地利天休，皆出望外。神人協相，悲感交并。

嗚呼！生也同堂，没而同室，昭穆具在，子孫列侍，吾父母之靈若可以少慰矣。東陽不肖，生不能盡承顏養志之禮，喪不能致慎終追遠之誠，不孝之罪，何其可黷？捫心叩顙，無以自容。誓竭庸駑，用圖不辱。尚祈恩庇，佑我後人。謹告。

亡弟東溟，并此附告。

安葬告兆先文

汝爹告兆先：汝久未葬，實傷我心。葬既有日，聽我告汝。小西門之地，汝所樂也，不得已而遷；畏吾村之墓，汝之所常病心焉者也，而歸之：皆汝平生意料之所不及也。

嗚呼！送死大事，其責在汝，我乃行之。人亦有言，可謂倒行而逆施矣。今上而遷父合母，下而葬子，勞苦不足論，吾何爲其心哉！汝其從汝祖，依汝母，攜汝弟，以安處於斯也。嗚呼痛哉！

幼男兆同，并此附告。

遷葬告曾祖考妣等文

維弘治十六年歲次癸亥五月丙寅越十八日癸未，孝曾孫具官東陽敢昭告於顯曾祖考處士府君、曾祖妣孺人賀氏、顯祖考贈資政大夫太子少保禮部尚書兼文淵閣大學士府君、祖妣贈夫人陳氏曰：

兹者奉吾父資政府君之柩，自小西門與吾母劉夫人合葬於此。弟東溟、男兆先、兆同並從遷祔。昭穆具備，骨肉咸萃。伏惟尊靈默佑，永底安吉，庇我後人。

先叔父百户府君、叔母孺人唐氏、亡室贈夫人劉氏、繼室贈宜人岳氏、亡弟東山、東川，同此附告。

祭衍聖公孔以和文

嗚呼哀哉！疇昔之歲，公來京師。凡我斯文，載遊載嬉。月夕風晨，左書右詩。惠而過我，不醉無歸。二十餘年，敬久不衰。婿我猶子，聘我令儀。曰此大宗，實維本支。後繼我者，非此其誰？公奉兄命，我慰母慈。吉卜既協，家人具宜。我子東行，驥尾是隨。誼重骨肉，勢忘崇卑。笑而謂我，此會何時？踵未及還，樂極生悲。公書吊我，情見乎辭。公病不朝，星霜再移。爲公屈指，秋以爲期。訃音倏來，將信將疑。東望停雲，涕淚交頤。瞻彼闕里，莫摳我衣。濟上之約，雖悔可追。公有令聞，美玉良珪。公有高懷，月霽春熙。一旦而没，云胡弗思？孔廟之焚，公適罹之。梁木既構，斯人則萎。我爲公慟，匪獨予私。欲往哭公，室是遠而。何以致我，絜酒炙雞？辭以爲侑，公知不知？嗚呼哀哉！尚饗。

祭李孺人岳氏文

蒙泉翁門，有女六人。歸李者四，其一則學士之婦，符卿之賓。有孝有則，於宗於姻。家有禄食，國有錫恩。然而健者半，病者半，邅屯坎坷，餘二十春。嗣未及延，而已弗自保其身矣。我蒙翁之澤，於是而盡。吾黨之厄，亦何相因至此耶！聞訃之日，執紼之辰，吾方在告，情莫得而伸也。一觴之奠，聊以致吾親而已。嗚呼！其聞邪，其弗聞邪。尚饗。

葬冢婦告墓文

維正德元年歲次丙寅三月辛巳朔十六日丙申，孝曾孫具官東陽敢昭告於顯曾祖考、顯祖考、顯考贈光禄大夫柱國少傅兼太子太傅户部尚書謹身殿大學士府君、顯曾祖妣、顯祖妣、顯妣贈一品夫人之墓曰：

兹者合葬冢婦潘氏於長男兆先之壙。此兒此婦，聰明孝順，能事鬼神。靈其庇之，俾永永相從於此也。嗚呼痛哉！謹告。

又

汝爹告兆先：兹者合葬汝婦潘氏於汝墓。惟汝夫婦，其無復養我及汝母也。嗚呼痛哉！

祭海鈞蕭先生文

維年月日，具官某病告初起，乃能以瓣香匹帛遥祭於朝列大夫福建按察司僉事致仕海鈞蕭公之靈曰：

我友天下，爲士實難。定山有莊，南屏有潘。公起東徼，周旋其間。窮滯太學，達登諫垣。謫郡蠻陬，佐憲閩藩。地歷險夷，事異悲歡。凡今之人，辟難求安。難進易退，惟公有焉。義重金石，情傾肺肝。山限海隔，神交意傳。自壯及老，逾四十年。世路將别，盟言未寒。千里一訣，下歸重泉。凡今之人，雨覆雲翻。終始不負，孰其能然？公哭我子，有詩載編。今我哭公，匪銘曷宣？手閲遺書，淚雨涓涓。日望飛旐，心旌懸懸。絮酒而吊，哀何可言！尚饗。

祭劉舅文

嗚呼哀哉！吾母之黨，獨吾舅存。骨肉之喜，豈惟似人？壯别天闕，晚歸玉門。聚散欣戚，餘三十春。今忽棄我，吾疇與親？哭不憑棺，葬不繞墳。寧我恝心，我疾在身。公則諒我，九泉有聞。曷以慰公？視我銘文。一奠而訣，哀胡可云？嗚呼痛哉！尚饗。

祭曾尚書文

人生會聚，可謂甚難。南北殊蹤，壯老異觀。惟今之悲，乃昔之歡。凡我同年，迭倡交和。朝必充廷，宴必盈坐。惟今之吊，乃昔之賀。過公之門，鄰哀巷憐。登公之堂，男涕女漣。挹公儀容，不見周旋。聽公音聲，不聞笑言。公壽實希，年既逾七。公官實高，品既登一。公名不隳，公行可述。公無往憾，我自公恤。陳詞敍哀，侑我芬苾。平生之交，於此永畢。嗚呼哀哉！尚饗。

祭葉錦衣文

維公之先，自越移燕。我亦楚徒，如萍水然。絲蘿之緣，以世以年。公以武顯，有位有權。有守有爲，有行與言。終始之際，儒生所難。公壽已希，胡不少延？病起而吊，哭憑其棺。公子公孫，衰絰在前。公不我迓，悠悠九泉。靈輀駕矣，何日而還？辭以奠之，有淚汍瀾。嗚呼！尚饗。

祭老王文

正德四年十月初七日，老兄王彦實既殯斂十日矣，西涯居士遣兒子兆蕃以常饌俗語，爲文祭之曰：

嗚呼老王！房山之房，樹村之莊。有穀爲我箱，有果爲我筐。夏不擇雨水，冬不避雪與霜。小西門之壙，畏吾村之鄉。遷我老父，葬我兩郎。内爲我造壙，外爲我築墻。視我疾病，助我婚喪。自我記事，如夢一場。凡我骨肉，一存九亡。豈無後生？不如老蒼。

嗚呼老王！少而辛勤，老而善良。不惱我公事，不倚我勢强。汝病思我，我豈汝忘？竟不見而死，如何不傷？今我吊汝，汝不下堂。妻號於前，子哭於傍。汝不通文章，而知我心腸。供汝以酒肉，告汝以家常。知乎不知？哀哉老王！

孔氏女大斂告文

維正德五年歲次庚午十月甲申朔越二十七日庚戌，汝爹及汝娘以官酒家食告於孔氏女之靈曰：

吾女生於此，既嫁而歸。卒於此，斂於此。吾老矣，猶及見焉。嗚呼痛哉！

祭孔氏女文

維正德五年歲次庚午十一月癸丑朔越二十七日己卯，汝爹汝娘暨闔宅尊幼人等，以剛鬣柔毛庶羞之奠祭於亡女孔宗婦之靈曰：

嗚呼痛哉！我女之生，玉韞珠藏。我女之嫁，鳳翥鸞翔。我女之行，山遥水長。椿萱並茂，琴瑟相將。蹙封圭組，相祀烝嘗。我女不樂，懷爺戀娘。廟庭赫奕，府第輝煌。莊田遍野，桑棗成行。我女不樂，言非故鄉。我女歸寧，歡聲滿堂。我女疾病，舉家皇皇。疇昔之夜，我夢不祥。我女告終，竹死蘭殤。無論骨肉，鄰嗟道傷。婆與汝棺，母掃汝房。棄汝藥餌，還汝衣裳。含汝斂汝，汝夫在旁。

我女何女？質美德良。我生何生，有女無郎。汝弟既没，汝兄亦亡。嗟我老矣，形單影雙。觸物感事，摧肝裂腸。今日何日，景物異常。雪慘風凄，雲日無光。昔汝别時，涕淚淋浪。今汝去矣，形聲渺茫。求之不得，四顧徬徨。我有官酒，汝不復觴。我有家食，汝不復嘗。吁其逝也，何日而忘？嗚呼痛哉！尚饗。

孔氏女祖奠文

維正德五年歲次庚午十二月癸未朔，孔氏女之喪將發，汝爹暨汝娘以酒食之奠哭而送之曰：

李氏之女，孔氏之婦。歸寧我家，返葬其墓。禮也則然，亦維命故。汝之體魄，歸則有處矣。魂之來兮，其尚能一年而一度也邪？嗚呼痛哉！尚饗。

祠堂成告文

維正德六年歲在辛未八月戊寅朔越六日癸未，孝玄孫特進光禄大夫左柱國少師兼太子太師吏部尚書華蓋殿大學士東陽敢昭告於顯高祖考處士府君、顯高祖妣譚氏、顯曾祖考贈光禄大夫柱國少傅兼太子太傅户部尚書謹身殿大學士府君、顯曾祖妣贈一品夫人賀氏、顯祖考贈光禄大夫柱國少傅兼太子太傅户部尚書謹身殿大學士府君、顯祖妣贈一品夫人陳氏、顯考贈光禄大夫柱國少傅兼太子太傅户部尚書謹身殿大學士府君、顯妣贈一品夫人劉氏曰：

粤自幼齡，屢遷第宅。比居兹地，十有四年。墓域已成，家祠尚隘。比因雨潦，上漏旁欹。怵惕警心，悲傷次骨。乃勤新構，稍拓舊規。面陽背陰，昭穆並序。棲靈有所，抱痛無窮。仰冀恩慈，俯垂鑒佑。謹告。

祭方石先生文

維正德六年歲次辛未八月戊寅朔越十二日己丑，具官友生李東陽乃能以瓣香匹帛遥祭於故通議大夫禮部右侍郎贈尚書謚文肅方石謝先生之靈曰：

嗚呼！士有曠世而相感、終身而不相信者，是非可以笑貌爲，亦不可以口舌論也。或符契之左右，或枘鑿之圓方。間之而不能使之離，强之而不能使其常。蓋嘗有概於聚散，而曷能無意於存亡？方其並舉甲第，聯步詞林。忘年合誼，異地同及乎志薄功襟。以文字相劘，以道義相箴。諒羣衆人而得此，予不自知其何心。託文章以自名，趣懷高尚。回車乎九達之間，振衣乎千仞之上。顧勳業之未終，放。是宜稱國士而有光，齒前賢而無讓者也。

嗚呼！我志君乎，公行我知。神道之銘，匪我其誰？所謂上爲天下慟而下以哭吾私者，吾嘗聞之矣。豈但慨晨星之落落，傷宿草之離離？惜往日之不再，歎人生之有涯而已邪！尚饗。

刻字法手稿成告先考墓文〔一〕

維正德六年歲次辛未十月戊寅朔越三日庚辰，孝男具官東陽謹以刻成永字八法手稿一部，焚於我顯考贈光禄大夫柱國少傅兼太子太傅户部尚書謹身殿大學士憩庵府君之墓，爲文而告曰：

嗚呼！惟我先考，精通楷書，推衍永字八法，定爲變化三十二勢、結構八十四式，歸之獨見，成一家言。手澤尚存，紙墨多缺。業慚授簡，力愧揚名。懼夫積歲愈深，幽光遂泯，含羞抱痛，死有餘辜。乃屬太原宋灝摹勒大字，風神體格，幸免遺譌。東陽仍取全編，手自謄寫，統令上石，數月而成。追念劬勞，敢忘教育？有身莫贖，欲報何能？徒以衰老之餘年，粗畢平生之一事。尊靈如在，鑒此虔誠。嗚呼哀哉！嗚呼痛哉！謹告。

【校勘記】

〔一〕「先」，原脱，據目録補。

孔氏女期年祭文

維正德六年歲次辛未十月戊寅朔越二十三日庚子，汝爹暨汝娘就衍聖公京第祭於亡女孔宗婦之靈曰：

去歲兹辰，父號母啼。今歲兹辰，夫行而婦不隨。汝婚於斯，汝殯於斯。汝葬何處？汝魂何依？嫁汝以時，斂汝以儀。葬不汝視，我心實悲。不哭汝於林，但酹汝以巵。我服既報，夫喪既期。歎浮生之如夢，嗟往事之難追。汝其歸乎，其不歸乎？杳莫知其所之也。嗚呼哀哉！嗚呼痛哉！

祭岳孝田文

君出名族，實生帝都。武有閥閱，文有範模。受學諸父，爲詩爲書。服養二親，惟田惟車。北越關塞，南遊江湖。抱質好義，匪達是圖。教子成名，以老自娱。君之少也，桂發蘭敷。君之老矣，竹瘁松枯。十年一病，不下庭除。疇昔之月，騎而過予。君來歡忻，君去欷歔。曾不逾望，幽明頓殊。汝妹既逝，汝甥亦殂。感念今昨，哀何可紓！哭不憑棺，送不在途。緘辭一奠，有淚漣如。嗚呼哀哉！尚饗。